Mary Stanley

Die Schule der Schweigenden

Roman

Aus dem Englischen von
Michaela Grabinger

Schneekluth.

Die englische Originalausgabe erschien 2001
unter dem Titel *Retreat*
bei Headline Book Publishing, London.

Besuchen Sie uns im Internet:
www.schneekluth.de

ISBN 3-7951-1804-2

Ein Unternehmen der Verlagsgruppe Droemer Knaur
Deutsche Übersetzung des Mottos aus: E.A. Poe, Das gesamte Werk
in zehn Bänden, Olten 1966. Deutsch von Richard Kruse, Friedrich Polakovics,
Arno Schmidt, Ursula Wernicke und Hans Wollschläger
Gesetzt aus der AGaramond 11/13,5 Punkt
Druck und Bindung: Clausen & Bosse, Leck
Printed in Germany 2002

Für meine liebste,
sonderbarste Freundin.
Für Ingrid Nachstern,
die mir den Fuß hielt.

Once upon a midnight dreary, while I pondered, weak and weary,
Over many a quaint and curious volume of forgotten lore –
While I nodded, nearly napping, suddenly there came a tapping,
As of some one gently rapping, rapping at my chamber door –
»'Tis some visitor«, I muttered, »tapping at my chamber door –
Only this and nothing more.«

Als um Mitternacht ermüdet ich das düstre Haus gehütet
Über manchem Buch voll Weisheit, alt und ohne Wiederkehr,
Als ich schon mehr schlief als wachte, war mir, eh ich's noch bedachte,
So, als klopfte jemand sachte, sachte an die Zimmertür –
»Irgendein Besucher«, murrt' ich, «klopft vielleicht an meine Tür,
Das wird's sein, nichts weiter mehr.«

Edgar Allan Poe, Der Rabe

Am Freitag vor den Osterferien richtete Mutter Immaculata wie in jedem Jahr eine kleine Ansprache an die Mädchen.

»Schülerinnen von St. Martin's.« Im bodenlangen Habit, mit Schleier und Flügelhaube rauschte Mutter Immaculata, von ihren Schützlingen »der Rabe« genannt, in die Aula. Wie auf Rollschuhen glitt sie dahin, die Bewegungen ihrer Beine waren nicht zu sehen.

»Am Sonntag nach Ostern ziehen abends sämtliche Schülerinnen der vierten, fünften und sechsten Klasse als Interne in die Schule. Die Schülerinnen der ersten, zweiten und dritten Klasse kommen eine Woche später aus den Ferien zurück, da sie die jährliche Besinnungswoche bereits absolviert haben.«

Die meisten Mädchen waren ohnehin Interne; in den Schlafsälen würde sich nicht viel verändern.

»An diesem Abend könnt ihr euch noch ausruhen und eingewöhnen, ab Montagmorgen nach dem Frühstück herrscht dann Stillschweigen. Bis zum Morgen des darauf folgenden Samstags wird kein Wort gesprochen. Ihr habt also fünf Tage Gelegenheit zu Besinnung und Gebet.

Denkt an die Ablässe, die ihr für euch und eure verstorbenen Verwandten erwirken könnt. Wer genug betet, kann viele andere Menschen von den Qualen des Fegefeuers erlösen und auf den Weg zur ewigen Glückseligkeit bringen. Auch um eine Berufung werdet ihr

Gott bitten. Vielleicht fordert er euch während der Besinnungswoche dazu auf, Nonne zu werden: Seid wachsam und innerlich bereit für einen solchen Auftrag. Ihr werdet jeden Morgen in die Schwesternkapelle gehen und den Tag dort mit Beten, Lesen und Kontemplation verbringen. Die Heiligen Sakramente der Beichte und der Kommunion können die ganze Woche über empfangen werden. Zum Heiligen Abendmahl solltet ihr jeden Tag gehen.
Es ist wie immer untersagt, die Schwesternkapelle und ihre unmittelbare Umgebung zu verlassen. Insbesondere das Betreten des Sutherland Square ist selbstredend ausdrücklich verboten.«

Eins

Kitty O'Dowd saß auf einer Bank am Sutherland Square.
Du kannst mich mal, Andrew MacDonald, dachte sie, während sie ein letztes Mal an der Zigarette zog, die sie zwischen Daumen und Zeigefinger der linken Hand hielt.
Kitty O'Dowd, die für ihre von Mutter Immaculata als »unangemessen« bezeichnete Sprache bekannt war, richtete ihre Gedanken jetzt auf ebendiese Nonne. Und du mich auch, Mutter Immaculata!
Mit finsterer Miene schnipste sie die Kippe lässig auf den Gehsteig, wo sie sanft vor sich hin glimmte, zu weit weg für Kittys Fuß.
Kitty O'Dowd sah auf ihre Uhr, dachte, der kommt heute nicht mehr, warf das lange dunkelbraune Haar über die Schulter und hielt ihr blasses, herzförmiges Gesicht in die Frühlingssonne.
Erst Sekunden später registrierte sie, was ihr die Uhr gezeigt hatte. O Mann, schon zehn vor vier! Nichts wie zurück. Bei dem Gedanken an den restlichen Nachmittag zog sie eine Grimasse.
Lustlos strich sie die Asche vom Oberteil ihrer Schuluniform auf den Rock, stand auf, streckte sich und gähnte.
Ein Blick nach rechts, ein Blick nach links – niemand zu sehen. Ihr Trägerrock endete nicht weniger als fünfzehn Zentimeter über dem Knie; sie zupfte ihn über dem Gürtel hoch, um ihn noch ein Stück kürzer zu machen. Dann zog sie die Strümpfe glatt und dachte dabei an Andrew MacDonald. Er sah gut aus, und man hatte Spaß mit

ihm. Und besser als das, was in der Schwesternkapelle geboten wurde, war er allemal.
Kitty O'Dowd neigte nicht zu gründlichen Analysen, aber sie hatte Andrews Fähigkeit erkannt, sich auf einen Menschen zu konzentrieren und ihm seine ganze Aufmerksamkeit zu schenken, was sie ebenso interessant wie schmeichelhaft fand. Außerdem hatte er sie vor drei Wochen auf der Geburtstagsparty, bei der sie sich kennen gelernt hatten, mit einer Bemerkung überrascht, und Kitty O'Dowd war nicht leicht zu überraschen. Deshalb hatte sie seinem Vorschlag sofort zugestimmt: Sie solle sich aus der Kapelle wegschleichen, er werde aus seiner Schule abhauen, dann könnten sie sich täglich treffen.
Ach, was soll's, dachte sie. Hier zu sitzen und auf ihn zu warten war immer noch besser, als in der Kapelle kniend über die Reinheit ihrer Seele zu grübeln und sich zu fragen, ob sie nun gerade von einer Berufung befallen wurde oder nicht.
Die Aussicht, zur Kapelle zurückgehen, durchs Kellerfenster einsteigen und mit ihren Mitschülerinnen beten, beten und nochmals beten zu müssen, machte ihr schwer zu schaffen. Ihr graute vor der fürchterlichen Langeweile, die ihr bevorstand. Sie verließ den Platz durch das Südtor. Noch zwei Stunden Kapelle und Kloster und der ganze Scheiß, dachte sie.
Sie ging sehr gerade, mit gestrecktem Hals. Ihr langes dunkles Haar wippte gegen den Rücken. Das spitze, weit vorgeschobene Kinn ließ sie ziemlich arrogant erscheinen.
Kitty O'Dowd war sehr um einen schönen Gang bemüht. Mit ihrem ohnehin kurzen und zusätzlich gekürzten Trägerrock und in Anbetracht der Tatsache, dass sie Strümpfe trug, konnte sie es sich schlicht nicht erlauben, unansehnlich dahinzuschlurfen. Außerdem glaubte sie, dass ein schöner Gang in ihrem späteren Beruf vorteilhaft sein würde – einem Beruf, den sie ihren Eltern und den Nonnen gegenüber bisher noch nicht einmal angedeutet hatte. Deshalb

hielt sie die Schultern ganz gerade und bewegte sich nur aus den Hüften heraus.
Bevor sie die Straße überquerte, zog sie einen winzigen Spiegel aus der Tasche, strich mit dem angefeuchteten Finger über die tadellos gezupften Brauen und warf einen prüfenden Blick auf ihr perfekt gescheiteltes Haar. Sie steckte den Spiegel wieder ein, glättete das Haar mit beiden Händen und ging mit völlig ausdrucksloser Miene Richtung Kapelle.
In der Kapelle kniete Mary Oliver mit den dunkelbraunen Haaren, deren Bob-Schnitt ihren Hals noch länger machte, kniete und hielt zwei Nägel in der rechten Hand. Eigentlich hieß sie Mary Olivier.
»*Moi, je suis* Mary Olivier«, hatte sie im September vor drei Jahren im Französischunterricht gesagt.
»*Non*«, hatte Schwester Rodriguez erwidert, »*tu t'appelles* Mary Oliver, keine Widerrede!«
Die Nonnen fanden, ihr Name habe, ausgesprochen, etwas Hochgestochenes, Affektiertes, und bestanden darauf, dass innerhalb des Klosters sowohl auf das »i« als auch auf die französische Betonung verzichtet wurde.
Die Nägel in ihrer Hand waren keine Fingernägel, es waren zwei Eisennägel, die sie sich in den Ferien aus dem Werkzeugkasten im Schuppen des Nachbarn genommen hatte. Ihre olivenfarbene Haut wirkte fahl im Dämmerlicht der Kapelle, und das Gesicht mit den eingefallenen Wangen sah noch verhärmter aus als sonst. Sie hob den Blick zu dem Kruzifix an der Säule rechts vom Altar, ließ einen Nagel in die andere Hand gleiten und ballte die Fäuste so fest, dass sich die Spitzen in die Haut bohrten.
Wenn ich Nonne wäre, dachte Mary Oliver (deren Tochter sie zwanzig Jahre später entsetzt ansehen und sagen wird: »Mama, schau jetzt bloß nicht nach oben!«), würde ich mich mitten in der Nacht in diese Kapelle schleichen und das Kreuz von der Wand

nehmen und Christus abmachen. Und dann würde ich ihn begraben, ja, er würde ein anständiges Begräbnis kriegen. (Ihre Tochter, ein dunkelhaariges Kind mit olivenfarbener Haut und braunen Augen wie die Mutter, wird sagen: »Mama, Mama, da ist was ganz Grausliges an der Wand, schau bloß nicht hin!«)

Mary Oliver warf einen kurzen Blick nach rechts. Auf der anderen Seite des Mittelgangs blätterte Bernadette O'Higgins gerade zur nächsten Seite ihres Buchs *Das Leben der Heiligen*. Mary Oliver wunderte sich ein wenig darüber, dass Bernadette schon am ersten Tag so sehr in eine derartige Lektüre vertieft war. Andererseits war der erste Tag der Besinnungswoche immer besonders interessant, wie sie aus dreijähriger Erfahrung wusste. Manche gingen an die Tage des Gebets und der Kontemplation mit der Einstellung »Na, dann gebe ich mir mal einen Ruck« heran, manche waren bereit, wirklich alles zu geben, während Kitty O'Dowd und ihresgleichen dem Ganzen nicht die kleinste Chance gaben.

Sie rollte die Nägel an den Innenflächen ihrer Hände auf und ab.

Schwester Rodriguez schritt durch den Mittelgang. Das Klack-Klack hörte Mary Oliver, lange bevor sie sie sah. Die Perlen an ihrem Rosenkranz klackerten. Und ihre Absätze.

Mary Oliver seufzte leise. Hoffentlich hatte Bernadette nichts Unrechtes vor. Sie sah rasch noch einmal zur Seite. Bernadette blätterte um und nickte mehrmals, als entspräche das, was sie da las, genau ihrer Meinung.

Mary Oliver hob den Blick wieder zum Kruzifix und ahnte nicht, dass ihre Tochter sie zwanzig Jahre später vor diesem Anblick würde schützen wollen.

»Lieber Gott«, betete Mary Oliver mit der olivenfarbenen Haut und dem viel zu dünnen Körper, »lieber Gott, wie konntest du es zulassen, dass deinem Kind so etwas zustieß? Lieber, lieber Gott, wenn ich Nonne wäre, würde ich Ihn wirklich abnehmen und Ihn anständig begraben.«

(Ihre achtjährige Tochter wird sich die Faust vor den Mund halten, in ungläubigem Entsetzen den Kopf schütteln und sagen: »Mama, Mama, mach die Augen zu! Du darfst da nicht hinschauen!« Und Mary, die dann schon seit zwanzig Jahren in keiner Kirche mehr gewesen sein wird, wird hochblicken und einen Mann an einem Kreuz sehen, und da sie ihn mit den Augen ihrer Tochter sieht, wird es ihr nur mit größter Anstrengung gelingen, einen Schrei zu unterdrücken.)

Bernadette O'Higgins mit dem langen blonden, säuberlich zu einem dicken Zopf geflochtenen Haar und den tiefblauen Augen, die die Zeilen entlangglitten, hörte Schwester Rodriguez klackernd durch den Mittelgang schreiten und schmunzelte kaum merklich. Die Stunde der Wahrheit, dachte sie.

Als Schwester Rodriguez an ihr vorbeiging, blätterte Bernadette um und las langsam und konzentriert weiter. Dann sah sie wie zur Bestätigung kurz zum Altar hinüber, neigte den Kopf und senkte den Blick wieder auf das Buch.

Nur nicht übertreiben!, sagte sie sich. Sie war klug genug, um zu wissen, dass sie nicht gerade als übermäßig fromm galt. Aber sie wusste auch, dass sie sich diesmal selbst übertroffen hatte.

Am zurückliegenden Wochenende, noch in den Osterferien, hatte sie sich, als ihre Eltern im Shelbourne Hotel tanzen waren, an die Bücherregale herangemacht und sich für eine ledergebundene Ausgabe von *Das Leben der Heiligen, vollständige und ungekürzte Ausgabe mit besonderer Berücksichtigung der jungfräulichen Märtyrerinnen* (mit zahlreichen Darstellungen ihres Todes), unter ihren Geschwistern besser bekannt als *Das Leben der Heiligen, vollständig blutrünstig,* entschieden. Mit einer Klinge, die aus dem Rasierer ihres Vaters stammte, hatte sie den Ledereinband am Buchrücken abgetrennt und mit nahezu dem gesamten Inhalt einer Tube Klebstoff an einem kurz zuvor aufgetriebenen Werk angebracht, dessen Titel *Fantastischer Sex* lautete (mit siebenhundertundzwanzig Fotos und Zeich-

nungen, die das Fantastische daran detailliert demonstrierten). Das entblößte *Leben der Heiligen* lag nun vollständig, blutrünstig und ungekürzt daheim unter ihrer Matratze. Nach Trimesterende würde sie die illustrierte Ausgabe von *Fantastischer Sex* unter die Matratze ihres Bruders zurücklegen und die *Heiligen* nach umfassender Restaurierung wieder ins Wohnzimmerregal stellen.
Alles war bestens durchdacht. Selbst die Möglichkeit, dass sich das Buch ihres Bruders zum Zeitpunkt der Rückgabe in nicht mehr einwandfreiem Zustand befand, hatte sie einkalkuliert. Und wenn schon, dachte Bernadette. Ihr Bruder konnte schlecht etwas sagen, schließlich hätte er es ja gar nicht haben dürfen.
Als Schwester Rodriguez an Bernadettes Platz vorbeikam, blieb sie kurz stehen und betrachtete das lesende Mädchen mit einer gewissen Faszination. Wird also doch endlich erwachsen, dachte sie. Ja, ja, wir hier in St. Martin's machen wirklich junge Damen aus ihnen, wie Mutter Immaculata immer sagt. Sie nickte der brav bezopften Bernadette lächelnd zu und ging zum Altar vor.
Bernadette (tiefblaue, lachende Augen) sah zu Mary Oliver hinüber und zwinkerte ihr zu. Dann widmete sie sich wieder der Lektüre des entwendeten Buchs. Am liebsten hätte sie es kurz umgedreht, um ein bestimmtes Bild aus einem anderen Winkel zu betrachten, konnte sich aber in letzter Sekunde zurückhalten.
Das würde ich gern mal ausprobieren, dachte sie, während sie das Bild studierte. Irgendwie sieht die mir sogar ähnlich.
Sie schaute zum Altar, vor dem Schwester Rodriguez auf dem Boden lag, und fragte sich wie so oft, welche Haarfarbe die Nonne wohl hatte.
Kitty O'Dowd hatte einmal gesagt, Schwester Rodriguez habe keine Haare. Sie sei am Höllentor dem Teufel begegnet, der habe ihr das Haar weggebrannt und sie nach St. Martin's geschickt, damit sie den Mädchen das Leben zur Hölle mache.
Vierzehn war Bernadette gewesen, als Kitty ihr diese Vermutung

mitteilte. Sie hatten so gelacht, dass sie sich fast in die Hose machen musste. Jetzt, mit siebzehn, überlegte sie manchmal, ob Kitty nicht vielleicht wirklich Recht gehabt hatte.

Für Grinny gilt dasselbe, dachte sie. Grinny, die Irischlehrerin, Miss Ní Ghrian. Nur glaube ich, dass sie der Teufel *ist*.

Miss Ní Ghrians Weg zum Kloster führte sie über den Sutherland Square. Sie sollte die Mädchen in den letzten beiden mit Gottesdienst und Gebet ausgefüllten Stunden beaufsichtigen und danach zum Mutterhaus bringen, wo sie wohnten.

Sie stapfte so hastig dahin, dass ihr enger karierter Rock bei jedem Schritt hochrutschte. Sie war spät dran. Sie würde durch die Hintertür in die Kapelle schlüpfen und sich gleich auf den nächsten Platz setzen, dann bekäme niemand etwas von ihrer Verspätung mit. Einen Moment lang glaubte sie Kitty O'Dowd vor sich zu sehen mit ihrer zu kurzen Schuluniform und ihrem neuen Gang, über den sich bereits alle Nonnen und sogar Miss Maple ausgelassen hatten. Das Neue an diesem Gang bestand darin, dass Kitty scheinbar nur die Hüften bewegte. Ihr schlanker Körper und ihre langen Beine regten Miss Ní Ghrian so auf, dass sie die dünnen Lippen noch fester zusammenkniff. Doch als sie noch einmal hinschaute, war auf der Straße weit und breit kein Mädchen zu sehen.

In der Kapelle sah sie sich sofort nach Kitty um. Suchend wanderte ihr Blick über die Bänke. Normalerweise fiel Kitty sofort auf, nicht nur wegen ihrer Größe, sondern auch wegen der Art, wie sie den Kopf hielt. Die Mädchen knieten in den Bänken, sie hatten kurze Schleier über den Kopf gelegt. Von Kitty keine Spur.

Jetzt hab ich dich, meine Liebe, dachte sie. Jetzt hab ich dich!

Sie blieb direkt vor der Tür stehen, um sich Kitty sofort zu schnappen, wenn sie auftauchte.

Die Ministranten schwenkten die Rauchfässer, dass die Duftschwaden durch die kleine Kapelle waberten. Aus den Engelsgesichtern

der zehnjährigen Jungen, Schüler der öffentlichen Schule, sprachen Treuherzigkeit und Hingabe.
Die Orgel ertönte, und der Chor auf der Empore setzte ein. Die lateinischen Worte hallten durchs Kirchenschiff, schwollen, vom Orgelklang getragen, kraftvoll und schön an. Die Mädchen unten in den Bänken stimmten ein und priesen ihren Gott mit einer Klarheit und Reinheit, die den ganzen Raum erfüllte.
»*Laudamus.*«
Mary Oliver rollte die Nägel zwischen ihren gefalteten Händen hin und her und dachte *Agnus Dei*, ich bin das Lamm Gottes.
Bernadette O'Higgins (deren tiefblaue Augen jetzt nachdenklich blickten) kniete auf ihrem *Leben der Heiligen*, um es vor neugierigen Sitznachbarinnen zu schützen, lauschte dem Text des Liedes und fühlte sich kurzzeitig erbaut. Kitty O'Dowd stand auf der Empore (sie sang im Chor mit, weil sie anders nicht unbemerkt in die Kirche gekommen wäre) und bewegte den Mund wie ein Fisch, für den Fall, dass Miss Maple sich umdrehte.
Treasa O'Donoghue, deren Hintern so ausladend war, dass die Falten ihres Trägerrocks nie gerade darüber fielen, reichte Kitty in einer freundschaftlichen Geste ihr Notenblatt. Kitty nahm es und dankte ihr mit einem angedeuteten Nicken.
Miss Maple drehte sich um und warf ihren Chormädchen einen anerkennenden Blick zu. Da bemerkte sie Kitty. Ihre Augen wanderten über alle Sängerinnen, dann senkte sie den Blick zu den Mädchen unten in den Bänken.
Sie fragte sich, was Kitty wohl angestellt hatte, um sich zwischen den Sängerinnen verstecken zu müssen. Dass Kitty sich versteckte, bezweifelte sie keine Sekunde lang. Ach, was soll's, dachte sie, tut ja keinem weh. Dann singt sie eben mit. Sogar die Noten hat sie sich beschafft. Garantiert von Treasa.
Sie sah zu den Ministranten hinüber und betrachtete die konzentrierten, kindlich-unschuldigen Gesichter.

Die hat jemand sehr sorgfältig ausgewählt, dachte sie.
»Amen«, sangen die Mädchen. Immer wieder »A ... a ... a ... men.«
Die Weihrauchschwaden schwebten zum Chor hoch. Der Priester breitete die Arme zum Segen aus.
»*In nomine patris et filii et spiritus sancti.*«
»Amen«, erwiderten die knienden Mädchen.
Den Auszug des Priesters und der Ministranten aus der Kirche verfolgten die Mädchen im Stehen. Schwester Rodriguez drehte sich um und bedeutete ihnen mit einer Handbewegung, sie sollten wieder niederknien. Vor dem Abendessen im Mutterhaus musste noch eine halbe Stunde still gebetet werden.
Bernadette überlegte, ob sie in ihrer illustrierten Ausgabe von *Fantastischer Sex* weiterschmökern sollte. Den Mädchen rechts und links von ihr, die erst in die Kapelle gekommen waren, als um vier die Glocke ertönte, war es bestimmt egal, was sie tat. Sie dachte kurz darüber nach.
Nein, sagte sie sich, besser auf Nummer Sicher gehen. Schließlich blieb ihr eine ganze Woche für die Lektüre der »Heiligen«.
In allen Interviews, die Jahre später für naturwissenschaftliche Rundfunk- und Fernsehsendungen mit ihr geführt wurden, verteilte sie großzügig Lob, wo sie es für angebracht hielt. »Mein Interesse an der Biologie wurde eigentlich erst in der Besinnungswoche geweckt«, sagte sie vage und antwortete, wenn man sie um genauere Auskunft bat: »Die Stille in der Kirche war innovativen Gedanken überaus förderlich.«
Weiter vorn kniete Anna McBride, von ihren Freundinnen, zu denen auch Bernadette zählte, Bridie genannt. Ihr dickes dunkelrotes Haar war schulterlang und stark gewellt; ihre grünen Augen hielt sie geschlossen. Die winzigen Sommersprossen auf Nase und Wangen waren im Dämmerlicht der Kirche kaum zu erkennen.
Während Bernadettes Entschluss reifte, nicht in ihrem Buch weiterzulesen, führte die rothaarige Bridie in Gedanken ein schwieriges

Gespräch, das schon den ganzen Tag andauerte. Bridie plante nämlich mit Jean Jacques Versailles durchzubrennen, einer fiktiven Gestalt, die sie vor etwa einem Jahr während der letzten Besinnungswoche erfunden hatte. Jean Jacques sprach mit französischem Akzent, der sehr dem von Mary Olivers Vater glich, den sie, Bridie, gar nicht kannte (und den Mary schon vierzehn Jahre nicht mehr gesehen hatte). In den vergangenen zwölf Monaten hatte Bridie Jean Jacques, von dem einen oder anderen Intermezzo abgesehen, auf Eis gelegt. Sie hatte sich ganz auf die Schule konzentrieren und unbedingt gute Leistungen erzielen wollen und befürchtete, seine Anwesenheit könnte sie im Abschlussjahr zu sehr ablenken. Mit der ihr eigenen Selbstdisziplin hatte sie seine Anwesenheit nur in der Hausaufgabenstunde geduldet, in der sie sich immer besonders einsam fühlte, und ihm ganz selten einmal erlaubt, spätnachts auf ein Stelldichein in den Schlafsaal zu kommen, um ein begonnenes Gespräch fortzusetzen.

»Aber wie sollen wir fliehen?«, fragte sie den dunkelhaarigen Jean Jacques.

»Über die Durchführung denke ich bereits nach.«

»Uns bleibt nicht viel Zeit, mein Geliebter«, flüsterte sie in ihre dämmrige Fantasiewelt hinein.

Er strich ihr über das rote Haar, schob es mit einer Hand hoch und fuhr mit der Fingerspitze ihren Nacken entlang. Sie schauderte.

»Nur mehr ganz wenig Zeit«, sagte sie in dem dunklen, modrigen Kerkerverlies, in welches man sie des Morgens in Ketten geworfen hatte.

»Ich weiß, mein Liebstes«, erwiderte er und streckte die Hände noch weiter durch die Gitterstäbe, um sie zu liebkosen, seine teure, heißgeliebte –

»Anna McBride!« Wütendes Fauchen zerfetzte Bridies geheimste Gedanken. Sie zuckte zusammen und riss die grünen Augen auf. Schwester Rodriguez stand neben ihr und stierte sie an.

»Selbstgefälligkeit ist eine Sünde!«, zischte die Nonne.
Was habe ich denn ... ?, fragte sich Bridie verwirrt.
»Untersteh dich, noch einmal so mit den Händen durch die Haare zu fahren!«
Bridie war völlig verdutzt. Sie hatte nicht bemerkt, dass sie sich mit den Händen durchs Haar gefahren war. Und außerdem war das nicht ich, sondern Jean Jacques, dachte sie.
Sie nickte der aufgebrachten Nonne zerknirscht zu und kehrte zur Französischen Revolution und zu Jean Jacques' mitternächtlichen Liebkosungen zurück, zwang sich aber, die Hände in vorgeblichem Gebet gefaltet zu lassen.
Mary Oliver, das viel zu dünne Mädchen mit der olivenfarbenen Haut, steckte die Nägel in die Tasche, stand auf und reihte sich in die Schlange der Schülerinnen ein, die schon am ersten Tag beichten wollten. Von allen Mädchen wurde erwartet, dass sie dies an einem beliebigen Tag in der Besinnungswoche taten. Es gab mehrere Möglichkeiten, mit der Zwangsbeichte umzugehen. Manche Mädchen brachten es gleich zu Beginn hinter sich. Einige wenige schoben es bis zur letzten Sekunde auf. Manche gingen, wenn die Schlange möglichst kurz, andere wenn sie möglichst lang war, denn die anstehenden Mädchen wurden nicht beaufsichtigt und hatten Gelegenheit, sich im Flüsterton zu unterhalten. Mary Oliver beichtete am ersten Tag, weil sie es im Lauf der Woche noch einmal tun wollte, und wenn sie gleich zu Anfang ging, war die Wahrscheinlichkeit größer, dass sie fünf Tage später, kurz vor Ende der Besinnungswoche, wieder etwas zu beichten hatte.
»Segnen Sie mich, Pater, denn ich habe gesündigt.«
»Ja, mein Kind.«
»Ich habe schon seit zwei Wochen nicht gebeichtet«, flüsterte Mary Oliver, ohne zu ahnen, dass sie zum letzten Mal in ihrem Leben in einem Beichtstuhl kniete und um Absolution bat.
»Ja, mein Kind.«

»Ich habe Gedanken«, sagte sie. »Schreckliche Gedanken.«
»Ja, mein Kind. Erzähl sie mir.«
Sie zögerte. Die Missionspriester, die während der Besinnungswoche ins Kloster kamen, galten als sehr verständnisvoll. Sie konnte ihm bestimmt alles sagen.
»Unkeusche Gedanken?«, fragte er.
Sie sah sein Profil. Die Pausbacken, die kleinen Augen. Es war derselbe Priester, der am Morgen die Messe gelesen hatte, nicht der asketische Abendandachtspriester. Sie hatte gehört, wie ein Mädchen ihn als Elster bezeichnete, aber sie wusste nicht, warum. Elstern stehlen, dachte sie.
»Nein, Pater, keine unkeuschen Gedanken. Ich hatte schon mal welche, aber ich wollte Ihnen von anderen Gedanken erzählen.«
»Fang mit den unkeuschen an!«
Ich will aber nicht, dachte sie. Nicht wegen dieser Gedanken bin ich hier in diesem Beichtstuhl und rede durch ein Gitter mit dir. Ich beichte sie schon noch, aber sie sind ja ganz unwichtig. Ich muss von meinem Wunsch reden, alles in mir von Grund auf zu verändern, und davon, dass ich an nichts anderes mehr denken kann.
»Die unkeuschen Gedanken!«, drängte er. »Du sagtest doch …«
Sie hatte sich die einzelnen Themen in einer bestimmten Reihenfolge gemerkt. Normalerweise beichtete sie, dass sie wütend gewesen war, hin und wieder gelogen, unkeusche Gedanken gehegt, die Beherrschung verloren hatte – Sünden, die sie in eine genau festgelegte Anordnung gebracht hatte, entweder entsprechend der Reihenfolge, in der sie begangen worden waren, oder aufgelistet nach der Schwere des Vergehens, und manchmal platzierte sie eine besonders schändliche Sünde ganz an den Schluss in der Hoffnung, dass sie dort unbemerkt bliebe, oder versteckte sie inmitten ihres »Sündenregisters«.
»Es tut mir Leid, Pater.« Sie schaffte es nicht, von ihrem eigentlichen Anliegen abzusehen.

»Ich will nämlich Nonne werden, Pater, und …«
»Ich will jetzt, wie bereits gesagt, deine unkeuschen Gedanken hören. Du sollst mit ihnen anfangen.«
Hoch oben nickte Miss Maple ihren betenden Chormädchen zu und erlaubte ihnen mit einer Handbewegung, die Kirche über die Wendeltreppe zu verlassen, die zum Vorraum und weiter in den Keller hinabführte und über die Kitty O'Dowd kurz zuvor auf die Empore gelangt war.
Die Mädchen gingen im Gänsemarsch in den Vorraum hinunter und strömten aus der Kapelle. Sie durften nicht sprechen.
Miss Maple wies sie an, sich auf den Weg zu machen. Das Mutterhaus war etwa vierhundert Meter entfernt.
»Kitty«, sagte sie betont freundlich, »es freut mich sehr, dass du jetzt im Chor mitsingst!«
Kitty stand groß und kerzengerade vor ihr. Sie wurde nur selten von einer Lehrerin angesprochen, ohne dass sie zu hören bekam, sie solle »nicht so schauen« oder ihren Trägerrock hinunterziehen.
»Ich erwarte dich nun an jedem Tag der Besinnungswoche bei uns oben im Chor.«
Kitty nickte. In die eigene Falle getappt, dachte sie.
Miss Ní Ghrian erschien auf dem Vorhof. »Kitty O'Dowd, du steckst ganz schön in der Patsche.«
»Die Mädchen müssen schweigen«, erklärte Miss Maple. »Gibt es ein Problem?«
»Das ist eine Sache zwischen Kitty und mir«, erwiderte die Irischlehrerin gereizt.
»Da sie nun mal schweigen muss und zu meinem Chor gehört, können Sie die Angelegenheit ja vielleicht mit mir besprechen.«
Stille. Kitty musterte Grinnys Gesicht und konnte sich nur mit größter Mühe das Grinsen verkneifen. Alle Mädchen wussten von dem schon lange tobenden Krieg zwischen Miss Maple und der Irischlehrerin, und Kittys Drang zu feixen war fast unwiderstehlich.

Als Miss Maple sie ansah, senkte sie den Blick. Sie wusste, dass sie gerade gerettet worden war und es damit besser gut sein ließ.
»Geht schon mal weiter, Mädchen«, sagte Miss Maple. »Ich komme nach. Also, Áine, was hat Kitty gemacht?«
»Ich wusste nicht, dass sie im Chor ist«, presste die Irischlehrerin zwischen den Zähnen hervor.
»Ja«, sagte Miss Maple. »Sie ist eine große Bereicherung für uns. Ich habe schon lange versucht, sie für den Chor zu gewinnen, schon das ganze Schuljahr hindurch, und ich bin richtig stolz auf sie.«
Kitty ging los und schloss zu den anderen auf. Grinnys gehässiger Angriff hatte sie nicht weniger überrascht als Miss Maples energische Unterstützung und die Wärme, mit der sie von ihr gesprochen hatte.
Stolz, dachte sie. Stolz! Das gab's wirklich noch nie!
Mary Oliver verlagerte ihre knochigen Knie auf der Holzstufe im Beichtstuhl. Sie taten ihr weh. Was will er von mir?, fragte sie sich. Sie verstand das nicht. Offenbar wollte er ihre unkeuschen Gedanken einer eingehenden Betrachtung unterziehen. Sie konnte es sich nicht erklären, denn einem ungeschriebenen Gesetz zufolge beinhaltete der Ausdruck »unkeusche Gedanken« eine Vielzahl von Dingen, die bei der Beichte nicht im Einzelnen dargelegt werden mussten.
Ihre Beunruhigung über den Wunsch, eine ganz besondere Nonne zu werden, trat, während sie sich auf ihr unmittelbares Problem konzentrierte, immer mehr in den Hintergrund. Sie hatte keine Ahnung, wie sie die Frage des Paters beantworten sollte. Sie überlegte rasend schnell. Unkeusche Gedanken hatte sie seit ihrer letzten Beichte vor vierzehn Tagen nicht gehabt, zumindest fielen ihr keine ein. Vielleicht konnte man den Wunsch, Christus vom Kreuz abzunehmen, als unkeusch bezeichnen.
»Pater …« Sie stockte.
Die Mädchen vor dem Beichtstuhl rutschten auf ihrer Bank hin und

her und wurden mucksmäuschenstill, um zu hören, was sich im Beichtstuhl tat, denn Mary Oliver war bereits ungewöhnlich lange darin.

Plötzlich tauchte Miss Ní Ghrian auf. Sie sollte die Schülerinnen von der Kirche zum Mutterhaus bringen. »Los jetzt, Mädchen! Ihr könnt auch morgen zur Beichte gehen.«

Eine Schülerin deutete auf den Beichtstuhl und erklärte gestenreich, dass sich noch eine Schülerin darin befand.

Mary fühlte sich wie gefangen im Beichtstuhl, wie in einer Falle, und sagte schließlich, sie habe wohl doch keine unkeuschen Gedanken gehabt.

Sie dachte an Christus am Kreuz. Der Weihrauchduft drang durch die Ritzen über und unter den Türangeln in den Beichtstuhl, die Wände rückten immer näher, und sie stellte sich Christus in einem Beichtstuhl begraben vor. Sie löste die gefalteten Hände, zog die Nägel aus der Tasche und hielt sich an dem winzigen Bord vor dem Gitter mit dem Kreuzmuster fest, das sie vom Morgenandachtspriester trennte. Der Beichtstuhl erschien ihr so entsetzlich eng.

Jahre später versuchte Mary Oliver die Angst vor der Enge in Flugzeugen mit Hilfe einer Therapie zu überwinden, weil ihre Klaustrophobie sie so stark einschränkte, dass sie nicht mehr zu ihrem Vater fliegen konnte, und erzählte dem Arzt unter Hypnose, der Priester habe sie im Zuge seiner gründlichen Betrachtung ihrer unkeuschen Gedanken gefragt, ob sie oft an Penisse denke.

Damals aber hörte sie nur gegen die Wände des winzigen Beichtstuhls prallende Wörter, und während alles Blut aus ihrem Kopf wich, glitten die schmalen Hände von dem hölzernen Bord, an dem sie sich festgehalten hatte, sie fiel in eine tiefe Ohnmacht, kippte gegen die sich öffnende Tür und sackte auf den Kirchenboden.

In der Stille, die ihrem Sturz folgte, verharrten die Mädchen eine Sekunde lang wie gelähmt vor Schreck, dann sprangen sie auf. Miss Ní Ghrian zwängte sich an ihnen vorbei und begann mit beiden

Händen wild vor Marys bleichem Gesicht herumzufuchteln. Der Priester zog den Vorhang von seinem Fenster zurück und flüsterte: »Die Nächste bitte.«

Am Abend sprachen die Mädchen im Schlafsaal wispernd über den Vorfall, manche verhalten, andere sehr aufgeregt. Man hatte sie nicht im Mindesten dazu erzogen, einen Priester zu kritisieren oder irgendetwas an ihm auszusetzen, doch keines der Mädchen, die vor dem Beichtstuhl gewartet hatten, war ungerührt geblieben von der Gefühllosigkeit des Mannes, die sie miterlebt hatten, ohne sie als solche zu erkennen. Was immer sich zwischen ihm und Mary Oliver abgespielt hatte – Mary war am Ende dieses Tages bewusstlos auf dem Kirchenboden gelegen. Selbst Miss Ní Ghrian, die, außer für ihre Lieblinge, wahrlich nicht viel Mitgefühl für die Mädchen aufbrachte, zeigte sich, milde ausgedrückt, erschrocken.

»Finden Sie das normal?«, fragte sie Schwester Rodriguez und Mutter Immaculata. »Dass der Pater einfach mit der Beichte fortfahren wollte, meine ich.«

»Er tut das Werk des Herrn«, erklärte Mutter Immaculata und schenkte ihr Tee ein. Mutter Immaculata hatte die Fähigkeit, gleichsam in Großbuchstaben zu sprechen.

»Viel Zucker, ja, Miss Ní Ghrian?«, fragte Schwester Rodriguez. »Das war bestimmt ein kleiner Schock für Sie.«

Für Mary Oliver, die auf dem Boden der Kapelle lag und langsam zu sich kam, war es mehr als nur ein kleiner Schock. Sie nahm wahr, dass Miss Ní Ghrian mit den Händen vor ihrem Gesicht herumfuchtelte. Ihre eigenen Hände und Füße spürte sie erst nach einer Weile. Dann sah sie die Gesichter der Mädchen, die auf sie hinunterstarrten. Die letzten Weihrauchschwaden hingen in der Luft.

»Ich wusste nicht, wie ich sie hierher bringen sollte«, sagte Áine Ní Ghrian und nippte an ihrem stark gezuckerten Tee. Ihr war klar, dass sie die Situation alles andere als gemeistert hatte.

»Sie haben das gut gemacht«, versicherte ihr Schwester Rodriguez.

»Aber warum sind auf Marys Gesicht solche … also, warum sieht es so aus?« Sie meinte die merkwürdigen, an die Umrisse einer Hand erinnernden Abdrücke auf Marys blasser Haut.
»Erstens prallte sie ja mit dem Kopf auf, als sie ohnmächtig wurde, und als ich dann die Kapellenschwestern geholt hatte, schlug ihr eine ins Gesicht, um sie wach zu kriegen.« Dass die Schwester, nachdem sie Mary mehrmals ins Gesicht geschlagen hatte, das Mädchen auch noch anfuhr, es solle sofort aufstehen, schließlich befinde es sich in einem Gotteshaus und bringe die ganze Schule in Verruf, erzählte Miss Ní Ghrian nicht.
Mary Oliver lag reglos in ihrem Bett im Krankenrevier und sah in den Nachthimmel hinaus. »Wenn es dir morgen früh nicht gut geht, holen wir den Arzt«, sagte die Krankenschwester.
Mary Oliver erwiderte nichts.
Treasa O'Donoghue, deren Hintern so ausladend war, dass die Falten ihres Trägerrocks nicht gerade darüber fielen, lag bäuchlings auf ihrem Bett im Schlafsaal und flüsterte den Downey-Zwillingen zu: »Aber was habt ihr denn nun gehört, kurz bevor sie aus dem Beichtstuhl fiel?«
»Eigentlich gar nichts«, erwiderten die zwei wie aus einem Munde. »Es war still, schon eine ganze Weile.«
Treasa dachte nach. Mary war ihre Freundin, aber jetzt, während der Besinnungswoche, durfte sie sie im Krankenrevier nicht besuchen. Doch auch wenn sie nicht mit ihr befreundet gewesen wäre, hätte ihre Neugier (für die sie berühmt war) über jedes Verbot gesiegt.
»Wie lange, schätzt ihr, war sie da drin?«
Downey-eins meinte: »Mindestens sieben, acht Minuten.« Downey-zwei nickte.
»Und ihr habt nichts gehört? War vielleicht im anderen Seitenteil ein Mädchen, das etwas mitbekommen haben könnte?«
»Nein«, antwortete Downey-eins. »Der Pater hat die Beichte in dem

zweiteiligen Beichtstuhl abgenommen, du weißt schon, in dem auf der linken Seite. Der dreiteilige an der rechten Wand war leer.«
Kitty O'Dowd, die das Bett neben Treasa O'Donoghue hatte, schnaubte. Sie hielt ihre lange, schmale Hand vor sich hin und bepinselte die perfekt manikürten Nägel mit durchsichtigem Lack.
»Arme Mary. Die prügeln schon noch aus ihr heraus, was passiert ist.«
»Schschschsch«, zischten die Downey-Zwillinge.
Die Tür öffnete sich, Mutter Immaculata erschien. Alle Mädchen im Schlafsaal standen auf und postierten sich neben ihren Betten. Mutter Immaculata musterte sie eine geraume Weile.
»Ich hoffe sehr, dass ihr euch alle dem Geist unserer Besinnungswoche gemäß verhaltet!«
Kitty O'Dowd, deren transparenter Nagellack verschmiert worden war, als sie vom Bett aufsprang, stand kerzengerade da und machte ein muffiges Gesicht. Die Downey-Zwillinge hatten zusammen auf einem Bett gelegen und waren automatisch zu beiden Seiten weggesprungen. Sie konnten ihr gegenseitiges Unbehagen deutlich spüren. Treasa O'Donoghue sah Mutter Immaculata wütend an. Sie wusste besser als alle anderen, wie isoliert Mary Oliver im Krankenrevier war und dass sie das Schweigegebot trotz ihres schlechten Zustands sicherlich auch jetzt noch befolgte. Sie starrte Mutter Immaculata an und fragte sich, was passiert war. Auch wenn sie dem Klosterleben nicht mit der Dreistigkeit einer Kitty O'Dowd begegnete, war sie doch clever und sehr viel zynischer. Ihr im Grunde rein gedankliches Rebellentum trat aber nur dann zu Tage, wenn sie sich dazu gedrängt sah. Ansonsten war Treasa Pragmatikerin.
Im Schlafsaal nebenan lag Bridie schon im Bett. Ihr dunkelrotes Haar war wie ein dichter Feuerschopf über das weiße Kissen gebreitet. Sie hatte versucht, ins Krankenrevier vorzudringen, aber die Krankenschwester hatte behauptet, Mary schlafe. Bridie drehte sich unter ihrer Decke auf die Seite und umarmte Jean Jacques, der den

Kerkermeister bestochen hatte, um zu seiner einzigen, wahren Geliebten zu gelangen.

»Jean Jacques«, flüsterte sie und warf ihm einen flehentlichen Blick aus ihren grünen Augen zu, »wird es heute Nacht geschehen?«

»*Non*, geliebte Anna.« Er nannte sie niemals Bridie. Bei seinem ersten Erscheinen hatte er sie mit Mademoiselle angesprochen. »Heute Nacht können wir nicht ausbrechen. Vor jeder Tür sind zwei Wachen postiert.«

»Halt mich!«, beschwor sie ihn.

»*Pas de problème*.« Er umfing den schmächtigen Körper der Vierzehnjährigen mit seinen männlichen Armen.

Im Schlafsaal nebenan sprach Mutter Immaculata noch immer zu den Schülerinnen.

»Es war ein langer Tag, Mädchen. Der erste Tag ist immer der schwierigste, aber ihr habt ihn gut überstanden. In fünf Minuten wird das Licht gelöscht, und die meisten sind noch nicht fertig fürs Bett. In genau zwei Minuten habt ihr eure Nachthemden an und kniet vor euren Betten! Kitty O'Dowd, dein Kittel ist zu kurz. Wenn du ihn nicht länger machst, hat das Konsequenzen. Schau nicht so! Gute Nacht, Mädchen. In fünf Minuten löscht Schwester Stanislaus das Licht.« Mit einem letzten bösen Blick auf Kittys Beine drehte sie sich ruckartig um und glitt wie auf Rollschuhen davon.

»Blöde Kuh«, murmelte Kitty O'Dowd und machte sich auf die Suche nach ihrem Nagellackentferner.

Die Downey-Zwillinge waren bereits im Pyjama und zogen nun die Trennvorhänge zwischen den Betten vor, so dass sie von den übrigen Mädchen abgesondert waren, sich aber gegenseitig sehen konnten. Treasa O'Donoghue packte ihr Necessaire und eilte in den Waschraum.

In einem Zug, der Richtung Süden in einen grünen Vorort fuhr, traf Miss Maple ihren Vater.

»Hi, Dad.«

»Hallo, Schatz. Na, wie war's?« Er schob die Aktentasche zur Seite, um seiner Tochter Platz zu machen.
Sie seufzte.
»Anstrengend?« Er tätschelte ihre Hand.
»Und wie. Und wie.«
Sie schwiegen eine Zeit lang. Sie schloss die Augen. Die Räder lullten sie in einen angenehmen Halbschlaf. Beim Abendessen berichtete sie ihren Eltern von den wichtigsten Ereignissen des Tages.
»Kitty O'Dowd singt jetzt im Chor mit.«
Die beiden zeigten sich sehr erfreut.
»Ich glaube allerdings, dass es eher Zufall als Absicht war.«
»Wird sie bei der Stange bleiben?«, fragte ihre Mutter.
»Ja, ich glaube schon. Zumindest in dieser Woche hat sie keine andere Wahl, als jeden Tag auf der Empore zu erscheinen.«
»Du wirst noch wahre Wunder an ihr vollbringen!«, meinte ihr Vater. »Solange du sie bei der Stange halten kannst.«
»Genau das ist das Problem«, erwiderte Maeve Maple. »Für das ich sie, wie ihr wisst, nicht im Mindesten verantwortlich mache. Manche Mädchen kriegen einfach nie eine Chance.«
»Sie hat aber auch Glück gehabt«, gab ihre Mutter zu bedenken. »Immerhin besucht sie eine gute Schule, obwohl sie schon von zwei Internaten verwiesen wurde. So eine Chance bekommt nicht jeder.«
»Es gibt eben solche und solche Schulen«, sagte ihr Vater milde, »und es gibt solche und solche Familien.«
Sie schwiegen. Das Haus lag keine drei Kilometer von dem Strandhotel entfernt, das Kittys Eltern gehörte.
Mary Oliver (geborene Olivier) sah Stunde um Stunde zu, wie der Mond über den Himmel wanderte, und ihre olivenfarbene Haut war noch blasser als sonst. Ihre braunen Augen sahen zu; ihr Kopf tat nichts. Der schwebte irgendwo außerhalb ihres Körpers. Später, als sie wieder ganz bei sich war, sollte sie sich fragen, was aus den beiden Nägeln geworden war, die sie in den Händen gehalten hatte. Sie

sollte sich fragen, mit welchen Worten der Priester sie so aus dem Gleichgewicht gebracht hatte und wie sie in Zukunft beichten könnte, ohne einen Beichtstuhl zu betreten. Fürs Erste aber tat sie nichts, als den Mond anzustarren. Die Krankenschwester steckte den Kopf zur Tür herein, sah, dass Mary Oliver mehr oder weniger wach war, und sprach sie an. Am nächsten Tag erzählte sie Schwester Immaculata, Mary Oliver sei in der Nacht zwar offensichtlich wach gewesen, habe aber trotzdem nichts wahrgenommen. Doch das war erst am nächsten Morgen.

Um zwei Uhr früh rauchte Kitty O'Dowd in der Toilette im zweiten Stock eine Zigarette. Sie konnte nicht schlafen. Sie dachte über den nächsten Tag nach, überlegte, ob Andrew MacDonald diesmal zum Sutherland Square kommen würde, und wägte ab, ob es das Risiko wert war, sich noch einmal hinauszuschleichen. Ihr war klar, dass die Maple es nicht hinnehmen würde, wenn sie zu spät im Chor erschiene. Aber zwischen dem Mittagessen und vier Uhr müsste ich es schaffen rauszukommen, falls es nicht zu spät wird und ich mein Fehlen gut kaschiere, dachte sie.

Sie wollte nicht, dass Andrew MacDonald glaubte, sie hätte Interesse an ihm, aber sie hatte Interesse an ihm. Er war anders als die anderen. Er hatte sich über dies und jenes seine Gedanken gemacht. Für sie war Nachdenken meist viel zu anstrengend. Es war ihr wirklich noch nie in den Sinn gekommen, sich irgendetwas gründlich durch den Kopf gehen zu lassen, wenigstens nicht so gründlich wie er. Sie hatte darüber nachgedacht, wie sie von der Klosterschule in der Grafschaft Leitrim fliegen könnte, und sich fünf Minuten nach ihrer Ankunft zwei Möglichkeiten überlegt – entweder würde man sie in einem Sarg raustragen, oder sie sorgte für einen Rausschmiss. Abhauen kam nicht in Frage, das hatte sie schon in der anderen Klosterschule versucht (Grafschaft Mayo) und war genau deswegen an diesem Ort am Ende der Welt gelandet. Als sich zwanzig Jahre später viele ihrer Freunde Häuser auf dem Land kauften und sowohl

Leitrim als auch Mayo total angesagt waren, stellte sich Kitty O'Dowd kurz die Frage, ob sie es je schaffen würde, diese Leute in ihren Cottages zu besuchen, und wusste sofort, dass es nicht ging. Nie wieder würde sie einen Fuß in diese beiden Grafschaften setzen. Leitrim sollte ihr Leben lang für das unheimliche, kalte Kloster mit hallenden Schritten in leeren Korridoren stehen, voll gestopft mit Statuen, menschliches und himmlisches Elend in unterschiedlichen Stadien darstellend, für endlose Weiden mit Rindern und Kuhfladen, für ihre blau gefrorenen Beine, für Frostbeulen an den Fingern und lange, einsame Nächte. Und wie sie sich für den Rausschmiss hatte ins Zeug legen müssen! Die Nonnen besaßen ihre eigenen Methoden, um mit aufsässigen Schülerinnen fertig zu werden.
Sie seufzte und dachte, während sie barfuß durch den Korridor zum Schlafsaal zurücktapste: Ihr könnt mich alle mal.

Zwei

Blättern wir zurück im Buch des Lebens dieser Mädchen und sehen wir uns Mary Olivier an. Zwei Jahre ist sie alt und strolcht auf kräftigen Beinchen durch den Garten hinter dem Haus in einem Vorort von Paris. Die Sonne bescheint ihr dunkles Haar und ihre olivenfarbene Haut, die im Winter fahl wirkt, aber im Sommer einen wunderschönen goldbraunen Ton annimmt. »Papa, Papa!«, ruft sie. Sie ist sein Augenstern, aber Maman wird ihr etwas anderes erzählen, wenn sie alt genug ist, um es zu verstehen.

»*Viens ici,* Marie«, ruft er ihr zu. Er ist gerade von der Arbeit heimgekommen. Er breitet die Arme aus und hebt seinen kleinen Wonneproppen schwungvoll in die Höhe. Es wird das letzte Mal gewesen sein, denn nachdem er am nächsten Morgen zur Arbeit gegangen ist, werden vierzehn Jahre vergehen, bis er diesen kleinen Wonneproppen wieder sieht, und der ist dann zu alt, um in seine Arme zu springen. Er wirft sie in die Luft – sie quietscht vor Freude – und trägt sie ins Haus, gleich gibt es Abendessen – Baguette, Salami, dünn geschnittenen Räucherschinken, winzige Gürkchen, von der Nachbarin eingelegt, frisch geerntete Tomaten. (Der Gemüsegarten gehört der Nachbarin, die Oliviers haben keinen.) Sie sitzt neben ihm, und wann immer seine Hand frei ist, greift sie danach.

Es ist Spätsommer, nicht nur in Hinblick auf die Jahreszeit, sondern

auch bildlich gesprochen – der Sommer ihrer Kindheit neigt sich dem Ende entgegen.
Au revoir, Papa.
Am nächsten Morgen geht er in ihr Zimmer und drückt ihr einen Kuss auf die dicke kleine Backe. Wie eine schlafende Putte liegt Mary in ihrem Bettchen.
»*Au revoir*«, flüstert er. Dann ist er weg.
Spulen wir drei Jahre vor. Mary Olivier lebt mit ihrer Mutter, einer Irin namens Deirdre Olivier (geborene O'Brien) in einer Souterrainwohnung im Londoner Stadtteil Bayswater. Französisch wird nicht mehr gesprochen. Mary Olivier erinnert sich an das Wort *Papa*, aber sie weiß nicht, was man damit benennt. Ihre Mutter kommt nur mit Müh und Not über die Runden. Mary wird von der Frau in der Nachbarwohnung betreut. Die beiden gehen jeden Tag im Hyde Park spazieren, und Mary ist nie ohne ihren ständigen Begleiter, den Teddy Boubou, zu sehen. In Frankreich steht ihr Name auf einer Liste vermisster Kinder, aber wir sind erst am Beginn der sechziger Jahre, und in Europa gibt es noch keine ernst zu nehmende zwischenstaatliche Zusammenarbeit. Monsieur Olivier war in Dublin im Außenministerium und hat um Unterstützung bei der Suche nach seiner verschwundenen Tochter gebeten, aber auch dort kann ihm keiner helfen.
Sonntags besucht Deirdre Olivier mit Mary den Gottesdienst. Mary soll für die bösen Menschen auf der Welt beten, auch für ihren Vater. Marys Erinnerungen an ihren lachenden, mit ihr kuschelnden Vater sind mittlerweile ziemlich verblasst. Es ist schwierig, solche Bilder zu bewahren, wenn einem ständig erzählt wird, wie schrecklich der Schuft in Wahrheit gewesen sei. Manchmal fragt sich Mary, ob der Mann, an den sie sich erinnert, vielleicht ein ganz anderer war, ein Nachbar oder so etwas. Wer sich hinter diesem »oder so etwas« verbergen könnte, weiß sie nicht zu sagen.
Deirdre Olivier ist Sekretärin. Sie arbeitet fünf Tage in der Woche

von neun bis sechs und manchmal auch am Samstag. Sie hat eine Macke: Sie bekommt jeden Menschen nach einer Weile satt. Das war auch der Grund für das Scheitern ihrer Ehe, falls dieses Wort korrekt beschreibt, was sich einige Jahre zuvor an jenem Spätsommerabend in einem Pariser Vorort abgespielt hat: Sie betrachtete ihren Gatten, einen erfolgreichen, hart arbeitenden jungen Mann, dessen Karriere im diplomatischen Dienst Frankreichs gute Fortschritte machte, betrachtete ihn beim Abendessen, wie er Marys kleine Pummelhand hielt, und dachte plötzlich, Mutter Gottes, ich halte es nicht mehr aus.

Als ihr Mann am nächsten Morgen in die Arbeit gegangen war, nahm Deirdre Olivier ihre Tochter und einen Koffer, schaute kurz in der Bank vorbei und räumte beide Konten ab. Dann fuhr sie zum Bahnhof.

Es war eine beschwerliche Reise, mit einem Koffer und einem zweijährigen Kind – Zug, Schiff, dann wieder Zug. Erst nach mehreren Tagen fand sie die Wohnung in Bayswater und konnte sich und die erschöpfte Mary zum Schlafen in ein Bett legen.

Deirdre Olivier hatte dieses Verhaltensmuster schon früher gezeigt, ohne dass ihr Mann es je bemerkte. Nach ihrem Schulabschluss hatte sie jeden Kontakt zu ihren Mitschülerinnen abgebrochen und war übergangslos Sekretärin geworden – genau das Richtige für sie, denn mit diesem Beruf konnte sie ständig den Job wechseln und hatte es mit niemandem länger als ein halbes Jahr zu tun. Nach der Heirat mit dem jungen, aufstrebenden französischen Diplomaten (dem sie im strömenden Regen an einer Straßenbahnhaltestelle in Dublin begegnet war) hatte sie den Kontakt zu ihrer Familie abgebrochen; die vier mit Monsieur Olivier verbrachten Jahre waren vier Jahre mehr, als sie je mit irgendeinem anderen Menschen zusammen gewesen war.

Pass auf, Mary Olivier, sieh dich vor! Der Platz, den du einnimmst, wird vielleicht für jemand anderen gebraucht!

Nach drei Jahren im Souterrain in Bayswater ist aus der kleinen Putte Mary Olivier mit der olivenfarbenen Haut und dem dunkelbraunen Haar ein blasses, verhärmtes Mädchen geworden. Sie ist jetzt fünf, spindeldürr, hat riesige dunkle Augen und auffällig rosafarbene Lippen. »Mummy« spricht sie mit englischem Akzent aus. Sie geht in die Schule. Sie ist intelligent. Sie ist sprachbegabt, was allerdings noch niemand merkt, weil das englische Schulsystem ihr nur Englisch beibringt. Sie lernt schnell lesen, und wenn die Nachbarin sie am Nachmittag heimgebracht und ihr die Tür der Zweizimmerwohnung aufgesperrt hat, liest sie Boubou vor oder hört Radio, während sie darauf wartet, dass ihre Mutter von der Arbeit zurückkommt.

Neulich hat sie etwas über einen Schimpansen namens Ham gehört, den die Amerikaner in den Weltraum geschickt und nach seiner Rückkehr abgehört haben. Das fasziniert sie. Können Schimpansen sprechen? Und wenn ja, was sagen sie wohl? Und wenn nicht, warum lässt man dann einen durch den Weltraum rasen und hört ihn hinterher in einem Labor ab? Sie betrachtet Boubou. Nie würde sie ihn in den Weltraum schicken, dabei ist er nur ein Teddybär. Wenn sie einen Schimpansen hätte, einen echten, würde sie ihn ganz bestimmt nicht um die Erde kreisen lassen, egal ob er sprechen könnte oder nicht!

Mary Olivier hat viel Zeit zum Nachdenken. Sie beschließt für Ham zu beten, weil nur Gott ihm helfen kann. An diesem Abend betet sie im Bett:

Beschirme Ham mit Deiner Macht
und lass ihn auch in dieser Nacht
in Deinem Frieden schlafen.
Bewahre seine Seele rein
und lass ihn wohl behütet sein
vor Sünden und vor Strafen.

Dann erfährt sie, dass Ham keine Seele hat. »Wirklich nicht, Mummy?«, fragt sie, als Deirdre Olivier ihr diese Neuigkeit mitteilt. Deirdre Olivier ist ganz sicher. Offenbar haben Schimpansen, Hunde und die meisten Männer keine Seele.
»Und was passiert mit ihnen, wenn sie tot sind?«
Sie schlafen ein, und das war's dann.
An diesem Abend hat Mary Olivier Angst vor dem Einschlafen, obwohl sie weder ein Schimpanse ist noch ein Hund noch ein Mann.
»Mummy?« Sie sitzen am Frühstückstisch, sie müssen sich beeilen. »Träumen sie, Mummy?«
»Wer? Wer träumt?« Deirdre Olivier steht vor dem Spiegel, macht ihre Schminkgrimasse, einen Kussmund, und trägt routiniert Lippenstift auf.
»Die Toten.«
»Welche Toten?«
»Du weißt schon, die toten Schimpansen und Hunde.« Mary Olivier ist den Tränen nahe vor Müdigkeit und Kummer.
»Die schlafen ganz friedlich«, erwidert Deirdre Olivier entschieden, ohne zu ahnen oder sich zu fragen, welche Auswirkungen ihre Bemerkungen auf ihre einzige Tochter haben.
Mary Olivier findet, dass ganz friedlich schlafen in Ordnung ist, geht in die Schule und nickt auf ihrem Stuhl ein. Sie hat dunkle Ringe unter den Augen. Die Lehrerin lässt sie zwei Unterrichtsstunden durchschlafen und weckt sie sanft zu Beginn der Pause, damit sie ihre Milch trinkt.
Die Nachbarin bringt Mary nach Hause. Die Nachbarin sperrt ihr die Wohnung auf. Mary schaltet das Radio ein. Sie hofft auf Neuigkeiten über Ham, hört aber nichts mehr und gelangt nach einiger Zeit zu der Ansicht, dass sie ihn wahrscheinlich in den Zoo zurückgebracht haben, wo er ja auch hingehört. Sie hört eine Sendung über Adolf Eichmann und hofft – sie ist sich fast sicher –, dass er keine

Seele hat. *O große Frau, Maria, auf mich schau; mein Herz ich dir vertrau in meinem Schlafen.*

Eine Gewähr dafür gibt es nicht.

In ihrem Schlafen geschehen manchmal schreckliche Dinge. Einmal hat sie geträumt, dass sie in einem Kinderbett in einem rosa Zimmer liegt, und das Licht scheint zum Fenster herein, und Papa steht da und will ihr einen Gutenachtkuss geben, da kommt plötzlich Mummy herein und sagt: »Du bist Adolf Eichmann«, und Papa dreht sich um und geht raus. Sie wachte zitternd auf. Sie hatte ins Bett gemacht. Sie ist aber liegen geblieben, weil Deirdre Olivier nicht gern mitten in der Nacht gestört wird (und tagsüber nicht gestört werden kann, weil sie nicht da ist).

Eines Tages sagt Deirdre zu Mary: »Ich heirate morgen«, und tut es tatsächlich.

Sie heiratet William Whittaker. Er erklärt Mary, dass er sie adoptieren möchte, dann wäre sie Mary Whittaker, aber Deirdre findet das nicht gut. Mary hat den Eindruck, dass er ihren wirklichen Papa für tot hält, und weil Mary selbst nicht genau weiß, ob das stimmt oder nicht, sagt sie nichts dazu.

Das Leben wird angenehmer. Sie ziehen von der Souterrainwohnung in ein Reihenhaus mit fünf Zimmern. Deirdre arbeitet nicht mehr von neun bis sechs (und manchmal auch am Samstag), und nach einiger Zeit wird unter den Sträuchern im Garten ein winziges Baby, ein kleines Mädchen, gefunden, das jetzt bei ihnen lebt.

»Gut, dass du sie gefunden hast, Mummy«, sagt Mary Olivier, während sie die winzigen Zehen von Lucia Whittaker zählt. »Sonst wäre sie vielleicht gestorben da draußen im Garten, und dann wäre sie nicht in den Himmel gekommen, weil sie noch nicht getauft war. Dann hätte sie bis in alle Ewigkeit in der Vorhölle bleiben müssen.«

William Whittaker schlägt Deirdre Whittaker (ehemals Olivier) vor, dass Mary vielleicht besser auf eine »normale« Schule wechselt.

Deirdre Whittaker hält das Baby Lucia im Arm, schiebt ihm den Fläschchensauger in den winzigen Mund, schüttelt den Kopf und sagt Nein, kommt nicht in Frage. Mary werde nicht nur auf der katholischen Schule bleiben, sondern auch zu gegebener Zeit ein katholisches Internat in Irland besuchen. Sie, Deirdre, sei so erzogen worden, und Mary solle ebenso wohl geraten wie sie selbst. William Whittaker nimmt Mary auf den Schoß und knuddelt sie. Er wundert sich über die schrecklichen Dinge, die in ihrem Kopf herumspuken.

»Wie ist es denn in der Vorhölle?«, fragt er sie, als er sie an diesem Abend ins Bett bringt.

»Da sind ganz viele Teufel mit großen Gabeln«, erklärt sie. »Da sperren sie die Babys ein und lassen sie nicht mehr raus. Sie dürfen die Babys zwar nicht mit den Gabeln berühren, aber sie sperren sie da ein.«

William Whittaker nickt bedächtig. »Und ist da sonst noch wer?«

»Ja.« Mary Olivier nickt, sie kennt sich aus. »Alle Menschen, die gut sind, aber nicht getauft wurden. Davon gibt es aber nicht viele, weil ja nur Katholiken wirklich gut sind, und die kommen in den Himmel, aber vorher müssen sie meistens noch durchs Fegefeuer.«

William Whittaker schluckt. »Und wenn ich sterbe«, sagt er langsam, »wohin komme ich dann?«

Mary blickt ihn traurig an. »Im Augenblick sieht es ganz schlecht aus. Aber ich bete für dich. Und weißt du noch, wie du am Sonntag im Garten im Liegestuhl gelegen hast und ich dir ein bisschen Wasser auf die Stirn getan habe?«

Er nickt.

»Das ist mir nicht einfach so passiert. Da habe ich dich getauft.«

Er drückt ihr einen Kuss aufs Haar und deckt sie zu. »Sprichst du ein Gebet für mich?«

»Ja, das mache ich doch immer.«

Gott, der Du heute mich bewachst,
beschütze mich auch diese Nacht.
Du sorgst für alle, groß und klein,
drum schlaf ich ohne Sorge ein.
Mummy, Lucia, alle Lieben
seien in Dein Herz geschrieben.
Mit den Menschen hab Erbarmen,
denke auch an alle Armen,
vor allem an Daddy, Herr Jesus Christ,
weil er ein Engländer und Heide ist.

Daddy und Mary lieben Lucia Whittaker heiß und innig. Daddy ist tagsüber in der Arbeit und Mary in der Schule, aber wenn sie heimkommt, hat Deirdre Whittaker (geborene O'Brien, ehemals Olivier) meist zu tun, und Mary nimmt Lucia und kuschelt mit ihr, und sie hören gemeinsam Radio. Adolf Eichmann und Marilyn Monroe sind gestorben. Weil Mary Olivier abgelenkt war, als die beiden den Löffel abgaben, glaubt sie, sie hätten irgendwie zusammengehört.

Die Welt, die ihr das Radio ins Haus bringt, ist ihr sehr wichtig, aber das Babygebrüll, das wochen-, ja monatelang in den unpassendsten Momenten einsetzt, hat Marys Zeitgefühl durcheinander gebracht. Die große Frage, die sich ihr stellt, lautet: Hatte Marilyn Monroe eine Seele? Adolf Eichmann hatte eindeutig keine, denn er war ein Mann und fällt damit in die von ihrer Mutter klar definierte Kategorie. Marilyn Monroe hatte »Kurven«. Die hat ihre Mutter, Deirdre, auch. Die Queen auch. *God save our gracious Queen.* Das wird immer gesungen, wenn sie mit William Whittaker ins Kino geht.

Es wird auch in dem Moment gesungen, als William Whittaker nach dem Ende von *The Sound of Music* tot zusammenbricht. Wir schreiben das Jahr 1965. William Whittaker fasst sich an die Brust,

und Mary denkt, er täte es aus Liebe zur Queen, aber dann ächzt er so merkwürdig und sackt zwischen den Sitzreihen zu Boden.
Mary steht neben ihm, sieht ihn an und überlegt, ob sich da vielleicht gerade etwas abspielt, worüber sie nichts weiß.
Genau so ist es. Hier spielt sich der Tod ab.
In den folgenden fünf Minuten wird sie aus der Sitzreihe geschoben, Leute kommen zu Hilfe, ein Krankenwagen wird gerufen, William Whittaker wird hinausgetragen, und Mary Olivier schafft es nicht, durch die gaffende Menge zu ihm zu gelangen und mitzukommen. Sie wird überrannt von den Leuten, von der wogenden Masse mitgerissen und aus dem Kino gedrängt. Sie geht zurück ins Foyer und hofft, dass William Whittaker wieder auftaucht, denn sie weiß nicht, dass er tot ist.
Die Zeit des Abschieds ist gekommen, adieu, adieu, adieu.
Lange steht sie da und wartet geduldig, so wie er es ihr für den Fall, dass sie sich verlieren, gesagt hat. Eine Platzanweiserin bemerkt sie. Die Frau behält sie im Auge, glaubt, die Mutter oder der Vater sei in der Toilette.
Nach einer Weile geht der Kinobesitzer zu ihr und fragt freundlich: »Hast du dich verlaufen?«
Sie schüttelt den Kopf. Nein, sie hat sich nicht verlaufen. Sie weiß genau, wo sie ist.
»Wartest du auf jemanden?«
Sie nickt. »Auf meinen Daddy.«
»Wie heißt du denn?«
»Mary Olivier.«
Der Gedanke, sie könnte zu dem toten Mann gehören, wird sofort verworfen, weil der einen völlig anderen Namen hat.
Mittlerweile hat die Polizei Deirdre Whittaker verständigt, und Deirdre (die jetzt eine ziemlich reiche Witwe ist) eilt ins Krankenhaus, um ihren Mann zu identifizieren. Mary hat sie vollkommen vergessen. Erst am späten Abend, als Williams Angehörige da sind

und sie trösten und Williams Schwester die dreijährige Lucia ins Bett bringt, wird Marys Abwesenheit bemerkt.
»Es nimmt sie wohl sehr mit, was?«, fragt Williams Bruder seine Schwägerin, und Deirdre schlägt erschrocken die Hand vor den Mund und sagt: »Um Gottes willen, wo ist sie überhaupt?«
Williams Bruder (Anthony Whittaker) beginnt das Puzzle des zurückliegenden Nachmittags zusammenzusetzen, fährt zum Kino, das aber bereits geschlossen ist, und weiter zum nächsten Polizeirevier. Dort sitzt Mary, trinkt Milch und wirkt sehr verängstigt.
Onkel Anthony hält Mary zwar für ein kluges kleines Mäuschen, aber das Mäuschen weiß offenbar nicht, was los ist. Auch nachdem er ihr von Williams Tod im Kino erzählt hat, ist sie völlig verwirrt. Es erinnert ihn an den Tag von Williams und Deirdres Hochzeit. Auch damals herrschte große Verwirrung, weil William und seine Geschwister erst bei dieser Gelegenheit erfuhren, dass Deirdre (die sie für eine Witwe hielten) Mutter einer Tochter ist. (Ja, Deirdre hat sich tatsächlich nie scheiden lassen. So etwas nennt man Bigamie.)
Onkel Anthony denkt zurück an die allgemeine Verwunderung an jenem Tag, als Mary mit ihrer Mutter zur standesamtlichen Trauung erschien und ihre Existenz bekannt wurde. Auch Mary hat seinerzeit sehr erstaunt gewirkt, ähnlich wie jetzt, aber damals ist sie fünf gewesen und hat auf seinem Schoß gesessen und ihm von Ham erzählt, während sie jetzt fast neun und wie erstarrt ist.
Er fährt sie nach Hause, und Williams Schwester bringt sie ins Bett. Als er am nächsten Morgen in ihr Zimmer geht, wirkt sie völlig klar und versteht, dass Daddy tot ist. Beim Begräbnis hält er ihre Hand und kümmert sich in den folgenden Jahren ein bisschen um sie, was gut ist, weil es außer ihm niemand tut.
Onkel Anthony geht mit Mary Olivier in den Regent's Park, damit sie sich Goldie ansehen kann. Mary hat im Radio von Goldie gehört, einem Steinadler, der nach zehnjähriger Gefangenschaft freigelassen wurde. Wenn er nicht von irgendwem mutwillig erschossen

wird, kann er dreiundvierzig Jahre alt werden – viel älter, als Marys zwei Väter wurden, wie sie glaubt. Der Mann im Radio hat gesagt, dass Goldie von täglich einer Ente aus dem Teich gut satt wird. Mary hat darüber nachgedacht und weiß nun nicht genau, ob das bedeutet, dass Goldie eine Ente töten und fressen muss oder dass er sein Fressen von einer Ente serviert bekommt. Ihr wäre es lieber, wenn er sein Fressen von einer Ente bekäme, aber sie kann das nicht so recht glauben.

Wenn Mary etwas nicht versteht, betet sie. *Gott segne Mummy und Lucia und Onkel Anthony und Goldie. Und bitte, bitte, lass Daddy in den Himmel kommen, obwohl er ein Heide ist, ich habe ihn nämlich getauft, und er war ein ganz, ganz guter Mensch, und er fehlt mir.*

Die Jahre vergehen.

»Ich schicke sie nach Dublin aufs Internat«, teilt Deirdre den Whittaker-Geschwistern mit. Sie spricht von Mary.

Die Geschwister werfen sich einen Blick zu. Sie haben es kommen sehen.

»Die Entscheidung liegt selbstverständlich bei dir«, heißt es vorsichtig, als wäre diese Entscheidung nicht schon längst gefallen. »Aber ist es nicht ein bisschen früh? Sie ist doch erst dreizehn. Warum die Eile?«

»Wenn sie nächsten September anfängt, ist sie vierzehn. Sie bleibt ja nur drei Jahre.«

»Dann ist sie aber sehr früh fertig mit der Schule«, wendet Williams Schwester Joan ein.

»Und hier geht es ihr doch prächtig. Warum etwas ändern, obwohl es so gut läuft?«, gibt Anthony zu bedenken.

Es ist aussichtslos. Deirdre hat dreizehn Jahre mit Mary hinter sich, eine längere Zeit, als sie mit irgendeinem anderen Menschen verbracht hat. Sie lässt sich nicht umstimmen.

Sie greift zu ihrer Geheimwaffe und erklärt: »Es wäre der Wunsch

ihres armen verstorbenen Vaters gewesen, dass ihr Leben stärker religiös geprägt ist.«
»Ich glaube nicht, dass William so gedacht hat«, erwidert Joan Whittaker.
»Ich spreche nicht von William«, sagt Deirdre und erinnert den Bruder und die Schwester ihres verstorbenen Mannes: »Mary ist schließlich keine Whittaker. Sie ist eine Olivier, und ich als ihre einzige lebende Verwandte muss entscheiden, was das Beste für sie ist.«
Noch einmal setzen sich die Whittaker-Geschwister für Mary ein, aber Deirdre Whittaker braucht Luft und Platz. Marys Stunde hat geschlagen.
Onkel Anthony versucht Mary zu überreden, mit ihm ins Kino zu gehen. »*Chitty Chitty Bang Bang*. Ein leichter, lustiger Film, der wird uns gefallen.«
Mary schüttelt den Kopf. Seit *The Sound of Music* war sie nicht mehr im Kino.
Onkel Anthony will unbedingt, dass sie mitgeht; sie soll noch ein paar Gespenster vertreiben, bevor sie nach Emerald Isle geschickt wird. Er weiß, dass sie mit ihrem englischen Akzent und ihrem französischen Nachnamen in Irland noch isolierter sein wird, und außerdem sieht es nördlich der Grenze nach Krieg aus.
»Weißt du, Mary, ich würde mir den Film gern mit Lucia ansehen, aber nur wenn du mitkommst.«
»Ihr könnt auch ohne mich gehen«, erwidert Mary. »Ich muss doch nicht dabei sein.«
Er schüttelt den Kopf. »Nein, ohne dich gehe ich nicht. Dann muss Lucia eben darauf verzichten.«
Mary merkt es nie, wenn sie manipuliert wird, und sie liebt Lucia so sehr, dass ihr die Vorstellung, ihre kleine Schwester müßte auf den Kinobesuch verzichten, unerträglich ist. Sie willigt ein. Die drei gehen ins Kino und kommen lebend wieder heraus, worüber Mary

sehr erleichtert ist, auch wenn sie noch immer nicht weiß, wovor sie solche Angst hatte. Es war ein schöner Nachmittag.
Im Juni fliegt Deirdre Whittaker mit Mary nach Dublin zu einem Gespräch mit Mutter Immaculata. Sie vereinbaren, dass Mary ab September in die vierte Klasse von St. Martin's in the Fields (ohne ein einziges Feld weit und breit) gehen und den Sommer über Irisch lernen soll, obwohl es für die in einem Jahr anstehende Zwischenprüfung gar nicht verlangt wird. (Nach Marys Französischkenntnissen, die nämlich nicht existieren, vergisst Mutter Immaculata zu fragen, was aber erst im September auffallen wird. Dann erhält Mary jeden Nachmittag zusätzlich Unterricht von Schwester Rodriguez, die ihr in drei Monaten den Französischstoff von drei Jahren einpaukt.)
Mary Olivier wird aufs Irish College in einem Küstenstädtchen nördlich von Dublin geschickt, wo sie ohne Kenntnis der Sprache das Gefühl hat, das Leben eines anderen Menschen zu leben, eines Menschen, den sie selbst noch nicht kennt. Bestenfalls fühlt sie sich, als bewegte sie sich am Rand ihres eigenen Lebens, ohne zu wissen, wie man dieses Leben lebt. Von daheim hat sie nichts mitbekommen, woran sie sich orientieren könnte. Die Männer in ihrer Familie, die ihr einmal Halt gegeben haben, sind verschwunden, und ihre Mutter ist eine unbeständige, schwache, unmütterliche Figur, die ihre eigenen Angelegenheiten nie regeln konnte. Einen ganzen Monat muss Mary in diesem Sommer in einer großen Schule am Meer verbringen, in der man kein Wort Englisch sprechen darf.
Allerdings hat diese Schule eine Kirche mit vielen Statuen, Gottesdienste werden gefeiert, und darin findet Mary sich wieder. *Vater unser, der Du bist im Himmel* … beide Väter, genauer gesagt, Papa Olivier, der möglicherweise doch im Himmel ist, falls Mummy sich geirrt hat, und Daddy Whittaker, der vielleicht gerade noch so durchgerutscht ist wegen der rechtzeitig erfolgten Taufe und, mit ein bisschen Glück, weil er Reue gezeigt und ein reines Gewissen gehabt hat.

Liebe Mummy,
schon zweieinhalb Wochen bin ich jetzt hier und vermisse Dich und Lucia. Der Tag ist streng eingeteilt: vormittags Unterricht, nachmittags Sport, wofür ich mich ja nicht besonders interessiere, aber Maistir O'Fluthúlach (mein Lehrer) meint, dass mir die Sprache sehr liegt, und ich mache große Fortschritte. Irisch ist interessanter als Latein, weil man es wirklich sprechen kann, wenn man's mal gelernt hat. (Womit ich Latein nicht schlecht machen will. Latein ist meiner Meinung nach die Grundlage aller modernen europäischen Sprachen und die Hauptsprache der einen wahren Kirche.)
Mummy, ich würde gern noch einen Monat hier bleiben und meine Irischkenntnisse erweitern, anstatt den August daheim zu verbringen und dann von dort im September ins Internat nach Dublin zu fliegen. Geht das? Maistir O'Fluthúlach meint, bei den Fortschritten, die ich mache, würde ich nächsten Sommer die Zwischenprüfung im Fach Irisch auf jeden Fall bestehen. Vielleicht bin ich dann sogar schon so gut, dass ich es als Leistungsfach nehmen kann.
Ich weiß, welche Kosten es verursacht, wenn ich hier bleibe, aber ich würde den Flug nach London und wieder zurück sparen und könnte von hier aus direkt ins Internat. Maistir O'Fluthúlach sagt, dass Ende August jede Menge Leute nach Dublin fahren, und wenn Du nichts dagegen hast, organisiert er mir eine Mitfahrgelegenheit. Ich soll Dir ausrichten, dass er Dir noch extra schreiben wird, weil er wissen will, ob Du einverstanden bist.
Es geht mir sehr gut. Bitte gib Lucia einen Kuss von mir.
Alles Liebe,

Mary

Deirdre Whittaker ist überaus einverstanden mit diesem Arrangement, und so verkriecht sich Mary Olivier einen zweiten Monat lang in dem großen, grauen Kasten am Meer. Sie fühlt sich sicher in diesem Gebäude. Sie liebt die See. Fast jeden Nachmittag klettern sie über die Felsen oder waten im Badeanzug, spitze Schreie ausstoßend, durchs kalte Wasser.

Am Ende des ersten Monats ist sie noch immer nicht richtig integriert, aber zu Beginn des zweiten nimmt sie als einziges Mädchen, das geblieben ist, eine starke Position unter den Neuankömmlingen ein. Sie sucht sich ein anderes Bett aus, den oberen Teil eines Stockbetts neben dem Fenster im luftigsten Schlafsaal. Zwischen der Abreise der Juli-Mädchen und der Ankunft der August-Mädchen liegen vierundzwanzig Stunden, in denen sie durch die leeren Räume streift und viel Zeit in der kleinen Kirche auf dem Schulgelände verbringt. Die Kirche gefällt ihr gut; sie hat farbige Glasfenster, auf denen verschiedene Heilige dargestellt sind, die sie zum Teil erkennt. Der heilige Franziskus streckt den Vögeln die Hände entgegen, der heilige Patrick deutet auf den Boden, wo zuckende Schlangen in alle Richtungen davonstieben. Sie denkt viel nach, überlegt, warum Vögel beliebt sind, Schlangen dagegen nicht. Sie fragt sich, was passiert wäre, wenn es geheißen hätte, Vögel seien in Irland nicht erwünscht. Hätte der heilige Patrick dann alle Vögel aus Irland vertrieben? Aber jedes Tier hat doch seinen Platz in der Weltordnung! Warum hatte es St. Patrick ausgerechnet auf die Schlangen abgesehen? Mary Olivier hat im Zoo Schlangen gesehen, einmal zusammen mit William Whittaker (Daddy) und einmal mit Onkel Anthony. Keiner von beiden hat gesagt, Schlangen seien im Londoner Zoo oder überhaupt in England unerwünscht. Die Schlangen haben ihr eigentlich recht gut gefallen mit ihrem Schlafzimmerblick, aber dem heiligen Patrick offenbar nicht. Hat Noah auch zwei Schlangen in die Arche aufgenommen? Wenn nein, warum nicht? *Herr, wir preisen Deine Stärke. Vor Dir neigt die*

Erde sich und bewundert Deine Werke. Nur die Schlangen bewundert sie nicht.

Die neuen Mädchen treffen ein. Mary Olivier sitzt oben auf ihrem Bett und sieht zu, wie sie hereinkommen und sich ihre Betten aussuchen. Sie unterhält sich zum ersten Mal mit Aisling, die unter ihr schlafen wird. Aisling war schon letztes Jahr hier und geht auf eine Schule in der Grafschaft Westmeath. Mary erzählt, dass sie im September aufs Internat kommt, und Aisling sagt, zwei Mädchen, die schon letztes Jahr da gewesen und jetzt wieder hier seien, würden auch St. Martin's in the Field besuchen. Aisling hat gesehen, wie sie sich draußen vor dem Eingang von ihren Eltern verabschiedeten. »Ich zeig sie dir beim Abendessen«, sagt die nette Aisling.

So lernt Mary Olivier Bernadette O'Higgins und Treasa O'Donoghue kennen, die sich in einem anderen Schlafsaal ein Stockbett teilen. Geschickt bringen sie zwei Mädchen in Aislings und Mary Oliviers Schlafsaal dazu, die Betten mit ihnen zu tauschen. Treasas fröhliches, offenes Gesicht strahlt gute Laune und Herzlichkeit aus, und die etwas distanziertere, verschlossenere Bernadette folgt Treasas Beispiel und begegnet Mary ebenfalls sehr freundlich.

Zum Abendessen gibt es Tee aus riesigen Kannen, Marmeladenbrote und einen komischen lockeren Kuchen, der mit Creme gefüllt und mit Kokosraspeln bestreut ist. Es wird viel gekichert am Tisch. Treasa ist gesprächig, die Fragen fliegen hin und her. Woher kommst du? Warum bist du hier? Ach, deine Mutter ist Irin? Und dein Vater? Kommt deine Schwester auch nach St. Martin's? Wann denn? In der wievielten Klasse warst du? Musst du Irisch erst noch lernen? Und dann senken Bernadette und Treasa die Stimme, gehen mit dem Kopf ganz nah an Mary heran und fragen sie mit Verschwörermiene: Rauchst du? Möchtest du's mal probieren? Hattest du schon mal Probleme in der Schule? Warum dann ausgerechnet ins St. Martin's? Weißt du, wie streng es dort zugeht? Kennst du irgendwelche Jungs?

Mary Olivier lächelt. Sie ist hingerissen. Sie wird ihr Leben lang eine Einzelgängerin bleiben, wird immer sehr verletzlich sein, wird immer Schwierigkeiten haben, das Richtige vom Falschen zu unterscheiden, und es wird ihr schwer fallen, anderen zu sagen, sie sollen sie in Ruhe lassen. Doch jetzt sieht sie diese beiden Mädchen an und ist begeistert von ihrem ungeheuchelten Lächeln, ihrer Lässigkeit und ihrem Stolz, ihrer Selbstkenntnis und ihrer Fähigkeit, sie mit einzubeziehen.

Ich möchte dazugehören, denkt sie.

Im Grunde ist sie viel sicherer hier, weit weg von ihrer unwissenden, alles bestimmenden Mutter, und am nächsten Morgen bindet sie ihr dunkles Haar zu einem Pferdeschwanz, wie Bernadette und Treasa ihn tragen, und freut sich aufs Dazugehören.

Drei

Am zweiten Tag der Besinnungswoche erwachte Mary Oliver in ihrem Bett am Fenster des Krankenreviers. Sie wusste nicht, warum sie in diesem Zimmer lag, ja nicht einmal, wo sie war, denn an die Ereignisse des vorangegangenen Nachmittags und Abends hatte sie keine Erinnerung, und da sie noch nie im Krankenrevier gewesen war, erkannte sie es nicht. Ganz still lag sie da. Sie fühlte sich völlig kraftlos. Als sie die Hand von der Bettdecke heben wollte, erforderte das so viel Konzentration und Anstrengung, dass sie sie sofort wieder fallen ließ.

Die Krankenschwester kam herein und maß ihr den Puls. Mary Oliver betrachtete sie, und ihr dämmerte, wo sie sich befand und dass sie offenbar krank war.

»Wir sind immer noch in der Besinnungswoche, du sollst nach Möglichkeit nicht sprechen, Mary«, sagte die Schwester mit tadelndem Unterton. »Nur wenn es unbedingt sein muss.«

Mary hatte das Gefühl, dass es nicht unbedingt sein musste, und so schwieg sie.

»Du bist ohnmächtig geworden«, erklärte die Krankenschwester. »Du hast aber auch wirklich einen sehr niedrigen Blutdruck!« Es klang so streng, als hielte Mary ihren Blutdruck absichtlich niedrig, um Schwierigkeiten zu machen.

Mary Oliver sah sie an und fragte sich plötzlich (es war die erste kritische Frage, die sie sich je gestellt hatte), warum ihre Mutter sie in ein Internat geschickt hatte, in dem man sogar an seinem Blutdruck schuld war. Und sie fragte sich, wo ihre Nägel geblieben waren. Sie sehnte sich nach der Sicherheit, dem Trost, die sie ihr gegeben hätten.

»Dein Puls ist jedenfalls in Ordnung. Du kannst durchaus aufstehen und ein wenig Tee und Brote zu dir nehmen«, erklärte die Krankenschwester.

Mary Oliver überlegte, ob ihre Mutter wusste, dass sie krank war, aber sie wollte nicht fragen.

»Tee und Brote«, wiederholte die Krankenschwester. »Und dann bringen wir dich in die Kapelle zu den anderen. Da wird es dir gleich besser gehen, was, mein Mädchen?«

Mary Oliver nickte.

Als sie nach dem Tee und den Broten im Waschraum war, betrat sie eine Toilettenkabine und steckte zum ersten, aber nicht zum letzten Mal in ihrem Leben den Finger in den Hals. Hinterher war ihr zwar nicht klar, warum sie es getan hatte, aber sie spürte, dass es ihr besser ging, und das genügte fürs Erste.

Treasa O'Donoghue, deren Hintern sich so vorwölbte, dass die Falten ihrer Schuluniform nicht gerade darüber fielen, ging sofort nach dem Frühstück ins Krankenrevier.

»Entschuldigung, kann ich bitte Mary Oliver besuchen?«, fragte sie die Krankenschwester.

»Nein«, erwiderte die Schwester. »Wir haben unsere Besinnungswoche, da herrscht Stillschweigen. Außerdem kommt Mary Oliver sowieso zu euch, sobald sie angezogen ist. Ich habe ihr das Frühstück aufs Zimmer gebracht«, fügte sie mit frömmlerischem Augenaufschlag hinzu.

Hast sie ja richtig verwöhnt!, dachte Treasa O'Donoghue. »Wenn Mary auch in die Kapelle geht, darf ich dann hier warten und sie begleiten? Dann müssten Sie sie nicht hinbringen. Sie werden sie ja

wohl nicht allein gehen lassen, nachdem sie ohnmächtig war«, sagte Treasa freundlich.
Diesem Argument musste sich die Schwester geschlagen geben. Sie nickte und nahm sich vor zu melden, dass Treasa das Schweigen gebrochen hatte.
Am Abend schrieb Mary Oliver im Bett einen Brief an ihre Mutter.

> Liebe Mummy,
> gestern ging es mir nicht gut, aber ich habe weiter an der Besinnungswoche teilgenommen und nun seit zwei Tagen kein Wort gesprochen. Ich vermisse Dich und Lucia und hoffe, ihr seid wohlauf. Ich weiss, dass Du mich hierher geschickt hast, weil es Deine alte Schule ist, und ich habe mich auch gut eingelebt, aber ich denke oft daran, dass Du gesagt hast, dass Du nächstes Jahr auch Lucia hierher geben willst. Dann würde sie nicht wie ich nur drei Jahre hier sein, sondern sechs, und ich weiß nicht, ob das so gut wäre. Sie fühlt sich so wohl in ihrer Schule in England, und ich bin mir nicht sicher, ob sie sich so schnell eingewöhnen würde wie ich.

Sie nagte an ihrem Füllfederhalter und dachte an das, was sie nicht schreiben konnte. »Es ist schwierig zu verbergen, dass meine Mutter in England lebt, was hier offenbar einem Verbrechen gleichkommt«, beispielsweise, oder: »Ich habe panische Angst, meine Mitschülerinnen könnten herausfinden, dass mein Vater Franzose war, und sich wundern, warum ich kein Französisch kann.« Oder: »Ich habe nicht nur einen Dad verloren, ich habe es geschafft, zwei zu verlieren.« In letzter Zeit war ihr manchmal der Gedanke gekommen, dass der Mann, den sie »Papa« genannt hatte, vielleicht doch noch lebte, aber es war ein schwaches, kaum fassbares, verschwommenes Gefühl, das keine Gestalt annahm. Sie hätte gern ihre Mutter gefragt, aber sie traute sich nicht.

Sie dachte über die vielen Dinge nach, die man seinen Eltern nicht sagen konnte. Später, als sie selbst Mutter war, legte sie großen Wert darauf, dass ihre Tochter über alles mit ihr reden konnte; und die tat das so ausgiebig, dass Mary sich manchmal wunderte, wie viel sie ihr erzählte. Der Mund ihrer Tochter wurde gewissermaßen von Jahr zu Jahr größer, sie plapperte alles aus.

»Mann!«, sagte Kitty O'Dowd zwanzig Jahre später zu Treasa. »Das würde ich bei meinem Kind nicht dulden. Hat die eine Klappe!«

Und Treasa erwiderte: »So ist sie eben, unsere Mary. Von einem Extrem ins andere.«

»Noch drei Tage dauert die Besinnungswoche«, schrieb Mary Oliver in dem Brief an ihre Mutter, »und in sechs Wochen bin ich mit der Schule fertig!« Aber das war kein großer Trost für sie. Was sollte sie danach machen?

Im Lauf des zweiten Besinnungstags hatten mehrere Ereignisse ihre Erinnerung an einen Großteil des Vortags geweckt – bis hin zu dem Moment, als sie im Beichtstuhl niederkniete, aber nicht darüber hinaus, was in Anbetracht der Umstände wohl auch besser war. Die menschliche Seele kann nicht alles auf einmal verarbeiten, und Marys Seele war in solchem Aufruhr, dass sie den ganzen zweiten Tag hindurch keine Ruhe fand. Sie kniete betend in der Kapelle, streifte betend durch den Klostergarten, saß betend auf einer Bank und ertappte sich immer wieder dabei, dass sie in die Luft starrte und nicht die leiseste Ahnung hatte, wie sie hingekommen war, wo sie sich gerade befand.

Schwester Rodriguez war Marys Blässe aufgefallen. Sie hatte darauf bestanden, dass Mary mittags eine Extraportion Kartoffeln aß, was zur Folge hatte, dass Mary hinterher fast doppelt so viel auskotzen musste. Als sie fertig war, schmerzten ihr die Brust und die Kehle, und ihre Augen brannten von ungeweinten Tränen. Sie war unendlich müde.

Sie schrieb weiter:

Dein Vorschlag, dass ich ein Jahr lang pausiere, ist vielleicht doch ganz gut. Ich hätte ihn an Ostern nicht so schnell zurückweisen sollen. Ich bin, wie Du immer betont hast, ein Jahr jünger als die meisten hier, und würde Zeit zum Nachdenken haben. Ich könnte einen Sekretärinnenkurs belegen und ein bisschen ehrenamtlich arbeiten, das würde mir gut tun. Es heißt ja nicht, dass ich keine Nonne werden will. Mir ist nur klar geworden, dass Du Recht hast und dass mir noch ein Jahr nicht schaden würde. Bitte grüß Lucia ganz lieb von mir und bitte schreib mir! Es tut mir Leid, dass ich mich an Ostern so benommen habe. Alles Liebe sendet Dir Deine älteste Tochter Mary.

Mary dachte an den Streit am Ostersonntag zurück. Sie hatte ihn sofort danach gebeichtet, und obwohl die Sünde getilgt war, weil der Priester sie ihr an Gottes statt vergeben hatte, und obwohl sie die drei auferlegten Ave Maria gebetet hatte, ging es ihr jetzt, nachdem sie sich bei ihrer Mutter entschuldigt hatte, besser.
Kitty O'Dowd stand im Klostergarten hinter der Schwesternkapelle, verzog das Gesicht und sagte zu Treasa O'Donoghue: »Das Mittagessen fand ich zum Kotzen.«
Treasa nahm es wörtlich und nickte. »Bist nicht die Einzige.« Sie dachte dabei an Mary Oliver, die jetzt wieder in der Kapelle saß mit ihrem schweißbedeckten, bleichen Gesicht, das im stillen Halbdunkel leuchtete. Um zwei Uhr nachmittags verschwand die Sonne hinter einem höheren Gebäude hinter der Kirche und drang nicht mehr durch die farbigen Glasfenster, so dass Mary Oliver das blutende Herz Jesu in dem Buntglas nicht sehen konnte. Ohne das Sonnenlicht wirkte das dunkle Rot matt auf dem weißen Gewand. Da schloss Mary Oliver die Augen und überlegte, was sie tun sollte. Sie wollte die Beichte ablegen, aber sie konnte nicht. Die Vorstellung, in dem engen Kasten zu knien, war ihr unerträglich, außerdem ver-

misste sie die Nägel. Sie hob den Blick zu dem Kruzifix an der Säule rechts vom Altar. Er fiel auf die Nägel in den Händen Christi.

Sie wollte diese Nägel haben.

»Ich verschwinde mal ein Stündchen«, flüsterte Kitty Treasa zu. »Hältst du mir den Rücken frei?«

Treasa grinste. »Klar. Du willst dir doch nicht zufällig die Besichtigung der Nonnenklitsche ersparen?«

Kitty reckte den Mittelfinger in Richtung »Nonnenklitsche«, wie sie die Werkstätte nannte. Treasa verstand es als Bejahung ihrer Frage. »Wohin willst du?«

»Ich treffe mich mit jemand am Sutherland Square.«

»Wie ist er?«

»Interessant. Ein Jahr älter als ich. Witzig.« Sie zuckte mit den Achseln. Mehr fiel ihr zu ihm nicht ein.

»Wie sieht er aus?«, fragte Treasa, um das Gespräch in Gang zu halten und die unweigerlich folgende Langeweile hinauszuzögern.

»Sehr groß. Dunkelhaarig. Hat einen schottischen Akzent.«

»Trägt er einen Kilt?«

»Keine Ahnung. Hab ihn jedenfalls noch nie in einem gesehen.«

»Wie kommt es, dass er Schotte ist?«

»Keine Ahnung. Die muss es eben auch geben.«

Treasa lachte. »Warum er in Irland ist, wollte ich wissen.«

»Sein Vater arbeitet in der britischen Botschaft.«

»In der ehemaligen britischen Botschaft!«, korrigierte Treasa lachend. »Ein Wunder, dass sie dich nicht wegen dieser Brandstiftung angeklagt und aufgeknüpft haben!« Sie sprach von dem Brand, der die Botschaft wenige Wochen zuvor zerstört hatte.

Jetzt lachte auch Kitty. »Ich geh mal los. Viel Spaß in der Nonnenklitsche, und erzähl mir nachher, wie es so war, falls ich ein Alibi brauche!«

»Denk an mich«, bat Treasa sie niedergeschlagen. »Als Erstes geht's in die Bäckerei.«

Kitty lief in Richtung Toilette, gelangte von dort aus in den Keller und schaffte es mühelos hinaus auf die Straße.

Anna McBride, von ihren Freundinnen Bridie genannt, saß hinten im Garten und hielt mehrere Broschüren in der Hand, die die Nonnen den Mädchen freundlicherweise zur Verfügung stellten, Prachtexemplare wie »Erwachsenwerden im Geiste Jesu« oder »Heranreifen unter dem Kreuz«. Bridie war gerade auf das Wort »Skrotum« gestoßen, dessen Aussprache und Bedeutung ihr nicht klar waren. Sie las den Satz noch einmal und kam zu dem Schluss, dass es sich dabei um einen beschönigenden Ausdruck für Penis handelte.
Ein wunderbares Wort, dachte sie. Es verhieß ganz neuartige Gespräche und Experimente mit Jean Jacques Versailles, denn das Wort Penis behagte ihr überhaupt nicht.
»Darf ich dein Skrotum berühren?« Sie stellte sich vor, wie es klingen würde. »Ist das dort unten dein Skrotum?«
Sie überlegte, ob man es deklinieren könnte: *»Et tu, scrote?«* Vielleicht sogar *»scrotis«*. Durchaus denkbar, dass Jean Jacques in einem Augenblick großer Anspannung »Bei meinem Skrotibus!« rief oder kurz *»Scrotis meis«*, da dieser Ausdruck das Wort »bei« bereits enthielte.
So viele Möglichkeiten …

Kitty O'Dowd betrat den Sutherland Square von der Northumberland Road her und sah, dass Andrew MacDonald bereits auf der gewohnten Parkbank saß. Als sie näher kam, erhob er sich und bat um Entschuldigung, weil er tags zuvor nicht zum vereinbarten Treffen erschienen war.
»Macht nichts«, sagte sie. »Es war trotzdem schön, einfach mal rauszukommen. Was war denn?«
»Als ich abhauen wollte, hat mich ein Lehrer erwischt. Ich musste ins Chemielabor und Extra-Aufgaben machen.«

»Und was ist, wenn sie heute merken, dass du nicht da bist?«
»Heute war ich nicht in der Schule. Ich habe zu Hause gelernt und mache jetzt eine kleine Verschnaufpause. Und du? Was ist, wenn sie merken, dass du fehlst?«
»Frag lieber nicht! Ist mir aber sowieso scheißegal.«
»Wie geht's mit dem Beten voran?«, fragte er grinsend. Er konnte sich keinen zum Beten ungeeigneteren Menschen denken als Kitty O'Dowd. Die Vorstellung von Kitty im Kampf mit den Plagen einer Besinnungswoche war ausgesprochen lustig.
Kitty sparte sich die Antwort.
Andrew ließ nicht locker. »Na sag schon! Was läuft jetzt gerade ohne dich?«
»Das glaubst du im Leben nicht.«
»Wetten, dass?«
Sie schnaubte. »Heute Nachmittag sollen wir eine volle Stunde in der Bäckerei verbringen – so nennen wir das Ding – und zuschauen, wie die Hostien für die Kommunion hergestellt werden.«
»Macht sich später bestimmt gut in deinem Lebenslauf«, meinte Andrew trocken.
Kitty lachte. »Jedenfalls besser als beten.«
»Wofür betet ihr eigentlich?«
»Ich bete dafür, dass die Besinnungswoche endlich zu Ende geht. Aber eigentlich sollen wir für eine Berufung und für Ablässe beten.«
»Für eine Berufung?«
»Ja, dass man zur Nonne berufen wird.« Sie grinste, weil er das Gesicht verzog.
»Schwester Kitty«, kicherte er.
»Schwester Kitty? Willst du mich verarschen?«
»Tja, Schwester Kitty, und was, bitte schön, ist ein Ablass?«
»Nenn mich nicht so! Ich weiß nicht, wie ich das beschreiben soll. Das ist so eine Art … Ach, ich weiß auch nicht. Je mehr man betet, umso mehr Ablässe kriegt man, und mit denen kann man dann …

Also, damit kann man zum Beispiel seine Großmutter aus dem Fegefeuer rausholen.«
»So was wie Bonuspunkte?«
»Keine Ahnung.« Unklare Dinge langweilten Kitty schnell.
»Jetzt sag schon! Ich will es wirklich wissen.«
»Ja, so was Ähnliches. An bestimmten Tagen kriegt man Extra-Ablässe.«
»Wann zum Beispiel?«
»Also, wenn man an jedem ersten Freitag im Monat zur Messe geht, kriegt man einen ganzen Haufen. Und wenn man in der Fastenzeit jeden Tag geht.«
»Und wie viele braucht man, um seine Großmutter aus dem Fegefeuer zu retten?«
»Woher soll ich das wissen?«, fragte Kitty gereizt. »Hängt wahrscheinlich davon ab, weshalb die Oma überhaupt im Fegefeuer gelandet ist.«

Bernadette O'Higgins' tiefblaue Augen flogen über die Zeilen der illustrierten Ausgabe von *Fantastischer Sex*. Sie überlegte, ob es wirklich stimmte, dass das Buch siebenhundertzwanzig Fotos und Abbildungen beinhaltete. Das lässt sich überprüfen, dachte sie und beschloss nachzuzählen, falls sie am Freitag keinen Lesestoff mehr hätte. Sie überlegte, welche Entschädigung sie erhielte, wenn es weniger als siebenhundertzwanzig wären und sie an den Verlag schriebe und sich beschwerte. Sie grinste vor sich hin. Vielleicht würde der Verleger dann ans Schultor klopfen, um die fehlenden Abbildungen höchstpersönlich abzuliefern.
Ein Schatten fiel auf die Seite. Bernadette stockte der Atem. Sie schlug das Buch zu und hob gleichzeitig den Blick. Vor ihr stand die Maple. Sie sahen sich in die Augen. Bernadette zwang sich wieder zu atmen und betete, dass sie nicht rot wurde.
Die Maple lächelte sie an. »Schön, dass du *Das Leben der Heiligen*

liest, Bernadette. Aber du bist hier ziemlich ungeschützt … vor der Sonne, meine ich.«
Bernadette schluckte und nickte.
Die Maple ging weiter. Gut möglich, dass ihre Mundwinkel zu einem winzigen Lächeln hochgezogen waren.

Mary Oliver stand in der »Bäckerei« und sah staunend zu, wie Hostien gemacht wurden. Als sie bemerkte, dass ihre Mitschülerinnen überhaupt nicht erstaunt waren, verwunderte sie auch das. Warum war sie nie auf den Gedanken gekommen, dass die Hostien von irgendwem hergestellt werden mussten? Darüber hatte sie noch nie nachgedacht; für sie war das immer Bestandteil des Transsubstantiationswunders gewesen. Erst hatte man Brot, dann waren es plötzlich Hostien. Jetzt wurde ihr bewusst, dass sie sich das Brot immer wie einen Laib oder wie Schnitten vorgestellt und nicht weiter gefragt hatte. Ganze Bleche voll. Sie fand es unangenehm, sie da liegen zu sehen, ein Blech am anderen. Plötzlich überfiel sie ein Heißhunger. Sie hätte so gern gewusst, wo ihre Nägel waren. Ein Rosenkranz bot nicht viel Trost, wenn man die Nägel gewöhnt war, nicht einmal, wenn man das Kruzifix ganz stark in die Handinnenfläche drückte.
Die Kapellenschwestern führten die Mädchen aus der von Kitty so genannten Bäckerei und brachten sie in einen länglichen Raum – die von Kitty als Nonnenklitsche bezeichnete Näherei. Mary Oliver hatte den starken Eindruck, dass sie irgendwann etwas verpasst haben musste, denn hier nähten die Nonnen Bettbezüge.
Vielleicht waren sie für die Betten der Nonnen im Mutterhaus. Sie sahen merkwürdig aus. Mary warf einen Blick zu Bernadette O'Higgins hinüber, die aus dem Fenster starrte. Sie sah sich nach Bridie um, doch Bridie wirkte wie in Trance. Treasa O'Donoghue sah sie lächelnd an. Mary Oliver fragte sich, was eigentlich los war. Treasa hustete, sah sie noch einmal an und zwinkerte ihr zu. Es hatte etwas sehr Tröstliches. Plötzlich wurde ihr leicht ums Herz. Viel-

leicht würde sie die Beichte heute Abend doch schwänzen, auch wenn sie die Kommunion erst wieder empfangen konnte, nachdem sie gebeichtet hatte, denn die Beichte gestern war etwas Schlechtes gewesen und musste gebeichtet werden.

»Nimm sofort die Hand aus meiner Bluse, Andrew!«, sagte Kitty und lehnte sich mit ausgestreckten Beinen auf der Bank am Sutherland Square zurück. Andrew gehorchte widerwillig. Kitty schloss die oberen Knöpfe ihrer Schuluniform.

»Kannst du morgen?«, fragte er.

»Nur wenn du das bleiben lässt. Stell dir mal vor, Mutter Immaculata kommt hier vorbei!«

»Ich dachte, es ist dir egal.«

»Ist es auch, aber … « Sie stockte.

»Aber was?«

»Ich kann es mir nicht leisten, von der Schule zu fliegen. Nicht schon wieder.«

»Bist du schon mal geflogen?«

»Zweimal.« Sie zuckte mit den Schultern.

Er lachte, beugte sich vor, stützte einen Ellbogen aufs Knie und sah sie an. »Wirklich? Erzähl mal, wieso denn?«

»Welches Mal?«

»Beide Male. Schieß los.«

»Beim ersten Mal bin ich abgehauen. O Mann, ist es schon so spät?« Ihr Blick war auf die Uhr gefallen. »Ich muss gehen. Ich singe jetzt im Chor mit und muss um vier da sein.«

Sie stand auf und lief davon.

»Bis morgen!«, rief er ihr nach.

Kurz darauf überquerte eine hagere Frau in einem sehr engen karierten Kostüm und hochhackigen Schuhen den Platz, und Andrew hatte ohne ersichtlichen Grund sofort das Gefühl, dass Kitty O'Dowd gerade noch mal entwischt war.

Miss Ní Ghrian (von den Mädchen Grinny genannt) suchte den Sutherland Square nach ausgebüxten Mädchen ab. Ihrer Ansicht nach herrschte während der Besinnungswoche nicht genug Disziplin, den Mädchen wurde viel zu sehr vertraut, und da sie überzeugt war, am gestrigen Nachmittag Kitty O'Dowd gesehen zu haben, überließ sie nichts mehr dem Zufall, sondern kontrollierte in regelmäßigen Abständen die üblichen Verdächtigen. Das Problem war, dass diese Mädchen allesamt schrecklich schwer zu fassen waren. Weil sie in der Besinnungswoche auf dem Gelände der Schwesternkapelle ziemlich viel Freiheit genossen und nur zu bestimmten Zeiten an bestimmten Orten sein mussten, war es fast unmöglich, ständig alle im Auge zu haben.

Grinny fand, dass Mutter Immaculata bei all ihrer sonstigen Strenge den Tagesablauf während der Besinnungswoche viel zu lax gestaltete. So gab es beispielsweise keinen Namensaufruf, mittels dessen man hätte feststellen können, wer an welchem Tag bei der Herstellung der Hostien anwesend war oder wer sich in der Kapelle aufhielt und wer nicht. Mutter Immaculata nahm offenbar an, die Mädchen würden von sich aus ihr Bestes geben.

Grinny wusste es besser.

An diesem Abend machte es sich Treasa O'Donoghue auf ihrem Bett im Schlafsaal bequem und erzählte Kitty O'Dowd, was sie am Nachmittag verpasst hatte. »Und was wir nach der Bäckerei gemacht haben, errätst du nie!«

Mary Oliver lag auf ihrem Bett rechts neben Treasas und schrieb einen Brief an ihre Mutter, hörte aber aufmerksam zu, weil sie nicht mehr wusste, was sie nach der Bäckerei gemacht hatten.

»Was denn?«, fragte Kitty. Sie lackierte sich gerade die Fußnägel.

»Nein, das sage ich dir nicht, das musst du erraten. Also, los!«

»Keine Ahnung. Vielleicht durftet ihr Hostien essen.«

»Nein. Rat noch mal.«

»Jede hat eine Zigarette gekriegt und durfte nach Hause.«
Mary Oliver lag bäuchlings auf dem Bett und wartete mit gezücktem Füller auf Treasas Bericht.
»Wir sind zu den Näherinnen«, erklärte Treasa kichernd.
»Was soll das heißen?«, fragte Kitty. Ihre Neugier war immerhin so weit geweckt, dass sie den Blick hob und die kichernde Treasa ansah.
»Ganz ehrlich, die haben uns noch in so einen anderen Raum geführt, da saßen Schwestern und haben Leichentücher genäht.«
»Leichentücher?« Kitty war fassungslos.
Mary Oliver hatte ein sonderbares Gefühl, als würde sie halluzinieren, was zum Teil daran lag, dass sie den ganzen Tag nichts gegessen (beziehungsweise das Essen sofort nach dem Verzehr wieder von sich gegeben) hatte, aber auch daran, dass ihr rätselhaft war, wie sie in dem Nähzimmer hatte sein können, ohne wahrzunehmen, was dort vor sich ging.
Im Schlafsaal nebenan lag Bridie schon unter der Decke und besprach mit Jean Jacques, wie ihre Flucht mit Hilfe eines Schinderkarrens und eines Leichentuchs zu bewerkstelligen sei.
»*Ma chérie*«, flüsterte Jean Jacques seiner einzigen wahren Liebe zu, »noch ehe die Woche zu Ende ist, habe ich dich aus diesen Mauern befreit. Du vertraust mir doch?«
Die rothaarige, in ihrem Kerker schmachtende, in Lumpen gehüllte Bridie hob ihr tapferes Gesicht, richtete die hoffnungsvollen grünen Augen auf die seinen und sagte: »Versprich mir, Jean Jacques.« (Sie hatte kurz mit dem Gedanken gespielt, ihn J.J. zu nennen, war aber davon abgekommen.) »Versprich mir, dass wir gemeinsam von diesem Ort fliehen, dass du mich nie verlassen wirst und dass dein Skrotum eines Tages für immer mein sein wird!«
»*Ma petite*«, flüsterte er. »*Et in saecula saeculorum scrotumorum maximum.*«
Downey-eins und Downey-zwei zogen los, um zusammen in die

Badewanne zu steigen. Zwei Jahre später sollten sie am Trinity College bekannt sein wie bunte Hunde, weil sie im Winter unter langen, schwarzen Plastikmänteln splitternackt herumliefen. Vorläufig aber bestand das Extremste, was die beiden unternahmen, in einem gemeinsamen Bad und der gegenseitigen Bewunderung von Gesicht und Körper. Da sie eineiige Zwillinge waren, bereitete ihnen das großes Behagen und stärkte ihr Selbstvertrauen.
Untereinander verschwendeten sie kein Wort mit normaler Konversation; jede wusste ohnehin immer, was die andere gerade dachte. Nur während der gegenseitigen Bewunderung brachen sie ihr Schweigen und nur, wenn sie allein waren. An diesem Abend aber waren ihre Gedanken ganz woanders. Nachdem sie das Wasser eingelassen und sich ausgekleidet hatten, stiegen sie in die Wanne, setzten sich mit dem Gesicht zueinander und zogen die Beine an. Downey-eins schüttelte sich.
»Ich fand die Leichentücher auch grässlich«, sagte Downey-zwei zustimmend.
Downey-zwei sah aus dem Fenster und verzog das Gesicht.
»Den Priester kann ich auch nicht leiden«, sagte Downey-eins.

»Warum machen die so viele Leichentücher?«, fragte Treasa.
Kitty antwortete: »Hoffentlich planen sie einen Massenselbstmord.«
Mary Oliver erzitterte. In dem Raum waren hunderte Leichentücher gewesen. Mehrere Dutzend auf jeden Fall. Vielleicht sind sie für Leprakranke in Afrika, dachte sie.
Sie schrieb weiter.
Leise wie auf Rollschuhen glitt der Rabe in den Schlafsaal. Scheiße, dachte Kitty O'Dowd, als sie ihren Nagellack schon wieder verschmierte. Sie sprang vom Bett und stellte sich daneben.
Nach und nach bemerkten die Mädchen die Anwesenheit der Mutter Oberin.
Alle Mädchen außer Mary.

Treasa hustete, um Mary zu warnen und die Aufmerksamkeit der Mutter Oberin von ihr abzulenken.
»Gib das sofort her, Mary Oliver!«, befahl der Rabe der unglückseligen Mary Oliver, die bäuchlings auf dem Bett lag und nichts bemerkt hatte.
Mutter Immaculata nahm der armen Mary, die gerade ihren Namen unter den Brief gesetzt hatte, Schreibblock und Füller ab und sagte: »So. Am Montag kommst du in der ersten Pause in mein Büro! Du weißt genau, dass es verboten ist, in der Besinnungswoche Briefe zu schreiben. Briefeschreiben ist gleichwertig mit Sprechen, und in der Besinnungswoche wird nicht gesprochen. Am Montag wirst du mir Rede und Antwort stehen. In fünf Minuten wird das Licht gelöscht. Beeilt euch, Mädchen!«
Mary Oliver sank auf ihr Bett. Sie war kreideweiß und zitterte.
»Halb so schlimm, Mary«, sagte Treasa. »Du hast ja sonst nie Schwierigkeiten. Das Gewitter wird bald vorüberziehen.«
»Was hast du eigentlich geschrieben?«, wollte Kitty O'Dowd wissen.
»Der Brief war an ihre Mutter«, antwortete Treasa.
Mary schoss die Frage durch den Kopf, woher Treasa das wusste. Sie hatte einen Augenblick lang vergessen, dass Treasa kaum etwas entging.
»Das ist keine große Sache«, erklärte Kitty. »Briefeschreiben ist doch nichts Illegales.«
»Oh, da hat jemand ein neues Wort gelernt!«, bemerkte Treasa boshaft.
»Bedeutet illegal etwas wirklich Böses?«, fragte Kitty hoffnungsvoll.
Mary Oliver überlegte, ob Mutter Immaculata den Brief lesen, und wenn ja, was sie davon halten würde, dass Mary darin die Empfehlung ausgesprochen hatte, ihre kleine Schwester im September noch nicht auf dieses Internat zu schicken.

Mutter Immaculata (von den Mädchen »der Rabe« genannt) reichte Schwester Rodriguez den konfiszierten Brief.
»Wusstest du, dass Mary Oliver Nonne werden will?«
Schwester Rodriguez las den Brief und rümpfte die Nase. »Warum will sie dann nicht, dass ihre Schwester nächstes Jahr zu uns kommt?«
Die Mutter Oberin betrachtete die Statue des Jesuskindes von Prag auf dem Sims rechts neben ihrem Schreibtisch.
»Das ist mir auch nicht klar. Aber vielleicht hängt beides zusammen.«
»Sie ist ein sehr frommes, tief religiöses Mädchen«, sagte Schwester Rodriguez nachdenklich. »Und intelligent.«
»Aber unreif«, erklärte Mutter Immaculata.
»Nicht mehr als die meisten anderen auch.«
»Das ist wahr.« Mutter Immaculata griff nach dem Brief und las ihn noch einmal.
»Sie ist wahrlich nicht die ungeeignetste Kandidatin für eine Berufung«, gab Schwester Rodriguez zu bedenken.
»Dieses Jahr haben wir nur sehr wenige, wenn überhaupt eine«, meinte die Oberin. »Aber sie müsste studieren, damit sie unterrichten könnte. Ein Sekretärinnenkurs nützt uns hier gar nichts.«
»Wir sollten sie zu einem Studium ermutigen?«, fragte Schwester Rodriguez.
Die Mutter Oberin nickte. »Ja, ein schöner Lehramtsabschluss in Englisch und Französisch käme uns wie gerufen. Für Mathematik ist sie ja nicht sonderlich begabt, wenn man sich ihre Noten in diesem Fach ansieht.«
»Aber vielleicht könnten wir sie trotzdem dahingehend bestärken. Mathematik wird bei uns derzeit nur von Laien unterrichtet. Mit einer Schwester in diesem Fach wäre uns sehr geholfen. Sollten wir gezwungen werden, naturwissenschaftliche Fächer zu unterrichten, müssten wir dafür Laien einstellen. Da wäre es nicht schlecht, eine Schwester als Leiterin des Fachbereichs zu haben.«

»Gut. Dann werden wir also ab nächster Woche, nach den Besinnungstagen, die Anzahl ihrer Mathematikstunden erhöhen und, falls nötig, Nachhilfeunterricht für sie organisieren.«
»Der Wille des Herrn geschehe.«
»Amen.«

Die unglückselige Mary Oliver lag zusammengerollt wie ein Fötus in ihrem Bett und ahnte nicht, dass zur gleichen Zeit Pläne über ihre Zukunft geschmiedet wurden. Sie vermisste ganz schrecklich ihre Nägel und fragte sich immer wieder, wo sie sein mochten. Langsam wurde ihr klar, dass sie wirklich weg waren. Wie sollte sie sie nur ersetzen?
Mit diesem einen Gedanken im Kopf döste sie ein, wurde aber von den aus dem Waschraum zurückkehrenden Downey-Zwillingen aufgeschreckt (die, als Mary aus dem Beichtstuhl gefallen war, jeweils einen Nagel aufgehoben und in die Reißverschlusstasche ihrer Trägerröcke gesteckt hatten). Downey-eins und Downey-zwei zogen in Baby-Doll-Pyjamas und nach Deodorant und Talkumpuder duftend die Vorhänge um ihre Betten, schlüpften unter die Decken und legten sich so hin, dass sie einander betrachten konnten.
Bernadette O'Higgins lag auf dem Rücken und grübelte nicht zum ersten Mal über den eigentlichen Sinn der Besinnungswoche. Ihr bedeutete sie nicht das Geringste. Sie verschränkte die Hände unter dem Kopf und fragte sich, warum ihren Brüdern diese Plage erspart geblieben war. Im vergangenen Jahr hatte sie die Erfahrung gemacht, dass man die Zeit nur überstand, wenn man sich möglichst viel beschäftigte. Allerdings hatte sie jetzt noch drei Tage vor sich, und allmählich wurde ihr bewusst, dass es fast unmöglich war, sich so lange zu beschäftigen.
Die Langeweile ist das Schlimmste, dachte sie. Vom Aufstehen bis zum Abend, wenn wir uns endlich ins Bett flüchten können,

herrscht schiere Langeweile. Warum nur setzen sie intelligente Mädchen einer solchen Extremsituation aus?
Der Gemeinschaftsraum, in dem sie sich die Zeit mit Musikhören, notfalls auch mit Nachrichtenhören hätten vertreiben können, durfte nicht betreten werden. Der schrecklichste Teil des Tages war für sie, wenn während der Mahlzeiten Evangelienkapitel oder Heiligenlegenden vorgelesen wurden – wohl um sie von dem grauenhaften Essen abzulenken. Diese endlose Langeweile – und wozu? Sie fragte sich, wie die anderen es ertrugen. Sie hatte beschlossen, das Stillschweigen zu wahren; sie wollte herausfinden, welche Auswirkungen es auf sie hatte. Aber irgendwann in dieser Woche würde sie zur Beichte müssen und dieselben Sünden wie immer durch das Gitter im Beichtstuhl flüstern. Sie hatte längst entschieden, dass sie erst dann gehen würde, wenn der asketisch wirkende Priester die Beichte abnahm. Sie überlegte, ob der andere Priester wohl etwas zu Mary Oliver gesagt hatte oder ob es Mary einfach schlecht geworden war. Offenbar interessierte das niemanden. Sie hatte es nicht fassen können, als Mary heute Morgen in Begleitung von Treasa in die Kapelle kam. Treasa hatte ihnen mit lautlosen Lippenbewegungen mitgeteilt, dass die Krankenschwester krank sei. Mary hatte natürlich kein Wort gesagt. Blass und unglücklich hatte sie ausgesehen.
Barmherzige Schwestern, dachte Bernadette. Und wessen erbarmten sie sich? Ihrer selbst? Oder der Disziplin und der Ordnung? Des einzelnen Menschen jedenfalls nicht. Das Individuum hatte hier keinen Wert. Sie verzog das Gesicht. Noch sechs Wochen. Ist ja wohl machbar. Hauptsache, ich überstehe diese eine Woche, die Besinnungswoche.

Am Abend traf sich Maeve Maple, bevor sie nach Hause fuhr, mit einem Freund auf einen Drink. »Na, wie geht's?«, fragte der Freund, nachdem er ihr Glas auf den Tisch gestellt und seine Zigaretten hervorgeholt hatte.

»Das ist jedes Jahr die schlimmste Zeit«, antwortete Miss Maple. »Die Mädchen sind eine ganze Woche lang eingesperrt, es darf kein Wort gesprochen, nur gesungen werden, die Hormone spielen verrückt, das Essen ist grauenhaft – diese Kasteiung gehört nämlich auch zu dem ganzen Humbug. Ach, ich weiß nicht. Gestern Abend ist ein Mädchen ohnmächtig geworden, und heute war sie schon wieder da, bleich wie der Tod, aber sie hat den ganzen Tag schweigend hinter sich gebracht. Und als ich sie fragte, ob es ihr wieder gut gehe, schüttelte sie nur den Kopf und wollte nichts sagen, weil sie das Schweigen nicht brechen will.«

»Klingt, als würde es dich auch ziemlich mitnehmen.«

»Ja, richtig. Dabei muss ich selbst gar nicht schweigen. Kannst du dir das vorstellen – fünf Tage und Nächte, und das in diesem Alter! Einigen mag es ja etwas bringen, aber ich werde das Gefühl nicht los, dass es andere in die Verzweiflung treibt.«

Womit sie Recht hatte.

In dieser Nacht wandelte Mary Oliver zum ersten Mal im Schlaf. Keiner bekam es mit. Niemand ahnte es auch nur. Doch als Mary Oliver am nächsten Morgen aus dem Bett stieg, sah sie zu ihrem großen Erstaunen, dass ihre Füße schmutzig waren. Sie starrte sie entsetzt an. Ihre Beine und ihr Nachthemd waren voller Staub und Schmutz, die Fußsohlen tiefschwarz. Sie behielt die Entdeckung natürlich für sich, lief in den Waschraum und wusch sich nicht nur gründlich Füße und Beine, sondern versuchte auch ihre Bestürzung abzuschrubben, die sie fast überwältigte. Als sie sauber war, überlegte sie, ob sie sich den Schmutz nicht vielleicht eingebildet hatte, aber die Flecken auf ihrem Nachthemd widerlegten diesen Gedanken. Sie wusch auch das Nachthemd und hängte es über einen Handtuchhalter im Waschraum.

Treasa O'Donoghue starb fast vor Langeweile, anders ließ es sich nicht mehr ausdrücken. Staunend registrierte sie, wie die anderen es durchstanden. Bernadette las wie gebannt in einer alten, ledergebundenen Ausgabe der *Leben der Heiligen*, was ihr äußerst unglaubhaft erschien und mit großer Wahrscheinlichkeit bedeutete, dass Bernadette etwas im Schilde führte, aber wenigstens wirkte sie nicht gelangweilt. Anna McBride schien ganz woanders zu sein, was wohl hieß, dass sie an Angenehmeres dachte. Mary Oliver wirkte völlig gebrochen, und Treasa wusste nicht, was sie noch für sie tun könnte, außer sie anzulächeln und ihr zuzuzwinkern. Aber sehr viel länger würde sie das nicht tun, denn sie erhielt nicht die geringste Reaktion. Und Kitty, tja, Kitty hatte ein Schlupfloch gefunden, sie hatte ihre kleine Flucht, und wenn auch nur für eine Stunde am Nachmittag. Die Glückliche! Treasa beneidete sie um diese Stunde. Und wenn sie es recht bedachte, war Kitty das einzige Mädchen in der Gruppe, das einen normalen Eindruck machte.

In Wahrheit hatte Treasa, die ein ziemlich phlegmatischer Mensch war, Angst davor, so auszubrechen wie Kitty. Sie konnte es sich nicht leisten, den Zorn ihres Vaters auf sich zu ziehen. Sie fragte sich, wie Kitty es schaffte, alles immer wieder an sich abprallen zu lassen. Kitty war schon zweimal der Schule verwiesen worden, aber an ihrer grundsätzlichen Einstellung hatte das nichts geändert.

Kittys grundsätzliche Einstellung, das war diese »Ihr könnt mich alle mal«-Haltung, mit der sie sich durch die Schulzeit lavierte, wobei sie immer wieder mit den Nonnen zusammenstieß und das Lernen eher spielerisch betrieb. Und genau dieser Haltung wegen sollte sie eines Tages hochkant von der Schule fliegen und, anstatt auch nur einen Blick zurückzuwerfen, in Gedanken Mutter Immaculata den Stinkefinger entgegenrecken.

Aber das wusste Treasa zu diesem Zeitpunkt natürlich noch nicht. Sie lag in ihrem Bett und versuchte sich etwas vorzustellen, worauf sie sich in den restlichen drei Besinnungstagen freuen könnte. Sie fand aber nichts.

Vier

Sehen wir uns Anna McBride als kleines Mädchen an, blass, mit dunkelrotem Haar, großen, grünen Augen, kurzen, dünnen Beinen und einem hoffnungsfrohen Ausdruck im winzigen ovalen Gesicht.

Kind reicher Eltern. Einzelkind. Ihre Eltern besitzen ein großes Haus etwa zwölf Kilometer vom Stadtzentrum Dublins entfernt. Ein großes, frei stehendes Haus inmitten eines zehntausend Quadratmeter großen, aufregenden Gartens mit Swimmingpool und viel Gebüsch, in dem man sich gut verstecken kann.

Anna McBride wird zu Hause unterrichtet, weil das bequemer ist. Jeden Tag kommt der Privatlehrer. Dann sitzt sie schon im Studierzimmer bereit, in Kleid und Strickjacke, und ihr langes, rotes Haar wird von einem farblich passenden Band aus dem Gesicht gehalten. Mit vier konnte sie flüssig lesen, mit sechs hatte sie sich selbst das Multiplizieren beigebracht (wenn auch nur bis zum Multiplikator 16). Erstaunlich, wie weit der Mangel an emotionaler Zuwendung ein Kind bringen kann.

Anna McBride (später von ihren Freundinnen Bridie genannt) lebt am Stadtrand von Dublin in diesem riesigen Haus mit sechs Schlafzimmern und hat, abgesehen von den Gesprächen mit ihrem Hauslehrer, tagsüber nur sehr wenig Kontakt zu Menschen. Ihr Vater ist ein viel beschäftigter Anwalt, und ihre Mutter ist einfach so immer

beschäftigt. In der gesamten Grafschaft südlich von Dublin gibt es nicht eine Wohltätigkeitsveranstaltung, bei der ihre Mutter nicht mitmischt, und zwischendurch wird zur Entspannung Golf und Bridge gespielt.
Anna McBride darf das abgelegene Anwesen nicht verlassen. Sie könnte dort draußen unpassende Freundinnen gewinnen. (Sind unpassende Freundinnen nicht besser als gar keine?, wird sie später einmal ihren Mann fragen.)
»Die Kinder werden dich toll finden, weil wir einen Swimmingpool haben, aber nur im Sommer«, erklärt ihre Mutter. »Wenn es Winter wird, werden sie dich allein lassen, und du hast niemanden mehr zum Spielen.«
Aber ich habe ja sowieso niemanden zum Spielen, denkt Anna, sieht zu ihrer Mutter hoch und sagt traurig: »Ja, Mummy.«
»Kein Grund zum Selbstmitleid«, verkündet ihre Mutter aufmunternd. »So wirst du wenigstens nie von Freundinnen verlassen.«
Anna McBride ist also gut aufs Leben vorbereitet.
»Jetzt geh mal raus und spiel schön, Anna, steh nicht immer im Weg herum! Wir haben einen Riesengarten, in dem du herumtollen kannst«, sagt Mrs McBride.
Als Anna drei ist, lernt sie Tom und Mary kennen. Die stehen in ihrem ersten Lesebuch. *Lauf, Tom, lauf, Mary, lauft, lauft, lauft!*
In ihrer Fantasie geht sie mit den beiden in den Garten und spielt mit ihnen im Gebüsch. In dem Buch sind keine Bilder, und Anna kennt keine Kinder außer dem einen, das sie im Spiegel sieht.
Tom und Mary haben dunkelrote Haare.
Später liest sie *Die Bobbsey-Zwillinge*, und Tom und Mary erhalten einen Nachnamen. *Komm, Tom Bobbsey, komm, Mary Bobbsey, kommt, kommt, kommt!* Sie laufen ihr nach zwischen den Bäumen hindurch, und unter den Lavendel neben dem Goldregen. *Lächle, Tom, lächle, Mary, lächelt, lächelt, lächelt!*
Mit vier Jahren bekommt sie ein Geschenk aus Kanada. Ihre Mutter

sagt: »Das ist von einem entfernten Cousin, der in Kanada lebt. Da gibt es Grizzlybären.«
Anna öffnet das Paket. Ein Teddybär liegt darin. Sie nennt ihn Grizzle.
Eine Woche später sieht Grizzle sie an und sagt laut und deutlich: »Nimm mich mit!«
Sie erwidert Grizzles Blick verwundert; sie hat nicht gewusst, dass er sprechen kann. Er trägt eine rote Latzhose und hat eine spitze, schwarzbraune Schnauze und sitzt normalerweise auf ihrem Bett. An der Tür bleibt sie stehen und wartet, ob er noch etwas sagt.
Er sagt nichts mehr.
Sie denkt sich, dass sie ihn besser mitnimmt, falls er noch etwas sagen will, nachdem sie das Zimmer verlassen hat. Sie hebt ihre Puppe (Melissa mit den langen blonden Haaren und den blauen Augen) aus dem Puppenwagen und legt Grizzle hinein.
»Danke«, sagt Grizzle und macht es sich für seine erste Fahrt im Puppenwagen bequem. Interessiert betrachtet er die Bäume und Sträucher, während Anna ihn durch den riesigen, gepflegten, hügeligen Garten fährt.
Das macht Spaß, nicht wahr, Tom? Das macht Spaß, nicht wahr, Mary? Macht das Spaß, Grizzle? Spaß, Spaß, Spaß.
Als Anna neun ist, bringt ihre Mutter sie in eine Klosterschule in einem georgianischen Gebäude unweit des Zentrums, in dem Teil der Stadt, der Dublin 2 heißt.
Mutter Immaculatas Flügelhaube erinnert Anna an Möwen, die über dem Meer fliegen. Die Mutter Oberin unterhält sich in ihrem Büro mit ihr. Durch den Duft der Möbelpolitur dringt ein Anflug von Kohlgeruch.
»Wir dachten, September wäre ein guter Termin für Annas Schulbeginn«, sagt Annas Mutter mit dieser komischen Stimme, die sie immer hat, wenn sie jemanden beeindrucken will.

Anna bemerkt die Statue auf dem Kaminsims.
»Weißt du, wer das ist?«, fragt Mutter Immaculata das Kind mit den großen Augen in dem blassen Gesicht.
»Jesus?«, fragt Anna.
»Das Kind von Prag.«
Anna wird rot. Sie fand, dass es ein bisschen wie Jesus aussah. Vom Kind von Prag hat sie noch nie gehört.
»Sie ist in Religion unterwiesen worden«, wirft ihre Mutter hastig ein. »Durch unseren Geistlichen, Pater McMorrow, den Gemeindepfarrer. Er kommt regelmäßig und unterrichtet sie.«
»Hat sie die Erste Heilige Kommunion empfangen?«, fragt Mutter Immaculata mit Blick auf die errötende Anna.
»Aber ja, natürlich. Wir haben es an nichts fehlen lassen«, versichert Mrs McBride. »Beichte und Erste Heilige Kommunion mit acht Jahren. In unserer Gemeindekirche. Die Priester haben es ermöglicht, dass sie beides zusammen mit den …« (Pause. Mrs McBride tut sich schwer mit manchen »Arten« von Menschen) »… Kindern aus der … äh, der Schule in unserem Sprengel machen konnte.«
»Ich verstehe«, sagt Mutter Immaculata und bereitet schon mal eine Unmenge Testfragen für Anna vor.
Anna sitzt allein an einem Pult in einem Klassenzimmer. Die Junisonne scheint durchs Fenster und lässt ihr Haar erglühen. Ihre kleine Hand arbeitet sich zügig über ein Blatt nach dem anderen, schreibt immer schwierigere Rechnungen nieder. Seite um Seite füllt sie mit Buchstaben. Jetzt zahlt sich das viele Lesen aus, denn sie muss Fragen zum Textverständnis beantworten und einen Aufsatz über den schönsten Tag in ihrem Leben schreiben (der auf keiner realen Begebenheit beruht). Ihre Irisch- und Französischkenntnisse sind ebenso hervorragend wie ihr Latein.
»Wir haben ein Problem, Mrs McBride.« Mutter Immaculata sitzt an ihrem Schreibtisch in ihrem Büro in dem georgianischen Gebäude in Dublin 2.

»Ach, du meine Güte«, sagt Mrs McBride. »Was ist denn? Was ist schief gelaufen?« Anna mit dem blassen Gesicht und den großen Augen wippt mit ihren weiß besockten Füßen und saugt an der Unterlippe.

Das Problem besteht darin, dass Anna ihren Altersgenossinnen voraus ist.

»Wenn wir sie zu den gleichaltrigen Mädchen geben, wird sie sich langweilen«, erklärt die kluge Mutter Immaculata, der das Thema Langeweile in jedem anderen Lebensbereich ihrer Schützlinge völlig egal ist. »Sie ist im Grunde auf dem Stand der Dreizehnjährigen, aber sie hat noch nie Geometrie gemacht.«

»Kein Problem«, versichert Mrs McBride und seufzt erleichtert auf. »Im September werden ihre Geometriekenntisse auf dem erforderlichen Stand sein!«

Anna sieht aus dem Fenster. Tief im Herzen weiß sie, dass sie, wenn ihre Mutter die Sache in die Hand nimmt, mit ihren Geometriekenntnissen im September mindestens auf dem Stand von Fünfzehnjährigen sein wird.

Mutter Immaculata nickt befriedigt. Eine Schülerin mehr. Mehr Geld im Säckel.

Die Schulgebühren sind nicht gerade niedrig, im Gegenteil – St. Martin's ist eine der teuersten privaten Mädchenschulen in Irland.

Mutter Immaculata ist hocherfreut. Gute Familie, Vater Rechtsanwalt. Angenehmer Akzent, kultiviert. Die richtige Art Mädchen.

»Möchten Sie, dass sie bei uns im Internat wohnt?«, fragt Mutter Immaculata.

»Darüber sollten wir uns auf jeden Fall unterhalten«, erwidert Annas Mutter, nur allzu bereit, sich davon überzeugen zu lassen, dass das Internat genau das Richtige für ihr einziges Kind ist.

»Wir sehen uns dann also im September, Anna«, sagt Mutter Immaculata.

Anna nickt aufgeregt. Eine richtige Schule. Lange Korridore, der Geruch von Bohnerwachs und Möbelpolitur. Ein Schlafsaal. Und ganz, ganz viele Mädchen.

Auf Wiedersehen, Tom, auf Wiedersehen, Mary, auf Wiedersehen, auf Wiedersehen, auf Wiedersehen.

Aber noch ist es nicht ganz so weit mit »Auf Wiedersehen, Tom, auf Wiedersehen, Mary«, und mit »Hallo, Schule« dauert es auch noch ein bisschen.

Bevor Anna mit der Schule beginnt, wird sie einen Unfall haben und sich im September nicht in St. Martin's in the Fields, sondern im Krankenhaus aufhalten.

Auf dem Nachhauseweg vom Schultest fragt sie ihre Mutter: »Warum heißt es eigentlich *in the fields*, wenn in Wirklichkeit gar keine da sind?«

»Keine was?«, fragt ihre Mutter zerstreut. Sie ist völlig verzückt, weil ihre neunjährige Tochter mit Dreizehnjährigen in eine Klasse gehen wird. Sie wird dann zwar schon zehn sein, aber was soll's. Eine Meisterleistung! Ein Bravourstück! Wenn sie das beim Bridge und auf dem Golfplatz erzählt!

»Felder, Mummy«, sagt Anna verwundert.

»Das ist eben einfach so«, erwidert ihre Mutter wenig informativ. »Außerdem gibt es Gartenanlagen hinter den Gebäuden. Mutter Immaculata hat mich herumgeführt, während du den Test gemacht hast. Es ist alles sehr schön. Es gibt vier Häuser, die miteinander verbunden sind. Und hinter den Häusern liegen diese Gärten, sehr idyllisch. Einen Gemüsegarten gibt es und noch drei andere. Sie sind zwar ummauert, aber man kommt durch Torbögen von einem in den anderen.«

»Und was ist mit Sport, Mummy?«, fragt die begeisterte Anna, die mit acht sämtliche Enid-Blyton-Bücher gelesen hat und weiß, dass sie mit ein bisschen Glück auf Hockey und Lacrosse, auf Tennis und Korbball, vielleicht sogar auf Reiten hoffen darf. In den Romanen

der »Chalet School«-Reihe wurde sogar Ski gefahren, aber Anna weiß intuitiv, dass Skifahren hier nicht in Frage kommt.
»Ich habe vergessen, danach zu fragen«, antwortet ihre Mutter. »Aber mach dir keine Gedanken, ich habe einen Tennisplatz gesehen. Es wird dir sehr gefallen, mein Schatz.«
Ja, es wird mir sehr gefallen, denkt Anna optimistisch und verscheucht die Vorstellung von einer Schule ohne Sportplätze, ohne Sportlehrerin, ohne Turnhalle.
Denn sie weiß intuitiv (Anna McBride ist ein intuitiv vorgehendes Menschenkind), dass Kinder, wenn sie keinen Sportplatz haben, ihre Fantasie bemühen. Dass ein Tennisplatz dann nicht nur als Tennisplatz genutzt wird, sondern auch als improvisierter Basketballplatz, auf dem einfallsreiche Mädchen Drahtkleiderbügel in die richtige Form biegen und zwischen die Ziegelsteine in die Mauer stecken. Halb so schlimm, dass beide Körbe an derselben Seite hängen. Die Mädchen ändern einfach die Regeln, bis sie dem entsprechen, was zur Verfügung steht.
Und wer nicht Tennis oder Basketball spielt, setzt sich in den Garten nebenan und liest oder klettert im hintersten Garten über die Mauer, die an die Straße grenzt, und büxt aus. Und wer das tut, der steigt auch durch die Luke aufs Schlafsaalhaus und huscht über die lebensgefährlichen Dächer und raucht zwischen den Schornsteinköpfen oder nimmt ein Sonnenbad.
Aber noch dauert es eine Weile, bis Anna McBride so weit ist, bis sie, ein flachbrüstiges Kind, sich in den Schlafsaal hineinschleicht und ihre dreizehn-, vierzehnjährigen Klassenkameradinnen sich umdrehen und ihre neue Mitschülerin entsetzt anstarren.
Gelassen zu sein hat sie nie gelernt. Da, wo sie jetzt ist, hat sie nicht viel Spaß, aber sie ist zuversichtlich. St. Martin's in the Fields hat ihr bestimmt mehr zu bieten.
Anna McBride fährt nach Hause, um Geometrie zu büffeln. Leider unterrichtet ihr Privatlehrer keine Geometrie.

»Sie haben mich für den Unterricht in Mathematik, Irisch, Englisch, Französisch, Latein, Geschichte und Geografie eingestellt. Ich habe sie auf ein ziemlich hohes Niveau gebracht, Mrs McBride, aber Geometrie unterrichte ich nun mal nicht.«
Es ist Sommer. Der Anwaltsvater seufzt und sagt, dann werde eben er ihr Geometrie beibringen. »Bis Ende Juli stelle ich dir jeden Sonntag einen Lehrsatz vor, und im August können wir jeden Tag eine Stunde lang lernen.«
Daraus wird eine Stunde jeden Sonntagvormittag. Anfangs ist Annas Freude groß – eine ganze Stunde ohne Unterbrechung mit ihrem Vater, den sie aus der Distanz anhimmelt. Aber Distanz ist auch angesagt in der Beziehung zu einem Vater, der alles andere als Geduld hat.
Zunächst verlaufen die Unterrichtsstunden gut. Anna ist motiviert, lerneifrig, aufmerksam. Er ist gereizt, weil er am Sonntagvormittag eine Stunde verliert, die er mit seinen Akten verbringen könnte.
»Das kapiere ich nicht«, sagt sie und starrt auf die Dreiecke in ihrem Geometrieheft.
»Aber wieso denn nicht?«, fragt er. »Das ist doch kinderleicht.«
Es geht zäh voran. Nach einiger Zeit fürchtet Anna die Sonntagvormittage, und er gibt ihr jetzt immer einen Klaps mit dem Lineal, wenn sie etwas nicht versteht.
Sie springt mit Grizzle im Arm von der Gartenmauer. Sie ist schon öfter gesprungen, sehr oft sogar, aber nur in Gedanken.
Spring, Tom, spring, Mary, springt, springt, springt.
»Die Mauer ist zwei Meter hoch«, teilt ihr Vater dem Arzt in der Notaufnahme mit. »Sie ist zwei Meter tief gesprungen, wirklich kaum zu glauben!«
»Nicht zwei Meter, Daddy«, wirft Anna ein. »Die Höhe der Mauer beträgt zwei Meter. Das Blumenbeet ist einen Meter zwanzig breit. Ich bin also mehr als zwei Meter tief gesprungen.«
»Was soll das heißen?«

»Das Quadrat der Hypotenuse ist gleich der Summe der Quadrate der anderen beiden Seiten. Zwei mal zwei ist vier plus einen Meter zwanzig mal einen Meter zwanzig, also einen Meter vierundvierzig, macht fünf Meter vierundvierzig. Und die Wurzel daraus ist zwei Komma …« Die Narkose beginnt zu wirken, ihre Stimme erstirbt. Hast deine Lektion gut gelernt, Anna.

Gebrochene Beine werden operiert und kommen anschließend in einen Streckverband. Annas Krankenhausaufenthalt zieht sich hin.

»Bist du einsam, Anna?«, fragt ihre Mutter, wenn sie sie besucht.

»Nein, Mummy, es geht mir gut, danke.« Anna ist enttäuscht, weil sich ihr Schulstart verschoben hat, aber sie merkt schnell, dass ihr das Krankenhaus Gesellschaft bietet wie kaum ein anderer Ort. Auf einer Station mit dreizehn anderen Kindern in unterschiedlichen Krankheitsstadien liegt sie in ihrem Bett (es bleibt ihr nichts anderes übrig), ihre Beine sind in verschiedenen Winkeln hochgezogen, sie hat Grizzle neben sich, und sie redet und redet den ganzen Tag.

Dann darf sie nach Hause und soll wieder zu Kräften kommen.

Willkommen daheim, Tom, willkommen daheim, Mary, bleibt hier, hier, hier. Ihr großes Zimmer mit den rosaroten Rüschenvorhängen und den pastellfarben gestreiften Bettbezügen ist sehr leer und sehr still. Sie liegt auf dem Bett, drückt Grizzle an sich und denkt an die vielen Kinder, die sie im Krankenhaus kennen gelernt hat. In diesem Zimmer hätten viel mehr Platz als nur ich (und Tom und Mary und Grizzle), findet sie.

Und schon kommen Tess und Sue hereinspaziert. Sie haben rote Haare und Sommersprossen und lustige Gesichter. Sie sitzen auf den Stühlen, während sie schläft, und sind da, wenn sie morgens aufwacht. Sie spornen sie an, wenn sie Krückengehen übt, und weil sie Grizzle jetzt nicht mehr tragen kann, bleibt er auf ihrem Bett liegen, während Tess und Sue mit ihr durch den Garten spazieren.

Bald ist Ostern. Anna sitzt am Pool. Das Speisezimmerfenster steht offen, und die Stimmen ihrer Eltern werden mit den zarten, weißen

Vorhängen, die sich nach außen bauschen, hinausgetragen und dringen bis zu ihr.
»Sie hat ein halbes Jahr Schule versäumt. Nach Ostern muss sie wirklich anfangen«, sagt ihre Mutter.
»Ich glaube nicht, dass wir sie schon im nächsten Trimester ins Internat geben können«, wendet ihr Vater ein. »Der Arzt sagte, sie muss sich zu Hause erholen, und meinem Eindruck nach war er der Ansicht, dass sie erst im September anfangen soll.«
»Kommt nicht in Frage, dass sie noch länger hier rumliegt! Für mich ist das eine Riesenbelastung, und ihr tut es auch nicht gut.«
»Sollen wir nicht für das kommende Trimester den Privatlehrer wieder anstellen?«
»Es wäre viel zweckmäßiger, wenn sie in die Schule ginge, und wenn es im nächsten Trimester auch nur tagsüber wäre.«
»Ist sie dafür nicht noch ein bisschen schwach?«
»Es wird ihr gut tun, wird sie fit machen.«
Und so erlebt Anna mit zehn Jahren endlich ihren ersten Schultag. Tess kommt mit. Sue bleibt daheim.
Annas Rechtsanwaltsvater fährt sie (und Tess) morgens hin. Sie sitzen auf der Rückbank, weil er während der Fahrt gern seine Aktentasche neben sich auf dem Beifahrersitz liegen hat. Das Ganze ist äußerst unbequem für ihn, denn er muss jeden Morgen Annas Ranzen in die Schule tragen, weil sie noch an Krücken geht.
Ihre Uniform gefällt ihr sehr gut. Sie besteht aus einem hellgrünen, an den Schultern geknöpften Trägerrock und einem Gürtel, einer passenden grünen Krawatte, einer gestärkten weißen Hemdbluse (fünfen, besser gesagt), weißen Unterhosen (eigentlich sollen sie grün sein, aber ihre Mutter sagt: »Wer bekommt sie denn schon zu Gesicht?« Es gibt ja keinen Sportunterricht, und weiße Unterhosen sehen sowieso besser aus), weißen Socken und schicken schwarzen Schuhen. (Gut, dass sie nicht aus Lackleder sind, sonst würden die Nonnen das mit den weißen Unterhosen entdecken!) Dazu gehört

ein hellgrüner Blazer mit einem Wappen, das die Aufschrift *Humanitas et Virtus* trägt (vom Ersten wird sie nicht viel spüren und vom Zweiten alles brauchen, was davon in ihr steckt), sowie ein Gabardinemantel für die kühle Jahreszeit.

Einen eigentlichen Schulschal gibt es nicht, aber samstags findet für die Internatsschülerinnen ein Strickkurs statt, in dem jede einen grün-weiß gestreiften Schal strickt, der beliebig lang sein darf und den sie im Winter im feuchten, schlecht beheizten Gemeinschaftsraum wie einen Muff um den Hals gewickelt tragen.

An ihrem ersten Schultag kommt Anna McBride als Externe an Krücken, ihren ungeduldigen Vater mit dem Schulranzen im Schlepptau. Sie betreten das Gebäude, und sie ist sofort überwältigt von der Größe des Hauses und den Massen von Mädchen (dabei ist es keine große Schule) und drängt sich ein wenig näher an ihren Vater, weil sie Angst hat, dass ihr die Krücken weggeschlagen werden.

»Ah«, sagt eine auf sie zukommende Nonne mit Möwenflügeln am Kopf, »da kommt ja unsere Neue mit dem enormen Grips.«

Jetzt lächelt Mr McBride stolz, aber Anna findet, dass diese Worte nicht sehr nett geklungen haben. Ihr Vater lässt sie bei der Nonne zurück, deren Name aus einem unerfindlichen Grund Schwester Rodriguez lautet. Anna überlegt, ob sie vielleicht Spanierin ist, will aber nicht fragen. Schwester Rodriguez verhilft Anna zu einem tollen Start, indem sie sie in ihr Klassenzimmer führt, ihren Schulranzen einem der dort sitzenden Mädchen reicht und sie als »Anna McGrips« vorstellt.

Anna McBride wird rot und sagt Hallo zu dem Mädchen, das ihren Schulranzen entgegengenommen hat. »Haben Sie sie auch wirklich in die richtige Klasse gebracht?«, fragt das Mädchen Schwester Rodriguez.

»Aber ja«, sagt die Nonne mit zuckersüßer Stimme, die Anna an verbrannten Karamell erinnert. »Unser Wunderkind ist schon neun Jahre alt.«

»Ich bin zehn«, entgegnet Anna und fügt hastig hinzu: »Fast elf.«
»Untersteh dich, mir zu widersprechen!«, sagt Schwester Rodriguez.
So wird Anna, die zehn ist und auf die elf zugeht, in einer Klasse mit lauter Vierzehnjährigen zu einer Neunjährigen degradiert. Ihre Mitschülerinnen mustern sie halb neugierig, halb empört. In drei Jahren sollen diese Mädchen ihren Schulabschluss machen. Anna auch. Sie muss schrecklich viel lernen.
Sie setzt sich hin und lernt für das Trimester. Nach drei Wochen ist sie ihre Krücken los, was ihrem Vater das Leben erleichtert, weil er sie jetzt vor der Schule absetzen und sich fast ohne anzuhalten wieder in den Verkehr einreihen kann. Und sie läuft (die Schultasche trägt sie jetzt selbst) in Begleitung von Tess ins Schulhaus, in dem es nach Bohnerwachs und Möbelpolitur mit einem Hauch von Kohl riecht, der im linken Nebengebäude allerdings sehr viel intensiver ist, denn dort nehmen sie das Mittagessen ein, die Internen zusätzlich das Frühstück und das Abendessen. Obwohl es Kohl eigentlich gar nicht so oft gibt, riecht das Haus ständig danach (außer freitags, dann riecht es eindeutig nach Fisch).
Anna McBride hat keine Freundinnen. Später wird sie welche haben, aber jetzt noch nicht. Freundschaften zu schließen braucht Zeit, und sie kennt sich mit Mädchen, egal welchen Alters, nicht aus, geschweige denn mit Mädchen, die drei Jahre älter sind als sie und denen eine Nonne eingeredet hat, sie seien vier Jahre älter. Also büffelt Anna und ist – Schreck lass nach! – am Ende die beste Schülerin des Jahres, obwohl sie erst seit einem Trimester da ist.
Alles bricht in die Sommerferien auf, und Anna bricht es das Herz. Sie kommt mit ihrem Erfolg nicht klar. Beste zu sein ist doch eigentlich ein Grund zur Freude, eine große Leistung. Ihre Eltern freuen sich, obwohl sie in Latein nur 92 Prozent geschafft hat. »Das ist verbesserungsfähig«, meint ihr Vater, aber sie weiß, dass er sich freut. Es kann doch gar nicht anders sein. Allerdings findet am letzten Schultag die Preisverleihung statt, und als sie als beste Schülerin ihres

Jahrgangs aufgerufen wird, ertönt nur zögerlicher, spärlicher Applaus. Die Lehrerinnen klatschen, die Mädchen aus den anderen Klassen klatschen, aber sie weiß, dass ihre Klassenkameradinnen verärgert sind. Und als sie hinterher im Klassenzimmer ihre Pulte ausräumen, tauschen alle Adressen aus und unterhalten sich über ihre Urlaubsziele und darüber, wer wen anrufen soll, nur zu Anna McBride sagt keine ein Wort. Sie schluckt die Tränen hinunter und packt ihre Bücher in den Ranzen.

Dann fährt sie mit Tess nach Hause. *Hallo, Tom, hallo, Mary, hallo, Sue, hallo, Grizzle, hallo, hallo, hallo.*

»Daddy und ich denken, dass dir ein Monat im Irish College gut tun würde«, sagt ihre Mutter. Ihr Terminkalender ist voll mit Golfverabredungen, sie hat *wahnsinnig* viel zu tun. »Ich habe dich heute angemeldet. Du fährst am Montag.«

Anna McBride nimmt es hin. Schlimmer als die Schule kann es nicht sein. Hat sie in der Schule irgendetwas gelernt, um sich zu wappnen? Bloss keine Streberin sein! böte sich an.

Also fährt Anna McBride – sie ist gerade elf geworden – mit Grizzle in der Reisetasche und Tess und Sue im Herzen, mit einem Koffer voller Sommerkleider und mehreren Büchern allein mit dem Zug zum Irish College.

Die Fahrt nach Cork dauert ewig. Anna liest ein Buch und kämpft gegen den quälenden Hunger an, denn ihre Mutter hat vergessen, ihr Proviant mitzugeben, und weil sie zum ersten Mal in einem Zug sitzt, weiß sie nicht, dass es einen Speisewagen gibt.

Auf dem Bahnsteig am Zielort erwartet sie eine Lehrerin des Irish College, die die Namen aufruft und ihre Listen abhakt. Dann sitzt sie in einem Bus mit einem Haufen schreiender, kreischender Mädchen, die sich ihrem Eindruck nach alle schon ewig kennen, obwohl sich später herausstellt, dass die meisten mit jeweils nur zwei, drei anderen bekannt sind.

Sie werden in kleinen Chalets untergebracht, die vier bis sechs Per-

sonen Platz bieten. Die Mädchen, die sich bereits kennen, tun sich zusammen, und Anna McBride landet mit drei anderen Einzelgängerinnen in einem Chalet. Zwei dieser Mädchen sind Zwillinge. Sie genügen sich selbst und haben weder Interesse noch Bedarf an der Gesellschaft anderer. Das dritte Mädchen ist schon etwas älter und heißt Kitty. Sie ist vierzehn.
Zufall?
Ja. Das Leben ist voller Zufälle. (Die Mutterkirche würde wahrscheinlich von Wundern sprechen.) Es handelt sich um die Downey-Zwillinge, die im September in St. Martin's in the Fields anfangen werden, und um Kitty O'Dowd, die zu diesem Zeitpunkt noch nicht von ihrer zweiten Schule geflogen ist. Jetzt hat Anna McBride die Chance, Freundschaften zu schließen, obwohl sie noch nicht weiß, dass diese drei Mädchen die nächsten drei Jahren hindurch im Nachbarschlafsaal schlafen werden.
In Annas Augen ist es Pech, dass sie mit Mädchen zusammenwohnt, die so viel älter sind als sie, aber da sie im tiefsten Inneren Optimistin ist, gibt sie sich jede erdenkliche Mühe. Sie versteckt ihre Bücher und tut so, als wäre ihr alles egal – die Verhaltensweise, mit der man, wie sie in ihrem ersten Trimester in St.Martin's gelernt hat, am wenigsten Aufmerksamkeit erregt.
»Mann, o Mann!«, sagt Kitty zu den Zwillingen. »Jetzt können wir wegen diesem Baby hier drin nicht rauchen!«
»Ach, das stört mich nicht«, erklärt Anna. »Ich habe früher selbst geraucht, aber dann bekam ich eine Atemwegsinfektion, und jetzt darf ich nicht mehr, aber ich verrate euch bestimmt nicht.«
Daraufhin schaut Kitty O'Dowd sie sich noch einmal an und merkt, dass das mit dem Rauchen eine Lüge war. Aber sie sieht auch etwas, das sie von sich selbst kennt, obwohl sie es erst Jahre später in Worte fassen kann. Sie grinst Anna an und sagt: »Willst du eine?« Und mit dieser einen Frage ist Anna in ihren Kreis aufgenommen.
In diesem Sommer schließt Anna McBride zum ersten Mal Freund-

schaft (wenn man von den Fantasiefreundschaften absieht), und gleich mit drei Mädchen. Ende der ersten Woche fahren Tess und Sue nach Hause, und Anna erledigt dies und jenes für Kitty und die Zwillinge. Auf dem Weg zum Unterricht dackelt sie hinter ihnen her. Nachmittags macht sie Sport, sie schwimmt und spielt jedes Spiel, das man sich vorstellen kann. Das kräftigt ihre Beine, und die Sonne, die in diesem Monat fast täglich durchgehend scheint, bräunt ihre Haut. Sie kriegt Sommersprossen, und plötzlich glänzt ihr dickes, rotes Haar, und Kitty schneidet ihr die Spitzen gerade und gibt ihr den Namen Bridie, den sie nicht nur deshalb toll findet, weil er ihr erster Spitzname überhaupt ist, sondern auch weil Kitty ihn erfunden hat, und Anna bewundert Kitty.

Bewundert Kitty? Nein, sie betet sie an. In ihren Augen kann Kitty nichts falsch machen – eine interessante Einschätzung, denn in den Augen aller anderen, mit denen Kitty in Kontakt kommt, kann Kitty nichts richtig machen. Am Ende der ersten Woche im Irish College wird Kitty ins Direktorat zitiert und erhält eine Abmahnung, weil sie geraucht und geschwänzt hat, nicht ein einziges Mal zum Sportunterricht aufgetaucht ist und ausschließlich Englisch spricht.

»Was erwartest du vom Irish College?«, will der Direktor wissen, aber Kitty zuckt nur mit den Schultern.

Dass ich schön braun werde, denkt sie. Ein bisschen Abwechslung. Und dass ihr mich in Ruhe lasst.

Keine dieser Erwartungen wird laut geäußert.

»Wenn du nach Hause geschickt wirst«, hakt der Direktor nach, »und so, wie du dich aufführst, wirst du nach Hause geschickt, werden deine Eltern alles andere als erfreut sein und deine Schule davon benachrichtigen.«

Kitty reduziert ihre Aktivitäten, erscheint zum Unterricht und zeigt ein bisschen guten Willen, was Bridie unglaublich freut.

»Machst du mir die Nägel, Kitty?«, fragt sie. Und zu ihrer eigenen Überraschung lackiert Kitty sie ihr und genießt Bridies Entzücken.

»Ich hätte gern eine Schwester wie dich«, sagt Bridie.
»Hast du denn eine Schwester?«, fragt Kitty.
Bridie schüttelt den Kopf. »Ich bin Einzelkind. Und du?«
»Ich habe zwei ältere Brüder. Eine Schwester wäre vielleicht gar nicht schlecht gewesen. Ich glaube, meine Eltern hätten am liebsten drei Jungs gehabt.« (In Wahrheit hatten sie sich nur zwei Jungs gewünscht, aber der Gedanke, dass sie nicht gewollt war, ist Kitty noch nie gekommen – sie glaubt einfach, sie habe das falsche Geschlecht.)
Und als Bridie am nächsten Tag unten am Strand auf einem Felsbrocken ausrutscht und am Bein blutet, legt Kitty den Arm um sie und führt sie zum College zurück, und Bridie denkt, sie ist wie eine Schwester zu mir.
Doch dann ist der Monat vorbei, und die Zugfahrt nach Dublin ist grauenhaft, denn Kitty zieht sich in sich selbst zurück, und die Zwillinge sind von ihren Eltern in Cork abgeholt worden. Und Anna McBride, mit ihrem Bären Grizzle im Gepäck, denkt die ganze Zeit daran, dass sie den restlichen Sommer allein in ihrem Garten hocken wird.
Als sie sich in Dublin auf dem Bahnsteig von Kitty O'Dowd verabschiedet, nickt Kitty nur, nimmt ihre Tasche und geht. Schlagartig findet Anna eine neue Freundin namens Odette, die Kitty stark ähnelt, dieselben hohen Wangenknochen, dieselbe Porzellanhaut, das gleiche schnippische Grinsen, derselbe aufreizend träge Gang. Odette sitzt neben ihr auf der Rückbank im Wagen ihres Vaters und hält ihre Hand und nennt sie Bridie, und schon liegt der Rest des Sommers nicht mehr ganz so schrecklich leer vor ihr.
Und als sie im September nach St. Martin's zurückkehrt – diesmal als reguläre Interne –, sind die Downey-Zwillinge da. Sie sind zwar nicht sonderlich nett zu ihr, aber doch sehr viel netter als zu allen anderen.
»Habt ihr was von Kitty O'Dowd gehört?«, fragt sie hoffnungsvoll.

»Wir schreiben keine Briefe«, antworten die Downey-Zwillinge wie aus einem Munde.
Aber weil Bridie so niedergeschlagen reagiert, geben sie die Frage an sie zurück, und Bridie freut sich darüber, dass die beiden es für möglich halten, dass Kitty O'Dowd mit ihr in Kontakt geblieben ist.
»Warum bist du in unserer Klasse, obwohl du drei Jahre jünger bist als wir?«, fragt Downey-eins und spricht damit auch die Gedanken von Downey-zwei aus.
»Ach, das ist ein Versehen«, antwortet Bridie ausweichend und versucht die Erinnerung an Schwester Rodriguez und ihre Anna-McGrips-Bemerkung im Vorjahr wegzuschieben.
»Irgendwer hat gesagt, dass du ein echtes Mathegenie bist«, sagt Downey-eins.
»Nein, bin ich nicht«, erwidert Bridie. »Mir sind die Fächer, die mit Menschen zu tun haben, viel lieber – Englisch und Geschichte zum Beispiel, Fächer, in denen Menschen interagieren.«
Downey-eins und Downey-zwei werfen sich einen Blick zu. Interagieren, ah ja, denken sie, sagen aber nichts.
Bridie rudert blitzschnell zurück. Diesen Blick kennt sie. Sie hat ihn schon oft in den Augen ihrer Mitschülerinnen gesehen.
»Hilf uns mit Mathe, Bridie«, bitten die Downey-Zwillinge unisono.
Und Bridie, hocherfreut darüber, Bridie genannt und um Hilfe gebeten zu werden, willigt ein.
»Wir dachten, du wärst gar nicht gut in Mathe«, sagt Downey-eins.
Die Doppellogik der beiden hat Bridie voll erwischt. Ihr Gesicht wird so rot, dass es sich mit den Haaren beißt, und in ihrem Kopf jagt ein Ausdruck der Bestürzung den nächsten.
Bald darauf fliegt Kitty O'Dowd von ihrer zweiten Schule und taucht in St. Martin's auf. Bridie lernt, dass sie einerseits eine Überfliegerin ist, andererseits zur Klasse gehört, und alles wird besser. Wegen des Altersunterschieds schafft sie es zwar nie ganz, beides

auszubalancieren, aber nachdem Kitty auf der Bildfläche erschienen ist, halten sich diejenigen, die sich über Bridie lustig gemacht hatten, zurück, und die anständigeren Mädchen beginnen sie zu akzeptieren.

Etwa um diese Zeit verschwindet Odette, die Pubertät setzt ein, und Anna McBride lernt Jean Jacques Versailles kennen.

Fünf

Als Mary Oliver am Mittwochmorgen aus dem Bett stieg, waren ihre Füße wieder schwarz, und unter den Augen hatte sie dunkle Ringe. Beim Frühstück las Schwester Rodriguez aus den Evangelien. Die routinierte Monotonie ihrer Stimme sollte sie alle in den Schlaf lullen, davon war Bernadette O'Higgins mit den tiefblauen Augen überzeugt. Bernadette blieb konzentriert und wach, indem sie in Gedanken alle Abbildungen und Fotos in *Fantastischer Sex* aufzählte, an die sie sich erinnern konnte.

Es regnete und war viel kälter geworden, als die Schülerinnen das Kloster an diesem Morgen verließen und zur Schwesternkapelle gingen. Sie trugen ihre Gabardinemäntel.

»Zieht euch die Kapuzen über, Mädchen!«, befahl Schwester Rodriguez, als sie in die Nässe hinaustraten. Kitty O'Dowd tastete ihre Trägerrocktasche nach den Zigaretten ab, ahnte aber bereits, dass die Frage, wo sie bei anhaltendem Regen rauchen sollte, problematisch werden könnte.

Fast zwei Stunden später begann in der Schwesternkapelle der Gottesdienst. Kitty O'Dowd gierte bereits nach einer Zigarette und wollte sich gerade aus dem Hintereingang der Kirche schleichen, als Miss Ní Ghrian sie am Arm packte und anwies, sich nach vorn zu setzen.

Treasa kam zu ihr in die erste Kirchenbank und kniete sich neben sie. Der Priester trat, gefolgt von den Ministranten, an den Altar. Kitty warf Treasa einen Blick zu und verdrehte die Augen. Es war der jüngere, rundliche Priester mit den Pausbacken und den blonden Locken. Pater Michael McMorrow hieß er, wie die gut Informierten wussten. Mary Oliver erschauderte in ihrer Kirchenbank, ohne zu wissen warum. Die Downey-Zwillinge sahen sich an und berührten einander an den Fingerknöcheln, während sie zum Gebet niederknieten.

Als die Messe zur Hälfte vorbei war, flüsterte Kitty Treasa O'Donoghue zu: »Von welchem seiner Körperteile würdest du dich am wenigsten gern berühren lassen?«

Dummerweise kam diese Frage genau in dem Augenblick, als Treasa am allerwenigsten damit rechnete. Sie lachte schallend los. Sie versuchte es wie Husten klingen zu lassen, aber sie hörte sich an wie ein Huhn, dem der Hals umgedreht wird. Der Priester, der gerade den Wein in den Kelch gießen wollte, drehte sich verwundert um. Sein Blick fiel auf Kitty O'Dowd.

Kitty (die dem Raben später erklärte, es sei ja wohl nicht ihre Schuld, dass ihr Gesicht so aussehe, wie es nun mal aussehe) warf dem Priester einen jener Blicke zu, von denen die Eltern ihrer Freundinnen alles andere als begeistert waren, und beim Anblick von Kittys aufgerissenen Augen und hochgezogenen Brauen – so hatte ihn noch nie jemand angesehen – verschüttete er den Wein über die Hostien und kreierte dadurch eine ganz neue Art von Wunder, wie Treasa hinterher meinte.

Die Ministranten gaben mit der Schelle das Glockenzeichen. Alle senkten den Kopf, und während Wein und Brot in das Blut und den Leib Jesu Christi verwandelt wurden, sahen Kitty und Treasa einander an.

Der Priester konnte nicht viel machen. Als er zehn Minuten später die Kommunion spendete, musste er jedem Mädchen wohl oder übel eine weindurchweichte Hostie auf die Zunge legen.

Mutter Immaculata und Schwester Rodriguez nahmen Kitty im Vorraum der Kapelle in die Zange. »Was unterstehst du dich, Pater McMorrow derartig abzulenken, Kitty O'Dowd!«
»Das war nicht Kitty«, warf Treasa ein. »Ich habe gehustet, nicht Kitty.«
»Was unsterstehst du dich, einfach dazwischenzureden, Treasa O'Donoghue! Außerdem hast du das Stillschweigen zu wahren!« Der Rabe wandte sich wieder an Kitty O'Dowd. »Mach nicht so ein Gesicht!«
Da erwiderte Kitty: »Für mein Gesicht kann ich nichts.«
Wie es Pater McMorrow gelang, genau in diesem Moment aufzutauchen, ist unklar; auf jeden Fall zuckte etwas über das Gesicht des jungen Priesters, und er fragte Mutter Immaculata mit sanfter Stimme: »Dürfte ich einmal mit ihr sprechen?«
Kitty O'Dowd drehte sich um und sah ihn an. Ihre vollen, rosaroten Lippen über dem etwas spitzen Kinn zitterten. Der Zorn eines Priesters war selbst für sie zu viel.
»Es tut mir Leid, Mutter«, sagte sie unvermittelt zur Oberin.
»Du darfst mit dem Pater mitgehen«, erklärte der Rabe. Dass der Priester sich einmischte, irritierte sie.
Kitty zögerte.
»Worauf wartest du!« Die Stimme des Raben durchschnitt die Stille wie ein scharfes Messer.
Langsam folgte Kitty dem Priester in die hinterste Ecke des Vorraums.
»Möchtest du die Beichte ablegen?«, sagte er nicht im Tonfall einer Frage, sondern einer Feststellung.
Sie schüttelte den Kopf. Aus den Augenwinkeln sah sie durch die offen stehende Tür die vielen brennenden Kerzen vor einer Statue des heiligen Martin. Die Flammen flackerten. Kitty wandte den Kopf und betrachtete sie.
»Das ist kein Benehmen in einer Kirche!«

»Ich habe nichts getan«, erwiderte Kitty. Plötzlich stand Miss Maple neben ihr.
»Ich will jetzt nicht beichten«, sagte Kitty O'Dowd zu Miss Maple und trat ein bisschen näher zu ihr.
Da ist ein Machtkampf im Gange, dachte Maeve Maple, als sie Kittys bleiches Gesicht und ihre bebenden Lippen sah. »Na, dann vielleicht morgen, Kitty.«
»Ich beichte nicht. Ich habe nichts getan.« Sie machte auf dem Absatz kehrt, lief an Mutter Immaculata und Schwester Rodriguez vorbei und rannte durch das Kapellenportal hinaus auf die Straße.
Die atemlose Stille, die daraufhin eintrat, erinnerte an den Augenblick, als Mary Oliver aus dem Beichtstuhl fiel. Miss Maple drehte sich um und sah Kitty erstaunt nach.
Treasa war fassungslos. Überzeugt, dass gleich etwas passieren würde, tat sie ein paar zögerliche Schritte. Sie konnte nicht entscheiden, ob es besser wäre, Kitty nachzulaufen oder zu bleiben und irgendetwas zu tun. Miss Maple, der allmählich klar wurde, dass sie das vorangegangene Geschehen größtenteils verpasst hatte, sagte zu Mutter Immaculata: »Ich laufe ihr nach«, und eilte auf die Straße.
Pater McMorrow wandte sich an Mutter Immaculata: »Sie müssen die Mädchen härter anfassen. Es fehlt ihnen an Disziplin.«
Miss Ní Ghrian war hin- und hergerissen zwischen ihrer Loyalität gegenüber den Schwestern und der Befriedigung, ihre ureigenste Meinung ausgesprochen zu hören, schürzte die Lippen und blickte wie ein neugieriges Huhn von einem zum anderen.
Der Regen hatte fürs Erste nachgelassen. Maeve Maple hastete Richtung Sutherland Square, wo sie Kitty O'Dowd völlig zu Recht vermutete. Kurz hinter dem Tor holte sie sie ein. »Komm, setz dich hin, Kitty«, sagte sie und legte ihre Hand auf Kittys Arm.
Kitty schüttelte die Hand ab.
»Komm, setz dich«, sagte Miss Maple noch einmal, zog eine Schachtel Zigaretten aus der Tasche und bot Kitty eine an. Kitty starrte auf

die Zigarette, dann auf Miss Maple, nahm sich eine und steckte sie sich zwischen die Lippen. Miss Maple gab ihr Feuer und zündete sich selbst eine an. Mehrere Minuten lang herrschte Schweigen; dann fragte die Maple: »Was ist passiert?«

»Ich habe überhaupt nichts getan!«, antwortete Kitty. »Und trotzdem wollte dieser Dreckskerl, dass ich beichte.«

Wieder herrschte eine Zeit lang Schweigen. Schließlich sagte Miss Maple: »Warum wollte er, dass du beichtest?«

»Keine Ahnung. Er hat während der Messe Wein über die Hostien verschüttet, und jetzt will er mir die Schuld dafür in die Schuhe schieben.«

Wieder wurde es still. Die Maple versuchte das Gehörte einzuordnen.

»Gibt es irgendeinen Grund, weshalb er dich beschuldigt?«, fragte sie nach einer Weile.

Kitty schüttelte den Kopf. »Ich habe nichts getan.«

Sie rauchten die Zigaretten zu Ende und traten sie auf dem Weg aus.

»Wir müssen zurück«, sagte die Maple.

»Ich gehe nicht zurück«, erklärte Kitty. »Der Kerl ist pervers, und der Rabe hat mich ständig auf dem Kieker, schon vom ersten Tag an … Und keiner hört mir zu, keiner versteht mich!«

»Jetzt mal ganz ruhig«, sagte Miss Maple sanft, »ganz ruhig, ja? Ich glaube dir. Deswegen sitze ich hier bei dir. Aber du musst sehr aufpassen. Du hast es mit einer mächtigen Institution zu tun und musst dich schützen, weil die sich nämlich auch schützen, das darfst du mir glauben.«

Kitty machte ein böses Gesicht. »Ich habe doch keine Chance gegen die. Ich will nicht zurück.«

»Hör mir zu«, sagte Miss Maple. »Wenn du nicht zurückgehst, lässt du sie gewinnen, und das wird ihnen richtig gut gefallen. Ich glaube dir, dass du nichts getan hast. Dann steh aber auch auf und sag es! Lass die nicht gewinnen! Du bist so nah am Ziel, nur noch sechs

Wochen bis zur Abschlussprüfung. Bring es zu Ende. Oder willst du ihnen diesen Triumph gönnen?«

Kitty seufzte. Sie standen auf und gingen zurück.

Als sie eintrafen, waren die anderen schon beim Mittagessen. Miss Maple bedeutete Kitty mit einer Handbewegung, sich an ihren Tisch zu setzen.

Im Korridor vor dem Refektorium sprach Maeve Maple die Mutter Oberin an.

»Mutter Immaculata, ich kenne zwar nicht die ganze Geschichte, aber ich bin völlig davon überzeugt, dass Kitty O'Dowd nichts getan hat. Die Beichte soll freiwillig sein, und Kitty hatte den Eindruck, dass man sie dazu zwingen wollte. Dafür hätte ich an ihrer Statt gern eine Erklärung. Ich finde das nicht akzeptabel.«

Mutter Immaculata zeigte sich sehr überrascht von Miss Maples Haltung. Überrascht, nicht erfreut.

»Ich habe zu tun, Miss Maple. Wir können morgen über die Sache sprechen, falls ich dann Zeit dafür finde.«

»Das passt mir ausgezeichnet«, sagte die Maple, drehte sich um und ging ins Refektorium.

Im Refektorium saßen die Mädchen an langen Tischen. Kitty ließ sich auf dem Platz neben Treasa nieder.

Treasa O'Donoghue sah sie an und formte lautlos den Satz »Tut mir Leid«.

Kitty zuckte mit den Achseln und begann in ihrem Essen herumzustochern.

Schwester Rodriguez las gerade vor, dass der Schöpfer der Menschheit unendliche Macht und Klugheit besitze. »Nehmen wir einmal Folgendes an«, leierte sie vor sich hin. »Angenommen, alle Körperteile des Menschen lägen verstreut auf einem Tisch …«

Die wenigen Mädchen, die zuhörten, senkten den Kopf, um ihr Schmunzeln zu verbergen.

»… und angenommen, man sähe, wie sie emporschwebten und aufeinander zuflögen und sich zusammenfügten – würde man dann sagen, dass dies ein Zufall sei?«

Treasa O'Donoghue stupste Kitty O'Dowd an in der Hoffnung, ein Grinsen zu ernten.

»Die ist total pervers«, flüsterte Kitty, ohne die Lippen zu bewegen.

»Nein«, las Schwester Rodriguez weiter aus *Die Erschaffung des Menschen* vor, »man würde dies als ein Wunder bezeichnen. Man würde sagen, dass dies nur durch Intelligenz, durch eine unsichtbare Macht, durch den höchsten Schöpfer verursacht sein könne, und wüsste dann, dass er Fähigkeiten besitzt, die unseren Verstand übersteigen. Und genau das hat unser Schöpfer getan. Er schuf die Teile des Menschen und fügte sie im letzten Schöpfungsakt zusammen ...«

Und was ist mit der Evolution?, fragte sich Bernadette O'Higgins.

Mary Oliver würgte und schlug die Hand vor den Mund. Bridie fragte Jean Jacques Versailles, ob er ihr bei seinem nächsten Besuch in ihrem Verlies etwas zu essen mitbringen werde.

»Jean Jacques«, flüsterte sie. *»Je suis seule.«*

»Jamais«, erwiderte er. *»Jamais, ma petite. Tu n'es pas seule.«* (Er war erst vor kurzem zur zweiten Person Singular übergegangen.) *»Nous sommes ensemble.«*

Bridie, die von Schwester Rodriguez' monotonem Singsang nicht das Geringste mitbekam, hielt Jean Jacques' Hand an ihre kleine rechte Brust. Sie sah ihm in die Augen und schmolz dahin, als er seine Lippen auf die ihren drückte.

Die Stunde verstrich.

Als die anderen nach dem Mittagessen in den Aufenthaltsraum gingen, um zu lesen, oder durch den geschützten Teil des Gartens schlenderten – es hatte wieder zu regnen begonnen –, kehrte Mary Oliver in die Kapelle zurück. Sie kniete vor dem kleinen Holzkruzifix an der Wand nieder und betrachtete die Hände Christi. Sie betete um Geleit auf einem Weg, den sie nicht mehr verstand. Was ihr früher stets klar gewesen war, sah sie jetzt unscharf und verzerrt. Sie hatte Angst. Die Buntglasfenster, die den Altar halbkreisförmig umgaben, wirkten matt an diesem düsteren Tag, was genau ihrer Gemütsverfassung entsprach. Sie bemerkte, dass ein Stück Glas fehlte. Ihr war schwindelig, sie fühlte sich einer Ohnmacht nahe. Sie schlug die Hände vors Gesicht und schloss die Augen.

»Bitte, bitte hilf mir«, betete sie.

So kniete sie fast zehn Minuten lang. Dann spürte sie plötzlich eine Veränderung, eine Kälte, einen Schatten, etwas, das auf sie fiel, und sie hob den Kopf. Pater McMorrow stand in der ersten Bank und sah sie an. Ihre Haut begann zu kribbeln; Eiseskälte umfing sie. Sie fühlte Panik in sich aufsteigen, ihr Herz begann zu hämmern, ohne dass sie wusste weshalb. Sie senkte den Blick und versuchte weiterzubeten, aber sie war von tiefer Angst erfüllt.

An diesem Abend fragten Maeve Maples Eltern ihre Tochter, wie der dritte Tag gewesen sei.

»Die Stimmung verschlechtert sich rapide. Heute ist etwas passiert ...«

Sie konnte erst nach einer Weile weitersprechen. Ihre Eltern drängten sie nicht, sondern warteten, bis sie bereit war, ihr Herz auszuschütten.

»Kitty«, sagte sie. »Kitty O'Dowd ...«

»Die Neue im Chor«, fügte ihre Mutter hinzu. Dann setzte wieder Schweigen ein.

»Sie hatte heute einen Streit mit einem der Priester«, fuhr Maeve Maple nach kurzem Zögern fort. »Zumindest glaube ich, dass es so war. Ich bin nicht ganz mitgekommen. Sie ist so ... so lässig? Ist das das richtige Wort? Ihr wisst doch, wie sie ist. Sie hat so einen ungerührten Gesichtsausdruck.«

»Ein so hübsches Mädchen«, sagte ihre Mutter. »Du hast Recht, sie wirkt ungerührt. Ich habe sie mal im Hotel beobachtet und dachte mir, dieses Mädchen kennt keine Freude – und plötzlich hat sie gelächelt. Ganz spitzbübisch, richtig strahlend. So ein hübsches Mädchen! habe ich mir gedacht.«

»Ja, so ist sie immer«, sagte Maeve Maple langsam, während sie die Kitty, die sie kannte, in Gedanken zusammensetzte. »Sie ist sehr distanziert. Normalerweise ist ihre Gelassenheit nicht zu erschüttern. Mit dem Frust in der Schule wird sie fertig, indem sie ihn einfach ignoriert. Alles prallt an ihr ab – die Kleinlichkeit vieler Regeln, die Ungerechtigkeit, von der ich euch manchmal erzählt habe. Sie lässt alles über sich ergehen ...«

Wieder schwieg Miss Maple und versuchte sich Kitty O'Dowd zu vergegenwärtigen.

»Heute Nachmittag hat sie ihre Lässigkeit verloren – ich kann es nicht besser ausdrücken. Irgendwas ist in der Kirche passiert. Ich war nicht dabei, ich weiß nicht, was es war. Offenbar hatte der Priester behauptet, sie habe ihn während der Messe abgelenkt, und wollte, dass sie beichtet. Sie hat sich geweigert. Rundweg. Es war wirklich seltsam.«

Ihre Eltern zogen erstaunt die Brauen hoch und warteten geduldig.

»Und dann ist Kitty natürlich weggerannt, und ich bin ihr nach.«

»Hat sie sich wieder gefangen?«, fragten ihre Eltern.

Maeve überlegte. »Ja, ich glaube schon. Ich habe sie überredet zurückzugehen. Sie wollte nämlich nicht. Als hätte sie es satt.«

»Das ist ja wohl auch verständlich«, meinte ihre Mutter.

»Da ist noch etwas«, sagte Maeve. »Etwas ... Nein, ich bin mir nicht sicher. Ich möchte noch nicht darüber sprechen. Ich muss erst nachdenken.«

Einige Zeit später an diesem Abend kam sie zu ihren Eltern, die im Wohnzimmer Kaffee tranken.

»Ich möchte euch erzählen, was sie gesagt hat, Kitty O'Dowd, meine ich. Sie hat von Pater McMorrow gesprochen und gesagt: ›Der Kerl ist pervers.‹« Sie sah ihre Mutter an, dann ihren Vater. »Würdet ihr

das von jemandem sagen, der von euch verlangt, dass ihr beichtet? Passt das zusammen? Ergibt das einen Sinn?«
»Das kann man schon so sehen«, erwiderte ihr Vater. »Sie sah es so. Sie hat es nun mal gesagt. Wo ist das Problem?«
»Wahrscheinlich hast du Recht. Es gibt kein Problem.«

Die Mutter Oberin (von ihren Schützlingen der Rabe genannt) und Schwester Rodriguez saßen im Mutterhaus und tranken im Büro ihren Nachmittagstee.
»Sie ist ein Störenfried.« Schwester Rodriguez sprach von Kitty O'Dowd.
Mutter Immaculata nickte. Sie war, was die weitere Vorgehensweise betraf, hin- und hergerissen. Pater McMorrows Bemerkung über die Disziplin innerhalb der Schule war ein direkter Angriff gegen sie gewesen, eine in ihren Augen sowohl ungerechte als auch einseitige Bemerkung. Sie führte ein strenges Regiment, das wusste sie genau, aber hin und wieder gab es nun mal ein schwarzes Schaf, und dann versuchte man nach Kräften, mit diesem schwarzen Schaf fertig zu werden und es zur Anpassung zu zwingen. Auf der anderen Seite sah sie sich mit dem Problem Miss Maple konfrontiert. Die hatte offenbar das Gefühl, dass Kitty O'Dowd Unrecht geschah, und Miss Maple war bekannt für ihre Beharrlichkeit und ihren Gerechtigkeitssinn.
Verdrossen betrachtete Mutter Immaculata in Gedanken die Teilnehmer dieses merkwürdigen Spiels – den selbstgerechten Pater McMorrow, die aufsässige Kitty O'Dowd und die hartnäckige Miss Maple. Sie wünschte sich, Schwester Rodriguez würde ein bisschen weniger zufrieden dreinblicken. Sie stellte Pater McMorrow nur ungern bloß, indem sie über ihn herzog, aber seine Bemerkung fand sie einfach unfair. Schließlich war dies seine erste Besinnungswoche, und was sie über ihn gelesen hatte, klang danach, als würde er bald andernorts eingesetzt werden. Er würde nur diese eine Woche

in St. Martin's bleiben, dann wäre er schon wieder weg. So einer hatte nicht das Recht, irgendetwas zu beurteilen. Es ging streng zu in dieser Schule, Disziplin war hier ganz bestimmt kein Problem – wie konnte er es wagen, eine solche Bemerkung zu machen, noch dazu vor so vielen Leuten!

Treasa O'Donoghue saß im Aufenthaltsraum und glaubte vor Langeweile jeden Moment den Verstand zu verlieren. Draußen regnete es inzwischen in Strömen, und sie hatte bereits sämtliche aufliegenden Broschüren gelesen. Sie sah sich nach Kitty O'Dowd um. Kitty saß mürrisch am Fenster; sie hatte die Beine übergeschlagen, man sah die Ränder ihrer Strümpfe. Kittys Frust war geradezu greifbar. Ihre Blicke trafen sich, und Treasa machte eine Kopfbewegung Richtung Tür. Dann stand sie auf und verließ den Raum. Kitty folgte ihr wenig später. Sie gingen zur Kapelle, wo es jetzt wahrscheinlich ruhig war und sie miteinander sprechen konnten. Rauchen war nirgendwo möglich, wenn es regnete. Treasa war zuerst da und lief sofort auf die Empore, von wo aus sie das ganze Kirchenschiff überblicken konnte. Pater McMorrow hatte ihre Schritte gehört und erhob sich von seinem Platz neben Mary Oliver, die stocksteif in der zweiten Bank saß, völlig reglos, wie gelähmt.

Treasa hatte den Eindruck, in eine bedeutsame Situation geplatzt zu sein, und wollte sich schon von ihrem Ausguck zurückziehen, überlegte es sich aber plötzlich anders. Sie beugte sich vor, so dass Pater McMorrow sie deutlich sehen konnte. Kitty trat hinzu und stellte sich neben sie.

Pater McMorrow, der noch immer neben der erstarrten Mary Oliver stand, sah zu den beiden Mädchen hoch. Dann verließ er die Kirchenbank, bog in den Mittelgang und verschwand hinter der Tür links vom Altar.

Treasa betrachtete Mary Olivers gesenkten Kopf und überlegte, ob

McMorrow sie vielleicht, auch wenn es unwahrscheinlich war, getröstet hatte.

»Was ist los?«, flüsterte Kitty O'Dowd.

Treasa schüttelte den Kopf. »Nichts.«

Sie sahen dem davoneilenden Priester nach.

»Habe ich eigentlich schon erzählt«, sagte Treasa langsam, »dass Pater McMorrow mein Onkel ist?«

»Dein was?«, zischte Kitty O'Dowd fassungslos.

»Mutters Bruderherz«, sagte Treasa scherzhaft.

»Schau mal an – unsere kleine Heilige!« Kitty musste die Neuigkeit erst verdauen. »Stimmt das wirklich?«, fragte sie.

»Siehst du nicht die Ähnlichkeit zwischen uns? Wir haben beide einen dicken Hintern.«

Kitty kicherte. »Deiner ist aber sexy, Treasa, glaub mir.«

»Findest du?«, fragte Treasa lachend und sah wieder zu der erstarrten Mary Oliver hinunter.

»O Liebling, ich bete dich an!«, säuselte Kitty. »Aber meine Jungfräulichkeit habe ich bereits anderweitig verplant.«

»Ach?«, sagte Treasa interessiert. »Ich persönlich finde ja, dass sich hier viel zu viele Jungfrauen tummeln. Das ist ungesund.«

»Und sie wirken nicht gerade glücklich, was?«, fügte Kitty hinzu, den Blick auf die mit hängendem Kopf im Kirchenschiff kniende Mary gerichtet.

Als die Mädchen am Abend die Kirche im Gänsemarsch verließen und zum Mutterhaus zurückgingen, stellten im Vorraum der Kapelle zwei Männer Leitern auf. Der eine zwinkerte Kitty O'Dowd zu; sie zwinkerte zurück. Der andere Mann sagte zur Kapellenschwester: »Wir reparieren jetzt das Buntglasfenster. Die Leitern und unser Werkzeug lassen wir über Nacht hier. Morgen um diese Zeit, wenn die Mädchen wieder draußen sind, fangen wir mit dem Fensterputzen an. Heute war das Wetter zu schlecht.«

»Könnten wir mit Hilfe einer Leiter fliehen?«, fragte Bridie den stets willfährigen Jean Jacques Versailles.
»Oui, c'est une possibilité«, erwiderte er, zog ihr die Mantelkapuze über den Kopf und reichte ihr den Arm, um sie von einer Kerkerzelle zur nächsten zu geleiten.
Treasa ging neben Mary Oliver, die jetzt noch blasser war als tagsüber.
»Alles in Ordnung?«, flüsterte sie.
Mary Oliver sah sie an. Sie hatte keine Ahnung, ob alles in Ordnung war. Eigentlich fühlte sie gar nichts. Sie nickte Treasa zu und stolperte dabei. Hätte Treasa sie nicht am Arm gepackt, sie wäre auf den Gehsteig gefallen.
»Hak dich bei mir unter«, sagte Treasa und bot ihr den Arm. Ihr offenes Gesicht, die braunen Augen und der lachende Mund hatten etwas Beruhigendes. Mary wusste, dass Treasa sich fast ständig langweilte, aber trotz – oder gerade wegen – dieses Gelangweiltseins hatte sie immer Zeit für andere Menschen.
»Hat Pater McMorrow … Wollte er … Hat er mit dir über deinen Ohnmachtsanfall neulich im Beichtstuhl gesprochen?«, fragte Treasa. Die Frage war ihr unangenehm, sie fand sie indiskret, aber eine andere Formulierung war ihr nicht eingefallen, und sie wusste intuitiv, dass etwas nicht stimmte.
Mary Oliver starrte sie an, als wäre ihr schleierhaft, wovon Treasa sprach. Ein verdutzter Ausdruck erschien auf ihrem Gesicht; dann nickte sie Treasa noch einmal zu, einfach, weil das am wenigsten anstrengend war.
»Gehst du morgen zur Kommunion?«, fragte Treasa. Sie wusste, dass Mary seit Montagvormittag die Kommunion nicht mehr empfangen hatte.
Mary senkte den Kopf und schüttelte ihn. Sie hatte immer noch nicht gebeichtet und konnte die Kommunion erst nach einer gültigen Beichte empfangen, aber die Beichte konnte sie nun mal nicht

ablegen, weil sie Angst vor dem Beichtstuhl hatte. Sie war den Tränen nahe, dabei wusste sie immer noch nicht, woran das lag.
Am Abend verkündete Kitty O'Dowd im Schlafsaal, dass durch Treasa O'Donoghues Adern heiliges Blut fließe.
»Wie meinst du das?«, fragten die Downey-Zwillinge gleichzeitig. Mary Oliver hob den Blick zu Kitty.
»Pater McMorrow ist mein Onkel Mick«, erklärte Treasa und stopfte ihr Necessaire in den Spind. Grinsend fügte sie hinzu: »Ich bin von Gott. *Nicht aus den Werken, auf dass sich nicht jemand rühme.*«
»Aus einer Rippe bist du«, sagte Kitty prustend.
»Schon. Aber ist es nicht erstaunlich, wie sich eine Männerrippe zu meiner Figur hat formen lassen?«
»Ein Wunder!«, verkündete Kitty. »Ist es nicht herrlich, dass Gott von all den männlichen Körperteilen, die er vor sich auf dem Tisch liegen hatte und dann zusammenfügte, ausgerechnet eine Rippe nahm, um die Frauen zu machen?«
»Wenn ihr mich fragt, ist das ein Euphemismus für Penis«, warf Bernadette ein. Sie stand an der Tür und tat so, als würde sie ihr Haar flechten. »Ich bitte euch – eine Rippe, also wirklich! Die brachten einfach das Wort ›Schwanz‹ nicht über die Lippen. Bei der Schlange im Garten Eden geht es auch nur darum. Das ist die eigentliche Bedeutung dieses Mythos, aber sie mussten das natürlich aufpeppen und einen als sprechende Schlange verkleideten Teufel ins Spiel bringen.«
»O Mann!«, sagte Kitty. »Kein Wunder, dass es im heiligen katholischen Irland keine Schlangen gibt, wenn die Schlange *dafür* steht.«
»Ruhe!«, flüsterte Bernadette. Sie warf einen Blick den Korridor hinunter. »Nonne auf Rollschuhen im Anflug.«

In dieser Nacht hatte Mary Oliver einen Traum.
Es war zweifellos der schlimmste Traum ihres Lebens. Sie ging in einem weißen Nachthemd durch einen Korridor in das Hauptge-

bäude des Klosters hinüber. Auf nackten, kalten Füßen stieg sie die Holzstufen in den Keller hinab. Dort entriegelte sie die schwere Holztür, die zu den Vorratslagern führte und für die Mädchen verboten war. Schritt an den Regalen vorbei zu dem Gitter ganz hinten. Sie nahm den Schlüssel vom Wandhaken, sperrte das Schloss auf und schob das Gitter hoch. Stieg alte Backsteinstufen hinunter, immer tiefer hinein in den Bauch der Erde. Im Traum fühlte sie den kalten Stein unter ihren Füßen und die feuchte Luft, die sie umgab. Der Durchgang war beleuchtet. Hin und wieder hörte sie hoch über ihr auf der Straße ein Auto. Immer weiter ging sie, die Augen geradeaus gerichtet, bis sie wieder zu einer Treppe kam. Gemächlichen, aber sicheren Schritts stieg sie hinauf, als wäre es nicht das erste Mal.

Das Gitter am Ende des Durchgangs ließ sich so mühelos öffnen, als wäre es erst vor kurzem geölt worden. Mary Oliver ließ es offen und ging weiter. Dann fühlte sie plötzlich nichts mehr. Alles geschah einfach nur, so als glitte sie auf Mutter Immaculatas Rollschuhen dahin. Die Treppe hoch in den Vorraum. Sie schlüpfte in die Kapelle und ließ die Tür lautlos hinter sich zufallen. Über dem Altar brannte eine Lampe, und der durch die Buntglasfenster dringende Mondschein tauchte die Apsis in ein unheimliches Licht. Sie schritt durch den Mittelgang zu der Säule auf der rechten Seite, an der das Kruzifix hing. Dann tapste sie auf leisen Füßen in den Vorraum zurück und holte eine der Leitern, die die Fensterputzer am Abend dort abgestellt hatten. Im Traum war die Leiter lang und schwer, sie musste sie durch den Mittelgang schleifen, aber sie an der Säule mit dem Kruzifix anzulehnen gelang ihr mit Leichtigkeit. Mary Oliver stieg hinauf und sah nach, wie das Kruzifix an der Säule befestigt war. Offenbar hing es mit Draht an einem Haken. Sie versuchte es zu bewegen, doch es war zu schwer. Sie strich mit den Händen über das Holz. Es fühlte sich erstaunlich rau und uneben an.

Sie ging noch einmal in den Vorraum, durchsuchte die Werkzeugkästen der Handwerker und fand eine Drahtschere.
Der Draht, der das Kruzifix an der Wand hielt, schnellte, nachdem sie ihn durchschnitten hatte, mit einem lauten Geräusch auseinander. Einen Augenblick lang herrschte Stille, als stockte die Zeit. Dann fiel das Kruzifix zu Boden und riss Mary Oliver fast mit sich. Der Knall, mit dem es aufschlug und zerbrach, hallte durch die Kapelle, und Mary kam es im Traum vor, als hielte sein Echo ewig an.
Die Kapellenschwestern drehten sich in ihren Betten um und sanken wieder zurück in ihren keuschen, friedlichen Schlaf.
Mary versuchte Christus von dem zerborstenen Kreuz zu lösen. Angst und Schmerz standen in seinem Antlitz. Seine Augen, die, als er noch an der Säule hing, auf sie herabgeblickt hatten, schienen ihr jetzt auszuweichen. Sie fuhr über die Wunde an der Seite, über die von der Dornenkrone zerstochene Stirn, über seine durchlöcherten, blutigen Hände und Füße.
Mary Oliver weinte im Traum. Sie weinte um Christus und um sich.
Im Traum hörte sie eine Stimme sagen: »Fleisch von meinem Fleisch, Blut von meinem Blut«, und sie schritt zum Altar und beging dort das größte Sakrileg: Sie nahm den Abendmahlskelch aus dem Tabernakel. Dann bedeckte sie die Seitenwunde Christi mit Hostien. Sie wollte die Nägel aus seinen Händen ziehen, schaffte es aber nicht. Sie legte Hostien auf die Nägel und hoffte, sie würden ihn heilen. »Fleisch von seinem Fleisch«, flüsterte sie.
Sie nahm eine Kerze vom Altar, machte sich auf den Weg in den Raum, den die Mädchen die Nonnenklitsche nannten, und holte von dort ein Leichentuch. Auf dem Rückweg nahm sie zwei Nägel aus einem der Werkzeugkästen im Vorraum. Dann hüllte sie den Christus auf dem zerborstenen Kreuz so gut es ging in das Leichentuch, kniete nieder und begann zu beten.
Es war, als bräche ein Gewitter los. Blitz und Donner, die ganze

Kapelle war erhellt. Schlagartig trommelte Regen gegen die in ihren Rahmen klappernden Fensterscheiben.
Wieder regten sich die Kapellenschwestern in ihren Betten.
Mary Oliver war, als schwebte sie über sich, als könnte sie sich selbst sehen, ein schmales, dunkelhaariges Mädchen in einem langen weißen Nachthemd, das neben dem zerbrochenen Kreuz mit dem verhüllten Christus kniete, den Kopf gesenkt, die Hände zum Gebet gefaltet.
»Absolve me. Mea culpa, mea culpa, mea maxima culpa.«
Sie hob den Kopf und blickte sich um und glaubte im Dunkel der Kirche zu sehen, wie die Kapellenschwestern, schwarz gekleidet, im Kreis auf sie und den verhüllten Christus zukamen, und hörte sie in ihr Gebet einstimmen.
»Ich bin Maria und bin Martha«, sprach sie zu dem zerschmetterten, verhüllten Leib auf dem Boden. »Ich bin das Lamm Gottes.« Sie rollte die Nägel in den Händen hin und her.
Doch als sie sich noch einmal umblickte, waren keine Schwestern da, nur die Kreuzwegstationen an den Wänden und die Statuen der Heiligen, die mit ihren blinden Augen ins Dämmerlicht der Kirche starrten.

Sechs

Treasa O'Donoghue war von Anfang an eine Kicherliese. Als sie vier Monate alt war, hatten ihre zwei älteren Geschwister (sie waren nur drei Kinder) angefangen, sie zu kitzeln, und die kleine Treasa mit ihren schwarzen Locken wälzte sich vor Lachen auf dem Boden.

»Aber Treasa zu kitzeln ist lustig«, sagten ihre achtjährige Schwester und ihr sechsjähriger Bruder, als ihr Vater ihnen befahl, das bleiben zu lassen. Ja, es war lustig, sie zu kitzeln. Was konnte es Schöneres geben für die kleinen Übeltäter, als dass ihr Opfer knallrot anlief und selig juchzend auf dem windelgepolsterten Po über den Boden rollte!

Treasas erstes Wort war »mehr«. Es bezog sich auf verschiedene Dinge, vor allem aber auf das Gekitzeltwerden. Sie grinste ständig, und nichts liebte sie mehr, als wenn Maria und Michael aus der Schule heimkamen und sofort zu ihr rannten.

Ihr dunkles, lockiges Haar war lang geworden und wurde schnell strubbelig, aber eines der beiden Geschwister griff einfach zum Kamm, entfernte unendlich sachte die Knoten, ohne dass sie ein einziges Mal vor Schmerz aufseufzen musste, und schon konnte die nächste Kitzelrunde beginnen.

Kein Wunder, dass Treasa übers ganze Gesicht strahlte und immer ein Lächeln auf den Lippen hatte, wenn sie über den Fußboden flitzte – zuerst auf dem Rücken robbend, später, nachdem sie das Prinzip der Vorwärtsbewegung kapiert hatte, auf den Knien und schließlich auf den Beinen. Sie lernte schnell, über die Gitterstäbe ihres Bettchens zu steigen, und lief um drei oder vier Uhr morgens nicht etwa ins Schlafzimmer der Eltern, sondern machte sich auf die Suche nach Maria und Michael, die schweigend ihre Bettdecken lüpften und sie zu sich ließen.

»Ein so pflegeleichtes Kind!«, sagten ihre Eltern. »Sie hat uns nachts nie aufgeweckt, sie ist so unkompliziert. Im Grunde will sie nur mit Menschen zusammen sein und lachen.«

Ihr Onkel Mick, Priester, und ihre Tante Concepta, Nonne, zu Besuch in Wexford auf der Farm der O'Donoghues, nickten wissend und musterten Treasas offenes, liebes Gesicht.

»Gott segne sie«, sagte Schwester Concepta, die erst vor kurzem von einem vierjährigen Aufenthalt in Malaysia zurückgekehrt war und dem Orient in zwei Wochen durch die Verbreitung des Evangeliums neuerliche Erleuchtung bringen würde.

»Wahrlich, sie ist gesegnet«, sagte Onkel Mick und beobachtete, wie die kleine Treasa auf wackeligen Beinchen durchs Zimmer ging und sich an den Möbelkanten festhielt. »Wenn alle so gut zu haben wären«, sagte er mit Blick auf die Mitglieder seiner Gemeinde in einem reichen Vorort von Dublin, »wäre die Welt ein angenehmerer Ort.«

Treasa, unterwegs zum Kohleneimer, wird von Michael abgefangen und zu den Tieren hinausgeführt. Das liebt sie. Nach dem Wort »mehr« lernt sie als zweites »Muh« und als drittes einen seltsamen wiehernden Laut, der besagt: »Ich will jetzt in den Stall!«

Das Land der O'Donoghues grenzt an das des Gutsherrn, der sich in Belgravia heimischer fühlt als zwischen den grünen Hügeln der Grafschaft Wexford. Im selben Monat wie Treasa wird auch die Tochter des Gutsbesitzers geboren, Vita, blond, blauäugig und mit einem ganzen Besteckkasten voller Silberlöffel im Mund. Von

der Existenz des jeweils anderen Kindes erfahren die beiden erst, als Treasa mit vier Jahren abenteuerlustig unter dem Stacheldraht durchschlüpft.
Quer über die Felder läuft sie auf staksigen, kurzen Beinen, fröhlich und wild entschlossen. Treasa will »andere Tiere« sehen, wie sie ihren Eltern später erzählt. (Maria und Michael hatten ihr *Der Wind in den Weiden* vorgelesen und behauptet, die Ratte und der Maulwurf lebten drüben hinter dem Zaun.)
Quer über die Felder läuft sie, das erwähnte Buch unterm Arm, damit sie der Ratte und dem Maulwurf zeigen kann, wie sie auf den Bildern aussehen. Zwei Stunden lang vermisst sie keiner, weil ihre Mutter in der Küche arbeitet und glaubt, Treasa wäre bei ihrem Vater, während er im Stall arbeitet und glaubt, Treasa wäre bei ihrer Mutter. Ein Missverständnis, das sich nicht wiederholen wird.
Treasa stapft ins Blaue hinein, in unerforschte Gebiete, denn obwohl die Grundstücke aneinander grenzen, kennen sich der Gutsherr und ihre Eltern nur flüchtig. Dies ist eine abgeschiedene Ecke von Wexford, es gibt nur wenig Kontakt zwischen den großen Farmen, außer sonntags in der Kirche und zwischen den Männern in der Molkerei, die tagtäglich die Milchkannen abliefern.
Treasa legt eine ziemliche Strecke zurück, der unbändige Wille, die Tiere zu finden, treibt sie weiter, bis sie ein Haus sieht, das viel größer und prächtiger ist als ihres. Aus der Luft betrachtet, sind die beiden Häuser gar nicht so weit voneinander entfernt. Treasa geht zwar über Land, folgt aber mit einmaligem Orientierungssinn der Luftlinie. Sie lässt die Felder hinter sich, stapft die Kiesauffahrt hoch und steht schließlich vor einem Gebäude, das sie für das Dornröschenschloss hält. Kleine Steinchen in der Hand und das Buch unter dem Arm geht sie auf das Haus zu und wird dabei von Vita und dem Kindermädchen durchs Fenster beobachtet.
Das ganz in steif gestärktes Weiß gekleidete Kindermädchen geht,

Vita an der Hand führend, zur Haustür und öffnet sie dem zerzausten Kind, das die makellos und sehr züchtig gekleidete Vita strahlend anlacht.

Nach anfänglicher Verwirrung schließt das Kindermädchen aus Treasas Bericht, dass das Mädchen kein Zigeunerkind, sondern durchaus von einem Zuhause losgezogen ist. Sie bringt Treasa ins Kinderzimmer. Mrs Moore, die Köchin, und Brigid, das Dienstmädchen, kommen und sehen sie sich an. Sie geben ihr Milch und Kekse.

»Sie ist bestimmt eine Donoghue«, sagt Mrs Moore. »Diese dunklen Locken und die großen, braunen Augen – ihrem Vater, Gott segne ihn, wie aus dem Gesicht geschnitten!«

Damit ist Treasa identifiziert. Vitas Eltern sind nicht da, aber Billy, der Stallknecht, wird losgeschickt und soll auf der langen Route über Straße und Feldweg zur gut acht Kilometer entfernten O'Donoghue-Farm reiten.

Treasa sitzt Vita im Kinderzimmer gegenüber und unterhält Kind und Kindermädchen mit Geschichten über die Ratte und den Maulwurf, erzählt vom Brotbacken und dass sie sich zum Geburtstag ein Kaninchen wünscht, welche Bemerkung später von der aufgeregten Vita ihren Eltern gegenüber wiederholt wird, als diese von woher auch immer zurückkehren. (»Mummy, Papa – krieg ich bitte, bitte ein Kaninchen zum Geburtstag oder eine Ratte oder einen Maulwurf?«)

Mittlerweile sind Mr und Mrs O'Donoghue in ihrem Land Rover losgefahren, um die vermisste Treasa nach Hause zu holen, deren Fehlen ihnen erst durch das Eintreffen von Billy, dem Stallknecht der Grennits, bewusst geworden ist.

Die zwei kleinen Mädchen, die beide bisher kein anderes Kind in ihrem Alter kannten, sitzen im Kinderzimmer und mustern sich lächelnd. Ihre Begeisterung ist geradezu greifbar. Sie planen bereits eine Wiederholung dieses Nachmittags.

Im Wohnzimmer der Grennits berichtet das Kindermädchen den O'Donoghues, wie Treasa bei ihnen auftauchte. Eine reine Freude sei Treasa, und sie bedaure sehr, dass Vitas Eltern außer Haus seien. Dann werden die beiden kleinen Mädchen hereingeführt. Vita gibt den O'Donoghues ausgesucht höflich die Hand, und Treasa wird von ihren Eltern umarmt, die sehr wohl wissen, dass die Sache gerade noch einmal gut ausgegangen ist.

»Darf Vita bitte zu uns zum Tee kommen?«, fragt Treasa aufgekratzt, und plötzlich halten Vita und sie sich an den Händen und blicken hoffnungsfroh in Mrs O'Donoghues lächelndes Gesicht, und alle sind einverstanden. Vita wird zum Tee kommen. Der Chauffeur der Grennits wird sie und das Kindermädchen am nächsten Nachmittag hinbringen, und sie werden im Garten Tee trinken.

Vormittags backen Mrs O'Donoghue und Treasa, damit der Nachmittagstee schön wird, und Treasa lernt, wie man winzige Gurkensandwiches macht (die Rinde abschneiden!).

Als der vom Chauffeur gesteuerte Wagen vorfährt, ist Mrs O'Donoghue froh, sich die Mühe gemacht zu haben, denn hinten sitzt neben der ernst dreinblickenden Vita mit den funkelnden, blauen Augen Lady Vanessa Grennit, die kurz zuvor aus London zurückgekehrt ist.

Lady Vanessa ist bezaubernd. Sie trägt ihr Sommerkleid und ihre Seidenstrümpfe mit einer im Farmhaus der O'Donoghues noch nie dagewesenen Grazie und Eleganz. Die Mädchen verschwinden nach oben in Treasas Zimmer, nach unten ins Frühstückszimmer, hinaus in den Hof, rüber zu den Schaukeln und rauf in die Eiche mit Hilfe der kleinen Holzleiter, die die O'Donoghue-Kinder dazu immer benutzen.

Lady Vanessa und Jennifer O'Donoghue sitzen draußen, nippen an ihrem Tee und unterhalten sich mit großem gegenseitigen Respekt über ihre beiden kleinen Mädchen. Sie machen Pläne, sie sind sehr angetan voneinander, und sie hoffen, dass sich die Freundschaft ihrer Kinder vertiefen wird.

Mr O'Donoghue kommt in den Garten, um, wie er glaubt, das Kindermädchen zu begrüßen, und sieht dort zu seinem größten Erstaunen Lady Vanessa sitzen. Sie reicht ihm die behandschuhte Hand, und er weiß nicht recht, ob er sie schütteln oder küssen soll. Dass sie an seinem Gartentisch sitzt, mit seiner Frau plaudert und immer wieder trällernd auflacht, macht ihn sprachlos.

»Ich dachte wirklich, es wäre das Kindermädchen«, sagt er abends zu Jennifer O'Donoghue, die mit dem Verlauf des Nachmittags außerordentlich zufrieden ist. »Ich habe Lady Vanessa mindestens acht Jahre nicht gesehen, und auch nur ein einziges Mal, du weißt schon, damals, als sie diese Reifenpanne vor der Molkerei hatten.«

Treasa wälzt sich in dieser Nacht in ihrem Bett, denkt an Vita und plant bereits das nächste Treffen. Michael und Maria freuen sich für Treasa, müssen aber auf deren mitternächtliche Besuche verzichten, denn Treasa schläft jetzt durch, und morgens besteigt sie gleich nach dem Aufwachen einen Stuhl, blickt durchs Fenster über die Felder hinweg und denkt an Vita in ihrem prächtigen Haus drüben auf der anderen Talseite.

Den restlichen Sommer hindurch besuchen sich die Mädchen mindestens zweimal pro Woche. Ab September wird Treasa in die Grundschule gehen, die schon ihre beiden Geschwister vor dem Eintritt in die Oberschule besucht haben.

»Es wäre so schön, wenn du auch auf die Grundschule kommen würdest«, sagt Treasa zu Vita ganz oben in der Eiche, wohin sie eigentlich gar nicht klettern dürfen.

»Finde ich auch«, sagt Vita. »Ich habe Mummy und Papa schon gefragt, aber sie sagen Nein, ich bekomme eine Hauslehrerin. Papa hat ›Und dabei bleibt es‹ gesagt, da kann ich gar nichts machen.«

Lady Vanessa hat ihrem Mann sogar kurz den Vorschlag unterbreitet, dass ja vielleicht auch Treasa von der Hauslehrerin unterrichtet werden könnte, dann hätte Vita Gesellschaft, aber die Antwort lautete: »Nein. Jede soll ihren eigenen Lehrer haben. Das mit Treasa ist ja alles schön und gut, aber sie ist vom Dorf und soll die Dorfschule besuchen. Vita ist anders und muss auch eine andere Ausbildung erhalten.«

Lady Vanessa möchte den beiden zum Schulbeginn eine Freude machen und lässt sich mit Jennifer O'Donoghue und den Mädchen vom Chauffeur zu einer Tierhandlung nach Dublin fahren. Die Mädchen suchen sich zwei Kaninchen aus, beide aus dem gleichen Wurf. Weiß, flauschig, schlappohrig, genau das, was kleine Mädchen lieben.

»Meiner heißt George«, sagt Treasa auf der Rückfahrt sehr bestimmt.

»Woher weißt du, dass es ein Männchen ist?«, fragt Vita und sucht das Gesicht ihres Kaninchens nach Hinweisen auf sein Geschlecht ab.

»Weil er wie ein George aussieht. Und wie nennst du deins?«, fragt Treasa ein bisschen herrisch.

»Meins ist ein Mädchen«, erklärt Vita einfach so. »Sie heißt Georgina.«

»Sehr gut«, sagt Treasa in Anbetracht dieser Symmetrie, und Jennifer O'Donoghue und Lady Vanessa schlagen sich die Hand vor den Mund, werfen sich einen Blick zu und schauen aus dem Fenster, um ihr Lächeln zu verbergen.

Auch Käfige haben sie gekauft, die sie nun sorgsam an einem geschützten Winkel in den Nebengebäuden der beiden Häuser aufstellen. George hält sich allerdings die meiste Zeit im Haus auf. Munter hoppelt er durchs Frühstückszimmer, und Michael bastelt ihm aus Lutscherstäbchen winzige Kaninchenhindernisse, die das Tier, wenn ihm danach ist, brav überspringt, was allerdings zur

Folge hat, dass die Stangen danach jedes Mal um einen halben Zentimeter erhöht werden.
Treasa fängt mit der Schule an und gewöhnt sich problemlos ein. Manche Wörter spricht sie so aus wie Vita; die anderen Kinder machen sich gegenseitig darauf aufmerksam und necken sie. Schon nach kürzester Zeit lässt sie es bleiben. Heißpresse wird akzeptiert, Wäschetrockenschrank nicht. Waschlappen darf sie sagen, Waschhandschuh ist verboten.
Leben heißt lernen.
Ihre Freundin Vita sieht sie jetzt nur noch am Wochenende, und obwohl sie sie sehr vermisst, ist das nichts im Vergleich dazu, wie sie Vita fehlt. Deren Leben besteht aus der Hauslehrerin, dem Kindermädchen und dem Kaninchen, während bei Treasa viel los ist, in der Schule und daheim.
Treasa schmuggelt George ins Haus der Grennits; Vita und sie hoffen sehr, dass Georgina Babys bekommen wird. Aber es klappt nicht, warum auch immer. (Es sind zwei Weibchen.) Einen Riesentrubel gibt es, als die beiden Kaninchen im Kinderzimmer herumhoppeln und vor dem Kindermädchen, das mit dem Tee hereinkommt, versteckt werden müssen. Die Kaninchen verstecken sich in Vitas Spielzeugtruhe, aber eines drückt offenbar gegen etwas, denn plötzlich rattert Vitas kleiner Aufziehtrommler los, und die Mädchen kichern wie verrückt.
Das Kindermädchen sagt nichts. Erst als Treasa aufbricht, fragt es: »Hast du auch wirklich alles dabei – alles, was du mitgebracht hast?«
Da wird Treasa rot, und das Kindermädchen tätschelt ihr lächelnd den Kopf.
Eine schöne Kindheit. Unschuldig, friedlich. Geradezu idyllisch.
Dann ist plötzlich das Jahr 1965 da, die Mädchen sind knapp über zehn, und in einem Jahr wird Vita nach England aufs Internat kommen.

»Es ist nicht fair, Treasa«, beklagt sie sich. »Ich will hier bleiben. Ich werde dich so wahnsinnig vermissen.«
»Aber wir schreiben uns doch«, erwidert Treasa. »Wir sollten schon mal üben, damit wir uns lange Briefe schreiben können, wenn du dort bist.«
Sie schreiben sich, warten, dass der wöchentliche Brief durch den Briefschlitz fällt, damit sie immer auf dem Laufenden sind.
Tom Jones singt »It's Not Unusual«, Sonny and Cher singen »I've Got You, Babe«. Maria ist mit der Schule fertig und beginnt eine Sekretärinnenausbildung. Michael wird bald sein Abschlusszeugnis in der Hand halten und am University College Dublin Agrarwirtschaft studieren.
Tante Oonagh, die Schwester von Mrs O'Donoghue, hat ein großes Haus in Rathmines und bietet Michael an, ihn in den drei Jahren, die er in Earlsfort Terrace verbringen wird, bei sich aufzunehmen. Doch Michael hat andere Pläne, die sich in keiner Weise mit der Untermiete bei einer unverheirateten älteren Tante in Einklang bringen lassen.
Maria beschwert sich bei ihrer Mutter: »Das ist ungerecht! Ich muss hier wohnen und jeden Morgen in die Stadt fahren, und er kriegt ein möbliertes Zimmer, nur weil er ein Junge ist. Wenn ich nach Dublin ziehen würde, würdest du mich bestimmt zu Tante Oonagh stecken, stimmt's?«
Jennifer O'Donoghue erwidert: »Hör auf mit dem Blödsinn, Maria! Du hast dich für eine Ausbildung hier in der Nähe entschieden. Die Frage, wo du in Dublin wohnen würdest, stellt sich überhaupt nicht.«
»Die würden dich beim Erzbischof einquartieren«, neckt sie der triumphierende Michael. »Oder bei Onkel Mick« – nach dem er benannt wurde.
»Warum sind dein Bruder und deine Schwester eigentlich so schrecklich religiös?«, fragt Treasa ihre Mutter, um das Thema zu

wechseln und den Streit zu beenden, der ihrer Ansicht nach zu nichts führt.
»Sie wurden berufen«, erklärt Jennifer O'Donoghue und lächelt, denn sie merkt, dass ihre Jüngste von der Auseinandersetzung ablenken will, was ganz typisch für sie ist. »Onkel Mick wollte immer schon Priester werden, und Concepta, na ja, bei der war es genauso, und da ist sie eben Nonne geworden.«
»Und du wolltest das nie?«, hakt Treasa nach. »Nonne werden, meine ich.«
Jennifer O'Donoghue schüttelt den Kopf. »Nein, ich wollte alles. Ich wollte die ganze Welt, und ich wollte euch drei.«
»Und, hast du alles bekommen?«, will Treasa wissen.
»In gewisser Hinsicht schon«, antwortet Jennifer und lässt den Blick über ihre drei Sprösslinge wandern.
Und in vieler Hinsicht ganz eindeutig nicht, denkt sie bei sich, die Grenzen der Farm und die Einschränkungen des Landlebens vor Augen.
Ihren Optimismus hat Treasa von ihrer Mutter, denn Jennifer hat immer das Beste aus allem gemacht. Seit sie ein eigenes Auto besitzt – das ihr schließlich den Tod bringen wird –, fährt sie oft nach Dublin und ins Dorf, sie engagiert sich im Irischen Landfrauenverband, trinkt Tee mit Lady Vanessa (sie nennen sich inzwischen beim Vornamen). Sie ist eine viel beschäftigte Frau, die alles aus ihrem Leben herausgeholt hat. Und sie will, dass ihre Kinder selbstständige Menschen mit einem erfüllten Dasein werden. Deshalb hat sie keine Einwände erhoben, als Michael verkündete, er wolle nicht bei Tante Oonagh in Rathmines wohnen. Sie weiß, dass er eines Tages wieder auf die Farm zurückziehen und sie übernehmen wird, und will, dass er sich freiwillig dafür entscheiden kann und auch versteht, warum er sich dafür entscheidet.
Das hat sie ihren drei Kindern immer wieder gesagt. Sie hat ihnen vom Leben in der Stadt und vom Leben in der Grafschaft Wexford

erzählt. »Seht es euch an«, sagt sie. »Macht eure Erfahrungen. Dann könnt ihr euch entscheiden.«

Ihre Zeit ist fast abgelaufen.

Sie fährt einen Morris Traveller mit Armaturenbrett aus Holz und schönem Polsterbezug. Sie kennt sich aus auf den unbeleuchteten kleinen Straßen, die von der Farm in alle Richtungen verlaufen. Sie ist eine umsichtige Fahrerin. An einem Mittwochabend kommt sie spät von einem Treffen zurück. Ein normaler Abend nach einem normalen Tag ist das für sie, aber da irrt sie sich. An der S-Kurve beim Landsitz der Grennits bremst sie auf dreißig Stundenkilometer ab – schneller zu fahren wäre an dieser Stelle lebensgefährlich –, doch das Unglück will es, dass Pater Corry, mit zwei Glas Bitter und drei Kurzen hinter der Binde aus der Gegenrichtung kommend, solche Vorsicht nicht walten lässt.

Er sitzt am Steuer eines schokoladenbraunen Rover mit Ledersitzen, und in einem Ablagefach unter dem Armaturenbrett liegt eine kleine Flasche Paddy, die der Dorfpolizist hinterher herausnehmen und in seinem eigenen Wagen deponieren wird, für später.

Pater Corry überlebt den Zusammenstoß, Jennifer O'Donoghue nicht. Es geht nicht gerecht zu in diesem Augenblick, und auch später wird es keine Gerechtigkeit geben, obwohl allgemein bekannt ist, dass Pater Corry dem Alkohol ein bisschen zu sehr zuspricht.

Mr O'Donoghue fragt, wie es zu dem Unfall gekommen ist, warum der Wagen von Pater Corry auf der falschen Straßenseite steht – ob ihm das bitte mal jemand erklären kann.

Er bekommt keine Erklärung. Die Sache wird perfekt vertuscht, auf seine entsetzten Fragen erfolgen keine Antworten. Ihm wird nur vom Arzt versichert, dass Mrs O'Donoghue auf der Stelle tot war.

Bei Jennifers Begräbnis stehen ihre drei Kinder bleich nebeneinander. Die beiden älteren halten Treasa an der Hand. Ihr Vater steht, gefasst, aber wie betäubt, neben ihnen.

Und von einem Augenblick zum andern ist es vorbei mit der idyllischen Kindheit.
Die Grennits kommen und fragen, ob sie helfen können. Da sind schon ein paar Wochen vergangen. Michael hat sein Abschlusszeugnis in der Tasche und wird im Herbst aufs University College Dublin gehen, und Maria steht kurz vor dem Ende ihrer Sekretärinnenausbildung und hat einen Job in Aussicht.
»Was soll ich nur mit Treasa machen?«, sagt der Farmer. Er schüttelt immer wieder den Kopf und wischt sich mit der Hand über die Stirn.
»Können wir irgendetwas für Sie tun?«, fragt Vanessa Grennit. »Sie wissen ja, Vita fängt im September in Benenden an. Wäre es Ihnen recht, wenn Treasa auch dorthin ginge?«
Aber Treasa ist katholisch, Benenden kommt für sie nicht in Frage.
»Es liegt nun mal in einem anderen Land, so weit weg. Das kann ich ihr nicht antun. Schlimm genug, dass ich sie überhaupt auf ein Internat schicken muss. Es wird schrecklich für sie, wenn sie von hier wegmuss.«
Seine Stimme versagt. Es zerreißt ihm das Herz, aber er weiß, dass die Farm *und* Treasa zu viel für ihn wären.
»Ich habe eine Schwester in Rathmines«, erklärt er den Grennits nach einer Weile. Das Ehepaar bleibt höflich sitzen, obwohl den beiden bewusst geworden ist, dass ihr Vorschlag, Treasa aus ihrer Umgebung herauszureißen und ins Ausland zu schicken, aufdringlich war.
Doch Maria spricht sich gegen Tante Oonagh in Rathmines aus. »Das darfst du Treasa nicht antun, Dad«, sagt sie. »Gib sie in ein Internat. Sie soll mit Gleichaltrigen zusammen sein, nicht mit der verrückten alten Tante Oonagh!«
Und so fährt Treasa O'Donoghue im September nach St. Martin's in the Fields, während Vita die Irische See überquert.
In St. Martin's flüstern sich die Mädchen zu: »Das ist die, deren

Mutter bei einem Autounfall ums Leben kam«, und beobachten, wie Treasa damit fertig wird.
Anfangs hat Treasa ein Problem, das aber nicht mit dem Verlust ihrer Mutter zusammenhängt; den verarbeitet sie ganz für sich, indem sie alle Erinnerungen, die sie sorgsam bewahrt hat, nun ganz langsam, eine nach der anderen, hervorholt.
Nein, Treasa hat andere Probleme. Sie haben mit dem Lärm in der Stadt zu tun, mit dem nächtlichen Straßenverkehr, mit dem Klirren der lockeren Fensterscheiben in den Rahmen, mit der Betriebsamkeit, die in einer großen Schule herrscht, mit dem Knallen der Spindtüren, dem Gedrängel in den Gängen, den Wettläufen zum Waschraum – Dingen, mit denen Vita und sie nie in Berührung kamen. Was sie darüber wussten, hatten sie in Büchern gelesen, ohne sicher zwischen Tatsachen und Fiktion unterscheiden zu können.

Liebe Vita,
alles Mögliche hätten wir uns träumen lassen, nur nicht, dass auch ich mal in einem Internat lande – findest Du das nicht auch witzig? Wie war die Überfahrt? Wie ging es Dir beim Abschied? Daddy und ich sind im Auto hierher gefahren. Michael kam auch mit, er ist auf Zimmersuche. Als Daddy wegfuhr, hätte ich am liebsten geweint, aber ich habe es bleiben lassen. Mummy hätte gesagt, halt die Tränen zurück, schütz dich selbst und lass andere nicht deine Verzweiflung sehen, bevor du die Leute gut genug kennst, um ihnen zu vertrauen. Erst abends im Bett habe ich geweint, aber auch da nicht so sehr wegen des Abschieds von Daddy, sondern komischerweise wegen George und Georgina – ist das nicht merkwürdig? Die beiden sind schon zwei Jahre tot! Ich bin so froh, dass wir sie gemeinsam begraben konnten.
In meinem Schlafsaal stehen vierzehn Betten. Zwischen

jedem Bett ist ein Vorhang, und jedes Mädchen hat einen Spind und einen kleinen Bettkasten und einen Stuhl neben dem Bett. Unsere Schuluniformen müssen wir an den Stuhl hängen und die Kleidungsstücke für den nächsten Tag säuberlich gefaltet darauflegen. Die meisten Mädchen sind Interne, obwohl viele aus Dublin kommen. Sie sind alle ganz nett, glaube ich. Ich sitze neben Bernadette O'Higgins, die ich schon kennen lernte, als Daddy mich zum ersten Gespräch hierher fuhr. Und im Irish College traf ich sie dann wieder, erinnerst Du Dich? Ich habe Dir von ihr erzählt. Sie ist sehr nett, und wenn wir am Wochenende einen Spaziergang machen dürfen, wollen wir zusammen gehen.
Bitte schreib mir und erzähl von Dir. Alles – über Deine Uniform, über die Lehrer, die Mitschülerinnen, den Sportunterricht (hier gibt es keinen Sport, zumindest nicht viel).
Ich bin ja schon so neugierig!
Alles Liebe,

Treasa

Liebe Treasa,
heute Vormittag erhielt ich Deinen Brief. Eigentlich wollte ich ja schon längst schreiben. Es ist grauenhaft hier, und Du fehlst mir wahnsinnig. Mummy sagt, es wäre gut für mich, es würde zum Erwachsenwerden dazugehören, aber ich glaube das überhaupt nicht. Das Essen ist furchtbar. Ich denke immer daran, wie wir, Du und mein Kindermädchen und ich, immer Toast mit ganz viel Butter und Erdbeermarmelade im Kinderzimmer gegessen haben.
Ich vermisse die Eiche mit der kleinen Leiter bei euch auf der Farm. Ach, und dann müssen wir auch noch so einen doofen Hut tragen! Ihr auch? Hoffentlich – dann bin ich nicht die Einzige von uns beiden.

Es ist ganz anders als bei Dolly in Malory Towers oder in der Chalet School, findest Du nicht? Pferd habe ich auch noch keines gesehen, aber Mummy sagt, dass es Christabel gut geht und sie jeden Tag bewegt wird. Würde sie wohl kaum sagen, wenn es nicht so wäre, oder?
Und alle klingen hier wie meine Verwandten und keiner wie Du.
Schreib mir bald!
Alles Liebe,

Vita

Liebe Vita,
wir müssen eine Baskenmütze tragen, sieht völlig unmöglich aus. Vorne ist ein Abzeichen mit dem Motto der Schule drauf, und wir müssen sie so tragen, dass sie ganz oben auf dem Kopf sitzt. Wie sieht euer Hut aus? Ich stelle ihn mir irgendwie mit einer Feder vor.
Daddy hat mir einen Brief geschrieben. Christabel und Yammy ging es gut, als er sie letztes Wochenende auf dem Hügel sah.
Ich wollte Dir etwas über Onkel Mick erzählen. Erinnerst Du Dich daran, dass er nach dem Unfall eine Weile bei uns gewohnt hat? Darüber wollte ich Dir etwas erzählen, aber es kann warten.
Gibt es eigentlich Nonnen in Deiner Schule? Hier sind fast nur Nonnen. Eins von den Mädchen sagt immer, sie würden Möwen auf dem Kopf tragen. Ich weiß nicht, ob Du so was schon mal gesehen hast – eine große, weiße Haube, die wirklich sehr an eine Möwe erinnert. Als Anna McBride das gesagt hat, musste ich schrecklich lachen. Findest Du es nicht auch witzig, dass Nonnen so was tragen müssen, aber einen Priester sieht man nie mit so was auf dem Kopf? Unsere Obe-

rin heißt Mutter Immaculata, aber alle nennen sie »der Rabe«. Eine schreckliche Kuh ist das.
Jetzt höre ich Dich sagen, Kühe sind doch lieb, aber alle Mädchen nennen sie so. Weil sie einfach schrecklich ist. Und dann ist da noch ihre Stellvertreterin, Schwester Rodriguez – weißt Du noch, wie Georgina immer so ein kleines Gesicht zog und so schnupperte, wenn sie Kaka gemacht hatte? Genauso sieht Schwester Rodriguez aus!
Haben eure Lehrerinnen auch so komische Namen wie unsere? Alle Nonnen außer dem Raben haben Männernamen.
Fährst Du über Weihnachten nach Hause, Vita? Ich hoffe es sehr, aber Daddy hielt es eher für unwahrscheinlich.
Bernadette ist wirklich lieb, Du würdest sie bestimmt mögen. Aber ich vermisse Dich trotzdem.
Schreib bald!
Alles Liebe,

Deine Treasa

Liebe Treasa,
worauf willst Du hinaus, wenn Du schreibst, dass Dein Onkel Mick bei euch gewohnt hat? Irgendwie mag ich ihn nicht, aber das sollte ich wohl besser nicht sagen, schließlich bist Du seine Nichte.
Ich habe eine Freundin. Sie heißt Jessica. Sie ist in Ordnung, aber sie ist nicht wie Du.
Leider, leider werde ich wohl nicht über Weihnachten nach Hause fahren. Dabei wollte ich Dich so gern wieder sehen und auf Christabel reiten. Hier wird es zwar auch schön sein – wir verbringen Weihnachten in unserem Haus in London –, aber ich wäre viel lieber daheim. Weißt Du noch, wie Du letztes Jahr bei uns warst und wir gemeinsam den Baum geschmückt haben? Das war ein Spaß, was?

Mein Schulhut sieht so doof aus, das kannst Du Dir nicht vorstellen. Wir haben sogar zwei. Lach nicht! Im Sommer tragen wir eine Kreissäge und jetzt im Winter – aufgepasst! – ein Ding namens Jelly. Nein, das ist nichts zum Essen. Es sieht ein bisschen wie Wee Willie Winkies Schlafmütze aus, mit einem Bommel in der Farbe des Hauses, in dem man wohnt. Baskenmützen kommen doch aus Frankreich, oder? Warum habt ihr so was? Wenn wir mit der Schule fertig sind, verbrennen wir meinen Jelly und meine Kreissäge und Deine Baskenmütze unten am Bach! Das machen wir an Halloween. Hier feiern sie den Guy-Fawkes-Tag. Total komisch.
Bitte schreib bald zurück. Grüße von Jessica.
Alles Liebe,

Deine Vita

Liebe Vita,
meinst Du, ich könnte über Weihnachten mal auf Yammy ausreiten? Würdest Du Deine Mutter fragen, ob sie es erlaubt? Bitte! Als wir wegfuhren, sagte sie zwar, ich dürfte, aber ich möchte noch mal fragen.
Auf Weihnachten daheim freue ich mich nicht besonders, obwohl Michael mich abholt und wir mit dem Zug nach Hause fahren, aber wir bekommen Besuch von Verwandten. Es wäre so schön, wenn Du auch da wärst. Dann könnte ich Dich besuchen und ein bisschen Zeit mit Dir verbringen.
Was kriegst Du zu Weihnachten geschenkt? Ich hätte gern ein Haustier, aber das ist aussichtslos, weil wir hier in St. Martin's keine Haustiere haben dürfen.
Hoffentlich lädt mich Bernadette ein, sie ein paar Tage zu besuchen.

Bitte schreib mir. Ich habe schon fast drei Wochen nichts von Dir gehört.
Alles Liebe,

Deine Treasa

Liebe Treasa,
daheim werde ich bestimmt Weltmeisterin im Schnellessen! Die Essenszeit wird hier mit Glocken angezeigt, ob Du es glaubst oder nicht. Oder ist das bei euch in St. Martin's auch so? Das Essen beginnt mit einem Glockenton. Während des Essens darf kein Wort gesprochen werden, und wer einen Nachschlag will, muss ihn sich besorgen, bevor die Glocke wieder läutet.
Mummy sagt, selbstverständlich darfst Du auf Yammy ausreiten, und falls Dich eine Freundin besucht, darfst Du auch Christabel nehmen.
Bitte schreib mir!
Alles Liebe,

Deine Vita

Liebe Vita,
ihr bekommt wenigstens einen Nachschlag. Ich bin hier ständig hungrig. Ich habe mir vorgenommen, nach Weihnachten massenhaft Essen hierher mitzunehmen, aber ich weiß nicht, wo ich es verstecken soll, denn im Schlafsaal dürfen wir keine Lebensmittel aufbewahren, und eine andere Möglichkeit gibt es nicht. Süßigkeiten und heimliche Mitternachtspartys kannst Du hier vergessen. Erinnerst Du Dich an unser Gespräch über Kirschkuchen und Gingerbeer? Mit irischen Klosterschulen kannte sich Enid Blyton offenbar nicht besonders aus. Manchmal schmuggeln die Externen etwas für uns rein, aber wie Schwester Rodriguez (die, die so aussieht

wie ein Kaninchen, das gerade Kaka macht) immer sagt: »Wehe dem Mädchen, welches mit Speise ertappt wird!«
Ich denke ständig an das Weihnachtsessen. Tante Oonagh (die Verrückte aus Rathmines) kommt und hilft Maria beim Kochen. Ist für beide das erste Mal. Tante Oonagh hat Daddy gefragt, ob wir den Truthahn zur Abwechslung mal mit Rosenkohl gefüllt haben wollen. Ist das zu fassen?
Alles Liebe,

Deine Treasa

Sieben

Noch zwei Tage«, sagte Kitty im Waschraum zu Treasa, lautlos, nur mit den Lippen sprechend.

»Was hast du heute vor?«, fragte Treasa.

Mary Oliver trat, in ein Handtuch gehüllt, aus einer der Badekabinen. Sie trug Pantoffeln. Ihre Haare waren nass. Sie stellte sich vor einen Spiegel und begann sie zu kämmen.

»Was ist mit deinen Händen?«, fragte Treasa entsetzt.

Mary betrachtete ihre Hände, als sähe sie sie zum ersten Mal. Ihr Erstaunen über die zerschnittenen Fingerkuppen, die Blutergüsse wirkte echt.

Sie unterbrach kurz das Stillschweigen und flüsterte: »Ich bin beim Einsteigen in die Badewanne ausgerutscht.«

»Sieht schlimm aus«, meinte Treasa.

Mary schüttelte den Kopf, wie um jeden Gedanken an Schmerz abzuwehren. Aber sie wirkte bestürzt. Sie war schrecklich blass und hatte dunkle Augenringe.

»Beeil dich besser mal, Mary«, riet ihr Treasa.

»Also«, fuhr Kitty O'Dowd mit einem nur mäßig interessierten Blick auf Marys Hände fort, »um drei habe ich ein Rendezvous mit Andrew, Treffpunkt wie immer.«

»Bist du jetzt doch scharf auf ihn?«, fragte Treasa. »Ich dachte, er wäre nicht dein Fall.«

Kitty lächelte süffisant in den Spiegel. »Eine Frau hat nun mal das Privileg – wenn das das richtige Wort ist –, ihre Meinung zu ändern. Übrigens gibt er am Samstag eine Party, und du bist eingeladen.« Sie warf einen Blick auf Marys blasses Gesicht im Spiegel. »Du auch, Mary.«

Mary kämmte sich mit glasigen Augen. Sie hatte es offenbar nicht gehört. Plötzlich drehte sie sich um und verschwand in einer Toilettenkabine.

Kitty und Treasa hörten, wie sie sich mehrmals übergab. Sie sahen sich an.

»Ist alles in Ordnung, Mary?«, rief Treasa, obwohl eindeutig das Gegenteil der Fall war.

»Hab ich was Falsches gesagt?«, fragte Kitty verdutzt.

»Nein«, sagte Treasa, »das hat nichts mit dir zu tun, Kitty. Schau sie dir doch an! Ich glaube, sie ist krank.«

Sie warteten, bis Mary herauskam. Treasa führte sie in den Schlafsaal, setzte sie auf ihr Bett und fönte ihr die Haare trocken.

»Du legst dich besser wieder hin, Mary. Ich sage dem Raben, dass es dir nicht gut geht.«

Mary schüttelte heftig den Kopf.

»Also schön, aber dann leg dich wenigstens so lange auf mein Bett, bis ich bei dir aufgeräumt habe. Danach kannst du dich anziehen.«

Mary nickte dankbar, sank auf Treasas Bett und drehte sich auf die Seite. Das Handtuch glitt ihren Rücken hinab und gab den Blick auf die vorstehenden Rippen frei, aber sie war zu müde, um es wieder hochzuziehen.

Treasa bemerkte es nicht. Sie machte Marys Bett und zog den Vorhang gerade. Kitty nahm Marys Schulkleidung vom Stuhl und legte sie auf Treasas Bett.

»Willst du wirklich nicht ins Krankenrevier, Mary?«

Mary setzte sich auf und zog sich so schnell an, wie sie konnte. Kitty ging in den Waschraum, um sich zu frisieren.

Als Treasa Marys Kopfkissen hochhob, um es auszuschütteln, sah sie darunter zwei Nägel.

»Hey, Mary, was ist das denn?«

Mary wandte sich zu ihrem Bett um. »Ich … ich weiß nicht.« Sie stand auf, nahm die Nägel in die Hand, starrte sie an und steckte sie in die Tasche.

Treasa breitete die Decke übers Bett, und der Augenblick war vorbei.

Mary Oliver durchströmte das warme, tröstliche Gefühl völliger Geborgenheit. Auf dem Weg aus dem Schlafsaal betastete sie mehrmals ihre Tasche.

Pünktlich zum Frühstück waren sie unten. Während sie aßen, las Schwester Rodriguez die *Leiblichen Werke der Barmherzigkeit* vor, wieder und wieder. Mary betrachtete mehrmals ihre zerschnittenen Finger, doch dann klopfte sie wieder auf ihre Tasche, und das Unbehagen verflog. So was Dummes, dachte sie, so lange habe ich meine Nägel gesucht, dabei lagen sie die ganze Zeit unter dem Kopfkissen! Nachdem sie eine Scheibe Brot gegessen und zwei Tassen Tee getrunken hatte, ging es ihr ein wenig besser. Sie fühlte ein bevorstehendes Unheil, hatte aber keine Ahnung, womit es zusammenhing.

»Die Hungrigen speisen«, tremolierte Schwester Rodriguez. »Die Kranken besuchen.«

Treasa warf einen Blick zu Mary hinüber und fand, dass sie etwas besser aussah. Nicht mehr ganz so, als würde sie jeden Moment umkippen.

»Die Toten begraben.«

Plötzlich wuchs Marys Unbehagen wieder. Ich habe etwas geträumt. Es war ein Traum.

Die Mädchen gingen zur Schwesternkapelle. Kurz bevor sie dort ankamen, bemerkten Treasa und Bernadette, die die Gruppe anführten, dass im Kircheninneren hektische Betriebsamkeit herrschte.

Vor dem Gebäude standen zwei Streifenwagen mit zuckendem Blaulicht.
»Gehen wir einfach rein«, flüsterte Treasa Bernadette zu. »Dann kriegen wir wenigstens raus, was passiert ist.«
Kitty schloss sich ihnen an. Zielstrebig traten sie in den Vorraum, wo sich ihnen sofort zwei Polizisten in den Weg stellten.
»Tut uns Leid, Mädchen, aber ihr dürft hier nicht rein«, sagte der eine.
»Was ist denn los?«, fragte Treasa höflich.
»Da ist was entweiht worden«, erklärte der Jüngere.
Treasa wagte einen Vorstoß. »Wir müssen aber da rein und beten!«
»Heute nicht, junge Dame, tut mir Leid. Hier darf keiner rein.«
Eine Kapellenschwester erschien. Sie war blass, wie unter Schock. »Sofort zurück ins Kloster, alle miteinander! Wer beaufsichtigt euch?« Sie lief an der Vorhut vorbei und trat auf die Straße hinaus. »Miss Ní Ghrian«, rief sie der Irischlehrerin zu, die mit der üblichen verkniffenen Miene auf sie zukam, »die Mädchen müssen sofort zurück ins Kloster. Es hat einen … einen Vorfall gegeben.« Sie stockte, zog Miss Ní Ghrian ein paar Schritte weg und flüsterte ihr etwas zu.
Bridie, die das Ganze mit großem Interesse verfolgte, berichtete später, Grinny habe die Augen aufgerissen, die Hand vor den Mund geschlagen und gesagt: »O nein! Nein. Nein. O nein, mein Gott, nein, nein!«
»Hat sie sonst noch was gesagt«, fragte Treasa.
Bridie schüttelte den Kopf.
»Als wie geschockt würdest du sie beschreiben?« Treasa konnte sehr hartnäckig sein.
»Also, sie war geschockter als damals, als Kitty im Unterricht ›scheißen‹ gesagt hat.« (Kitty hatte »scheißen« gesagt, nachdem sie im Irischunterricht auf Irisch gefragt worden war, was Hunde im Park machten. Die korrekte Antwort hätte gelautet: »Sie laufen und spielen.«)

Wieder im Schulgebäude, wurden die Mädchen angewiesen, in den Gemeinschaftsraum zu gehen und in ihren Missalen oder in den religiösen Büchern zu lesen, die dort in einem Regal standen. Alle waren sehr aufgeregt. Endlich hatte sich etwas Unvorhergesehenes ereignet, was immer es auch war.

Kitty setzte sich ans Fenster, zog eine Feile aus der Tasche ihres Trägerrocks und machte sich an ihren Nägeln zu schaffen. Treasa nahm einen Stuhl, setzte sich neben sie und legte die Füße aufs Fensterbrett. Auch Bernadette griff sich, ausgerüstet mit *Fantastischer Sex*, einen Stuhl. (Sie war kurz davor, mit dem Zählen der Abbildungen zu beginnen.)

»Und jetzt?«, fragte Treasa.

»Party bei Andrew am Samstag, Bernadette«, sagte Kitty. Es sollte eine Einladung sein.

»Super«, erwiderte Bernadette. »Ach nein, doch nicht – so kurz nach Ostern darf ich bestimmt nicht übers Wochenende heim. Daddy sagt garantiert, dass ich büffeln muss, weil die Abschlussprüfungen bevorstehen.«

Treasa grinste. »Ich kann auch nicht heim, sonst könnte ich nämlich nicht nach Dublin zu der Party. Wir bitten die Downey-Zwillinge, uns den Rücken freizuhalten, und gehen erst ganz spät. Wird bestimmt super.«

Anna McBride kam herein und gesellte sich sofort zu den anderen am Fenster. Zum ersten Mal in dieser Woche ließ sie Jean Jacques unbeachtet.

Kitty warf ihr einen Blick zu und sah sofort, dass sie etwas wusste.

»Was gibt's, Bridie?«

Das jüngere Mädchen sah die anderen drei an und legte den Finger an die Lippen.

»Wir sagen's auch bestimmt nicht weiter«, beteuerte Kitty. »Also, was ist?«

»Soweit ich gehört habe …«, setzte Bridie an.

»Nun mach schon, Bridie«, drängte Treasa, »wir platzen vor Neugier!«
»... wurde das Kruzifix in der Kirche abmontiert.«
»Abmontiert?« Die drei waren baff. Kitty unterbrach sogar das Nagelfeilen.
»Von der Wand abgenommen. Und dann ist irgendwas damit passiert, aber ich weiß nicht, was.«
»Von wem hast du das?«, fragte Treasa.
»Also, ich stand zufällig oben im Korridor«, erklärte Bridie zögerlich, »und da hörte ich sozusagen, wie Grinny es der Maple erzählte.«
»Aha! Die Sache wird spannend«, sagte Treasa.
»Was, glaubt ihr, ist mit dem Kruzifix passiert?«, warf Bernadette ein.
»Keine Ahnung«, antwortete Kitty. »Das Ding war sowieso potthässlich. Die sollen froh sein, dass sie es los sind.«
Treasa blickte durchs Fenster auf die Straße, und plötzlich fielen ihr Mary Olivers Finger ein. Sie kniff die Augen zusammen und versuchte den Gedanken wegzuschieben. Sie drehte sich verstohlen um und sah Mary unschlüssig vor dem Bücherregal stehen. Sie stand auf, führte Mary zu den anderen und erzählte ihr, was passiert war. Mary schwieg. Sie hockte sich auf den Boden, lehnte den Rücken an das Wandstück unter dem Fenster und umschlang die Knie mit den Armen.
»Dann gehen wir fünf also am Samstag zu der Party, ja?«, fragte Treasa.
Kitty sah Bridie an und fand, dass Bridie nicht dorthin passte, doch nach einem Blick auf Mary, der ihr zeigte, dass auch sie bei der Party fehl am Platz sein würde, zuckte sie nur mit den Achseln und sagte: »Ja.«
»Zu welcher Party?«, fragte Bridie.
Treasa erklärte es ihr.

»Ich fahre an diesem Wochenende nach Hause«, erwiderte Bridie. »Ich weiß nicht, ob meine Eltern es erlauben.«
»Du könntest doch Mary übers Wochenende einladen«, schlug Treasa vor. Mary würde es gut tun, von der Schule wegzukommen, nicht nur, weil sie immer das ganze Trimester da blieb, sondern auch weil Treasa sich nicht vorstellen konnte, wie Mary mit ihr und Bernadette aus der Schule abhaute. »Deine Eltern haben bestimmt nichts dagegen, und wenn du es ihnen als eine Party verkaufst, die gefeiert wird, weil die Besinnungswoche vorüber ist, ist alles in Butter.«
Anna McBride grinste. Sie liebte es, bei den anderen mitmachen zu dürfen, auch wenn es oft nicht leicht war, so viel jünger auszusehen.
»Genial. Und Andrew hat nichts dagegen, dass ich komme?«, fragte sie Kitty.
Kitty schüttelte den Kopf. »Nö. Er hat gesagt, ich könnte ein paar Freundinnen mitbringen.«
Wieder lächelte Bridie.
Miss Maple und Mutter Immaculata betraten den Raum. Sofort erhoben sich die Mädchen.
»Setzt euch«, sagte Mutter Immaculata. »Um etwaigen Gerüchten entgegenzutreten, habe ich beschlossen, euch mitzuteilen, dass heute Nacht in der Schwesternkapelle ein Sakrileg begangen wurde. Die Polizei ist zuversichtlich, dass sie den Täter finden wird, ihr braucht euch also nicht zu sorgen. Die Beamten suchen am Tatort nach Fingerabdrücken. Der Täter wird gefasst und hart bestraft«, versicherte sie. »In der Zwischenzeit werdet ihr den Tag schweigend hier in der Schule verbringen. In Kürze kommt Pater McMorrow und nimmt weiter die Beichte ab, und danach wird im Oratorium gebetet. Miss Maple und Miss Ní Ghrian werden euch den restlichen Tag hindurch beaufsichtigen. Ihr werdet dafür beten, dass man den Verbrecher fasst, und so Gott will, wird die Besinnungswoche morgen in der Schwesternkapelle fortgesetzt.«

Schon war sie verschwunden, wie auf Rollschuhen.
Unter lautem Stühlerücken ließen sich die Mädchen nieder. Bernadette O'Higgins flüsterte Treasa zu: »Welches leibliche Werk der Barmherzigkeit hat Schwester Rodriguez heute Morgen gleich wieder vorgelesen – denen, die uns beleidigen, gern verzeihen?«
Treasa lachte prustend los, versuchte aber so zu klingen, als hüstelte sie. Kitty senkte den Kopf, um ihr Grinsen zu verbergen. Mary Oliver schob sich die Hände unter den Po, damit sie keiner sah.
»Meinst du, die nehmen uns Fingerabdrücke ab?«, flüsterte Bridie.
»Das wäre zum Totlachen«, meinte Kitty.
»Nein, das machen sie bestimmt nicht«, erwiderte Treasa, als sie Mary Olivers entsetzten, panischen Gesichtsausdruck sah. »Garantiert nicht. Sie suchen Fingerabdrücke in der Kapelle und vergleichen sie auf dem Revier oder sonstwo mit den Fingerabdrücken in ihrer Kartei.«
»Schade.« Kitty sah die einzige kleine Aufregung, die sich am Horizont abgezeichnet hatte, in weite Ferne verschwinden.
Treasa bemerkte, dass Mary Oliver erleichtert wirkte.
Mary Oliver klopfte auf ihre Trägerrocktasche. Treasa fragte sich, warum sie das tat.
Miss Maple trat ein und wandte sich an die Mädchen. »Ich konnte Mutter Immaculata dazu überreden, die Sechstklässlerinnen freundlicherweise ins Klassenzimmer gehen zu lassen, damit sie für die bevorstehende Abschlussprüfung lernen können. Die anderen dürfen hier bleiben. Miss Ní Ghrian hat die Aufsicht. Die Sechstklässlerinnen begeben sich jetzt schweigend nach St. Anthony's, ohne unterwegs auf Abwege zu geraten!« Die Ironie in ihrer Stimme war nicht zu überhören. Die Statue des heiligen Antonius, des für verlorene Gegenstände zuständigen Schutzpatrons, stand, zusammen mit einer immer brennenden Kerze, in einer Nische vor dem nach ihm benannten Klassenzimmer.

Als die Mädchen daran vorbeizogen, flackerte die Flamme in dem kleinen Glasgehäuse.
»Hast du dich auch schon mal gefragt, wer die Kerze immer erneuert?«, flüsterte Treasa Kitty zu.
»Ein ewiges Rätsel«, erwiderte Kitty. »Das Ding brennt wirklich ohne Unterlass.«
»Oh, da hat aber jemand ein tolles Wort gelernt!«, wisperte Treasa. »Ich bin beeindruckt.« Kitty stand nicht im Ruf, Vokabeln zu benutzen, die außerhalb des Grundwortschatzes anzusiedeln waren.
»Ich hätte nie gedacht, dass ich mich mal so aufs Lernen freuen würde«, meinte Treasa, als Kitty und sie sich setzten.
Da musste selbst Kitty ihr Recht geben.
»Vielleicht soll die Besinnungswoche genau das bewirken, was meinst du?«, fragte Treasa Bernadette später.
»Wenn es so ist, dann funktioniert es jedenfalls«, antwortete Bernadette.
»Sperren die uns den ganzen Tag in St. Anthony's ein?«, fragte Bridie flüsternd.
»Wer weiß?«, erwiderte Treasa.
»Immer noch besser als in St. Christopher's.« Bernadettes Bemerkung wurde von den anderen mit Gekicher, von Kitty O'Dowd jedoch mit einem bösen Blick quittiert.
Alle Klassenzimmer waren nach Heiligen benannt, und jeder Name hatte eine bestimmte Bedeutung. Beim heiligen Christophorus handelte es sich um den Schutzheiligen der Reisenden, und das entsprechende Klassenzimmer lag demnach im obersten Stockwerk und somit am weitesten entfernt.
Darüber hinaus sollte die Bemerkung an einen Vorfall erinnern, der sich im Trimester zuvor ereignet hatte. Kitty O'Dowd hatte damals dreist eine Tüte Mehl über der Klassenzimmertür angebracht. Der Streich war gegen Treasa gerichtet, auf ihr sollte das Mehl landen.

Doch Mutter Immaculata hatte Treasa auf der Treppe überholt und war nur wenige Sekunden vor ihr hocherhobenen Hauptes durch die Tür geglitten. Die offene Tüte war umgekippt und genau auf Mutter Immaculatas Haube gelandet. Das Mehl hatte die Oberin so vollständig bedeckt, dass sie wie ein verstaubtes Gespenst aussah. Treasa kicherte bei der Erinnerung an den Anblick.

»Das war überhaupt nicht witzig«, wies Kitty sie zurecht. »Der verdammte Rabe hat sich damals umgedreht, ist den Korridor zurückgelaufen und hat dabei das blöde Zeug überall verteilt. Ich musste den ganzen Tag putzen, außerdem hat sie mich grün und blau geschlagen.«

»Ach, später mal lachst du dich darüber bestimmt kaputt«, sagte Treasa leise. »Dann erzählst du es deinen Kindern, und die sehen dich erstaunt an und sagen: ›Nein, das glauben wir dir nicht, Mom!‹ Dann wirst du froh sein, dass du es gemacht hast.«

Kitty warf ihr einen verwunderten Blick zu. »Wie kommst du darauf, dass ich mal Kinder haben könnte?«

»Ist doch gut möglich. Schon allein, um ihnen solche wunderschönen Geschichten zu erzählen.«

»Ich werde nie Kinder haben«, gab Kitty scharf zurück. »Nie! Und wenn doch, würde ich sie niemals auf eine Klosterschule schicken.«

»Tja, es gibt nun mal keine große Auswahl an Schulen«, meinte Treasa.

»Ich habe jedenfalls nicht vor, Kinder in diese Welt zu setzen.«

»Das ist aber doch deine Pflicht, Kitty!«, neckte Treasa sie. »Minimum vier Kinder! Überleg doch mal – eines muss Priester werden, eines Nonne, und der Rest muss heiraten und selber Kinder kriegen.«

»Jetzt hör mir mal gut zu!«, fauchte Kitty. »Auf diesem Planeten werden niemals kleine Kitty O'Dowds herumlaufen, ja?«

»Das sagen sie alle«, erwiderte Treasa kichernd.

»Ruhe, Mädchen!«, befahl Miss Maple. »Dass euch ein wenn auch noch so kleiner Teil der Besinnungswoche erlassen wird, heißt nicht, dass ihr sprechen dürft.«

Die Mädchen beugten sich über ihre Bücher.

Kurz darauf verließ Miss Maple das Klassenzimmer. Eine Fünftklässlerin war gekommen und hatte ihr mitgeteilt, dass die Polizei mit dem Lehrerkollegium sprechen wolle. Die Mädchen sollten »auf Ehrenwort« schweigend weiterlernen.

»Was passiert jetzt, was meint ihr?«, fragte Treasa, ohne den Blick von der Tür zu wenden.

»Mann, hoffentlich vernehmen die uns«, sagte Kitty. »Das wäre ein Spaß! *Ja genau, Sergeant, ich habe Miss Ní Ghrian mit einem Beil in der Schwesternkapelle gesehen.*«

»Genial!« Bernadette lachte. »Eine völlig neue *Cluedo*-Version. *Ich beschuldige Mutter Immaculata, mit Hilfe einer Kerze in der Schwesternkapelle Feuer gelegt zu haben.* Jetzt du, Mary!«

Mary hob verdrießlich die Schultern und wandte sich wieder ihrem Buch zu.

»Schon gut, Mary. Und du, Treasa?«

»*Ich beschuldige Schwester Rodriguez, ein heuchlerisches altes Miststück zu sein, das kein anderes Ziel im Leben hat, als uns unglücklich zu machen.*«

»Das reicht nicht«, wandte Kitty ein. »Du musst dich an die Regeln halten. Es geht um ein Verbrechen in der Schwesternkapelle.«

»Ach so. Na gut. Ich wollte noch hinzufügen, dass ich sie aus diesem Grund in der Schwesternkapelle ermordet habe, und zwar mit einem Bleirohr. Jetzt du, Bridie!«

Bridie warf Jean Jacques einen Hilfe suchenden Blick zu. Jean Jacques reagierte mit aufmunterndem Nicken.

»*Ich beschuldige Mutter Immaculata, in der Schwesternkapelle etwas Unaussprechliches mit einem Kerzenhalter gemacht zu haben.*« Sie wusste selbst nicht, was das heißen sollte, aber jedenfalls fiel die Reaktion ihrer Mitschülerinnen ziemlich heftig aus – nicht nur wegen des Inhalts ihrer Bemerkung, sondern auch weil *sie*, die unschuldige kleine Bridie, so etwas gesagt hatte. Sie bemühte sich um eine gelassene Miene, hätte aber selbst gern gewusst, was sie mit ihrer Anschuldigung gemeint hatte. »Jetzt du, Downey-eins«, sagte sie hastig, um von sich abzulenken.

»*Ich beschuldige ...*« Downey-eins sah verschmitzt zu ihrer Zwillingsschwester hinüber, deren Mundwinkel bereits zuckten, weil sie genau wusste, was jetzt kam. »*Ich beschuldige Mary Oliver, Pater McMorrow in der Schwesternkapelle gekreuzigt zu haben.*«

Mary Oliver hob erschrocken den Blick. Sie war leichenblass. Sie begann zu zittern.

»Nur ein Witz«, sagte Downey-eins beschwichtigend, als Mary aufsprang.

»Das war doch nur ein Witz«, wiederholte Downey-zwei, als Mary zur Tür lief.

»Was hat sie denn?«, fragte Downey-eins.

»Ihre Tage?«, fragte Downey-zwei.

»Sie hat eben keine Lust, geneckt zu werden«, erwiderte Treasa und folgte Mary nach draußen.

»Alles in Ordnung?«, fragte sie, als sie sie im Klo eingeholt hatte.

Mary stand vor dem Spiegel. Sie sah aus, als wäre ihr gerade ein Gespenst begegnet.

»Gar nichts habe ich getan, gar nichts.«

»Die haben doch nur Spaß gemacht«, beteuerte Treasa. »Du weißt doch, wie sie sind.«

Mary sah auf ihre Hände hinunter. Treasa folgte ihrem Blick.

»Was ist da passiert?«, fragte sie mit einer Kopfbewegung zu den wunden, blauen Fingern.

Mary sah sie mit angstgeweiteten Augen an und schüttelte den Kopf. »Ich weiß es nicht. Ich habe keine Ahnung.«

»Versteck sie, so gut es geht«, riet ihr Treasa. »Kopf hoch, alles halb so schlimm!«

Mary hatte zu weinen begonnen.
»Ist doch nicht so tragisch! Was passiert ist, ist passiert«, sagte Treasa sanft. »Wasch dir das Gesicht und steck die Hände in die Taschen. Das heilt schon wieder.«
Mary betrachtete ihre Finger. Wenn die Hände heilten, heilte dann auch die Seele? Was passiert, wenn man nicht mehr betet?, fragte sie sich im tiefsten Inneren, während eine Hand nach den Nägeln in der Tasche tastete. Was bleibt, wenn Gott dich verlässt?
»Das war die Mittagessensglocke«, sagte Treasa. »Wir müssen uns beeilen, sonst merken sie noch, dass wir fehlen.«
Im Refektorium holten sie rasch ihre mit Stew gefüllten Teller und trugen sie an ihre Plätze. Die anderen hatten mit dem Tischgebet gewartet, bis die beiden Mädchen an ihrem Tisch standen.
»*Segne uns, o Herr, und diese Deine Gaben*«, sagte Bernadette O'Higgins. Sie sprach das Tischgebet, weil weder Nonnen noch Lehrerinnen anwesend waren. Die Unterredung mit der Polizei dauerte länger als erwartet.
»Da der Rabe nicht hier ist«, teilte Kitty O'Dowd den anderen mit und nahm Bernadettes *Leben der Heiligen* vom Tisch (ohne dass Bernadette es bemerkte), »werde ich euch vorlesen, damit eure Herzen rein bleiben und eure Gedanken sich erbauen.« Einige kicherten, weil Kitty die Stimme des Raben perfekt imitierte. Sie trat ans Pult, wobei sie auch Mutter Immaculatas rollschuhähnlichen Gleitschritt nachahmte. »Schülerinnen von St. Martin's, ihr dürft mit dem Essen beginnen. *Credo in una Immaculata*«, intonierte sie. »*Mater omnibus.*«
Kitty O'Dowd war alles andere als eine ausgewiesene Lateinerin. Bernadette, die sehr wohl eine war, brach, die Tür im Blick, in prustendes Lachen aus.
»*Agnus Dei.*« Kitty versuchte erneut ihr Glück. »Also, agnus irgendwas … Das ist doch Lammfleisch, was ihr da esst, oder? *Mater vobiscum et Satan vostrum …*«

Das Fauchen mehrerer Mädchen und Bernadettes penetrantes Gehüstel schnitten ihr das Wort ab.
In der Tür stand wie auf lautlosen Rollschuhen Mutter Immaculata.
»Was tust du da, Kitty O'Dowd?«, fragte sie barsch.
»Ich dachte, dass in Ihrer Abwesenheit eine von uns daraus vorlesen könnte, Mutter«, antwortete Kitty lässig und deutete auf das vor ihr liegende Buch.
Der Rabe musterte sie fassungslos und argwöhnisch.
»Dann fahre fort im Gebet.«
»Ich weiß nicht mehr, auf welcher Seite ich war«, sagte Kitty, wild herumblätternd.
»Du wirst die Stelle bestimmt wieder finden, mein Kind.« Mutter Immaculatas Blick schoss an ihrer Adlernase vorbei und traf die jetzt schon bedeutend weniger lässige Kitty.
Kitty versuchte ruhig zu bleiben, während sie wie verrückt hin und her blätterte und nach etwas ihr Bekanntem suchte, musste jedoch zu ihrem stetig wachsenden Entsetzen feststellen, dass das Buch in ihrer Hand nicht das Geringste mit dem Leben irgendwelcher Heiligen zu tun hatte.
»Ich warte«, sagte der Rabe an der Tür.
Bernadette, die Kittys Bestürzung registriert hatte, warf einen Blick auf das Buch, dann einen auf die Tischplatte und erkannte mit abgrundtiefem Schrecken, dass *Fantastischer Sex* (bebilderte Ausgabe) in den Händen der vorn am Pult stehenden Kitty lag.
»Ich warte«, wiederholte der Rabe.
In völliger Stille sahen die Mädchen zu und fragten sich, was eigentlich los war. Immer länger hielt das Schweigen an. Die Spannung wuchs. Bernadette überlegte fieberhaft, was sie tun sollte. Aufspringen? In Ohnmacht fallen? O mein Gott, dachte sie, tu was, Kitty, tu doch was!
»Da wir uns in der Besinnungswoche befinden«, erklärte Kitty mit angestrengt ruhiger Stimme, nachdem ihr gedämmert hatte, womit

Bernadette O'Higgins in den letzten drei Tagen so intensiv beschäftigt war, »werde ich euch vorbeten. Schwester Rodriguez hat die ganze Woche hindurch während des Essens vorgelesen, aber wegen dem Vorfall in der Schwesternkapelle müssen wir ja heute leider auf unsere Gebetsstunde verzichten.« Aus den Augenwinkeln sah sie, dass der Rabe sie noch immer skeptisch beäugte. Sie schlug das Buch zu und presste es an die Brust.

»*Vater unser, der Du bist im Himmel ...*«

Der Rabe blieb das ganze Vaterunser hindurch stehen. Als Kitty fertig war, musste sie mit einem anderen Gebet weitermachen.

»*Gegrüßet seist du, Maria, voll der Gnade ...*«

Kurz vor Ende des vierten Avemaria drehte sich der Rabe um und glitt hinaus. Kitty raste zu Bernadette und gab ihr das Buch zurück. Dann trat sie wieder ans Pult und rezitierte weiter ein Gebet nach dem anderen – jedes, das ihr einfiel. »*Jungfrau, Mutter Gottes mein! Lass mich ganz dein Eigen sein. Dein im Leben und im Tod, dein in Unglück, Angst und Not ...*«

Kitty O'Dowd betete ohne Unterlass, bis das Mittagessen vorbei war – man wusste ja nie.

»Mensch!«, sagte sie hinterher zu Bernadette. »Du bist vielleicht gemein!«

»Hey, was soll das heißen?«, fragte Bernadette indigniert. »Ist doch nicht meine Schuld, dass du dir einfach mein Buch schnappst.«

»Nein, du bist gemein, weil du das die ganze Woche gelesen hast, während wir vor Langeweile fast eingegangen sind. Aber ich war doch super, oder?«, fragte Kitty. »Ich sollte Politikerin werden. Ich könnte mich aus jeder Klemme rausplappern.«

Am Nachmittag lernten sie wieder in St. Anthony's, dann und wann unterbrochen von weiteren, schriftlich vorgebrachten Beschuldigungen im Stil des vormittäglichen *Cluedo*-Spiels.

»*Ich beschuldige Kitty O'Dowd, den Raben im Refektorium mit einem*

pornografischen Buch imitiert zu haben«, schrieb Bernadette O'Higgins auf ein herausgerissenes Blatt Papier.
»*Ich beschuldige Bernadette O'Higgins, die Pornos hier einzuschmuggeln*«, lautete der Gegenvorwurf.
Aber sie büffelten auch tüchtig, und als das Abendessen näher rückte, durften sie gehen.
»Mutter Immaculata hat mir mitgeteilt«, sagte Miss Maple, als die Mädchen ihre Bücher wegräumten, »dass Kitty O'Dowd heute beim Mittagessen vorgebetet hat.«
Fünfundzwanzig Mädchen richteten ihren Blick auf sie und warteten gespannt, was jetzt kommen würde.
»Mutter Immaculata hat das offenbar sehr beeindruckt, Kitty. Sie möchte, dass du auch beim Abendessen vorbetest.«
An der Art, wie Miss Maple sie ansah, erkannte Kitty, dass ihre Klassenlehrerin nicht eine Sekunde lang auf sie hereingefallen war. Sie hatte den Anstand zu erröten.
»Kitty«, fuhr Miss Maple fort, »als Mutter Immaculata mich fragte, was ich von deinem Vorbeten beim Mittagessen halte, habe ich sie darauf hingewiesen, dass du dich meiner Ansicht nach völlig verändert hast und dass dein Entschluss, in meinem Chor mitzusingen, ein Zeichen deiner neuen Reife ist. Ich bin sehr zufrieden mit dir.«
Der Unterton in Miss Maples Stimme sprach Bände. Kitty nickte. Sie interpretierte die Worte der Lehrerin völlig korrekt als warnenden Hinweis darauf, dass höheren Orts ihr gegenüber immer noch Skepsis herrschte.
»Ich an deiner Stelle würde mich heute Abend mächtig ins Zeug legen«, riet ihr Miss Maple. Dass die anderen Mädchen daraufhin breit grinsten, entging ihrem Blick nicht.
Kaum hatten die Schülerinnen das Klassenzimmer verlassen, lief Kitty in den Gemeinschaftsraum und ging sehr sorgfältig die Bücherregale durch. Sie musste unbedingt etwas finden, was ihr

unfreiwilliges Publikum während des dreiviertelstündigen Abendessens unterhalten würde.
»Meine Güte«, sagte sie zu Bernadette, »*Apologetik und Dogma* war noch das Aufregendste, was ich entdecken konnte. Von einem gewissen Timothy Bigott, Doctor Divinitatis, ist das zu fassen?«
»Sie ist unglaublich anständig«, flüsterte Bernadette ihr zu, während sie, immer dem Kohlgeruch nach, zum Refektorium gingen. »Die Maple, meine ich.«
»Also, ich fände es noch sehr viel anständiger, wenn sie herkommen und das Vorlesen übernehmen würde«, murmelte Kitty. »Das Zeug hier fast eine Stunde lang vorzutragen ist weiß Gott was anderes, als euch mit der Imitation des Raben zu unterhalten.«
»Bring das Opfer für die Negerkinder und die Sünder der Welt. Dafür musst du auch nicht ganz so lang im Fegefeuer schmachten, und …«
»Ach, halt die Klappe«, fuhr Kitty sie an. »Das hier ist bereits mein Fegefeuer.«

Um sechs Uhr abends schloss Maeve Maple die Tür des Lehrerzimmers und ging durch den Korridor zur großen Treppe. Erst draußen auf der Straße stieß sie einen Seufzer der Erleichterung aus.
Sie eilte Richtung Innenstadt und hoffte, der Abendwind würde die Ereignisse des Tages mit sich forttragen. Doch als sie vor dem Berni Inn an der Ecke Grafton und Nassau Street angekommen war, in dem sie sich mit ihrer alten Collegefreundin treffen wollte, beschäftigten sie noch immer dieselben Gedanken.
Sie drückte die Tür auf und trat ins heimelige Schummerlicht.
»Hallo, Gemma!« Sie begrüßte ihre Freundin mit einem Lächeln. »Was willst du trinken?«
»Ich habe schon bestellt, gleich für uns beide. Dasselbe wie beim letzten Mal«, antwortete Gemma. »Mein Gott, siehst du müde aus. Was war denn?«

»Ach, einfach nur wieder ein Tag. Wieder ein Tag in Irlands exklusivster Schule für junge Damen. Frag nicht!«

»Komm, erzähl«, forderte Gemma sie auf. »Lass es raus. Und danach bringe ich dich auf den neuesten Stand der Dinge in den hehren Hallen der Universität, in denen sich diese jungen Damen ganz zweifellos heute in einem Jahr aufhalten werden.«

»Du wirst nicht glauben, was heute passiert ist«, sagte Maeve. »Dabei ist das Ganze auch ohne zusätzliche Dramatik von außen anstrengend genug, das kannst du mir glauben, Gemma.«

»Lass mich raten. Spielst du etwa auf die Entweihung einer bestimmten Schwesternkapelle in Dublin 2 an?«

»Woher weißt du das?«

»Es steht in den Abendzeitungen, Maeve. Seitenlang.«

»Ach, du meine Güte – daran habe ich überhaupt nicht gedacht. Ich bin den ganzen Tag hin und her gerannt zwischen hysterischen Nonnen, aufgewühlten Mädchen, deren Hormone jeden Augenblick verrückt spielen, Polizisten, die in einem mir bisher unbekannten Gang unter der Schule herumschlichen, und den Habichtaugen von Mutter Immaculata, dem Raben, wie die Mädchen sie nennen.«

»Habt ihr gerade Besinnungswoche?«, fragte Gemma. »In der Zeitung wurde es angedeutet.«

»Ja. Unglaublich, was? Und das kurz vor den Abschlussprüfungen. Aber wenigstens wurde die grauenhafte Stille heute mal durchbrochen.«

»Wie war das mit der Entweihung?«

»Die Polizei mutmaßt, dass es irgendein Rowdy oder Hitzkopf oder Verrückter getan hat.«

»So steht es auch in der Zeitung.«

»Aber komisch ist es schon«, sagte Maeve nachdenklich. »Eine äußerst merkwürdige Entweihung. Soweit ich weiß, hat jemand das Kruzifix in der Kirche abgenommen und den Körper in ein Leichentuch gehüllt!«

»Ja, wirklich komisch«, stimmte Gemma zu. »Nicht gerade die übliche Form von Vandalismus.«
»Nein. Und dann wurde noch irgendetwas mit dem Abendmahlskelch angestellt, aber sie sagen nicht, was.«
»Und wie reagieren die Mädchen? Vor allem die eine – du weißt schon, die, deren Eltern in Bray ganz in eurer Nähe ein Hotel haben?«
»Ach, Kitty. Kitty O'Dowd. Na ja, sie kämpft sich so durch. Sie gerät ja ständig in Schwierigkeiten. ›Ihr könnt mich alle mal‹, so würde ich ihre Haltung beschreiben. Nur gut, dass sie im Juni mit der Schule fertig ist. Ich mag sie, und sie hat mir nie Probleme gemacht, aber im Lehrerzimmer gilt sie als Tochter Satans. Eine Kollegin, Áine Ní Ghrian, hat -«
»Was, Áine Ní Ghrian? Doch nicht die Áine Ní Ghrian mit den krausen Haaren?«, warf Gemma ein.
»Scharf geschnittenes Gesicht und fragwürdige Einstellung zur Körperpflege – meinst du die?«
»Ach, du lieber Himmel!«, rief Gemma lachend. »Ist ja nicht zu glauben. Die unterrichtet in St. Martin's? Ah, endlich was zum Trinken«, fügte sie hinzu, als die Kellnerin lächelnd die Gläser auf den Tisch stellte. »Danke, wir bestellen noch nichts, wir trinken erst mal.«
»Woher kennst du Áine Ní Ghrian?«, fragte Maeve Maple.
»Wir waren zusammen auf der Schule. Wir kommen aus derselben Gegend, wusstest du das nicht? Áine schmierte sich immer wie wir alle schwarze Schuhcreme aufs Bein, wenn sie ein Loch im Strumpf hatte, nur dass sie sich im Gegensatz zu uns die Beine nie wusch. Wenn es Sommer wurde und wir Söckchen tragen mussten, waren ihre Waden voller schwarzer Flecken in unterschiedlicher Größe und Farbintensität, je nachdem, wie lange sie schon auf der Haut waren.« Gemma lachte auf. »Und die ist in St. Martin's? Nicht zu glauben!«

»Sie ist fies zu den Mädchen«, sagte Maeve, noch immer über Gemmas Bericht schmunzelnd.
»Sie war schon immer ein übles Weib. Wie hat sie denn heute auf die dramatischen Ereignisse reagiert?«
»Also, einerseits hatte ich den Eindruck, sie bedauerte es, dass sie sich keine nichts ahnenden flüsternden Mädchen greifen und bei der Schulleitung melden konnte, andererseits hörte ich sie einige Schwestern fragen, ob sie keine Angst hätten, dass der Täter, der für den Vandalismus in der Kirche verantwortlich ist, den Durchgang zur Schule finden und sich an ihnen vergehen könnte.«
»Das würde ihr wohl so passen!«, erwiderte Gemma kichernd.
»Und wie! Aber wirklich interessant, dass es zwischen den beiden Orten einen Verbindungsgang gibt.«
»Das ist doch nicht ungewöhnlich«, meinte Gemma. »Viele alte Gebäude haben solche Verbindungsgänge. Der von St. Michan's führte unter der Liffey durch – er existiert sogar, soweit ich weiß, heute noch. Die Erbauer dieser georgianischen Häuser nutzten wahrscheinlich einfach das, was schon da war. Aber wie haben denn die Schwestern darauf reagiert, dass Áine sich solche Sorgen um sie macht?«
»Nicht anders als erwartet. Sie schnatterten irgendetwas von den ›armen Mädchen‹ daher, dabei dachten sie wahrscheinlich nur an sich selbst. Nein, das ist jetzt nicht fair. Ein paar waren ehrlich besorgt um die Schülerinnen, aber auch das war kein reiner Altruismus. Mutter Immaculata fixierte Áine mit ihren Luchsaugen, als wollte sie sagen: ›Soll er nur reinkommen, der Vandale, dieser Lump und Halsabschneider, ich werd's ihm schon zeigen!‹ Und sie würde es ihm zeigen! Wenn sie mit ihm fertig wäre, würde er mir nur noch Leid tun.«
»Sag mal Maeve, wie war das doch gleich – warum bleibst du dort?« Die Ironie in Gemmas Ton war nicht zu überhören.
»Es hat sich nichts geändert, Gemma. Es ist sehr schwierig, eine

Lehrerstelle zu bekommen. Und es ist eine gute Schule mit hohem Niveau. Ich habe zwar ein großes Problem mit der Art, wie sie geleitet wird, aber ich muss zugeben, dass es dort effizient zugeht. Die üblichen Gründe, du weißt schon. Und wenn ich wirklich anderswo eine Stelle bekäme, müsste ich als Lehrerin wieder bei Null anfangen.«

»Du musst also bleiben, es sei denn, du wechselst den Beruf.«

»Gar keine schlechte Idee«, sagte Maeve seufzend. Dann bestellte sie zwei weitere Drinks und schlug die Speisekarte auf. »Mmmm, Krabbencocktail. Und danach gebratenen Schinken mit Ananas …«

Acht

Als Bernadette O'Higgins klein war, konnte man sie von der Straße aus durch die Hecke wohl behütet im Garten spielen sehen. Selbst wenn sie durchs Gemüsebeet tollte, sah sie sauber und adrett aus. Ihre Mundwinkel zeigten immer nach oben, egal, ob sie fröhlich oder traurig war. Jeden Morgen kämmte und bürstete ihre Mutter sorgsam ihr blondes, glänzendes Haar. Sie hatte zwei ältere Brüder. Sie hatte einmal auch eine kleine Schwester gehabt, aber nur sechs Stunden lang.

An diese Nacht kann sich Bernadette sehr gut erinnern. Ihre Brüder (Seamus und Cian) und sie wurden von ihrem Vater (Dr. O'Higgins) um ein Uhr morgens aus dem Bett geholt. Damals war Bernadette drei. Er bugsierte die Kinder auf die Rückbank des Wagens, hüllte sie in Decken und half dann seiner Frau auf den Beifahrersitz. Angeschnallt wurde sie nicht. Damals war das noch kein Thema, und um Mrs O'Higgins' Bauch hätte gegen Ende ihrer Schwangerschaft ohnehin kein normaler Gurt gepasst. Sie rasten durch die Nacht. Bernadette erinnert sich daran, dass der Mond durch die Bäume schien, als sie den Zufahrtsweg zur Entbindungsklinik entlangfuhren, in der wenig später Helen O'Higgins auf die Welt kommen sollte. Wäre Helen ein Junge gewesen, hätte er fünf Namen bekommen, weil sich die Familie nicht auf einen passenden Namen für das ungeborene Kind hatte einigen können. Bernadette hatte sich für Rudolph entschieden, weil Weihnachten nur drei Wochen zurücklag und sie »Rudolph the Red-nosed Reindeer« singen konnte. Sosehr ihre Brüder sich auch über sie lustig machten, von ihrer Entscheidung ließ sie sich nicht mehr abbringen.

Ihr Vater sagt, sie sollen schlafen, er werde so bald wie möglich zurück sein. Seamus und Cian schlafen sofort ein, aber Bernadette liegt zusammengerollt unter der Decke, starrt auf die hellen Lichter der Entbindungsklinik und fragt sich, was da drin wohl gerade geschieht.

Sie nickt immer wieder ein, und als sie wieder einmal aufwacht, sitzt ihr Vater im Wagen, und sie fahren heim. Er trägt die Kinder ins Haus und legt sie ins Bett.

»Nein, das Baby ist noch nicht auf der Welt.«

Mrs O'Dea, die Nachbarin, wird sich um sie kümmern, weil er wieder zur Klinik fahren muss. Bernadette spürt, dass etwas nicht stimmt. Er strahlt nicht so wie sonst. Nach jedem Satz presst er die Lippen fest aufeinander. In seinem Gesicht sind Falten, die sie noch nie gesehen hat.

Später, sehr viel später, macht sie sich darüber Gedanken, ob er nicht vielleicht schon vor der Geburt der kleinen Helen gewusst hat, dass sie nicht leben würde, oder ob sie, Bernadette, die Reihenfolge der Ereignisse durcheinander gebracht hat. Sie kann ihn das nicht fragen, weil es zu sehr wehtut, und so bekommt sie nie eine Antwort darauf. Sie meint sich jedoch an ein Unbehagen zu erinnern, an ein Gefühl von Angst und Bedrohung, das sie überkam, als sie wieder in ihrem Bett lag und ihr Körper langsam die Decke wärmte. Aber vielleicht rührten diese Gefühle daher, dass zum ersten Mal in ihrem Leben beide Eltern frühmorgens nicht im Haus waren.

Erst am Abend des nächsten Tages kehrt Dr. O'Higgins zurück. Er hat dunkle Augenringe. Die drei Kinder streiten darum, von ihm in den Arm genommen zu werden. Er packt sich Bernadette an die Brust, platziert die Jungen rechts und links neben sich und erzählt

ihnen von Helens winzigem Körper und ihrer kleinen Lunge und wie das Baby um sein Leben kämpfte.
Drei Tage später begraben sie Helen in einem kleinen, weißen Sarg auf dem Dorffriedhof, auf dem ihre Großeltern liegen.
Bernadette betrachtet das Gesicht ihres Vaters. Zwischen Augen und Mund ziehen sich Falten. Seine Haut ist grau.
»Es ist etwas ganz Besonderes, dass sie hier liegen darf«, sagt er. »Es ist …« Seine Stimme erstirbt. Er schweigt lange, und Bernadette ist sich nicht sicher, ob er überhaupt noch atmet. Dann fährt er fort. »Kleine Babys, ganz kleine Babys wie Helen, werden nicht immer auf großen Friedhöfen begraben. Es ist ein unglaubliches Glück für uns, vor allem für Helen, dass sie neben ihren Großeltern liegen darf.«
Bernadette betrachtet sein Gesicht ganz genau. (Dr. O'Higgins hat darum gekämpft, dass Helen innerhalb der Friedhofsmauern begraben wird. Er hat mit der Kirche darum gekämpft, dass seine Tochter in geweihter Erde ruhen darf. »Ich habe sie getauft«, erklärt er dem Pfarrer, der zu spät in der Entbindungsklinik eingetroffen ist. »Ich bin Arzt – ich habe gesehen, dass sie wohl nicht überleben wird. Ich habe es selbst gemacht, ich habe meine Tochter getauft. Sie können nicht … Sie können doch nicht …« Er ringt um Fassung. »Ich habe meine Tochter getauft. Sie waren nicht da. Man hatte Sie gerufen. Meine Tochter wird bei meinen Familienangehörigen liegen.« Und der Pfarrer gibt nach.)
Fünf Monate später wird ein Grabstein mit einem eingemeißelten Engel geliefert, und Helens Name und ihr sechs Stunden währendes Leben sind für die Nachwelt festgehalten (oder auch nur solange der Friedhof besteht, denn um die Jahrhundertwende wird wahrscheinlich publik werden, dass das Gelände längst als Bauland ausgewiesen oder zum Gewerbegebiet erklärt worden ist). Bernadette hätte gern eine Ente neben dem eingemeißelten Engel gehabt, aber Dr. O'Higgins fand die Idee weniger gut. Er versucht die Kinder in alles mit-

einzubeziehen, doch die Situation ist sehr schwierig, denn Mrs O'Higgins trauert zwei volle Jahre um Helen.
Sie weint. Sie liegt im Bett. Wenn sie auf ist, sitzt sie am Fenster und starrt hinaus. Wenn sie spricht, dann nur Sätze wie: »Mein Baby ist fort. Ich habe kein Baby. Wie lang ist ewig?«
Und Bernadette, die sich bis zu Helens Geburt selbst als das Baby empfunden und nach Helens Tod geglaubt hat, nun wieder das Baby zu sein, muss feststellen, dass es in der Gefühlswelt ihrer Mutter bis auf weiteres keinen Platz für sie gibt.
Dr. O'Higgins führt die Familie durch diese schwere Zeit und baut gleichzeitig weiter seine Praxis auf.
Mrs O'Dea, die Nachbarin, nimmt Bernadette freundlicherweise tagsüber zu sich, damit Mrs O'Higgins sich ausruhen kann, während Seamus und Cian in der Schule sind. Manchmal schläft Bernadette auch bei den O'Deas. Sie tut das sehr gern, weil sie mit den O'Dea-Mädchen, sieben und acht Jahre alt, viel Spaß hat. In diesem Haus wird jede Menge Unsinn gemacht, während es bei den O'Higgins' eher ernst zugeht.
Die O'Deas haben einen Fernseher mit meist grauenhaftem Empfang, aber das stört Bernadette nicht im Geringsten. (Die O'Higgins' besitzen keinen Fernseher und schaffen sich erst einen an, als Bernadette mit elf aufs Internat kommt, 1966, nach der Fußballweltmeisterschaft, als Dr. O'Higgins plötzlich das Gefühl hat, dass die Jungs in der Schule einen schweren Stand haben, weil sie sich daheim die Weltmeisterschaft nicht ansehen konnten.)
Bernadette sieht am liebsten *Onkel Ed und das sprechende Pferd* und *Die Schule nebenan*. Und nachmittags backt Mrs O'Dea Scones, weil ihre Mädchen die immer so gern essen, wenn sie aus der Schule kommen. Die Küche duftet nach frischem Gebäck, und die Erdbeer- und Himbeermarmelade ist selbst gemacht.
Einige Zeit später kommt auch Bernadette in die Schule. Die O'Dea-Mädchen holen sie jeden Morgen ab und tun, als wäre sie

ihre kleine Schwester. In der Pause kümmern sie sich um sie, bemuttern sie und geben mit ihr an.
Bernadette ist zurückhaltend und vorsichtig.
Sie weiß, dass man zwei verschiedene Menschen sein kann. Zu Hause ist sie die ernste kleine Bernadette, die ständig liest, mit dem Meccanobaukasten ihrer Brüder spielt (wenn die es erlauben) und im Spielzimmer ihren Bauernhof aufbaut, jedes Küken akkurat hinter der Mutterhenne, jedes Kälbchen neben der Kuh. Bei den O'Deas ist sie wie eine kleine O'Dea, tollt durchs Haus, liegt auf dem Boden wie die O'Dea-Mädchen, lässt die Beine über die Sessellehne baumeln, dass man die Unterhose sieht, aber wen stört's. Daheim muss sie die Beine beim Sitzen aneinander legen, sie will doch eine Dame sein, wenn sie erwachsen ist, und Damen sitzen nun mal so, und der Rock gehört über die Knie gezogen.
»Mrs O'Dea?«, sagt sie einmal zu der fröhlichen, ständig eine Schürze tragenden Nachbarin. »Darf ich dich bitte Mummy nennen, Mrs O'Dea?«
»Ach, Herzchen, das ist, glaube ich, keine so gute Idee. Deiner Mummy würde das wohl kaum gefallen.«
»Ich könnte dich ja Mummy O'Dea nennen«, schlägt das Kind Bernadette hartnäckig vor.
»Wie wäre es mit Tante Moll?«, erwidert Mrs O'Dea, drückt Bernadette an sich und gibt ihr ein Scone.
Jetzt ist sie also Tante Moll, und Bernadette wechselt jedes Mal, wenn sie vom einen Haus ins andere geht, ihre Persönlichkeit. Daheim spielt sie die Introvertierte, Adrette, Ordentliche, Unauffällige. Sie füttert die Vögel im Garten und verjagt, um sie zu schützen, jede Katze, die über die Mauer springt, obwohl sie selbst gern ein Haustier hätte, am liebsten ein Kätzchen, aber ihre Mutter will kein Tier im Haus. Sie weiß, dass ihre Fähigkeit, sich gewissermaßen unsichtbar zu machen, ein großer Vorteil ist. Wenn sie still am Fenster sitzt und liest, bleibt sie oft völlig unbemerkt. Ihre Brüder kommen

herein und holen irgendetwas, schlendern wieder hinaus. Ihre Mutter kommt herein und beginnt Staub zu wischen. Keiner sagt etwas. Bernadette blättert um. Sie verschlingt gerade ein Kinderbuch nach dem anderen, aber diese Phase wird nicht mehr lange andauern. *Billy Bunter, Biggles, William*, sie liest die Bücher ihrer Brüder und schmökert in ihren Comics. Sie hat schnell genug davon. Später, wenn sie ihr Interessensgebiet gefunden hat, wird sie Bücher lesen, um zu lernen. Jetzt aber geht sie, nachdem sie die Bestände ihrer Brüder abgehakt hat, erst einmal die Bücherregale der Eltern durch.

Bei den O'Deas zeigt sie sich von ihrer extrovertierten Seite. Ganz so offen und wild wie die O'Dea-Mädchen wird sie zwar nie, doch sie gibt sich Mühe. Ihre heimliche Stärke besteht darin, Situationen richtig einzuschätzen und schnelle Entscheidungen zu treffen, aber das ist ihr noch nicht bewusst. Sie fühlt sich in beiden Familien wohl, aus unterschiedlichen Gründen. Meist verlässt sie die O'Deas nur ungern, zwängt sich widerwillig durch die Hecke und betritt ihr eigenes, stilles Haus, doch manchmal tut sie es wiederum sehr gern. Wenn sie müde ist und heim muss, hat es etwas Tröstliches, durch die eigene Tür zu gehen und die sanfte Ruhe zu spüren, die ins Haus der O'Higgins' zurückkehrt, weil Mrs O'Higgins allmählich wieder normal wird.

Als Bernadette sechs ist, hat Mrs O'Higgins ihr inneres Gleichgewicht wieder gefunden, aber Bernadette kann jetzt nicht mehr »das Baby« sein, dafür ist es zu spät. Ihre Mutter und sie bauen stattdessen eine neue Beziehung auf. Bernadette lässt sich von ihr hübsch anziehen und sieht bereitwillig stets sauber und adrett aus, aber auf den Schoß der Mutter klettert sie nicht mehr. Gekuschelt wird mit Tante Moll. Manchmal sitzt sie auf ihren Knien, lutscht am Daumen, spielt Baby, steht plötzlich auf und tollt wieder mit den O'Dea-Mädchen auf dem Boden herum.

In den Sommerferien geht Tante Moll jeden Tag mit ihren eigenen beiden und den drei O'Higgins-Kindern über die Straße zum Meer hinunter. Die fünf Kinder sammeln eimerweise Krabben, die sie vorsichtig aus den Felslöchern herausfischen, häufen im Lauf des Tages immer mehr an, verwöhnen sie mit Würmern und halten die Kleinen in einem eigenen Eimer, damit sie nicht schikaniert werden. Zwischendurch wird geschwommen, Ball gespielt, auf den Felsen herumgeklettert und im Süßwarenladen seidig glänzendes Naschzeug gekauft, das es nur dort gibt. Gegen Abend werfen sie die Krabben ins Meer zurück und stapfen, Salz auf der Haut und im Haar, mit Schaufeln und leeren Eimern beladen, hinter Tante Moll nach Hause.

Bei den O'Higgins' werden die Kinder in die Badewanne gesteckt, danach gibt es Abendessen. Bei den O'Deas hängen die Mädchen ihre Badeanzüge an die Leine und legen sich mit ihrer Mutter auf die Wiese im Garten. »Der Haushalt kann bis morgen warten, jetzt pflücken wir uns erst mal Himbeeren und essen sie mit Rahm!«

Jede der beiden Familien hat auf ihre Weise etwas Anheimelndes. Nichts ist schöner, als bei den O'Deas auf der Wiese zu liegen und Apfelkuchen oder Himbeeren mit Rahm zu löffeln oder sich auf den Rücken zu rollen, ein Eis zu schlecken und dann den Behälter zu holen, in dem die Mädchen die Eisstäbchen sammeln, und damit komplizierte Holzgitter zu legen. Aber es gibt auch nichts Schrecklicheres, als mit Sand zwischen den Zehen und in anderen, unaussprechlichen Körperspalten schlafen zu gehen, mit Haaren, die vom Wind und vom Salz klebrig und verheddert sind, was Bernadette aus eigener Erfahrung kennt, schließlich hat sie schon unzählige Male bei den O'Deas übernachtet. Sie genießt es, frisch gebadet und mit weicher Haut in ein Bett mit sauberen, kühlen Bezügen zu steigen und die Wange auf ein glattes, frisches Kissen zu legen.

Lange, rauschhafte Sommertage. Bernadette ist sieben, die O'Dea-Mädchen sind elf und zwölf. Ihr Cousin Simon kommt zu Besuch. Er ist siebzehn.

Simon kommt aus Nordirland und hat eine Schwäche für kleine Mädchen. Er ist groß und braun gebrannt und hat ein interessantes und interessiertes Gesicht. Er sieht gut aus. Er betrachtet seine halbwüchsigen Cousinen und begrüßt sie lächelnd. Kurz darauf kommt Bernadette, nimmt sofort ihre O'Dea-Persönlichkeit an und rollt über den Boden, so dass man ihre kleine weiße Unterhose sieht, und Simon strahlt übers ganze Gesicht.

»*I can't stop loving you*«, singt er, während er Bernadette mit ein paar Schweinchen für ihren Bauernhof, von dem sie ihm in allen Einzelheiten erzählt hat, in sein Zimmer lockt. Sie kichert. Sie hat das Lied im Radio gehört. Er singt es sehr gut, und das sagt sie ihm auch.

Sie fragt ihn wegen seines nordirischen Akzents und will wissen, warum er so oft »putzig« sagt. »*Die Antwort, putzige Bernadette, kennt nur der Wind, die Antwort kennt nur der Wind.*«

Sie sitzt auf seinem Bett. Er plaudert mit ihr, singt ihr vor, streicht ihr übers Knie und noch ein bisschen weiter das Bein hinauf.

Beim Fernsehen (*Das Kreuzworträtsel-Quiz*) sitzt Bernadette auf seinem Schoß. Wenn sie abends nach Hause muss, bringt er sie bis zur Hecke, und während sie sich zu ihrem Garten durchzwängt, hebt er ihren Rock hoch und gibt ihr einen kleinen Klaps auf den Po. Bernadette dreht sich um, guckt ihn durch die Hecke hindurch an und kichert noch einmal; dann wechselt sie ihre Persönlichkeit und schreitet die Auffahrt zu dem Haus hoch, in dem sie vor dem Zubettgehen noch baden und zu Abend essen wird.

Aber dabei bleibt es natürlich nicht.

Nach ein paar Tagen begleitet Simon die Mädchen immer wieder mal zum Strand, und Mrs O'Dea kommt ein bisschen später nach. Oder sie geht schon vor den Kindern nach Hause, und Simon passt auf die Mädchen auf. Er kommt sehr gut mit Bernadette zurecht, Mrs O'Dea glaubt sie in guten Händen. Meisterlich versteht er sich aufs Abtrocknen, schält Bernadette mit großem Geschick den

nassen Badeanzug vom Leib und rubbelt sie gründlichst ab, während sie zusammengerollt in seinen Armen liegt.
Bernadette genießt es.
»Wenn ich erwachsen bin, heirate ich Simon, Tante Moll.«
»Ach wirklich? Das ist aber schön!«
Er küsst sie auf den Nacken. Ihr läuft es kalt den Rücken hinunter. Solche Geborgenheit, so viel Liebe, so viel Zeit – nur für sie. Unter seinen kundigen Händen blüht Bernadette auf.
Er ist behutsam. Er ist sanft. Ein Küsschen kann so viel bewirken. Er trocknet sie gern ab, umarmt sie gern, hat sie beim Fernsehen so gern auf dem Schoß, und manchmal machen sich seine Finger an Körperstellen zu schaffen, an denen sie eindeutig nichts zu suchen haben.
Es kommt zum Streit zwischen den O'Dea-Mädchen und Bernadette.
»Er ist unser Cousin, du nimmst ihm viel zu viel Zeit weg!«
»Mich mag er eben am liebsten.«
»Stimmt überhaupt nicht! Er ist unser Cousin und mag uns am liebsten!«
»Aber mich küsst er und euch nicht«, erwidert Bernadette unbesonnen, und Tante Moll hat es gehört.
Bernadette wird von Tante Moll in die Küche zitiert.
»Was heißt das, er küsst dich?«
»Er hat mich nur umarmt.« Jetzt ist Bernadette auf der Hut. Sie weiß, dass etwas schief gelaufen ist.
»Wo hat er dich geküsst?«
»Beim Fernsehschauen.«
»Ich meine, wohin er dich geküsst hat. Auf die Stirn?«
»Ja«, lügt Bernadette und fügt wütend und beleidigt hinzu: »Er mag mich genauso gern wie seine Cousinen!«
Aber nun ist es einmal in der Welt, und Tante Moll geht kein Risiko ein. Fünf Minuten später ist Bernadette wieder bei sich zu Hause,

und Simon sitzt am nächsten Tag im Zug nach Belfast und taucht nie wieder auf.
Von nun an ist Bernadette bei den Nachbarn nicht mehr ganz so gern gesehen.
Sie sitzt daheim und schmollt. »Nein, alles in Ordnung, Mum«, teilt sie ihrer Mutter auf Nachfrage mit. »Drüben haben sie jetzt eben nicht mehr so viel Zeit. Ich glaube, sie finden sich jetzt zu alt für mich.«
»Mach dir nichts draus«, sagt Mrs O'Higgins. »Es freut mich, wenn du mehr bei uns bist. Du hast mir nämlich gefehlt, weißt du?«
Doch Bernadette ist gekränkt. Sie fühlt sich von den O'Deas zurückgewiesen, und weder Tante Moll noch die Mädchen fragen nach ihr oder laden sie ein, mit ihnen zum Strand zu gehen. Sie liegt im Garten und liest, während die Sommertage verstreichen.
»Bringst du mich zur Schule?«, fragt sie im September ihre Mutter.
»Aber natürlich.« Mrs O'Higgins ist froh, ihre Tochter wiederzuhaben, auch wenn die Umstände merkwürdig sind. Ihr Gefühl sagt ihr, dass etwas nicht stimmt, aber sie hakt nicht nach.
Simon O'Dea ist also nach Belfast zurückgekehrt und lebt sein Leben weiter – eine andere Geschichte an einem anderen Schauplatz. Aber im körperlichen Sinn des Wortes hat er Bernadette nicht verletzt. In späteren Jahren wird sie die Erfahrung machen, dass sie auf seine Freundlichkeit, seine Zärtlichkeit und seine sexuellen Berührungen zurückgreifen kann, nachdem anderes in ihrem Leben Schaden gelitten hat.
Gegen Ende von Bernadettes Grundschulzeit beginnt bei den O'Higgins' die Diskussion darüber, auf welche Schule das Kind wechseln soll.
»Ich dachte, wir schicken sie auf die Klosterschule hier bei uns«, wendet ihre Mutter ein, als Dr. O'Higgins mit seinen Internatsplänen herausrückt.
»Ich weiß, Liebling, ich weiß. Aber wenn man der Tochter heutzu-

tage nicht dieselben Möglichkeiten bietet wie den Söhnen und sie nicht auf die beste Schule schickt, wird einem das später bestimmt zum Vorwurf gemacht. Sie würde es als Zurücksetzung empfinden, als hätten wir ihr nicht den gleichen Wert beigemessen wie den Jungs, als wären uns die Söhne wichtiger gewesen.«

»Aber die Mädchen aus der Grundschule gehen alle dorthin. Die kennt sie schon und hat es dort viel leichter.«

»Ich denke ohnehin, dass es Zeit wird umzuziehen«, erklärt Dr. O'Higgins. »Dann kommt sie sowieso nicht mehr auf die hiesige Klosterschule. Es wird in jedem Fall ein Neuanfang für sie. Bernadette ist ein geselliges Kind, sie wird sich nicht schwer tun. Und sie kann ihren Freundeskreis erweitern.«

Mrs O'Higgins gibt nach – was bleibt ihr übrig –, bittet aber darum, dass ihr Mann ein Internat in Dublin aussucht, damit das Kind ab und zu übers Wochenende heimkommen kann. Dr. O'Higgins, der sich bereits für ein Internat entschieden hat, stimmt zu, und Bernadette wird zu einem Vorstellungsgespräch nach St. Martin's in the Fields in Dublin 2 gebracht.

Bei ihrer Ankunft ist ihr noch nicht klar, wer sie dort sein wird – wird die O'Higgins in ihr zum Vorschein kommen oder die ungestüme O'Dea?

Ein Blick auf Mutter Immaculata genügt, und Bernadette spielt die kleine Miss O'Higgins. Brav sitzt sie da mit überkreuzten Fußknöcheln und schaut, als könnte sie kein Wässerchen trüben. Ihre blonden Haare sind akkurat geflochten, ihre tiefblauen Augen mit ernstem Blick auf die Nonne gerichtet. Sie macht den Leistungstest und erzielt ein hervorragendes Ergebnis.

Während sich Mrs O'Higgins und Mutter Immaculata besprechen, wartet sie vor der Tür. Und dort vor dem Büro sitzt auch, mit dunklen Locken, breitem Lächeln und großem Hintern, Treasa O'Donoghue.

Bernadette mustert sie verstohlen, und Treasa grinst. Da ist eine

Freundschaft im Entstehen. Sie wird das ganze Leben lang Bestand haben, die Schulzeit, die Besinnungswochen, die Studienjahre hindurch und darüber hinaus. Sie wird ihre Höhen und Tiefen haben, diese Freundschaft, denn Bernadette wird sich immer wieder zurückziehen. Zu Beginn wird sie Angst haben, Treasa könnte sie jeden Augenblick im Stich lassen, aber Treasa lehrt sie, Zuverlässigkeit und Beständigkeit als die wichtigsten Eigenschaften einer Freundin zu schätzen. Beides wird sie in Treasa finden; sie wird zusehen, wie Treasa danach lebt, und wird beides für sich übernehmen und auf ihr eigenes Leben anwenden.

Am Abend erzählt Bernadette ihren Brüdern von Mutter Immaculata, von ihrer neuen Schuluniform und dass auch sie aufs Internat kommt.

»Und wie ist diese Mutter Immaculata?«, fragt Seamus, der ältere Bruder.

»Groß, und auf dem Kopf hat sie so ein riesiges Nonnending. Und ihr Gesicht ist ganz knochig.«

Seamus hat sie falsch verstanden. Er glaubt, sie hätte »lochig« gesagt.

»Lochig? Richtig mit Löchern drin?« Er ist neugierig.

»Nein, nicht mit Löchern. Knochig, spitz, wie ein Vogelgesicht.«

»Findest du sie nett?«

Bernadette sieht kurz zur Tür hin, um sicherzugehen, dass ihre Eltern sie nicht hören. Dann zieht sie eine Grimasse und schüttelt den Kopf.

Seamus interessiert sich für amerikanische Lyrik und spielt im Schultheater mit. Er weiß, wie man Bernadette Angst machen kann. Mit tiefer Stimme krächzt er: »Pass bloß auf, Bernadette – es klopft an deiner Tür!«

Bernadette zuckt zusammen.

»Was soll das heißen?«

»Das ist der Rabe. Der Rabe pocht an deine Tür!«

»*Ist die Haube dir geschoren, bist du nicht zum Held geboren*«, zitiert er

Poe absichtlich falsch. »*Grausig-düstrer alter Rabe, flogst von dunkler Küste her* …«
»Gruselig«, sagte sein Bruder. »Von einem Raben verfolgt zu werden.«
Mutter Immaculata hat ihren neuen Namen weg.

Warum fand Bernadette O'Higgins Mutter Immaculata nicht nett? Noch ist es ihr selbst nicht ganz klar, aber als sie älter war und ihren klugen Kopf gebrauchte, dachte sie: weil sie mir das Gefühl gab, nicht zu zählen. Ich saß da mit meinen elf Jahren und hatte eine ganz neue Lebensphase vor mir. Ich hätte dem Menschen, in dessen Obhut ich gegeben wurde, doch irgendwie wichtig sein müssen. Aber ich spürte, dass ich als Individuum völlig bedeutungslos war.
»Wir müssen alles vorbereiten«, sagt Mrs O'Higgins. »Die Schule hat einen Tennisplatz – sonst ist ja sportlich nichts geboten. Wir müssen dich auf Vordermann bringen.«
Bernadette, die bereits Mitglied des örtlichen Tennisclubs ist, radelt im Juni jeden Nachmittag nach der Schule und im Juli jeden Vormittag dorthin. Sie nimmt Trainerstunden, sowohl Einzel- als auch Gruppenunterricht. Sie spielt bei den Clubturnieren mit. Sie liebt es, mit ihrer Gegnerin nach einem Match einträchtig auf ein Fanta ins Clubhaus zu gehen. Dann setzen sie sich draußen auf den Rasen, und andere Kinder gesellen sich zu ihnen. Sie spielt lieber Einzel als Doppel, weil man sich beim Einzel auf sich selbst verlassen kann. Vor dem Clubhaus ist immer etwas los, und Bernadette freut sich schon aufs Internat, weil sie glaubt, dass es dort den ganzen Tag wie im Club zugeht – lachende Mädchen in weißen Kleidern, die neben den Tennisplätzen im Gras liegen, sich unterhalten, kichern, einander so viel zu sagen haben, weil es so viele Neuigkeiten gibt an endlos langen Tagen voller Sonnenlicht.

Im August dieses letzten Sommers besucht Bernadette, bevor sie in St. Martin's anfängt, mit zweihundert anderen Mädchen ein von Mutter Immaculata empfohlenes Irish College und trifft dort erneut auf Treasa O'Donoghue. Auch Treasas Vater ist überredet worden, seine Tochter in die Schule am Meer, nördlich von Dublin, zu schicken. Treasa und Bernadette erkennen sich während der Aufnahmeprozedur im Korridor wieder und bleiben zusammen, um in denselben Schlafsaal eingeteilt zu werden.

Drei Jahre hintereinander werden sie hierher kommen, ihre Freundschaft wird sich festigen, und im dritten Jahr lernen sie Mary Oliver kennen.

Die Wellen des Spätsommermeers umspülen die Felsen; bei Flut spritzt die Gischt durch die Luft, und noch im Bett schmecken die Lippen nach Salz.

In diesem ersten Sommer im Irish College stecken Treasa und Bernadette ständig zusammen. Treasas Mutter ist tot, aber das erzählt sie Bernadette erst nach drei Wochen. Treasa schläft im oberen Stockbett. Wenn sie reden will, beugt sie sich an der Seite hinunter, so dass Bernadette ihren Kopf verkehrt herum sieht und die dunklen Locken herabhängen. Manchmal bürstet Bernadette sie ihr, während Treasa wie eine Fledermaus dahängt.

Das ist Freundschaft, und eine bessere als die mit den O'Dea-Mädchen. Bernadette, die immer introvertierter geworden ist, überlässt Treasa die Führung. Treasas Begeisterungsfähigkeit bewirkt, dass Bernadette wieder aus sich herausgeht. Im Klassenzimmer sitzt sie in der letzten Reihe neben Treasa, und bei jeder Gelegenheit grinsen die beiden sich an. Im Gegenzug klärt Bernadette Treasa mit derselben biologischen Präzision auf, mit der ihr Vater, der Arzt, ihr alles erklärt hat.

»Wirklich?«, fragt Treasa erstaunt. »Jeden Monat?«

»Hundertprozentig«, sagt Bernadette. »Und außerdem sind das die Tage, an denen man nicht fruchtbar ist!«

Treasa ist verblüfft. Mit den Tieren auf dem Hof verhält es sich nicht ganz so; Vita und sie haben nämlich ihre Erkenntnisse zusammengetragen und sind zu etwas anderen Ergebnissen als Bernadette gekommen.
»Einmal im Monat ist aber ziemlich oft«, meint Treasa, deren Wissen sich vorwiegend auf Pferde mit einem Schuss Kaninchen bezieht.
Die beiden Mädchen versuchen, ausschließlich irisch zu sprechen, außer wenn sie allein sind. »Je mehr wir irisch sprechen, umso besser lernen wir es«, sagt Treasa, »und umso weniger Schwierigkeiten haben wir mit den Lehrern. Und umso mehr Zeit bleibt uns, um englisch zu reden, wenn wir allein sind.«
Das findet Bernadette sehr vernünftig.
»Hast du ein Hobby?«, fragt Treasa. Sie sitzen zu zweit auf den Felsen. Um sie herum waten Dutzende von Mädchen durchs Wasser, schwimmen, spielen, doch Bernadette und Treasa sind außer Hörweite.
»Was meinst du damit?«
»Also, ich hatte ein Kaninchen, das hieß George«, erklärt Treasa. »George war das Tollste für mich, aber er ist gestorben. Und ich liebe Pferde. Meine Freundin Vita, die gleich bei unserer Farm wohnt, hat zwei Pferde, und eines darf ich immer reiten. Es heißt Yammy. Ich glaube, Yammy ist mein Hobby.«
Bernadette überlegt. Sie hätte auch gern ein Hobby, aber offenbar hat sie keines.
»Ich habe kein Hobby. Ich wollte immer ein Haustier, aber Mummy hat gesagt, irgendwie kam nie der richtige Zeitpunkt. Einer meiner Brüder sammelt Briefmarken, und der andere ist verrückt auf Musik und aufs Theaterspielen, aber ich selbst habe, glaube ich, kein Hobby.«
»Jeder Mensch braucht ein Hobby«, sagt Treasa. »Was machst du denn am liebsten?«

»Ich spiele Tennis. Es gefällt mir, aber mein Hobby ist das nicht. Ich lese«, fügt sie hinzu. »Das ist wohl meine Lieblingsbeschäftigung. Ich lese die ganze Zeit.«

»Dann ist Lesen dein Hobby«, verkündet Treasa strahlend. Sie ist froh, das geklärt zu haben.

Während Bernadette im Irish College ist, ziehen ihre Eltern um, näher an die Stadt, näher zu Dr. O'Higgins' Praxis.

Ballsbrigde, Dublin 4, lockt, doch Bernadette wird dort nur mehr die Ferien verbringen. In gewisser Hinsicht ist sie nun entwurzelt, aber irgendwie gefällt ihr das, weil die Qual, neben den O'Deas wohnen zu müssen, ohne ihre Freundschaft genießen zu dürfen, jetzt der Vergangenheit angehört.

In späteren Jahren wird Bernadette in immer neuen Städten Wohnungen kaufen, damit sie umziehen, mehr Platz finden, sie selbst sein kann. Ein Abwehrmechanismus für den Fall, dass sie sich mit den Nachbarn überwirft.

Aber so nahe wird sie natürlich keinem Nachbarn je wieder kommen.

Neun

Am Donnerstagabend betete Mutter Immaculata im Oratorium, während die Mädchen beim Abendessen saßen. Sie kniete mit gesenktem Kopf, die Augen geschlossen, die Hände gefaltet, und bat um Beistand. Um sieben Uhr erhob sie sich, beugte die Knie und eilte mit entschlossener Miene (die, das muss hinzugefügt werden, ihrem üblichen Gesichtsausdruck stark ähnelte, aber noch eine Nuance grimmiger war) in ihr Büro.

»Guten Abend, Schwester«, sagte sie zu Schwester Rodriguez, die bereits auf sie wartete. »Wie war das Abendessen?«

»Es verlief völlig problemlos, Mutter. Kitty O'Dowd las vor, ansonsten herrschte Stillschweigen.«

»Gut. So, jetzt zu morgen«, sagte Mutter Immaculata nachdenklich.

»Genau das wollte ich Sie fragen, Mutter. Was ist denn nun morgen?«

»Wir haben es mit einem zwiefachen Problem zu tun«, erklärte die Oberin. »Einerseits hat die Besinnungswoche immer fünf Tage gedauert, und einen davon haben wir schon verloren und können ihn nächste Woche nicht nachholen – Prüfungsdruck und so weiter. Außerdem haben die Priester ja auch Termine und müssen anderswohin. Es stellt sich also die Frage, ob wir das Ganze heute für beendet erklären sollen mit dem Hinweis, dass wir eine sehr erfolgreiche dreitägige Besinnungswoche absolviert haben, oder ob wir den morgigen Tag für die Besinnungswoche verwenden sollen, obwohl es mit Sicherheit schwierig werden wird, die dazu notwendige Atmosphäre für die Mädchen wieder aufleben zu lassen?«

Schwester Rodriguez sah ihre Vorgesetzte erwartungsvoll an.

»Irgendwelche Vorschläge, Schwester Rodriguez?«

»Ich glaube nicht, dass es problematisch wäre, die Mädchen für diesen einen Tag noch einmal einzustimmen«, sagte die Nonne zögerlich.

»Da bin ich mir nicht so sicher«, erwiderte Mutter Immaculata in Erinnerung an Pater McMorrows Bemerkungen hinsichtlich der mangelnden Disziplin in der Schule. »Nicht, dass du mich missverstehst. Maeve Maple hat mich wegen des jüngeren Priesters angesprochen, dieses Pater McMorrow. Sie fordert eine Erklärung dafür, dass er Kitty O'Dowd unbedingt dazu bringen will, die Beichte abzulegen. Gibt es eine Erklärung dafür?«

»Sie hat sich schlecht benommen. Sie hat ihn während des Gottesdienstes abgelenkt. Das ist ein unannehmbares Verhalten, das sie aufrichtig bereuen muss.«

»In Ordnung. Soweit ich unterrichtet bin, bleibt die Schwesternkapelle morgen geschlossen. Ich hatte mir überlegt, den Besinnungstag hier zu absolvieren, habe dann aber entschieden, die Mädchen morgen lernen zu lassen. Die Priester werden kommen und die Messe hier lesen. Die Beichte kann im Oratorium abgenommen werden. Die Mädchen dürfen den Klassenraum einzeln verlassen. Pater McMorrow hat angekündigt, dass er mit allen Mädchen, die Fragen oder Befürchtungen haben, Einzelgespräche führt. Ich möchte, dass alle Ängste in Bezug auf den Verbindungsgang zerstreut werden. Es soll wieder Ruhe bei uns einkehren.«

»Ja, Mutter, ich verstehe.«

Dies waren die Worte der Herrin.

»Nach dem Frühstück geht ihr schweigend in die Aula, Mädchen«, befahl Schwester Rodriguez den erwartungsvollen Schülerinnen von St. Martin's am nächsten Morgen. »*Schweigend* habe ich gesagt, Kitty O'Dowd!«
Kitty hob verdutzt den Kopf. Sie hatte nicht gesprochen.
»Hast du mich gehört?«
»Ja, Schwester«, murmelte Kitty. Klar habe ich dich gehört, dachte sie. Bin ich vielleicht taub?
Auf dem Weg zur Aula wurde Mutter Immaculata von Miss Maple abgefangen.
»Guten Morgen, Mutter Immaculata«, begrüßte sie den Raben, der sie mit eisigem Blick fixierte.
»Was gibt es, Miss Maple?«
»Ich möchte noch einmal auf die Frage zu sprechen kommen, die ich kürzlich an Sie gerichtet habe.«
»Die Frage?«
»Ja, Mutter.« Miss Maple nahm allen Mut zusammen. »Ich wollte wissen, warum Pater McMorrow darauf bestand, dass Kitty O'Dowd die Beichte ablegt.«
»Mit dieser Frage befasse ich mich bereits, Miss Maple. Darum brauchen Sie sich nicht zu kümmern.«
»Entschuldigen Sie, Mutter« – Miss Maples einzige Waffen waren kleine Pistolen mit einzelnen Schüssen, die gegen die Kanonen der Kirche nicht viel ausrichten konnten – »da ich Kittys Klassenleiterin bin, ist es meine Pflicht, der Sache nachzugehen.«
»Pater McMorrow, Kitty O'Dowd und *ich* werden der Sache noch heute Vormittag nachgehen. Danke, dass Sie sich so besorgt zeigen, aber ich werde in der Aula erwartet.« Mit diesen Worten glitt Mutter Immaculata an Miss Maple vorbei durch den Korridor.
Miss Maple folgte ihr. Ihre Lippen waren zu einer schmalen Linie zusammengepresst. Wer sie gut kannte, sah ihr die Frustration deutlich an.

»Schülerinnen von St. Martin's«, sprach der Rabe zu den schweigend auf den Aulastühlen sitzenden Mädchen in ihren Trägerröcken, mitten hinein in die offenen Gesichter, die einmal voller Arglosigkeit gewesen waren. »Im Interesse der Schule bleibt die Schwesternkapelle auch heute geschlossen. Ihr werdet in euren Klassenzimmern lernen, was besonders unseren Prüflingen zugute kommen wird.« Sie warf einen Blick auf die Sechstklässlerinnen in der letzten Reihe. »Pater McMorrow kommt heute Vormittag. Ihr könnt euch in Einzelgesprächen an ihn wenden. Das betrifft aber nur die sechste Klasse. Die Schülerinnen der übrigen Klassen können am Nachmittag mit Pater Dunbarr sprechen. Da dies ein Besinnungstag ist, der sich nur dadurch von den anderen unterscheidet, dass ihr ihn hier verbringt, herrscht bis heute Abend nach dem Essen Stillschweigen. Danach dürft ihr – einen problemlosen Verlauf des Tages vorausgesetzt – im Gemeinschaftsraum miteinander sprechen.«

»Was hat *das* denn zu bedeuten?«, fragte Kitty Bernadette auf dem Weg ins Klassenzimmer.

»Dass wir, wenn wir brav sind und nicht sprechen, heute Abend ein bisschen Freizeit kriegen, glaube ich.«

»Na super. Und was heißt das genau? Gibt sie uns Drinks und Zigaretten aus, oder was?«

»Jungs, Drinks und Zigaretten, meinst du wohl«, sagte Treasa.

»Na, so ein Glück aber auch!«

»Ruhe, Mädchen!« Miss Maple erwartete die Klasse bereits. »Nehmt eure Bücher raus und hört auf zu reden!«

Kurz darauf wurde die Tür geöffnet, und der Rabe glitt herein.

»Wer von euch möchte denn nun heute Vormittag mit Pater McMorrow sprechen?«, fragte Mutter Immaculata die Klasse.

Fünfundzwanzig Augenpaare senkten sich auf die Schulbücher.

»Kein Interesse?«, fragte die Maple die schweigenden Mädchen.

»Nun gut«, sagte Mutter Immaculata. »Dann wird Pater McMor-

row um zehn Uhr mit Kitty O'Dowd sprechen und um elf mit Mary Oliver.«
Die beiden Mädchen blickten entsetzt auf.
»Kitty, du wirst dich bei ihm für dein Benehmen am Mittwoch in der Kirche entschuldigen und danach die Beichte ablegen. Mary Oliver, du hast deine letzte Beichte nicht vollständig abgelegt und wirst das nachholen. Pater McMorrow hat freundlicherweise euch beide ausgewählt. Schicken Sie die Mädchen pünktlich weg, Miss Maple! Danke.« Schon war der Rabe wieder verschwunden.
In der Klasse herrschte Totenstille.
Die beiden Mädchen saßen reglos da, den Blick auf ihre Bücher geheftet. Die Spannung in St. Anthony's war fast greifbar. Downey-eins und Downey-zwei sahen sich an.
Mary Oliver starrte auf den Kaminsims mit der Statue des heiligen Antonius, der über sie alle wachte. Sie fragte sich, ob der Fleck auf seinem Gesicht, den sie noch nie gesehen hatte, vielleicht eine Träne war. Sie war sich fast hundertprozentig sicher, dass die Statue draußen vor dem Klassenzimmer keinen solchen Fleck aufwies. Konnte eine Träne einfach so erscheinen, wie die Wundmale? Sie holte die Nägel aus der Tasche und rollte sie zwischen den Händen. *Agnus Dei,* dachte sie. Ich bin das Lamm Gottes. Bestimmt werde ich geschlachtet, wie man es mit Lämmern tut. Und ob ich schon wanderte im Tal des Todes, fürchte ich das Unglück.
Sie ballte die Hände noch fester um die Nägel. Einer drang durch die weiche Haut der Innenfläche, doch sie fühlte keinen Schmerz.
Wie ein Lamm zur Schlachtbank. Essig aus einem Schwamm auf dem letzten Stück des Wegs. Gutes und Böses werden mir folgen in den Tagen meiner Kindheit, bis ich an der Schlachtbank stehe, dann wird's der Herr nicht fügen.
Sie suchte nach tröstlichen Gebeten, nach Gebeten, die sie von dem

Weg in ihrem Kopf ablenken könnten. Sie sah keine Analogie zu den Kreuzwegstationen. Keine Hoffnung auf Rettung. Für Mary Oliver würde es nach der Kreuzigung keine Erlösung geben.
Miss Maple setzte sich wütend an ihr Pult. Wie sollte Kitty O'Dowd es allein mit Pater McMorrow aushalten? Vielleicht habe ich es missverstanden, dachte sie. Vielleicht ist Mutter Immaculata dabei. Schließlich befindet sich Kitty in ihrer Obhut. Und vorhin hat sie doch gesagt, dass sie sich mit Pater McMorrow und Kitty O'Dowd zusammensetzen will. Damit meinte sie sicherlich, dass sie zu dritt miteinander sprechen werden.
Sie warf einen Blick auf ihre Armbanduhr. Zwanzig nach neun. Sie überlegte, ob sie um zehn mit Kitty hinuntergehen und vorschlagen solle, bei dem Gespräch anwesend zu sein.
Kitty O'Dowd sah auf ihre Uhr. Zweiundzwanzig nach neun. Sie hob die Hand.
»Ja, Kitty?«
»Darf ich bitte kurz raus, Miss?«
»Ja, Kitty«, antwortete Miss Maple, obwohl sie den Mädchen normalerweise nicht gestattete, während des Unterrichts zur Toilette zu gehen.
Kitty blieb gute zehn Minuten weg. Gerade als Miss Maple Bernadette O'Higgins auf die Suche nach ihr schicken wollte, kehrte sie zurück und setzte sich an ihren Platz, ohne ein einziges Mal aufzublicken.
Punkt fünf vor zehn heulte die Schulsirene los.
»O Gott, es brennt«, flüsterte Kitty Treasa grinsend zu, als sie von ihren Stühlen hochsprangen.
Die Tür wurde aufgerissen.
»Bombenalarm, Miss Maple!«, rief Schwester Rodriguez über den zur Tür drängenden Pulk der Schülerinnen hinweg.
»Eine nach der anderen, bitte!«, rief Miss Maple.
»Ihr begebt euch zum Tennisplatz«, wies Schwester Rodriguez die

Mädchen an, die sie vor ihrem geistigen Auge plötzlich unbeaufsichtigt an der Straße herumstehen sah. »Wir machen alles so, als ob es brennen würde. Es ist ja nicht das erste Mal, ihr wisst, was zu tun ist. Los jetzt!«
»Nicht laufen, nur zügig gehen! Haltet euch links!«, rief Miss Maple.
Am Fuß der Treppe stand Mutter Immaculata wie der Kapitän des Schiffs, der als Letzter von Bord geht.
»Dieser Alarm ist anders als sonst«, teilte sie jeder Lehrerin mit, sobald eine Klasse den Hauptkorridor erreicht hatte. »Schneller!«
»Alle Mann in die Rettungsboote!«, flüsterte Treasa Kitty O'Dowd zu.
»Ich habe eine wunderbare Vision: Die Schule sinkt.«
»Wie die *Titanic*?«, fragte Treasa.
»Ja, und nur ganz wenige Überlebende. Ich zum Beispiel.«
»Und der Kapitän spurlos verschwunden.«
»Nur ein schwarzes Gewand treibt auf den Wellen.«
»Und obendrauf hockt eine Möwe!«
Die Mädchen strömten aus dem Hintereingang des Schulgebäudes und wurden von den Nonnen in die Gärten geführt.
»Und jetzt?«, fragte Bernadette. »Das ist mindestens der sechste Bombenalarm in diesem Jahr. Aber irgendwas ist anders als sonst. Die Nonnen sind so nervös.«
»Picken die sich für solche Übungen immer St. Martin's raus?«, fragte Treasa plötzlich.
»Ach was, in Andrews Schule gab's in den letzten beiden Monaten dreimal Alarm«, erwiderte Kitty.
Miss Maple stellte sich zu ihrer Klasse. »Haltet euch von den Gebäuden fern!«
»Was ist eigentlich los?«, fragte Treasa.
»Das Bombenräumkommando ist unterwegs. Offenbar wurde ein Kodewort genannt. Durchaus möglich, dass es diesmal ernst ist.«

»O Gott«, flüsterte Kitty O'Dowd. Sie ließ ihrer Fantasie freien Lauf und vergaß dabei völlig, dass sie das Ganze selbst in die Wege geleitet hatte. »Stellt euch vor, St. Martin's fliegt wie ein gigantisches Feuerwerk in die Luft. Kleine Abkürzung in den Himmel für die Nonnen.«

»Schschsch, Kitty!«, sagte Miss Maple. »Witze sind im Augenblick völlig unangebracht.«

»Wenn die Schule wirklich hochgeht«, warf Bernadette O'Higgins ein, »dann sitzen wir hier zwischen der Schule und der Mauer aber ganz schön in der Falle, Miss Maple!«

»Haltet euch so dicht wie möglich an der Mauer«, erwiderte Miss Maple, die schon nach früheren Bombenalarmen die Befürchtung geäußert hatte, der Tennisplatz biete ihren Schülerinnen im Fall einer Explosion nicht den allerbesten Schutz. »Unsinn, Miss Maple«, hatte Mutter Immaculata erwidert. »Unser Leben liegt in Gottes Hand.«

Downey-eins warf Downey-zwei einen Blick zu und dachte: Perfektes Timing.

Downey-zwei nickte.

Mary Oliver lehnte an der Mauer, den Blick starr auf das Schulgebäude gerichtet, und betete. »*Erlöse uns von dem Bösen ... Und ob ich schon wanderte im Tal der Nonnen, fürchte ich mich und fürchte und fürchte ...*«

Pater McMorrow wurde von einem Mitglied des Bombenräumkommandos aus dem Oratorium auf die Straße geführt und in Sicherheit gebracht. Er protestierte vehement. »Ich möchte doch sehr bitten! Ich muss zu den Schwestern und Schülerinnen, die sich hinter der Schule aufhalten!«

»Es ist im Augenblick gefährlich, durch die Gebäude zu gehen, Pater.«

»Wie lange wird das denn dauern?«

»Wir befürchten leider, dass es diesmal ernst ist. Jemand hat uns ein

Kodewort genannt. Wir kannten es zwar nicht, aber wenn ein Kode im Spiel ist … Wir müssen die Sache jedenfalls ernst nehmen, Sie wissen ja, wie das ist. Wenn es sich wirklich um eine Bombe handelt … tja, dann muss man erst mal abwarten, wie sich die Dinge entwickeln. Wenn es falscher Alarm war, geben wir die Gebäude schnellstmöglich frei. Aber bei so großen Häusern dauert das schon seine zwei, drei Stunden. Tja, Sie wissen ja, wie es ist.«
»Ich habe nachmittags einen Termin am anderen Ende der Stadt«, erklärte Pater McMorrow.
»Heute Vormittag kommen Sie hier sowieso nicht mehr rein, da können Sie genauso gut gleich losfahren.«

»Jean Jacques?«, wisperte Anna McBride in den Korridoren ihrer blühenden Fantasie.
»*Oui, ma petite?*«
»Ich hasse diese Bombenalarme.« Sie schüttelte sich.
»Komm her. Komm unter meinen Umhang.« Er zog sie an sich. Sie hörte sein Herz schlagen, regelmäßig, rhythmisch, verlässlich.
»Schließ die Augen, meine Kleine. Diesmal kriegen sie dich nicht.«
»Jean Jacques?«
»*Oui?*«
»Weißt du, was ich gerade tat, als der Alarm losging? Ich schrieb mein Gesuch an den König von Frankreich. Ich bitte ihn, mir die Strafe zu erlassen.«
»Damit müssen wir uns, glaube ich, eher an das französische Volk wenden. Das Volk hat sich erhoben. Es steht am Straßenrand, wenn die Karren vorbeirollen, und wird uns im letzten Augenblick zu Hilfe kommen. Es ist mein fester Entschluss, dich in Sicherheit zu bringen.«
Seufzend lag sie in seinen Armen, mit dem Rücken an die Wand ihres Verlieses gelehnt. Das Sonnenlicht schien durch das kleine vergitterte Fenster und fiel auf ihr blasses Gesicht.

»Ich habe Angst davor, in einem Karren gezogen zu werden, ich fürchte mich vor dem Rattern, wenn die Räder über die Pflastersteine rollen – den ganzen Tag höre ich es durchs Fenster und auch das Geschrei der Leute. *J'ai peur.«*

»Ah, ma petite«, sprach Jean Jacques Versailles mit seiner sonoren Stimme. »Wenn es wirklich so weit kommt, begleite ich dich. Aber es wird nicht so weit kommen, das versichere ich dir. Was du da hörst, ist die letzte Fahrt anderer Menschen, *pas pour toi.«* Er drückte sie an sich. Seine Lippen berührten ihr Haar, ihren Hals.

»Was träumst du vor dich hin?« Bernadettes Stimme drang in Bridies Fantasiewelt.

»Was?« Sie fuhr zusammen, riss die grünen Augen auf und sah zu ihrer Überraschung, dass sie auf dem Boden saß und mit dem Rücken an der Mauer lehnte, hinter der die Straßen Dublins lagen, eine andere Welt. »Ach, ich habe nur gerade an etwas gedacht …«

»Das muss ja etwas sehr Romantisches gewesen sein. Du hast so verzückt gelächelt, und deine Wangen wurden plötzlich ganz rot«, neckte sie Bernadette.

Bridie war peinlich berührt und versuchte das Ganze leichthin abzutun. »Ach, nur ein bisschen Französisch. Ich habe ein bisschen Konjugationen und so geübt.«

»Ach, wirklich?« Bernadette blieb skeptisch.

Jean Jacques strich Bridie übers Haar.

»Ne regrette rien, ma petite«, sagte er sanft. *»Je suis là.«*

»Manchmal«, sagte Bernadette zu Treasa und Kitty, während sie durch die umfriedeten Gärten schlenderten, um sich die Zeit zu vertreiben, »manchmal denke ich, dass ich das alles hier schrecklich vermissen werde.«

»Ungefähr so wie ein Loch im Kopf«, gab Kitty mit einer Grimasse zurück.

»Nein, ich meine es ernst. Bleibt mal stehen und lauscht!«

Sie waren durch alle Gärten gegangen und standen jetzt allein im letzten.
»Seht euch doch mal um!«
Der hinterste Garten war der ruhigste. Die Außenmauern waren fast völlig von Clematis bewachsen, nur hier und da sah man noch einen Backstein. Am Fuß der Innenmauer, die die Gärten voneinander trennte, bauschten sich violette Blaukissen. In den Ritzen der Pflastersteine zwischen den Gemüsebeeten wuchsen kleine weiße und rosarote Blumen, und an den Pfosten des Maschengitters rankten sich Kletterpflanzen empor. Eine Statue des heiligen Martin starrte die Mädchen blicklos an. In den Bäumen sangen die Vögel.
»Es liegt was in der Luft …«, flüsterte Bernadette.
Treasa lächelte. »Ich weiß, was du meinst, Bernadette. Ja, dieses Eckchen hier wird mir auch fehlen.«
Kitty schnaubte. »Also wirklich, ihr zwei! Habt ihr vergessen, was hinter dieser Mauer ist? Die *Freiheit!*«
»Wirst du gar nichts vermissen, Kitty?«, fragte Treasa.
»Doch, aufs Dach raufzuklettern und eine zu rauchen.«
Hinter der Mauer heulten plötzlich Sirenen, der Großstadtlärm schwoll gewaltig an. Oben in der Schule suchten Soldaten mit Hunden systematisch einen Raum nach dem anderen ab.
»Da draußen ist das wahre Leben«, verkündete Kitty sehnsüchtig.
»Ich weiß«, sagte Bernadette, und in ihrer Stimme schwang Traurigkeit mit.

Am Abend dieses Freitags wurde Bridie vom französischen König begnadigt.
»Es ist so weit«, teilte sie Jean Jacques aufgeregt mit, »meine Haft ist vorüber.«
»Alors, tu as ta liberté.« Jean Jacques hob ihr kleines Gesicht seinem entgegen, sie lächelten einander wissend und liebevoll an, und am

Samstag fuhr Bridie in Begleitung von Mary Oliver übers Wochenende nach Hause.
Mary Oliver empfing in dieser Woche keine weiteren Sakramente und sollte nie wieder eines empfangen, doch das ahnte sie nicht. Die Nägel in der Tasche gaben ihr so viel Sicherheit, dass sie bis zum Ende der Besinnungswoche durchhielt. Dann kam das Wochenende. Unendlich erleichtert verließ sie mit Bridie am Samstag Vormittag nach dem Frühstück die Schule.
Als sie ins Freie traten, sagte Bridie zu ihr: »Die Party heute Abend wird bestimmt gut.«
»Welche Party?«, fragte Mary.
Bridie blieb abrupt stehen und überlegte, ob es sein konnte, dass niemand Mary von der Party erzählt hatte, aber das erschien sehr unwahrscheinlich.
»Ach, Kittys neuer Freund hat uns doch alle heute Abend zu sich nach Hause eingeladen.«
Aus Mary Olivers verständnisloser Miene ging klar hervor, dass sie keine Ahnung von der Einladung hatte und erst recht nicht, dass sie sie angenommen hatte.
»Wir können mit dem Bus hinfahren, und meine Eltern holen uns dann ab«, schlug Bridie vor. »Es wird super.«
»Toll«, sagte Mary, tastete nach den Nägeln und nahm sich vor, sie in die Tasche des Kleidungsstücks zu stecken, das sie am Abend tragen würde.
»Alles in Ordnung?«, fragte Bridie und betrachtete Marys bleiches Gesicht.
»Ja. Mir ist nur ein bisschen flau, aber das vergeht wieder«, antwortete Mary und versuchte die verstörenden Bilder in ihrem Kopf zurückzudrängen.
Über ihnen rief jemand etwas. Als die beiden Mädchen die Köpfe hoben, sahen sie Treasas lachendes Gesicht und rechts und links davon Kitty und Bernadette am Fenster ihres Schlafsaals im dritten

Stock. Treasa warf ihnen etwas zu, und Bridie und Mary blieben auf dem Gehsteig stehen und lachten, denn eine Schulunterhose kam geflogen, entfaltete sich in der Luft, schwebte zu Boden und verfing sich unten im Treppengeländer.
»Stellt euch vor – wir müssen sie nur noch sechs Wochen lang tragen!«, schrie Treasa zu den beiden Mädchen hinunter.
»Und dann nie, nie wieder!«, rief Bridie zurück.

Zehn

Im Alter von eineinhalb Jahren verschwindet Catherine O'Dowd eines Tages und wird in der Hotelwäscherei gefunden, in einem Korb, zusammengerollt zwischen den Katzen. »Komm, Kitty, Kitty, Kitty«, ruft Frank, ihr älterer Bruder, und Catherine hat einen neuen Namen.

»Bin ich auch bestimmt nicht adoptiert?«, fragt Kitty mit dreizehn ihre Mutter.

»Nein, wirklich nicht«, antwortet Mrs O'Dowd entschieden. »Wie kommst du denn darauf?«

»Es gibt keine Fotos von mir, auf denen ich jünger als vier oder fünf bin.«

»Tatsächlich?« Ihre Mutter nimmt ihr das Album aus der Hand und blättert darin. »Merkwürdig. Na ja, wir hatten wohl einfach keine Zeit«, lautet ihr Erklärungsversuch. In dem Album kleben zunächst ausschließlich Schnappschüsse von Kittys Brüdern Frank und Tom.

Auf dem ersten Foto von Kitty ist das Kind vier Jahre alt. Fransen fallen über die Stirn, und sie trägt kurze, dunkle Zöpfe mit roten Schleifen. Ihr Blick ist von der Kamera abgewandt, sie wirkt ängstlich. In Wahrheit ist ihr Blick vom Fotografen abgewandt, ihrem Vater, vor dem sie sich fürchtet. Etwa ein halbes Jahr vor diesem ersten Foto kam Kitty ihrem Vater eines Tages in die Quere, als ihre

Mutter mit Grippe im Bett lag. Müde und gereizt, weil er den Laden plötzlich allein schmeißen musste (wie oft seine Frau den Laden allein geschmissen hat, ohne es an den Kindern auszulassen, lässt sich nicht zählen), schlug er Kitty mit voller Wucht auf den Kopf, denn sie stand ihm im Weg. Der Hieb (nicht der erste, den sie von ihm kassiert hat) war so heftig, dass sie durchs halbe Zimmer flog und mit der anderen Kopfseite gegen ein Tischbein prallte. Anstatt es gut sein zu lassen, wurde Mr O'Dowd wütend, weil sie nicht aufstand, und trat sie auch noch.

»Was ist mit deinem Gesicht?«, fragte Mrs O'Dowd entsetzt, als sie Kitty am nächsten Tag sah.

Kitty schüttelte den Kopf. »Ich weiß nicht mehr«, antwortete sie wahrheitsgemäß. Durch den Stoß gegen das Tischbein hatte sie das Bewusstsein verloren, und der zweifache Schlag gegen den Kopf wird ihr später im Leben immer wieder Kopfschmerzen bescheren.

Mrs O'Dowd allerdings wusste, was passiert war, und sagte zu Kitty: »Geh deinem Vater aus dem Weg.«

Und wie mit Hilfe eines unausgesprochenen Kodeworts von Frau zu Frau verstand Kitty, was gemeint war, verbrachte von Stund an noch mehr Zeit in der Wäscherei und ging ihrem Vater aus dem Weg.

Mrs O'Dowd wusch Kittys zerschundenes Gesicht und legte einen Eisbeutel auf die Beulen, was allerdings nicht den geringsten Sinn hatte, weil bereits vierzehn oder fünfzehn Stunden vergangen waren.

»Frank, Tom, passt ein bisschen auf Kitty auf, ja?«, bat sie zaghaft ihre beiden neun und zehn Jahre alten Jungs. »Seht zu, dass sie ihrem Vater nicht im Weg steht.«

Sie taten ihr Bestes, aber sieben Jahre später flohen die beiden noch vor dem Schulabschluss nach Amerika und nahmen jeden Penny, den sie sich im Hotel verdient hatten, sowie die kleine Erbschaft eines Onkels mit. Sie hatten genug vom Jähzorn und der Unberechenbarkeit ihres Vaters. Sie hielten Kontakt zu ihrer Mutter, kehrten jedoch nie mehr zurück.

Ein Jahr später schickte Mrs O'Dowd die mittlerweile zwölfjährige Kitty zu deren eigenem Schutz auf ein Internat in der Grafschaft Mayo.

»Es wird dir dort bestimmt gefallen«, versicherte sie ihrer überraschten Tochter.

»Aber warum so weit weg?«

»Es ist mal etwas ganz Neues für dich.«

Das stimmte. Vom Regen in die Traufe, wie es so schön heißt.

Das Kloster St. Christopher von der Schwersten Bürde in der Grafschaft Mayo lag hoch oben auf den Klippen. Bröckelige Stufen führten in zahlreichen Windungen zu einem winzigen, völlig verwilderten Strand hinunter, wo der Atlantik gegen die Felsen brandete und die Möwen verzweifelt kreischten.

Verzweiflung ist auch das Wort, mit dem sich Kittys Gefühl bei der Ankunft beschreiben lässt.

Als sie irgendwann zum ersten Mal das Wort Golgatha hörte, dachte sie sofort an dieses Gemäuer am Klippenrand und fragte sich, warum sie nicht gesprungen war.

»Es ist am Meer«, hatte ihre Mutter gesagt, »genau wie hier. Das bist du gewöhnt. Es gefällt dir bestimmt.«

Doch dieses Meer ist nicht das Meer, das Kitty kennt, mit Wellen, die im Winter an die Promenade schwappen, und kleinen Buden an der Küstenstraße, in denen es im Sommer Zuckerwatte und Eis zu kaufen gibt, mit Unmengen von Kindern, die im Sand buddeln, und dem gleich neben dem Hotel schützend aufragenden Bray Head.

Hier ist es anders.

Hier ist es trostlos.

Das erste Trimester übersteht Kitty O'Dowd, indem sie sich mit dem Gedanken tröstet: Wenigstens ist Daddy nicht da.

Mrs O'Dowd schreibt ihr einmal pro Woche. Es sind traurige Briefe, in denen steht, wie sehr sie Frank und Tom vermisst, wie öde die Strandpromenade ist, wenn der Herbst zum Winter wird, und dass es mit den ohnehin wenigen Buchungen außerhalb der Saison in diesem Jahr noch schlechter steht.

An Weihnachten fragt Kitty, ob sie von der Klosterschule abgehen darf. Fragt? Nein, das ist nicht das richtige Wort. Kitty fleht. »Es ist so kalt da.«

Ja, es ist kalt dort. Keiner tröstet die einsamen Stadtmädchen, die es gewöhnt sind, dass sich draußen auf der Straße jede Menge tut.

»Halt bloß die Klappe!«, brüllt ihr Vater sie an. »Kommt überhaupt nicht in Frage, dass du abgehst. Deine Mutter und ich, wir sparen uns dein Schulgeld vom Mund ab, du undankbares kleines ...«

»Das Geld könnt ihr euch an den Hut stecken!«, brüllt Kitty zurück. »Behaltet es und lasst mich hier bleiben. Ich helfe im Hotel mit ...«

Sie bringt den Satz nicht zu Ende, denn ihr Vater schlägt sie an diesem Weihnachtsabend des Jahres 1967 ins Gesicht. Den Rest der Ferien hindurch spricht sie kein Wort mit ihm. Sie sitzt in ihrem Zimmer oder schleicht sich aus dem Fenster, geht über das Flachdach in die Hotelküche und von dort zum Strand und lässt sich bei Flut die Gischt ins Gesicht spritzen.

Dort lernt sie Jeremiah Jackson kennen (den Albtraum aller Eltern), einen schmalhüftigen Burschen mit Röhrenhose und strähnigen braunen Haaren, der sein Taschentuch in eine Lache zwischen den Felsen taucht und Kittys geschwollenes Gesicht betupft. Von ihm bekommt sie ihre erste Zigarette.

Mit einer freundlichen Geste lässt sich viel bewirken – wer weiß, was alles passiert wäre mit dem siebzehnjährigen Jeremiah, hätte Kitty nicht zehn Tage nach Weihnachten in den Zug nach Westen

steigen und ins Internat zurückfahren müssen. (Allerdings wäre alles, was sich zwischen Kitty O'Dowd und dem siebzehnjährigen Jeremiah abgespielt hätte, besser gewesen als das, was sie dort erwartete.)
Die Ferien gehen zu Ende. Kitty hebt ihr zwölfjähriges Gesicht zu Jeremiah, und er gibt ihr einen Kuss. »Also dann bis Ostern, Süße«, sagt er und schenkt ihr ein Päckchen Zigaretten fürs Internat.
Der Zug rollt aus der Kingsbridge Station. Kitty O'Dowd lächelt still vor sich hin und schmeckt dem Wort »Süße« nach.
Und das Kloster steht immer noch dort oben, gefährlich nah am Rand der Klippe, von der die unten an die Felsen brandenden Wellen Kittys sehnlichstem Weihnachtswunsch zum Trotz nicht einen Zentimeter abgenagt haben. Sie teilt sich die zwanzig Zigaretten so ein, dass sie drei Wochen davon hat, geht zur Beichte und zur Kommunion und schafft es, nicht in Schwierigkeiten zu geraten. Ihre Pubertät setzt ein. Die Osterzeit kommt und mit ihr ein Brief der Mutter, in dem sie mitteilt, dass ihr Mann krank ist und Kitty über die Ferien nicht nach Hause fahren kann. Die Nonnen bieten Kitty freundlicherweise an zu bleiben, aber nur, wenn sie sich anständig benimmt.
Kitty ist am Boden zerstört.
Sie hat keine Freundschaften geschlossen, weil sie ständig damit rechnet, nach Hause zurückgeholt zu werden, weil sie es immer noch für ein schreckliches Versehen hält, dass sie in diesem Internat an der Westküste eingesperrt ist. Deshalb kann sie keine einzige Mitschülerin fragen: »Darf ich bitte über Ostern mit zu dir nach Hause?«
»Du machst nur Probleme«, sagt die Mutter Oberin. »Jetzt hast du Zeit, dich in Abwesenheit deiner Mitschülerinnen einmal in stiller Besinnung zu üben!«
Und schon sind die Mitschülerinnen fort, während Kitty O'Dowd die siebenundneunzig Stufen hinuntersteigt und einsam und allein

am Strand sitzt. Sie trägt ihren Gabardinemantel, um sich vor dem Wind zu schützen, der unten auf den Felsen das Seegras hochbläst. Die Salzluft erinnert sie an daheim und an Jeremiah Jackson, wie er an der Wand lehnt und eine Zigarette pafft, die er zur Handinnenfläche hin gerichtet hält, was ihm diese »Überall gewesen, alles gemacht, alles gesehen«-Ausstrahlung verleiht, die Kitty für Erwachsensein hält und ebenfalls anstrebt.
Ablenkung gibt es so gut wie keine. Sie sieht den Wellen zu, wie sie wieder und wieder über die Felsen klatschen, und die Erinnerungen kommen und gehen.
Wann habe ich das letzte Mal gelacht?, überlegt sie, und ein Grinsen breitet sich über ihr herzförmiges Gesicht mit dem leicht spitzen Kinn aus, denn ihr ist der Schulkaplan eingefallen, Pater Mulrooney.
Die Mädchen sitzen im Klassenzimmer, Kitty in der ersten Reihe. Schwester Beruta (von den Mädchen Schwester Brutal genannt) hat sie wegen »Störens und schändlichen Benehmens« dorthin befördert. Da kommt Pater Mulrooney herein, taperig, kurzsichtig, schwerhörig, ein Priester vom alten Schlag. Im Kamin brennt ein Feuer. Die Klassensprecherin, ein Bauernmädchen mit knallroten Wangen und einer Alles-ganz-prima-Einstellung zum Klosterschulleben, hat vor Beginn des Religionsunterrichts Kohle aufgeschüttet, minderwertige Kohle aus Osteuropa, die leicht Funken sprüht.
Pater Mulrooney steht vor der Klasse und mustert die Mädchen durch seine dicke Hornbrille.
»Selig sind die Sanftmütigen.«
Mein Gott! denkt Kitty O'Dowd und versucht ein Gähnen zu unterdrücken. Vierzig Minuten muss ich mir jetzt den Scheiß anhören, den der alte Trottel absondert. Kitty übt Wörter und Redewendungen nach Jeremia, aber nicht nach dem des Alten Testaments, sondern nach Jeremiah Jackson von der Strandpromenade in Bray.

»Wer sind die Sanftmütigen?«, fragt Pater Mulrooney die erwartungsvollen Schülerinnen.
Stille.
»Wir sind die Sanftmütigen«, sagt zuversichtlich die Klassensprecherin nach einer sehr, sehr langen Pause, in der Schwester Brutal ihre dünnen Lippen zusammengepresst und die zweiunddreißig Mädchen grimmig angestarrt hat.
Wir sind die Angeödeten, denkt Kitty O'Dowd. Was wir wohl mal besitzen werden?
Pater Mulrooney macht einen Schritt nach hinten, auf den offenen Kamin zu, schiebt die Hände in die Hosentaschen und duckt sich leicht, so dass seine schwarze Jacke am Rücken hochrutscht.
In diesem Augenblick ereignet sich eine kleine Kohlenexplosion, die der halb taube Geistliche nicht hört, aber er spürt die Funken, die auf seinem herausgestreckten Hinterteil landen. Er hechtet nach vorn und landet auf Kitty O'Dowds Pult.
»O Gott, o Gott!«, kreischt Kitty O'Dowd (die aus jeder Situation so viel wie möglich herauszuholen weiß), springt auf und bleibt im Gang zwischen den Pulten stehen.
»Heiliges Ofenrohr!«, schreit der Priester mit ganz unklerikaler Ungenauigkeit.
Schwester Brutal nimmt ein Französischbuch von ihrem Pult und fuchtelt damit hinter dem qualmenden Priester herum, was aber so gut wie nichts bringt. Pater Mulrooney hopst von einem Fuß auf den anderen und versucht sich auf den Hintern zu schlagen.
»Geben Sie mir das mal«, sagt Kitty O'Dowd, nimmt Schwester Brutal das Buch aus der Hand und erstickt das Feuer mit einem erstaunlich kraftvollen Schlag (eine Finalistin der irischen Hockey-Meisterschaft hätte es nicht besser gemacht). Pater Mulrooney stürzt vornüber und kommt über Kittys Pult gebeugt zu liegen, und Kitty kann der Versuchung nicht widerstehen, ihm einen zusätzlichen Klaps zu verpassen.

»Du Luder!«, keift Schwester Brutal.
»Aber ich habe ihn gerettet!«, wendet Kitty ein.
Jetzt, am Strand, kehrt das Lächeln, das Schwester Brutal ihr damals aus dem Gesicht geschlagen hat, wieder zurück. Ein wahrhaft großer Moment in meinem jungen Leben, denkt sie. Einen Priester vor Feuer und Verdammnis gerettet! Er selbst war allerdings irgendwie nicht besonders dankbar.
Es folgte nämlich die unmissverständliche Andeutung gegenüber der Mutter Oberin, dass Kitty O'Dowd für die funkensprühende Kohle verantwortlich gewesen sei.
Einen Monat nach dem unseligen Ereignis (unselig aus der Sicht des Priesters, nicht aber aus der Sicht der Mädchen, die noch nie in ihrem jungen Leben einen solchen Spaß erlebt hatten), gibt besagter Priester seine Tätigkeit als Kaplan auf und kehrt zu seinem Orden zurück, wo er sich anderen Aufgaben widmet.
Kitty sitzt am Strand und überlegt, wie sie zwei Wochen allein an diesem gottverlassenen Ort überstehen soll. Die Schule ist leer. Pater Mulrooney ist weg, sein Nachfolger soll erst am nächsten Tag kommen. Unten im Dorf, wohin sich Kitty geschlichen hat, während die Nonnen beteten, hat sie Zigaretten gekauft und einen schwarzen Eyeliner und zwei Fläschchen Nagellack geklaut – der eine ist durchsichtig und für ihre eigenen Nägel gedacht, der andere knallrosa.
Es könnte noch schlimmer sein, denkt sie am Strand. Kann's mir zwar nicht vorstellen, aber es könnte bestimmt noch schlimmer sein.
Sie setzt sich an eine windgeschützte Stelle bei den Stufen und trägt sorgfältig den durchsichtigen Lack auf. Als er trocken ist, steigt sie die siebenundneunzig Stufen hoch und schlendert zur Schule zurück.
Sie streicht durch das leere Gebäude und achtet auf die Zeit: noch zwei Stunden bis zum Abendessen. Sie beschließt, einen Blick in die

Kapelle zu werfen. Sie will wissen, was die Nonnen gerade machen. In der Kapelle ist niemand. Sie geht langsam darin herum. Da sticht ihr plötzlich die Statue des heiligen Christophorus ins Auge – St. Christopher von der Schwersten Bürde. Die Statue ist mausgrau. Mausgraues Gewand, graue Sandalen, die die Zehen frei lassen, graue Haare und ein grauer Bart. Der Blick ist leer.
Als Kitty die Kapelle verlässt, hat St.Christopher knallrosa Zehennägel und schwarze Pupillen.
Sie wandert durch die Korridore, schlägt die Zeit tot.
Zum Abendessen erscheint sie im Refektorium, aber dort ist niemand, und Essen steht auch keines auf dem Tisch. Sie hat Hunger, geht hinaus, um nachzuschauen, wo alle sind, und sieht gerade noch, wie die Schwestern in die Kapelle eilen. Sie folgt ihnen und überlegt, ob sie womöglich nichts essen, wenn die Mädchen in den Ferien sind. Mittlerweile hat sie einen Bärenhunger.
In der Kapelle wird ihr klar, dass dies kein normaler Tag im Kloster war: Eine Nonne ist ganz unerwartet gestorben und obendrein in einem offenen Sarg vor dem Altar aufgebahrt.
Ach, du meine Güte!, denkt Kitty O'Dowd, weil sie einen Moment lang die Angst überkommt, die Nonne könnte an dem Schock gestorben sein, den ihr der Anblick der Zehennägel des heiligen Christophorus versetzt hat.
Die Mutter Oberin winkt Kitty zu sich, damit sie die Leiche betrachtet. Kitty ist hin- und hergerissen zwischen morbider Neugier und Angst, gepaart mit der Hoffnung, dass es vielleicht bald etwas zu essen gibt, wenn sie gehorcht.
Sie geht hin und wirft einen Blick in den Sarg. Am meisten überrascht sie, wie grau die Nonne aussieht, die sich bei näherer Betrachtung als Schwester Beruta entpuppt (von den Mädchen Schwester Brutal genannt).
Kitty steht neben dem Sarg und ist zutiefst verwundert. Wie konnte sich der Tod so heranschleichen? Als sie Schwester Brutal das letzte

Mal sah, machte sie ihrem Namen noch alle Ehre und war unglaublich mies gelaunt.
Kitty setzt zu einem kurzen Gebet an, überlegt es sich aber anders. Die hätte für mich garantiert auch nicht gebetet, denkt sie, faltet die Hände und hofft, bei der Mutter Oberin einen ausreichend frommen Eindruck zu erwecken.
An diesem Abend gibt es kein Essen, die Nonnen scheinen fest entschlossen, die ganze Nacht durchzubeten. Kitty bricht in die Speisekammer ein, um sich etwas – irgendetwas – Essbares zu besorgen. Sie wird erwischt. Sie wird gerügt. Sie geht hungrig ins Bett.
In der letzten Feriennacht läuft Kitty O'Dowd weg. Bei Tagesanbruch hat sie die nächste Stadt erreicht. Die dortige Polizei greift sie auf und bringt sie ins Kloster zurück.
Die Mutter Oberin ist vom Polizeirevier telefonisch benachrichtigt worden und erwartet sie bereits. Als die Polizisten weg sind, wird Kitty nach Strich und Faden abgekanzelt. Jedes Vergehen, dessen sie sich jemals schuldig gemacht hat, wird hervorgeholt und als Beweisstück auf den Tisch geknallt. »Vom ersten Tag an hast du nichts als Schwierigkeiten gemacht! Ein Verstoß nach dem anderen! Die Drogerie im Dorf hat angerufen und dich so gut wie des Diebstahls bezichtigt. Der Zeitungshändler sagt, du bist seine beste Kundin für Zigaretten. Du wolltest Essen aus der Speisekammer unseres Klosters entwenden und hast eine Statue im Gotteshaus entweiht. Noch heute Vormittag wirst du dieses Internat verlassen. Dann wirst du deine Lektion gelernt haben und kannst einen Strich unter dein bisheriges Leben machen!«
»Fliege ich von der Schule?«, fragt Kitty.
»Ja, aber nicht ganz. Wir wollen dich zwar nicht hier behalten, aber ich habe beschlossen, dass du deine Ausbildung in unserem Schwesterkloster in der Grafschaft Leitrim fortsetzen wirst. Wir geben unsere Schülerinnen nur sehr ungern völlig auf, selbst wenn sie sich so entwickeln wie du. Und ich kann dir nur raten: Schließ mit deinem

bisherigen Leben ab! Begreife das Ganze als zweite Chance und nütze es, um noch einmal von vorn anzufangen. Ich habe bereits mit Mutter Magdalena in Leitrim telefoniert, sie erwartet dich zum Mittagessen. Fang an zu packen!«
»Weiß meine Mutter Bescheid?«, traut sich Kitty noch zu fragen. Eine Zugkarte nach Hause wäre ihr lieber, aber besser als hier oben auf der windumtosten Klippe ist es überall.
An die Eltern O'Dowd ergeht ein Brief, in dem die Mutter Oberin sich über Kittys Eigensinnigkeit und ihre mangelnde Wahrheitsliebe beklagt. Die O'Dowds reagieren mit Wut und Hass auf ihre Tochter sowie mit tiefer Dankbarkeit gegenüber den guten Schwestern, weil sie sich Kittys so annehmen und ihr den Wechsel auf die Schule in der Grafschaft Leitrim ermöglichen.
Und so packt Kitty O'Dowd ihre Koffer, während ihre Mitschülerinnen beim Frühstück sitzen, und verlässt das Kloster, ohne dass sie etwas mitbekommen. Die Tatsache, dass sie erst nach Beginn des Sommertrimesters eintrifft, wirft bei ihren neuen Mitschülerinnen gewisse Fragen auf, doch als sie sich erkundigen, erklärt Kitty einfach, sie sei aus ihrer alten Schule weggelaufen und daraufhin verwiesen worden.

Kitty liegt nachts in ihrem Bett im neuen Schlafsaal und wägt ab: auf der einen Seite Einsamkeit, auf der anderen Seite Angst und Einsamkeit. Hier ist es besser, das ist klar, aber es gefällt ihr trotzdem nicht.
Immerhin hat sie inzwischen mehrere Lektionen gelernt, als da wären: Vertrau niemandem, Ehrlichkeit kannst du dir sparen, weil dir eh keiner glaubt, und du bist ganz allein, deshalb pass gut auf dich auf, ein anderer wird's nicht tun.
Kitty O'Dowd fährt über die Sommerferien nach Hause, wird von ihrem Vater verprügelt, weil sie Schande über die Familie gebracht hat, arbeitet im Hotel ihrer Eltern und läuft, sobald sie Freizeit hat,

zum Strand, wo sie mit Jeremiah Jackson und seinen Freunden lacht und raucht.

Hin und wieder lässt sie sich von ihnen küssen, aber mehr gibt es nicht. Kitty O'Dowd muss sich von vielen Aspekten des Lebens, wie sie es kennen gelernt hat, erholen.

Im September fährt sie in die Grafschaft Leitrim zurück und sitzt drei kalte, öde Trimester ab. In den darauf folgenden Sommerferien fährt sie nach Cork ins Irish College und trifft in einem Chalet mit den blonden Downey-Zwillingen zusammen, die nur blickweise miteinander kommunizieren, und mit Anna McBride, der Kitty den Namen Bridie gibt.

Sie räkelt sich auf ihrem Bett und schickt Bridie in die Wäscherei, damit sie ihre Kleider holt, und Bridie geht und bringt ihr mit einem Lächeln die Sachen. Kitty blickt ihr in die Augen und sieht einen Widerschein ihrer selbst darin. Ihr stockt das Herz. Dann zuckt sie mit den Achseln, und ihr Herz beginnt wieder zu schlagen. Kitty weiß nicht, was sie gesehen hat, es wird ihr erst sehr viel später klar, aber in diesem Augenblick hat sie Mitleid empfunden und ist von da an lieb zu Bridie, und zu ihrer großen Verwunderung mag Bridie sie offenbar einfach.

Und was lernt Kitty aus alldem?

Nichts, rein gar nichts.

Im Sommercamp ist sie nett zu Bridie, aber als es ans Heimfahren geht, wird sie wieder die alte Kitty. Noch sieben Wochen Arbeit im Hotel, dann die Zugfahrt nach Leitrim, die muhenden Kühe, das hohe, nasse Gras und die abgrundtiefe Einsamkeit und Langeweile Ende der sechziger Jahre mitten in Irland.

Auf der Heimfahrt geht ihr die Songzeile »Raindrops keep falling on my head« nicht aus dem Kopf. Die Weiden von Leitrim ähneln den Wiesen, durch die Robert Redford und Paul Newman mit Katharine Ross so flitzen, dass Radfahren plötzlich wie das Lustigste überhaupt erscheint, und Kitty O'Dowd fände sogar Gefallen an einer

Schießerei in Bolivien – alles wäre besser, als nach Leitrim in die Klosterschule zurückzumüssen.
Bewaffnet ist sie mit *Portnoys Beschwerden* von Philip Roth, Jeremiah Jacksons Abschiedsgeschenk. Nach zwei Wochen werden die Spinde der Mädchen razziamäßig durchsucht, und die Nonnen konfiszieren *Portnoys Beschwerden.*
»Hab's sowieso schon fertig gelesen«, sagt sie draußen vor Mutter Perpetuas Büro, die Lippen stumm bewegend. »*Du* kapierst das Buch doch eh nicht!«, zischt sie die geschlossene Tür an und streckt den Holzpaneelen, hinter denen Mutter Perpetua beim Blättern in *Portnoys Beschwerden* die Haare zu Berge stehen, den Mittelfinger entgegen.
Kitty O'Dowd wird unruhig.
Woodstock hat stattgefunden, und Kitty beschleicht das Gefühl, dass das Leben an ihr vorbeigeht. Während der Abendandacht schlüpft sie ins Zimmer der Mutter Oberin, nimmt ihre Lesebrille und setzt sie der Jungfrau Maria in der Aula auf die Nase.
Die Nonnen bemerken es erst zwei Tage später. Das Morgengebet findet in der Aula statt, aber die Nonnen sitzen mit dem Rücken zur Statue und registrieren deren neuen Zustand nicht. Die Mutter Oberin hat bekannt gegeben, dass sie ihre Lesebrille verlegt hat, die Mädchen sollen doch bitte die Augen danach offen halten. »Ha!«, bemerkt Kitty O'Dowd höhnisch, »die sucht sie doch nur, damit sie mein Buch weiterlesen kann!« Nach und nach entdecken die zum Gebet versammelten Mädchen die vermisste Brille auf der Nase der Statue. Ein wohliger Schauer geht durch die Reihen wie der Wind durch ein Weizenfeld.
Der Tag der Entdeckung ist vorbei, und schon hat Kitty wieder Langeweile.
Während der Abendandacht geht sie noch einmal ins Zimmer der Mutter Oberin. In der obersten Schreibtischschublade liegt *Portnoys Beschwerden.*

Kitty betrachtet das Buch. Sie greift danach. Sie weiß, dass ihr Vorhaben tollkühn ist, und wägt ab.
Der gesunde Menschenverstand unterliegt.
Kitty O'Dowd nimmt das Buch aus der Schublade und bringt es später, als die Mädchen im Speisesaal zu Abend essen, in die Kapelle. Dort steht auf einem Sockel die Statue des heiligen Franz von Assisi, an die 1,80 Meter hoch, in einer braunen, mit einem Strick zusammengehaltenen Kutte. Eine Hand hat er erhoben und winkt den Vögeln zu. Der Daumen dieser Hand befindet sich in perfektem Abstand zum Zeigefinger, und dazwischen steckt Kitty O'Dowd ihre aufgeschlagene Ausgabe von *Portnoys Beschwerden*.
Das erste Vergehen wird als Blasphemie gewertet. Als die Mutter Oberin mit ihr fertig ist, empfindet Kitty tiefes Selbstmitleid.
Die haben einfach keinen Humor, denkt sie, als der Fundort der vermissten Lesebrille am nächsten Morgen nach dem Gebet von der Schülersprecherin gemeldet wird. Wie auf Kommando drehen sich alle Nonnen um, und hätte ihnen die Beulenpest ins Gesicht gestarrt, ihr Entsetzen wäre nicht größer gewesen.
Kitty O'Dowd entschuldigt sich bei jeder Nonne einzeln und überlegt, wie sie unbemerkt in die Kapelle gehen kann, um das entwendete Buch zu entfernen, denn sie hat plötzlich genug von alldem. Doch die Gelegenheit ergibt sich nicht, und wenig später wird entdeckt, dass der heilige Franziskus seine Nase in Philip Roths neuesten Roman steckt, Seite dreiundfünfzig. So kurz nach der Sache mit der Brille und der Jungfrau Maria bedeutet das die rote Karte – Kitty O'Dowd hat ausgespielt.
Auf Nimmerwiedersehen, Grafschaft Leitrim. Kitty O'Dowd sitzt im Zug nach Dublin.
Weil ihr Vater sich gerade von einem frühzeitigen Herzinfarkt erholt, klappert Kittys Mutter die Schulen in Dublin ab, um ihre Tochter mitten im Trimester und mit alles andere als guten Referenzen irgendwo unterzubringen. Die einzige Einrichtung, die sie

aufnehmen würde, ist die teuerste Schule Irlands. Frank und Tom haben ein bisschen Geld aus den Vereinigten Staaten geschickt. Damit bekommt Mrs O'Dowd die Schulgebühr zusammen, und Kitty macht sich von neuem auf den Weg – nach St. Martin's in the Fields (wo noch niemand Felder gesehen hat).

Elf

An dem Samstag, mit dem die Besinnungswoche endete, stieg Kitty O'Dowd zum Speicher der Schule hoch, entnahm ihrem Koffer ein Blatt Briefpapier aus den Hotelbeständen ihrer Eltern und verfasste, die Handschrift ihrer Mutter nahezu perfekt nachahmend, einen Brief an das Kloster, in dem sie darum bat, dass ihre Tochter ins Strandhotel zurückkehren dürfe. Sie tat es nicht zum ersten, aber, wie sich erweisen sollte, zum letzten Mal. In dem kurzen, sehr sachlich gehaltenen Schreiben hieß es, die Ferien lägen zwar erst zwei Wochen zurück, Kittys Mutter brauche jedoch übers Wochenende Hilfe im Hotel, da enormer Betrieb herrsche.

Mary Oliver machte sich auf ins Wochenende, begleitet von Anna McBride (und von Jean Jacques Versailles, dessen Existenz Mary Oliver allerdings nicht einmal erahnte).

Bridie, die nur von Montag bis Freitag im Internat wohnte, hatte die Woche einigermaßen gut überstanden. Ihre Beziehung mit Jean Jacques steuerte einem neuen Höhepunkt entgegen – vergangene Nacht hatte er ihr das Mieder aufgeschnürt. Erst hatte er den Reißverschluss geöffnet, doch dann war ihr eingefallen, dass Reißverschlüsse wohl eher eine nachrevolutionäre Erfindung waren. Wie es sich diesbezüglich mit Haken und Ösen verhielt, wusste sie nicht genau.

Kitty O'Dowd war von niemandem übers Wochenende eingeladen worden, was vor allem daran lag, dass die Eltern ihrer Mitschülerinnen nicht gerade scharf auf ihren Besuch waren. Nicht etwa, weil ihr Zimmer nach ihrer Abreise nach Rauch stank – dazu war sie viel zu vorsichtig; außerdem rauchten Anfang der siebziger Jahre, als es noch keine Warnhinweise in den Werbeanzeigen gab, ohnehin alle Eltern. Nein, es hing damit zusammen, wie sie sich in die Sessel fläzte und die Väter eine Nuance zu abgebrüht von Kopf bis Fuß musterte (war da nicht sogar der Anflug eines süffisanten Lächelns?). Ihre Plateausohlen waren einen Tick zu hoch, ihre Miniröcke zu kurz, und die Jungs fuhren sich mit den Händen durch die Haare und taten möglichst cool, wenn sie vor ihnen stand. Überhaupt hatte sie etwas Angespanntes, wie ein Gummiband, das zu stark gedehnt wird und jeden Moment reißt.
Es machte Kitty nichts aus, dass niemand sie eingeladen hatte, denn die Eltern von Andrew MacDonald waren übers Wochenende weg, er gab eine Party, und sie würde einfach dort pennen. Er hatte bestimmt nichts dagegen; im Übrigen brauchte er es gar nicht zu erfahren. Mit sechs Schlafzimmern war das Haus groß genug, um ein stilles Eckchen zu finden, in dem sie nach der Party schlafen konnte. Er hatte gesagt, sie könne bis zu fünf Freundinnen mitbringen, allerdings unter der Bedingung, dass sie in ihrer Schuluniform erschien. Sie hatte über diesen Vorschlag grinsen müssen – immer kamen solche unmöglichen Ideen von ihm. Er war nur ein Jahr älter als sie, aber weiter als alle Jungs, die sie kannte, ihre beiden älteren Brüder inbegriffen.
Inbegriffen? Weiter als *vor allem* ihre beiden Brüder, die fünf, sechs Jahre zuvor einfach abgehauen waren.
Kitty O'Dowd hatte nichts dagegen, dass sie in ihrer Schuluniform bei Andrew in der Lansdowne Road erscheinen sollte, denn auf der Zugfahrt nach Hause musste sie sie ohnehin tragen.
Sie meldete sich mittags ab und zog mit einer kleinen Reisetasche

los, in der ein Maxirock, ein Paar Schuhe mit Plateausohlen und ein dünnes, enges T-Shirt lagen.
»Morgen Abend um halb acht bist du wieder da!«, fuhr Schwester Rodriguez sie an.
»Ja, Schwester«, erwiderte Kitty und nahm sich vor, von Andrews Haus aus mit ihren Eltern zu telefonieren, um zu verhindern, dass sie zufälligerweise in der Schule anriefen, was allerdings sehr unwahrscheinlich war. Aus den Augen, aus dem Sinn.
Schwester Rodriguez betrachtete sie voller Abneigung. Kitty bemerkte es nicht, und hätte sie es bemerkt, hätte sie nicht weiter darauf geachtet.
Normalerweise ging sie, wenn sie sich aus dem Internat davongemacht hatte, zu einem Gebüsch am Merrion Square oder am Sutherland Square, zog sich darin um und stopfte die Uniform in eine Tasche. Heute aber bestieg sie, Andrews Anweisungen folgend, in Trägerrock, Bluse, Strümpfen und flachen, schwarzen Schuhen den Bus nach Ballsbridge und schlenderte gemächlich durch die Lansdowne Road. »Wir dürfen keine Lackschuhe tragen«, hatte sie ihm vergangene Woche erklärt. »Die Unterhose könnte sich darin spiegeln und gesehen werden.«
Andrew war fast von der Bank gefallen, erst vor Fassungslosigkeit, dann vor Lachen.
»Du hast gut kichern«, hatte sie ihn angefaucht. »Bist Schotte, gehst auf eine protestantische Schule – du weißt ja gar nicht, wie gut du es hast!«
»Erzähl weiter!«, hatte er gebeten. »Komm schon!«
Sie hatte mit den Achseln gezuckt. »Bleistiftabsätze sind verboten, weil sie den Boden beschädigen können. Der Trägerrock darf höchstens zweieinhalb Zentimeter über dem Knie enden – wir müssen niederknien, dann wird die Länge gemessen.«
»Wie schaffst du es, dass deiner so kurz ist?«
»Ich habe mich einfach immer krumm gehalten und irgendwie ...«

»Jetzt gehst du aber alles andere als krumm!«, wandte er ein. »Ich habe noch nie jemanden mit einem solchen Gang gesehen!«
Sie grinste.
Sie wusste nicht genau, wie weit sie gehen musste, und begann Andrews Hausnummer in der Lansdowne Road zu suchen. In diesem Augenblick bog er direkt vor ihr in einem Jaguar in eine Ausfahrt ein.
»Mann, du kannst Auto fahren?«
»Gehört meinem Vater«, erklärte Andrew beiläufig. »Pack mal mit an!« Er öffnete den Kofferraum und hob eine Tragetasche mit Wodkaflaschen heraus. Er selbst schleppte das Bier. Sie stiegen die Treppe hoch.
»Schönes Haus«, sagte sie.
»Bezahlt die Botschaft«, erklärte er, während er die Tür aufsperrte. »Der Salon ist tabu.« Er reckte das Kinn in Richtung eines nach vorn liegenden Raums. »Da stehen Sachen von meiner Mutter drin, die unbezahlbar sind, behauptet sie jedenfalls. Aber wir können im Speisezimmer und im Wohnzimmer feiern, und die Falttür dazwischen machen wir auf.«
Kitty nickte. Das alles interessierte sie herzlich wenig. Hätte sie geahnt, dass diese Falttür demnächst in mehr als einer Hinsicht ihr Niedergang sein würde, hätte sie vielleicht ein bisschen aufmerksamer zugehört.

In dieser Nacht verlor Kitty O'Dowd zu den Klängen von »Bye Bye Miss American Pie« ihre Jungfräulichkeit.
Mary Oliver ging bei der Party völlig aus sich heraus und tanzte bis ein Uhr morgens. Bridie musste sie schließlich aus den Armen eines Schulfreunds von Andrew MacDonald zerren.
»Wir fahren jetzt, Mary«, sagte sie. »Mein Vater wartet draußen im Auto.«
Mary Oliver hatte gerade ihren ersten Zungenkuss hinter sich (und

ihren ersten Wodka-Orange getrunken) und verspürte nicht die geringste Lust zu gehen, aber ihre gute Erziehung gewann die Oberhand. Sie schlich sich mit Bridie und Jean Jacques Versailles aus dem Haus. Im Bett schlang sie die Arme um den Oberkörper, dachte an den Kuss, bei dem ihr heiß und kalt geworden war, und versuchte zum ersten Mal im Leben zu masturbieren.

Wenn die Falttür zwischen den beiden Räumen geöffnet war, konnte man die zusammengeschobenen Flügel nach hinten wegklappen, wodurch zwei schmale Nischen entstanden. In einer dieser Nischen öffnete Andrew MacDonald zu den Klängen von »Miss American Pie«, die immer wieder ertönten, weil irgendwer die »Replay«-Taste des Plattenspielers gedrückt hatte, den Reißverschluss seiner schwarzen Pannesamt-Schlaghose und drang in die durchaus willige Kitty O'Dowd ein. Sie hatte es nicht geplant, er schon. Mit der Möglichkeit, dass sie noch Jungfrau war, hatte er allerdings nicht eine Sekunde gerechnet. Ihre ganze Art hatte ihm das genaue Gegenteil vermittelt.

Trotz der hervorragenden Qualität des Teppichbodens rieben die Fasern Kitty nach einiger Zeit den Hintern wund. Um sich Linderung zu verschaffen, hob sie die Hüften an, was Andrew die Sache erleichterte. Er fand zwar, dass sie sehr eng war, aber auf den Gedanken, er könnte sie entjungfert haben, kam er erst am darauf folgenden Nachmittag, als er die Falttür schloss, um das Haus vor der Rückkehr seiner Eltern in den ursprünglichen Zustand zu versetzen, und auf dem Teppichboden Flecken entdeckte, die verdächtig nach Blut aussahen.

Verdammter Mist, dachte er. Verdammter Mist!

Sorgfältig platzierte er einen antiken Beistelltisch so, dass die gebogenen Beine die fraglichen Flecken bedeckten, und überlegte, wann wohl die nächste Teppichreinigung fällig war.

Aber das hätte sie mir doch gesagt, oder?

Sie saß in der Küche, aß Toast und trank Tee. Nach dem Frühstück

werde sie ihm helfen, hatte sie versprochen. Er ging in die Küche und betrachtete sie. Sie grinste ihn an, und als er sie weiter schweigend musterte, streckte sie ihm die Zunge raus. Sie trug einen roten Pullover von ihm, der ihr fast bis zu den Knien reichte, sonst nichts.
»Möchtest du heute hier schlafen?«, fragte er sie. »Meine Eltern kommen erst morgen zurück, wir könnten zusammen zur Schule fahren.«
Sie schüttelte den Kopf. »Ich muss heute Abend um halb acht zurück sein.«
»Ach, komm schon. Ich rufe an und sage, ich wäre dein Vater.«
»Da könnte genauso gut der Papst anrufen, seine Stimme klingt ungefähr so nach meinem Vater wie deine.«
»Dann sage ich eben, ich wäre dein Onkel.«
Kitty schnaubte. »Dann haben wir also heute Nacht Inzest begangen, ja?«
»Dreimal.«
Sie grinste.
»Hast du 'ne Zigarette für mich?«

Treasa O'Donoghue mit dem ausladenden Hintern, über den die Rockfalten nie gerade fielen, hatte bei der Party drei Wodka-Orange getrunken und war nach einer Stunde stockbesoffen. Andrews bester Freund, ebenfalls Diplomatensohn und Schüler derselben Schule, hatte in jedes Glas, das er sah, Wodka geschüttet. Da in manchen Gläsern bereits Wodka gewesen war, hatte, wer zwei oder drei getrunken zu haben glaubte, letzendlich drei oder vier intus, und wer vier oder fünf gekippt zu haben meinte, in Wirklichkeit acht oder zehn. Und selbst wer sicher war, sein Glas sei mit Orangensaft gefüllt, war innerhalb kürzester Zeit ganz entspannt und prima gelaunt. Einigen wurde nicht einmal klar, dass die Kopfschmerzen, die sie am nächsten Morgen hatten, der erste Kater ihres Lebens waren.

John Unwin, Andrews bester Freund, tanzte mit allen und machte sich schließlich zu den Klängen von »Me and Julio down by the Schoolyard« an Treasa mit dem unbändigen Lachen und den ungebärdigen dunklen Locken heran. (Jahre später sollte er, inzwischen Parlamentsabgeordneter der Torys, einem minderjährigen Mädchen einen Schuss Schnaps zu viel ins Glas schmuggeln, aber das war noch lang hin.)

Mit drei Wodkas abgefüllt, rieb Treasa ihr Becken an Johns Becken und wäre wahrscheinlich bis zum Äußersten gegangen, hätten die drei Wodkas nicht anders entschieden, als in ihr zu verbleiben und den üblichen Weg durch die Nieren zu nehmen. Sie schaffte es gerade noch in den Garten, erbrach sich dort, legte sich unter einen Strauch einer ihr unbekannten Gattung, schlief ein und wurde einige Zeit später von Bernadette O'Higgins gefunden, die hinausgegangen war, um einer seltsamen Kombination zu frönen, nämlich frische Luft zu schnappen und gleichzeitig eine Zigarette zu rauchen.

Bernadette (zopflos an diesem Abend – die Haare fielen in offenen Wellen über ihre Schultern) zeigte sich nach der einwöchigen Lektüre der bebilderten Ausgabe von *Fantastischer Sex* durchaus bereit, ihre Studien in den praktischen Bereich zu verlagern, doch Andrew und John, die ihr beide gefielen, waren bereits anderweitig, nämlich mit Kitty beziehungsweise Treasa beschäftigt. Jedenfalls dachte sie das, bis sie über die neben dem Strauch unbekannter Gattung liegende Treasa stolperte. Da genauere Nachforschungen ergaben, dass Treasa allein war, beschloss Bernadette, sie schlafen zu lassen, und machte sich auf die Suche nach John. Gerade als sie ins Haus zurückgehen wollte, kam er heraus. Sein Haar war verstrubbelt und das Hemd bis zum Nabel aufgeknöpft; er wankte leicht.

»Hab dich gesucht«, lallte er.

Bernadette überlegte kurz, ob es sinnvoll war, ihre praktischen

Übungen mit einem offensichtlich Sturzbetrunkenen zu absolvieren, und entschied dagegen. »Treasa ist da hinten«, sagte sie und deutete in die entsprechende Richtung, wobei sie völlig zu Recht annahm, dass er in seinem Zustand nicht nur Treasa nicht finden, sondern schon auf halbem Weg zu ihr umkippen würde.
Bei Bernadette, die später jedes Jahr in einem Kloster an einer Besinnungswoche teilnehmen sollte, um ihre Gedanken zu ordnen und ihre Kontemplations- und Konzentrationsfähigkeit zu stärken, spielten an diesem Abend die Hormone verrückt, wie sie selbst es ausdrückte. Nicht mal Orangensaft hatte sie getrunken, nachdem sie gleich zu Beginn entdeckt hatte, was John Unwin damit anstellte. Sie ging ins Haus zurück und streifte durch die beiden abgedunkelten, ineinander übergehenden Räume. Ihr fiel auf, dass endlos »American Pie« lief. Sie registrierte, was hinter dem einen Falttürflügel vor sich ging (zwei Paar Füße spitzten hervor, ohne zu verraten, wem sie gehörten) und dass sich die meisten Partygäste zu Pärchen zusammengefunden hatten. Sie trat in den Gang, blickte nach rechts und nach links und entschied sich für Mrs MacDonalds Salon mit den unbezahlbaren Erbstücken.
Sie schlich hinein und schloss leise die Tür. Kein Laut war zu hören. Sie sah sich um. Im Mondlicht, das durch die Fenster schien, waren die erlesenen Antiquitäten, die goldgerahmten Gemälde, der flauschige Teppichboden, der Marmorkamin und die dicken, kostbaren Läufer gut zu sehen. Sie trat in die Mitte des Salons. Sie hatte immer noch nicht bemerkt, dass sie beobachtet wurde.
Was riecht denn da so?, fragte sie sich.
Plötzlich ertönte ein lang gezogenes »Hi«.
Ihr blieb fast das Herz stehen. Nachdem sie sich gefasst hatte und ihre äußerliche Coolness einigermaßen wiederhergestellt war, bemerkte sie auf dem Boden eine Gestalt im Lotussitz, die so reglos dahockte, dass sie sie beim ersten Blick durch den Raum für ein Möbelstück gehalten hatte.

»Hallo.« Sie wusste nicht recht, ob sie gehen oder sich den Burschen näher ansehen sollte.
»Ich bin Christopher Marlowe.« Er hatte einen starken amerikanischen Akzent. »Stell dich mal ins Mondlicht, damit ich dich besser sehen kann.«
Sie trat in den beleuchteten Teil des Salons und starrte die Gestalt auf dem Boden an.
»Bist du das Schiff, das der Antlitze tausend trieb?«, witzelte sie.
»Willst wohl auf deine irische Art den Dichterfürsten veräppeln, der mein Namensvetter ist? Das zieht mich echt runter.«
»Äh – ich wollte nur witzig sein«, erwiderte Bernadette betroffen und wandte sich zum Gehen.
»Bleib da. Setz dich hin und unterhalt dich mit mir«, sagte der lotusblütige Christopher Marlowe.
Bernadette stieg aus ihren Plateauschuhen und setzte sich vor dem Jungen auf den Boden. Sie sah langes, schwarzes, glattes Haar, ein weißes, indisch angehauchtes, knopfloses Hemd, das die halbe Brust entblößt ließ, eine Samthose, die hellrot, weinrot oder violett war (die Farbe konnte sie im Mondlicht nicht genau erkennen), und eine dunkle, glitzernde und mit schwerem Goldbrokat eingefasste Samtweste.
Auf dieses Gesicht passt der Ausdruck »wie gemeißelt«, dachte sie.
Er seinerseits sah ein schlankes Mädchen von durchschnittlicher Größe mit langem blonden Haar. Sie trug einen bodenlangen Rock und eine den Hals locker umspielende Bluse aus leichtem Crinklestoff. Sie zog die Knie an und umschlang sie mit den Armen.
»Hast du einen Namen?«
»Bernadette O'Higgins.«
Sie betrachteten einander im Halbdunkel.
Hinter der Falttür im Wohnzimmer lag Kitty O'Dowd, biss sich auf die Lippe und dachte: *So* ist das also.
Sie gab sich selten tieferen Gedanken hin, aber in diesem Moment

war ihr bewusst, dass sie Andrews ganze Aufmerksamkeit wollte, und konnte man sich die Aufmerksamkeit eines Menschen besser verschaffen, als wenn man förmlich an ihm klebte? Während der Partyvorbereitungen war er ganz auf sie fixiert gewesen, was wiederum dazu führte, dass sie nur noch für ihn Augen hatte. Seine Fummeleien waren anders gewesen als alles, was sie bisher erlebt hatte. Später sollte sie sich ihrer liebevoll als Zärtlichkeiten erinnern; es waren zauberhafte Zärtlichkeiten.

Irgendwer legte eine andere Platte auf. Eng umschlungen und reglos blieben sie liegen, während »Help Me Make it Through the Night« ertönte.

»Willst du was trinken?«, fragte er.

»Nein«, flüsterte sie. Noch nie hatte sie sich so verletzlich gefühlt. Sie wollte nicht, dass er wegging, spürte aber, dass er es gleich tun würde.

»Ich muss mal nachsehen, was so läuft. Wartest du hier auf mich?«

»Ja«, sagte sie ihm ins Ohr, während er ihr einen Kuss auf den Hals drückte.

Sie war nicht sicher, dass er zurückkommen würde. Die Erfahrung hatte sie das Gegenteil gelehrt, und schon die Tatsache, dass sie miteinander geschlafen hatten, war Grund zu der Annahme, dass er nicht wiederkommen würde. Doch er kam zurück, und sie blieben noch einmal eine halbe Stunde oder länger hinter der Falttür. Dann begann Kitty zu gähnen, und Andrew schlug vor, sie solle sich in sein Zimmer verziehen (ganz oben, letzte Tür), er werde nachkommen, sobald die anderen aus dem Haus seien. Sie hatte den Eindruck, dass er es ehrlich mit ihr meinte, dass sie ihm wichtig war. Einen Moment lang musste sie an die Maple denken und konnte sich beim besten Willen nicht vorstellen, warum.

Auf dem Teppich im Salon saß Bernadette O'Higgins noch immer vor Christopher Marlowe, der ihr gerade erklärte, in welcher Verbindung er zur Botschaft stand und dass er die gleiche Schule besuchte wie Andrew. Sie wurde nicht schlau aus ihm. Offenbar war er es zufrieden, einfach im mondhellen Halbdunkel zu sitzen. Er zündete etwas an, das sie für eine Zigarette hielt, zog daran und reichte es ihr. Vor ihm auf dem Boden stand ein großer Aschenbecher aus geschliffenem Glas, in dem etwas lag, von dem sie annahm, dass es sich um die Kippe einer zuvor gerauchten Zigarette handelte. Sie hatte hin und wieder mit Kitty oder Treasa in einem der ummauerten Gärten hinter der Schule geraucht oder im Kesselraum, manchmal auch auf dem Dach, und für diesen Abend hatte sie sich zum ersten Mal ein eigenes Päckchen gekauft. Sie nahm die angebliche Zigarette und inhalierte.

»Halt das nächste Mal bisschen länger die Luft an«, riet er ihr.

Bernadette riss die Augen auf und hustete los, so stark brannte der Rauch in ihrer Lunge.

Zur selben Zeit hatte Anna McBride Schwierigkeiten, zwischen Fantasie und Wirklichkeit zu unterscheiden. Sie hatte mit mehreren Leuten getanzt und sich ein Glas Saft genehmigt. Daheim trank sie hin und wieder ein Glas Wein mit ihren Eltern, deshalb war ihr die Wirkung des Wodkas nicht völlig neu, auch wenn sie sich nicht erklären konnte, woher diese Wirkung rührte. Aber da ihr Vater sie um eins abholen würde, trank sie das Glas aus und beließ es bei diesem einen.

»Pass mit dem Alkohol auf«, sagte sie zu Mary Oliver, die dank Alkohol nach sechs Tagen ununterbrochenen Stillschweigens zu singen begonnen hatte.

Nachdem sie zu zwei schnellen Stücken und einem langsamen getanzt hatte, wurde Bridie klar, dass sie den reiferen Jean Jacques Versailles den Schulfreunden von Andrew MacDonald vorzog. Sie erkannte sofort, dass dies ein Problem darstellen würde – nicht nur an diesem Abend, sondern auch in Zukunft. Wohin sich wenden, wenn die Fantasie die Realität übertrifft?

Ich habe zwei Möglichkeiten, sagte sie sich. Entweder lebe ich in meiner Fantasie, oder ich lege Jean Jacques auf Eis.
Fürs Erste beschloss sie, die restliche Nacht in Gesellschaft von Jean Jacques und seinen kundigen Fingern zu verbringen. Sie setzte sich in eine Ecke, hielt sich an einem Glas Wasser fest und beobachtete Mary Oliver, die mittlerweile ziemlich blau war und eng umschlungen mit einem schlaksigen Kerl tanzte, der sich förmlich in ihren Hals verbissen hatte. Jean Jacques' Küsse waren behutsamer, sanfter, und hinterließen nicht die Knutschflecke, die Mary Olivers Hals in den nächsten sechs Tagen zieren sollten.
Unter dem Strauch ihr unbekannter Gattung begann sich Treasa O'Donoghue zu regen. Sie rollte sich wie ein Embryo ein und sank Richtung Lethe, während die ersten Schmerzensstiche durch ihren Kopf rasten. John Unwin lag keinen Meter von ihr entfernt auf dem Rücken, sah zu, wie die Sterne hinter den Wolken verschwanden und wieder hervorkamen, und überlegte, ob er vielleicht ein bisschen zu viel getrunken hatte.
Dann war die Party zu Ende. Andrew MacDonald schloss die Haustür und lief in sein Zimmer im zweiten Stock, wo er Kitty O'Dowd in ihrem dünnen, eng anliegenden T-Shirt und einem Bikinihöschen schlafend antraf. Ihr Rock lag am Fußende des Betts auf dem Boden. Andrew fragte sich, wo ihre Schuhe geblieben waren. (Die lagen unten hinter der Falttür.) Vorsichtig zog er sie aus, schob ihr ein Kissen unters Becken und drang noch einmal in sie ein. Diesmal stöhnte und seufzte sie in seinen Armen, sei es, weil sie jetzt in seinem Zimmer und somit ungestört waren, sei es, weil sie nicht von »American Pie« vollgedröhnt wurden und er sie hören konnte, und als er sich von ihr löste und der Mond ihr Gesicht auf dem Kissen beschien, konnte er nicht erkennen, ob Tränen über ihre Wangen rannen oder ob ihn nur das Licht täuschte.
Kitty schmiegte sich an ihn, und er hielt sie, während sie schlief, und zum ersten Mal in ihrem siebzehnjährigen Leben fühlte sie sich

sicher und geborgen und hatte das Gefühl, gebraucht zu werden, für welch kurze Zeit auch immer.

Im Salon lagen Christopher Marlowe und Bernadette O'Higgins nebeneinander auf dem Boden und sahen zum Fenster hinaus.

»Schau mal, wie vollkommen jeder Stern ist«, sagte Christopher.

Und Bernadette, die bis zu dieser Nacht noch nie das Wort »bekifft« gehört hatte, geschweige denn jemals bekifft gewesen war, besah sich jeden Stern in seiner Vollkommenheit und bestaunte die Schönheit des Nachthimmels. Jedes Wölkchen, das vor dem Mond dahinzog, veränderte und verschob sein Antlitz.

»Er lächelt uns zu«, sagte sie und lächelte ihrerseits sehr langsam und aus großer Ferne den Mondgott an, den sie darin zu sehen glaubte. »Ich liebe den Mond, ich liebe die Nacht.« Ihr Herz quoll über vor Freude, und das Mondlicht spiegelte sich in den Bilderrahmen an der Wand. »Reines Gold. Könnte man sofort abbauen.« Sie sahen sich lächelnd an.

»So vollkommen!« Er griff nach ihrem Kopf, nahm eine Strähne, hob sie hoch und sah zu, wie die Haare auseinander fielen. Ihr Blick traf seine Goldbrokatweste. Sie betrachtete sie sehr, sehr lange.

»Das Gold ist geschmolzen«, sagte sie traumverloren.

Sie sahen sich an. »Das Zeug war klasse«, murmelte Christopher.

»Mmmmmmm.«

Sie dachte über den Laut nach, den sie gerade ausgestoßen hatte. Eine Biene, die gemächlich von Blume zu Blume schwirrt. Nein, dachte sie, nicht gemächlich. Vielleicht ist sie ja in Wirklichkeit ganz geschäftig, aber ich betrachte sie gemächlich. Bären mögen Honig. Ich mag Honig. Ich bin ein Bär! Sie kicherte.

»Gefällt dir mein Pelz?«, fragte sie Christopher Marlowe.

Um neun Uhr morgens stieg Kitty O'Dowd aus dem Bett und machte sich auf die Suche nach dem Klo. Am Fenster blieb sie kurz stehen. Sie warf einen Blick hinaus und sah zu ihrem Erstaunen unten im Garten zwei Gestalten liegen. Da sie sich im zweiten Stock

befand, während der Garten auf Höhe des Kellers lag, und ihre Augen so früh am Morgen noch schlafverquollen waren, wurde ihr nicht gleich bewusst, was sie da sah.
Sie blinzelte einige Male, aber die unerwartete Erscheinung in Form von Menschenbeinen blieb.
»Andrew«, sagte sie.
Er öffnete ein Auge und sah sie nackt vor dem Fenster stehen. »Komm wieder ins Bett«, sagte er, einladend die Decke hebend.
»Nein, Andrew. Komm mal her – das musst du dir ansehen.«
Er stand auf und trat zu ihr ans Fenster. Als er sie mit den Armen umfangen wollte, spürte er, wie sehr ihr daran lag, dass er hinaussah. Er warf einen Blick in den Garten und stieß einen Pfiff aus. »Ein Fernglas, ein Fernglas«, murmelte er und sah sich suchend im Zimmer um.
Sie fand es zuerst. »Ach, du lieber Gott – das muss der Hintern von Treasa O'Donoghue sein. Und wer ist das da?«
Er nahm ihr das Fernglas aus der Hand.
»O nein! Das ist John. Der hätte gestern Nacht in die Schule zurück gemusst.«
»Treasa auch«, sagte Kitty O'Dowd. »Glaubst du, sie sind tot? Das würde den Nonnen endlich mal zu denken geben!«
»Hoffentlich nicht«, erwiderte Andrew. Er stieg in eine Jeans und lief zur Treppe.
Tot waren sie nicht, aber völlig durchgefroren. »Lass für Treasa ein Bad ein!«, wies er Kitty an.
»Er hat auch eins nötig«, erwiderte Kitty mit einer Kopfbewegung in Richtung John.
»Also, entweder stecken wir sie beide zusammen rein, oder er muss warten. Ich mache schon mal Kaffee. Wir müssen sie so schnell wie möglich von hier wegschaffen.«
»Warum so eilig?«, wollte Kitty wissen.
»Ich weiß nicht, wie die Nonnen auf unerlaubte Abwesenheit rea-

gieren, aber John ist auf jeden Fall dran, wenn rauskommt, dass er über Nacht weg war.«

Erst nach zwanzig Minuten im heißen Badewasser war Treasa einigermaßen aufgewärmt. Sie hielt sich den Kopf und stöhnte immer wieder »O Gott, o Gott!«, was Kitty an ihr eigenes, wenige Stunden zuvor ausgestoßenes, in seiner Bedeutung so gänzlich anderes Stöhnen erinnerte.

»Wie wolltest du dich wieder reinschleichen, Treasa?«, fragte Kitty.

»So wie immer«, antwortete Treasa ächzend, »über die Ziegelmauer. Die Downey-Zwillinge sollten ein Kellerfenster entriegeln.«

»Das schaffst du auch jetzt noch, wenn du dich beeilst.«

Andrew brachte Kaffee ins Bad, und Treasa zog in halbherzigem Bemühen um Verschämtheit die Knie ans Kinn.

»Das schaffe ich nie.« Sie nahm die Tasse.

»Ihr geht doch sonntags immer zur Zehn-Uhr-Messe in der Westland Row Church«, sagte Andrew, der mit den Aktivitäten der Schülerinnen von St. Martin's bestens vertraut war. »Wir brauchen Treasa nur rechtzeitig in die Kirche zu bringen, zumindest vor Ende der Messe. Sie schleicht sich durch die Hintertür rein, und niemand merkt was.«

»Keine Uniform«, murmelte Treasa.

»Zieh die von Kitty an. Wir holen sie irgendwann später.«

Ehe Treasa sich versah, steckte sie in Kittys zu kurzer Schuluniform und entstieg ein Stück vor der Kirche einem Jaguar.

»Teil eins der Mission wäre erfüllt«, sagte Andrew und fuhr sofort zu seiner Schule weiter, um John abzuliefern.

»Das war keine Kleinigkeit«, erklärte er, als er zu Kitty ins Bett schlüpfte. »Ich musste in die Schule rein – unter dem Vorwand, ein Lehrbuch zu holen –, und mich in den Keller schleichen. Unser Raus- und Reinschleichsystem ist anscheinend fast dasselbe wie in St. Martin's. Dann hab ich ein Fenster geöffnet und John zugerufen, er solle loslaufen. Er sah aus wie ein aufgewärmtes Gespenst.«

Er schob seine Hand zwischen ihre Beine.
»Du bist ganz kalt!«
»Dann wärm mich!«

Bernadette O'Higgins, die hinsichtlich der Verlegung ihrer Studien in den praktischen Bereich so große Hoffnungen auf den vergangenen Abend gesetzt hatte, wachte am Sonntagmorgen gegen Viertel nach zehn steif und sehr, sehr hungrig auf dem Teppichboden im Salon auf. Zu diesem Zeitpunkt raste der Jaguar von Andrews Vater bereits mit Andrew, John und Treasa Richtung Westland Row, während Kitty, nachdem sie endlich gepinkelt hatte, wieder im Bett lag. Der Vor-, aber auch Nachteil großer, um die Jahrhundertwende oder früher erbauter Häuser sind ihre dicken Wände. Diese Schalldämmung hatte einerseits den Schlaf von Bernadette und ihrem schnarchenden Komplizen geschützt, was sich andererseits für beide als äußerst ungünstig erwies.
Christopher Marlowes Mutter wachte an diesem Vormittag kurz nach zehn Uhr auf. Sie ging, gegen die Nachwirkungen von Schlaftabletten und Alkohol ankämpfend, nach unten und musste feststellen, dass in der Nacht eingebrochen worden war. Das Küchenfenster lag in Scherben auf dem Boden, die Hintertür stand offen.
Ihr Mann hielt sich in London auf, wo er an einem Geheimtreffen teilnahm, das in einem gewissen Zusammenhang mit der bevorstehenden Wahlniederlage McGoverns im November stand. Der Polizist, der vor dem Tor Wache hielt, hatte in der Nacht keinen einzigen Streifengang über das Grundstück gemacht, was er später natürlich bestritt, und Christopher, ihr einziger, heiß geliebter Sohn, war nicht in seinem Zimmer, in dem sie beide, wie sie sich zu erinnern meinte, noch am Abend zuvor nach ihrer Rückkehr von einer Party in der Botschaft miteinander gesprochen hatten. (Dieses Gespräch hatte in Wirklickeit eine Woche früher stattgefunden, aber so wirkt sich die Kombination von Schlaftabletten und Brandy nun einmal aus.)

Nachdem sie sich einen Überblick über möglicherweise gestohlene Gegenstände verschafft und die Entdeckung gemacht hatte, dass eben erwähnter geliebter Sohn augenscheinlich gekidnappt worden war, drückte Mrs Marlowe unverzüglich den Alarmknopf oben im Flur. Der Alarmknopf war sowohl mit der Botschaft als auch mit der Polizei verbunden, und beide reagierten auf der Stelle. Die Botschaft entsandte zwei stämmige, reichlich arrogante Marines und kontaktierte den Sicherheitsdienst in Dublin und Washington; die Polizei verständigte telefonisch den unglückseligen Polizisten am Tor und schickte einen Streifenwagen.

Der Polizist (selbstverständlich in Zivil) läutete an der Tür; dann lief er ums Haus, um zu überprüfen, ob irgendetwas Ungewöhnliches zu sehen war. Da die Hintertür offen stand, trat er ein, sprang leichtfüßig über die Scherben auf dem Boden und lief in die Eingangshalle. Mrs Marlowe hatte unterdessen die Automatik aus dem Schreibtisch im Arbeitszimmer ihres Gatten geholt. Als sie ein Geräusch aus der Küche hörte, stellte sie sich in eine Nische im Flur, die sie völlig verbarg, entsicherte und feuerte aufs Geratewohl einen Schuss in Richtung des bedauernswerten Polizisten ab, als dieser von der Rückseite des Hauses her den Flur betrat.

Der Brandy, die Schlaftabletten, die große Nervosität auf Grund der Feststellung, dass ihr Sohn entführt worden war, sowie das Gewicht der ihr gänzlich unvertrauten Automatik bewirkten, dass sie den Polizisten nicht tödlich traf, aber sie erwischte ihn am linken Arm.

Für diesen Schuss war der Mann, auch wenn er das natürlich nie zugab, überaus dankbar: Er trug ihm die ganze folgende Woche hindurch – vor, während und nach der operativen Entfernung der Kugel – allgemeine Sympathie ein.

»Ich sterbe vor Hunger«, sagte Bernadette O'Higgins zu Christopher Marlowe, als der aufwachte und sie interessiert betrachtete

(bisher hatte er sie weder bei Tageslicht noch in einem normalen Geisteszustand gesehen).
»Heißhunger«, sagte er. »Geht mir genauso. Komm, wir suchen was zu futtern.«
Er führte sie in die Küche der MacDonalds und zog Lebensmittel aus Kühlschrank und Wandschränken. »Toast, Speck, Eier? Ich koche. Du machst Kaffee und gießt Saft ein.«
Bernadette warf einen Blick auf die Küchenuhr, und sofort schossen ihr die unterschiedlichsten Gedanken durch den Kopf wie zum Beispiel der, dass es allem Anschein nach Sonntagvormittag war und sich garantiert gerade irgendwer die Frage stellte, wo sie eigentlich steckte.
In der Westland Row hatte sich Treasa O'Donoghue gleich nach dem Betreten der Kirche geschickt in die hinterste Bank geschlichen. Als die Mädchen zum Altar gingen, um die Kommunion zu empfangen, drängelte sie sich vor und schloss sich ihren Klassenkameradinnen an, die mit gesenkten Köpfen durch den Mittelgang schritten. Downey-eins wandte sich um und sah sie fragend an. Treasa hob den Blick zum Himmel; dann ließ sie den Kopf wieder auf ein schickliches Maß sinken.
Als sie nach der Kommunion, die ihr sehr gelegen gekommen war, in der richtigen Kirchenbank saß und sich vergewissert hatte, dass die Nonnen anderweitig beschäftigt waren, flüsterte sie Downey-eins zu: »Haben sie was gemerkt?«
Downey-eins schüttelte den Kopf. »Wir haben dich gedeckt. Wir haben gesagt, du wärst noch im Klo und Bernadette auch.«
Treasa nickte und stützte die Ellbogen auf die Rückenlehne der Vorderbank. Es dauerte mehrere lange Sekunden, bis die Worte von Downey-eins in ihre müden, zitternden Gehirnzellen sickerten, denn die Nacht unter dem Strauch einer ihr unbekannten Gattung entfaltete erst jetzt ihre volle Wirkung. Sie warf einen Blick die Kirchenbank entlang, suchte die Bänke vor sich ab und schluckte

beklommen, nicht nur weil sie Halsschmerzen hatte, sondern auch, weil der Satz von Downey-eins allmählich einen Sinn ergab.
»Was soll das heißen, Bernadette auch?«, fragte sie.
»Sie ist auch nicht zurückgekommen«, wisperte Downey-eins.
Treasa, der daraufhin aus mehreren Gründen der Schweiß ausbrach, stöhnte laut auf und zog damit sofort Schwester Rodriguez' wachsamen Blick auf sich. Sie schlug die Hände vors Gesicht und legte ihre ganze Konzentration in die Anstrengung, einfach nur aufrecht zu knien.

»Heilige Mutter Gottes!«, rief Bernadette O'Higgins in der luxuriös ausgestatteten Einbauküche der MacDonalds. »Heilige Mutter Gottes!«
»Betest du?«, fragte Christopher Marlowe interessiert.
»O mein Gott, die machen mich alle«, stöhnte Bernadette.
»Alle machen dich?«, fragte Christopher mit seinem amerikanischen Akzent völlig verständnislos.
»Die lynchen mich!«, erklärte Bernadette.
»Was ist denn los?« Christophers Interesse wuchs zusehends. »Warum sollte dich jemand lynchen?«
»Ich müsste längst in der Schule sein. Ich bin aus einem Fenster gestiegen und hätte schon um ... also auf jeden Fall vor Tagesanbruch zurück sein sollen«, jammerte Bernadette, während sich ihre gesicherte, akademisch ertragreiche Zukunft vor ihrem geistigen Auge in Nichts auflöste.
Zur gleichen Zeit stand Mrs Marlowe, die den wachhabenden Polizisten vom Tor zu spät erkannte hatte, wild mit der Automatik fuchtelnd im Flur ihres Hauses.
»Legen Sie sie auf den Boden, Ma'am«, rief einer der beiden Marines vom Ende des Flurs her. Ob ihr der amerikanische Akzent Vertrauen einflößte oder sie einfach genug hatte – jedenfalls gab sie noch einen letzten Schuss ab und traf den Kronleuchter, der zum Glück

einen guten halben Meter von ihrem Standort entfernt hing. Als er zu Boden fiel und in tausend winzige Kristallsplitter zerbarst, warf sie die Waffe weg.
Der Marine, der wacker ausgeharrt und Mrs Marlowe mit seiner Pistole in Schach gehalten hatte, rief seinem Kollegen »Man down!« zu und näherte sich dem stöhnend auf dem Boden liegenden Polizisten.
»Wir haben ihn, Ma'am«, teilte er Mrs Marlowe mit, um sie zu beruhigen.
Der Polizist begriff sofort, dass ihm nunmehr von dem Marine Gefahr drohte, und erklärte laut schreiend, wer er war, um die für ihn so katastrophale Kettenreaktion endlich zum Stillstand zu bringen.
Mrs Marlowe wiederum glaubte, der Marine hätte ihren entführten Sohn gefunden und schrie: »Geht es ihm gut? Ist er verletzt?«
Der Marine, der diese Fragen auf den Polizisten bezog, den er für einen Kriminellen hielt, erwiderte: »Das haben Sie sehr gut gemacht, Ma'am. Toller Schuss!«
Woraufhin Mrs Marlowe neben dem Kristalllüster zusammenbrach.

»Nur keine Panik«, sagte Christopher Marlowe zu der kreidebleichen Bernadette und erwies sich mit dieser Bemerkung mehr als Sohn seines Vaters denn als der seiner Mutter.
»Panik? Panik? Ich bin erledigt! Schau doch mal, wie spät es ist!«
»Immer mit der Ruhe«, sagte Christopher Marlowe – in etwa dasselbe, was sein Vater in der vorangegangenen Nacht am Telefon zu Richard Nixon gesagt hatte. »Können wir dich nicht einfach auf dem Weg, auf dem du rausgekommen bist, auch wieder reinschmuggeln?«
»Nein.« Sie stöhnte auf. »Die sind jetzt in der Kirche. Ich schaffe es unmöglich in die Schule, bevor sie zurück sind. Außerdem haben sie es schon längst gemerkt.«

»Wo wohnst du?«
»Was?« Sie war weit weg mit ihren Gedanken und hatte viel zu viel Angst, um sich auf seine Frage konzentrieren zu können.
»Also, wenn du in Dublin wohnst, könnte ich dich heimbringen, und du könntest sagen, dass du dich einsam gefühlt hast oder irgend so was und hoffen, dass deine Eltern gnädiger sind als die Nonnen.«
»Aber was soll ich denn sagen, wenn sie mich fragen, wo ich war? Schau mich an – die sehen doch sofort, dass ich um die Häuser gezogen bin!«
»Du bist nicht um die Häuser gezogen, du warst hier mit mir zusammen.«
»Meinst du, das klingt besser?«, fragte sie fassungslos. (Man stelle sich vor, um wie vieles fassungsloser sie geklungen hätte, wenn sie gewusst hätte, dass in diesem Augenblick seine Entführung nach Washington berichtet wurde und das FBI in Aktion trat.)
»Lass mich nachdenken.« Er steckte zwei Scheiben Brot in den Toaster. »Ich könnte dich nach Hause bringen, und wir sagen, du hättest dich heute Morgen mit mir getroffen, anstatt in die Kirche zu gehen.«
Sie sah ihn ungläubig an. »Und was soll das bringen?«
»Eltern von Mädchen finden mich immer nett«, erklärte er und fügte grinsend hinzu: »Den Charme habe ich von meinem Vater geerbt.«
»Jetzt hör mir mal zu, Christopher. Wenn die Schule oder meine Eltern rausfinden, dass ich über Nacht weg war, noch dazu mit einem Jungen, dann kann ich alles vergessen.«
»So viel habe ich inzwischen kapiert«, erwiderte er. »Ich sage einfach, dass du in der Nacht drin warst – in der Schule, im Schlafsaal oder was auch immer – und dass du dich heute Früh rausgeschlichen hast, statt zur Messe zu gehen. Ist ja wohl weniger schlimm als das andere, oder?«

»Oje«, ächzte sie, als ihr klar wurde, dass er Recht hatte. »Also, was machen wir jetzt?«
»Ich bringe dich zu deinen Eltern nach Hause. Wohnen sie in Dublin? Bitte sag, dass sie in Dublin wohnen!«
Bernadette nickte. »Ja, gleich bei der Shelbourne Road.«
»Gut. Ich fahre dich nach Hause. Wir sagen, wir hätten uns zu einem Spaziergang getroffen, aber du würdest dich nicht wohl fühlen, deshalb hätte ich dich heimgebracht. Was können sie denn schlimmstenfalls machen?«
»Die bringen mich ins Kloster zurück, und dann muss ich dem Raben Rede und Antwort stehen. Ich bin erledigt. Die lassen mich nie wieder raus.«
»Ist das besser, als von der Schule verwiesen zu werden?«, fragte er.
Sie verzog das Gesicht. »Ja, wahrscheinlich schon.«
Was sich allerdings bezweifeln ließ.

Zwölf

Drei Jahre später saß Kitty O'Dowd auf der Treppe am Front Square des Trinity College und tankte ein bisschen Vorprüfungssonne. Plötzlich begann sie zu lachen. »Wisst ihr noch, der Tag nach Andrews Party, dieser Sonntag? Erinnert ihr euch?«
»Damals war es alles andere als witzig«, erwiderte Bernadette O'Higgins.
Treasa O'Donoghue sagte: »Ich finde es bis heute nicht witzig. Tut mir Leid, Leute, aber ich kann immer noch nicht darüber lachen. Von dem Tag an ging es bergab.«
Christopher Marlowe hatte sich den Wagen von Andrew MacDonald geliehen, um Bernadette O'Higgins nach Hause zu fahren. Er wollte zurück sein, ehe Andrew das Fehlen des Wagens bemerkte, und seinem Freund dann alles gestehen. Er hatte nicht die geringsten kriminellen Absichten, denn erstens glaubte er, der Jaguar gehöre Andrew und nicht dessen Eltern, und zweitens, dass das Ganze nicht länger als eine halbe Stunde dauern würde.
Als er vor Bernadettes Haus vorfuhr (das auch leicht zu Fuß zu erreichen gewesen wäre, aber an diesem Tag hielten es die beiden für überaus wichtig, schnell zu sein), stellten sie zu Bernadettes Erleichterung fest, dass ihre Eltern nicht da waren.
»Sie sind übers Wochenende weggefahren«, sagte sie. »Das hatte ich ganz vergessen.«

Sie holte den Schlüssel unter einem Stein in einem Pflanztopf hervor und schloss die Haustür auf. Und nun?, dachte sie.
»Ist jetzt alles in Butter?«, fragte er. »Du kannst ja sagen, dass dir auf dem Weg von der Schule zur Kirche schlecht geworden ist und du dich in den Bus gesetzt hast, weil du bei deinen Eltern sein wolltest, und dann hast du gemerkt, dass sie weggefahren sind.«
»Lass mich nachdenken«, sagte Bernadette.
Die Rettung schien in greifbarer Nähe.
»Ich habe oben eine Ersatzuniform. Als ich letzte Woche in die Schule zurückfuhr, war sie noch in der Reinigung, aber Mum hat gesagt, sie würde sie mir nächste Woche bringen. Ich schaue mal nach.« Sie lief in ihr Zimmer hoch. Von der Uniform war nichts zu sehen.
»Mist! Sie hat vergessen, sie zu holen.«
»Hat deine Mutter sie auch ganz bestimmt in dein Zimmer gelegt? Wenn sie sie in der Schule abliefern wollte, liegt sie vielleicht woanders.«
Die Suche brachte in einem Kleiderschrank im Flur die Uniform sowie zwei zusätzliche neue Blusen zum Vorschein.
»Heute ist mein Glückstag!«, rief Bernadette. Ihr fiel ein Stein vom Herzen. »Kannst du mich zur Schule fahren?«
Selbstverständlich konnte er. Und selbstverständlich tat er es auch.
»Du hast nicht am Gottesdienst teilgenommen.« Schwester Rodriguez stand in der Eingangshalle, als Bernadette hineinschlich.
»Ja, Schwester, es tut mir Leid, aber ich bekam Bauchschmerzen und konnte einfach nicht hin.«
»Was ist los?«, fragte Schwester Rodriguez eisig.
»Meine Regel ist diesmal ganz schlimm.« Da vor den Nonnen nie über die Menstruation gesprochen wurde, bot sie sich als Thema, mit dem man jede weitere Frage abwürgen konnte, geradezu an. Erst jetzt, nachdem sie es tatsächlich in die Schule zurück geschafft hatte, wurden Bernadette die Ereignisse der letzten eineinhalb Stunden

(von denen der vergangenen Nacht ganz zu schweigen) richtig bewusst. Sie glaubte, jeden Augenblick zusammenzubrechen.
»Und wo warst du?«, hakte Schwester Rodriguez nach.
»Ich hatte solche Schmerzen, dass ich nur bei meiner Mummy sein wollte«, antwortete Bernadette, so kläglich es ging. »Aber im Bus nach Hause fiel mir auf halber Strecke ein, dass meine Eltern übers Wochenende weg sind. Da bin ich ausgestiegen und habe auf den Bus gewartet, der hierher fährt.«
Schwester Rodriguez musterte sie. Bernadette war blass, ihre Pupillen waren winzig. Sie wirkte sichtlich mitgenommen.
»Bernadette O'Higgins, es geht nicht, dass Schülerinnen einfach selbst entscheiden, wann sie kommen und gehen. Du hast die Regeln verletzt – das dulden wir hier nicht. Für den Rest des Tages hast du Hausarrest, und morgen begibst du dich in der ersten Pause ins Büro von Mutter Immaculata!«
Andrew MacDonald ging, nachdem er mittags kurz – aus dem Bett – gekommen war, in den vorderen Teil des Hauses und sah auf die Lansdowne Road hinaus. Dass der Jaguar nicht da stand, bemerkte er sofort. Er meldete es der Polizei, stieg ins Bett und kam wieder, nämlich mit Kitty O'Dowd.
Obwohl, vielleicht aber auch gerade weil sie kaum über moderne Technologie verfügte, bemerkte auch die Polizei sofort, dass dies innerhalb von drei Stunden das zweite in Zusammenhang mit der Botschaft stehende Verbrechen war. Keine zwanzig Minuten später griffen sie zu ihrer großen Überraschung Christopher Marlowe, der sich bereits auf der Rückfahrt zum Haus der MacDonalds befand, in dem gestohlenen Jaguar auf.
»Zwei Fliegen mit einer Klappe«, kommentierte Chief Inspector Foley seinen Leuten gegenüber die Tatsache, dass sie durch das Auffinden des gestohlenen Fahrzeugs auch den »entführten« Jugendlichen gefunden hatten.
»Auf frischer Tat befreit!«, murmelte ein Untergebener.

»Ich werde nie vergessen, wie ich in die Schule reinging und Schwester Rodriguez mit diesem ›Jetzt-hab-ich-dich‹-Blick in der Eingangshalle stand«, erzählte Bernadette O'Higgins drei Jahre später auf der Treppe und stützte sich, in Erinnerungen schwelgend, auf die Ellbogen.

»Schau, da sind die Downey-Zwillinge«, sagte sie zu Kitty O'Dowd, die die beiden über ein Jahr lang nicht gesehen und kürzlich nach ihnen gefragt hatte. »In der Schule waren sie ja ganz okay, aber jetzt ...« Sie ließ den Satz in vielsagendem Schweigen ausklingen.

Die Downey-Zwillinge staksten auf Sandalen mit unglaublich hohen Plateausohlen über das Kopfsteinpflaster, bogen, als sie die drei ehemaligen Klassenkameradinnen auf der Treppe sahen, abrupt ab und eilten Richtung Bibliothek.

»Da gehen sie garantiert zum ersten Mal rein!«, meinte Treasa lachend. »Die neue Methode, Studentinnen zum Lernen zu bringen – man muss sie nur unserem Anblick aussetzen!«

»Was ist denn in die gefahren?«, fragte Kitty erstaunt. »Die haben doch früher immer Ausreden für uns erfunden.«

»Sex«, antworteten Treasa und Bernadette gleichzeitig.

»Ach, haben sie Freunde?«, wollte Kitty wissen. »Ich kann mir gar nicht vorstellen, dass sie sich jemals trennen.«

Treasa lachte. »Schlau, Kitty! Sie haben *einen* Freund. Den teilen sie sich.«

»Wahrscheinlich das, was sich jeder Mann erträumt«, meine Kitty.

»Er sieht ziemlich fertig aus«, sagte Bernadette kichernd. »Fix und fertig.«

An jenem berühmten Sonntag im Jahr 1972 rief Christopher Marlowe seinen Vater in London an.

»Hey, Dad, Mom hat einen Polizisten angeschossen.« Dieser Gesprächseinstieg bot eine hohe Wahrscheinlichkeit, die Aufmerksamkeit seines Vaters zu erregen, was an sich schon eine Leistung darstellte. Darüber hinaus sollte der Satz seinen Vater auf die Missetaten seiner Mutter hin- und von der Tatsache ablenken, dass man ihn, Christopher, kurzzeitig wegen Autodiebstahls festgenommen und obendrein beschuldigt hatte, der Polizei die Zeit zu stehlen, da er offensichtlich *nicht* entführt worden war. Auch die Botschaft war alles andere als erfreut über ihn.

Andrew MacDonald hatte die Anzeige wegen Autodiebstahls zurückgezogen und sich bei den Polizeibeamten vielmals für die Inanspruchnahme ihrer Zeit entschuldigt. Christopher Marlowe hatte, bevor er nach Hause gefahren wurde, um das von seiner Mutter verursachte Chaos zu beseitigen, die Wagenschlüssel zurückgegeben und Andrew dabei zugeraunt: »Räum im Salon auf.«

Diese Information war Andrews großes Glück, denn von sich aus wäre er nie auf die Idee gekommen, in den Salon zu gehen, und hätte auch nie den mit fünf Jointkippen gefüllten Glasaschenbecher gefunden; gefunden hätte ihn stattdessen das Wanzensuchkommando der britischen Botschaft, das am Montagmorgen zur alle drei Monate stattfindenden Überprüfung anrückte.

Daheim erwarteten Christopher Marlowe sieben Botschaftsangestellte, darunter der Botschafter selbst, sowie mehrere Angehörige der irischen Polizei und ein Arzt, der gerade dabei war, Christophers Mutter, die auf einer roten Samt-Chaiselongue lag, mittels einer Pinzette winzige Kristallglassplitter aus den Armen zu entfernen. Mrs Marlowe hatte sich strikt geweigert, im selben Krankenwagen wie der von ihr angeschossene Polizist zu fahren. Die Polizisten glaubten, sie wolle einfach nicht ins Krankenhaus, ohne zu ahnen, dass sie die Nähe ihres vom Pech verfolgten Beschützers nicht ertrug. Der kurz zuvor eingetroffene Botschafter nahm Christopher beiseite und forderte ihn auf, seinen Vater anzurufen. Christopher bat den Botschafter höflich, das Telefonat doch selbst zu führen.

»Nein, mein Lieber. Wenn dein Vater deine Stimme hört, weiß er sofort, dass wenigstens mit dir alles in Ordnung ist. Wenn ich am Apparat bin, jagt ihm das nur Angst ein.«

Christopher musste also anrufen. Als sein Vater nach der Mitteilung, dass seine Frau einen Menschen niedergeschossen hatte, hörbar nach Luft schnappte, erschrak Christopher zunächst, verstand es dann jedoch als Hinweis darauf, dass seinen alten Herrn ab jetzt kaum mehr etwas umhauen würde.

»Sie hat offenbar geglaubt, ich wäre entführt worden«, erklärte er. »Hat aber nicht gestimmt.«

»Gib mir den Botschafter«, sagte sein Vater.

Selbst in dieser bizarren Situation begannen die Mühlen des Protokolls unverzüglich zu mahlen.

»Kein Grund zur Beunruhigung«, sagte der Botschafter. »Diplomatische Immunität. Mehr Sorgen würde ich mir um den schönen Kronleuchter machen, der oben im Flur hing. Der Arzt ist noch immer dabei, Splitter aus Ihrer Frau zu entfernen.«

Christopher Marlowe, der während des Gesprächs hinter dem Botschafter stand, wunderte sich darüber, wie erwachsene Männer Dinge gewichteten, und wünschte sich nur, dass sie endlich alle abhauten, denn er war entsetzlich hungrig.

Als Treasa O'Donoghue an diesem grauenhaften Vormittag aus der Kirche wankte, glaubte sie, ihr Kopf würde jeden Moment platzen. Die Kombination von Kater und noch nicht diagnostizierter beginnender Atemwegsinfektion überstieg ihre Kräfte. Der Gürtel von Kitty O'Dowds Schulkittel lag eingerollt in der Tasche. Sie konnte es sich nicht leisten, ihn umzubinden, weil der Saum dann ungefähr einen halben Meter über dem Knie gewesen wäre. Sie trug Kittys Blazer, der ihr viel zu eng war, und schlurfte gebeugt und mit leicht eingeknickten Knien dahin, damit die Nonnen nicht auf ihre Kleidung aufmerksam wurden. Downey-zwei ging hinter ihr, Downeyeins vor ihr, um bei dem Täuschungsmanöver zu assistieren. Sie schafften es in die Schule und in den Schlafsaal. Treasa zog sich aus, sank auf ihr Bett und vergaß den anderen mitzuteilen, dass Kittys Uniform noch vor sieben Uhr abends im Gebüsch am Sutherland Square versteckt werden musste.

Downey-eins bemerkte, dass Treasa eine Fahne hatte, brachte sie zusammen mit Downey-zwei halb tragend, halb schleifend in den Waschraum und zwang sie, sich die Zähne zu putzen und mehrmals mit einer Mischung aus Zahnpasta und Wasser zu gurgeln. In ihrem halb bewussten Zustand trank Treasa eines von den Gläsern mit Zahnpastawasser leer. Dies war, was die Mädchen nicht wussten, ein alter Soldatentrick, mit dem man die Körpertemperatur anhob, um sich der Mitternachtspatrouille oder ähnlich grässlichen Pflichten zu entziehen, und Treasas Temperatur stieg auch wirklich, was einerseits schlimm war, andererseits gut. Man könnte sogar sagen, dass es ihr das Leben rettete, denn als Schwester Rodriguez zur Mittagessenszeit nach ihr sah und sie im Bett fand, legte sie ihr die Hand auf die Stirn und erschrak darüber, wie heiß sie war. Man brachte Treasa ins Krankenrevier, und als am nächsten Morgen endlich der Arzt gerufen wurde, war das Fieber so hoch, dass der Transport ins Krankenhaus nicht riskiert werden konnte.

In ihren Halluzinationen sprach Treasa Schwester Rodriguez als Beelzebub und die Krankenschwester als Luzifer an, was beide nicht komisch fanden.

Innerhalb von zwölf Stunden klang das Fieber ab.

»Ich weiß noch«, sagte Kitty, »wie Andrew und ich zum Sutherland Square kamen und im Gebüsch meine Uniform suchten, und sie war nicht da.« Sie lächelte. In diesem Augenblick drei Jahre zuvor war es ihr plötzlich egal, völlig egal. Andrew dagegen regte sich auf. Schon den ganzen Nachmittag hatte er sie deswegen nervös gemacht, nachdem er zuvor extrem lässig gewesen war. Sie hatte sich damals darüber gewundert, und als sie jetzt daran dachte, wunderte sie sich wieder.

»Ich wüsste gern«, sagte sie zu Treasa und Bernadette, die neben ihr auf der Treppe fläzten, »welchen Verlauf alles genommen hätte, wenn wir nicht zu der Party gegangen wären. Was wäre dann anders gekommen?«

»Du vergisst die Vorherbestimmung«, wandte Treasa lachend ein, »oder vielmehr ihre Nichtexistenz. Die Nonnen haben doch immer behauptet, wir hätten zwar die Wahl, aber in Gottes Plan sei bereits alles festgelegt.«

»Völliger Schwachsinn«, sagte Bernadette. »Entscheiden können, ohne entscheiden zu können. Sie hatten sich jedenfalls dafür entschieden, uns einzusperren, uns mit dem Riemen zu schlagen, uns über das, was wirklich zählt, im Unklaren zu lassen. Ein reines Wunder, dass wir es überstanden haben, ohne verrückt zu werden.«

Auch Kitty lachte. »Du meinst also, wir haben es überstanden, ohne verrückt zu werden?«

»Immerhin haben wir überlebt«, erwiderte Treasa.

Aber um welchen Preis?, dachte Bernadette bei sich. »Manchmal sage ich mir, gut, ich habe überlebt, aber gilt das für alle? Denkt an Mary Oliver. Mein Gott, das war nicht mal ihr richtiger Name. Sie hieß Olivier. Wir haben es zugelassen, dass die Nonnen ihr eine andere Identität verpassten, weil ihnen der französische Klang nicht gefiel oder was immer sie daran störte.«

»Ich glaube, es passte ihnen nicht, dass ihre Eltern getrennt waren«, meinte Treasa. »Das war doch genauso schlimm wie unehelich geboren zu sein. Arme Mary.« Schweigend dachten sie an jenen schrecklichen Sonntag zurück.

Mary Oliver hatte bei Anna McBride im Gästezimmer geschlafen. Bridies Vater, der Anwalt, hatte die beiden vom Haus der MacDonalds abgeholt und sofort erkannt, dass Mary betrunken war. Nachdem Bridie Mary ins Bett gebracht hatte, war sie in sein Arbeitszimmer beordert worden, wo er sich über ihr Verhalten, über ihre Freundinnen und über die Tatsache beschwerte, dass Mary Oliver betrunken in seinem Haus schlief. Bridie flehte ihn an, ihr eine Chance zu geben. Wieder und wieder beteuerte sie, dass es ganz untypisch für Mary sei, Alkohol zu trinken, und dass die Säfte möglicherweise mit Schnaps versetzt gewesen seien.

»Und weshalb bist du dann nicht betrunken?« Er sah sie eindringlich an und fragte: »Hast du Alkohol zu dir genommen?«

»Nein, Daddy«, log sie. »Ich glaube, einige Getränke waren mit Alkohol versetzt, und ich würde nie … Na, du weißt schon.«

»Ich muss der Schule Mitteilung über Mary Oliver machen. Während ihrer Anwesenheit in meinem Haus bin für sie verantwortlich. Und wenn es dir passiert wäre, würde ich auch gern darüber informiert werden.«

Bridie bettelte. Bridie flehte. »Mary war krank. Sie hat eine schlimme Woche hinter sich, Daddy. Sie kann doch nichts für das, was heute Nacht geschehen ist.«

Schließlich entließ er sie ins Bett. Sie wusste nicht, wie es nun stand, und konnte nur hoffen, dass er am nächsten Morgen anders darüber dachte. Ihre Mutter bat sie wohlweislich nicht um Hilfe. Im Bett ließ sie sich von Jean Jacques in den Arm nehmen und schmiegte sich an seine Brust. Zum Klang seines pochenden Herzens schlief sie ein – ein menschlicheres Herz, als ihr jemals im wirklichen Leben begegnet war.

Im Gästezimmer auf der anderen Seite des Flurs schlief friedlich Mary Oliver, nachdem sie masturbiert hatte, aber nicht gekommen war (bis dahin sollten noch zehneinhalb Jahre vergehen).

Und hab ich heut missfallen Dir,
So bitt ich Dich, verzeih es mir.
Dann mache ich's mir noch im Nu,
es wacht ein Engel, wenn ich's tu.

Drei Jahre später sagte Kitty O'Dowd auf der Treppe, an niemanden direkt gerichtet: »In dieser Nacht bin ich entjungfert worden.«
»Das hatte ich mir schon fast gedacht«, erwiderte Treasa. »Du weißt ja, ich war erst Tage später wieder auf den Beinen und wurde heimgeschickt, ich sollte mich eine Woche lang erholen. Aber zu diesem Zeitpunkt war schon alles aufgeflogen, und als ich dich dann wieder sah, hattest du dich verändert, und ich machte mir meine Gedanken.«
»Du hast immer alles mitgekriegt, Treasa, stimmt's?«, sagte Bernadette. »Ich erinnere mich, dass du uns mal erzählt hast, die Nonnen würden sich geißeln. Und als ich das nicht glauben wollte, hast du gesagt, du hättest sie gesehen. Du wärst eine großartige Spionin geworden. Du hast immer genau gewusst, was lief. Die haben sich wirklich gegeißelt, oder?«
»Klar«, sagte Kitty. »Sie mussten doch ab und zu üben.«
»Rodriguez habe ich damals gesagt, ich hätte meine Periode«, erzählte Bernadette auf der Treppe und hielt das Gesicht in die Sonne. »Ich wollte mir das Spießrutenlaufen ersparen. Sie ist auch wirklich darauf reingefallen, aber ich hatte behauptet, ich sei nicht ganz bis nach Hause gefahren, weil mir unterwegs eingefallen sei, dass meine Eltern weg seien. Ein wirklich saudummer Fehler, denn als der Rabe mit meiner Mutter sprach und meine Mutter sagte, ich hätte die frisch gereinigte Uniform aus dem Kleiderschrank im Flur mitgenommen, kam nach und nach alles raus.« Sie schüttelte sich.
»Wolltest du dir damals eigentlich ganz bewusst Ärger einhandeln, Kitty?«, fragte Treasa plötzlich.
»Keine Ahnung«, antwortete Kitty. »Warum fragst du?«
Treasa schwieg eine Weile. »Ich glaube, ich frage deshalb, weil an diesem Tag keine Gefahr für dich bestand. Du warst als Einzige von uns unbeschadet aus der Sache rausgekommen, und dann hast du es vermasselt, fast als hättest du es darauf angelegt.«
»Was die Situation für uns wesentlich entschärft hat, und dafür bin ich wirklich dankbar«, warf Bernadette ein.

Kitty zuckte mit den Achseln – das alte Achselzucken, das sie so gut kannten. Damals hatte es bedeutet »Ich habe nichts mehr zu sagen, es ist mir einfach egal«, und mehr oder weniger bedeutete es das noch immer.
Andrew MacDonald war in die Straße hinter den Schulgärten gefahren und hatte Kitty hochgeholfen. Dann war sie auf der Mauer bis zur Eiche gekrochen und hatte sich auf der anderen Seite hinuntergeschwungen.
»Sehen wir uns nächsten Sonntag?«, hatte er gefragt, als sie sein Haus in der Lansdowne Road verließen. »Wir könnten ins Zhivago's gehen.«
»Okay. Allerdings nur, wenn ich frei kriege.«
»Dann sorg dafür, dass du frei kriegst. Kann ich dich unter der Woche mal anrufen?«
»Besser nicht. Die Nonnen mögen keine Jungs außer minderjährigen Messdienern, Priestern oder angehenden Priestern.«
»Rufst du mich an?«, fragte er.
»Okay.«
Er beugte sich zu ihr und küsste sie. Sie lächelte ihn an. Er war so wunderbar direkt.

Mary Oliver erwachte im Bett des McBrideschen Gästezimmers. Sie fühlte sich gut. Nach der inneren Anspannung nicht nur der vergangenen Woche, sondern der letzten Jahre war sie jetzt seltsam gelöst. Sie stieg aus dem Bett, ging zum Fenster und sah auf den McBrideschen Swimmingpool hinunter. Sie überlegte, ob jemand etwas dagegen haben würde, wenn sie ein paar Runden schwamm, aber sie hatte ja keinen Badeanzug dabei. (Achtzehn Monate sollte es noch dauern, bis sie ohne Badeanzug vor einer griechischen Insel schwamm und sich danach nackt auf den Rücken legte, um trocken und braun zu werden.)
Bridie trat ins Zimmer. Sie begrüßten sich. Mary mit dem euphori-

schen Gefühl des Lebendigseins, Bridie mit Angst vor dem, was sie ihrer Freundin mitzuteilen hatte.
»Können wir ein bisschen schwimmen?«, fragte Mary.
Bridie zögerte. Wenn ihr Vater sah, wie Mary im familieneigenen Pool gesund und munter eine Bahn nach der anderen zog, ließ er sich vielleicht erweichen; andererseits würde er möglicherweise wütend werden, weil sie so unbeschwert war, obwohl eine in seinen Augen ausschweifende Nacht hinter ihr lag.
»Gute Idee«, sagte sie schließlich, um den gefürchteten Moment hinauszuschieben. »Meine Eltern fahren uns zur Elf-Uhr-Messe, wir haben also noch viel Zeit.«
»Ich weiß kaum mehr, wie ich hierher gekommen bin«, sagte Mary Oliver, während sie in einem Badeanzug von Bridie durch den Pool schwamm. Das schwarze Nylon spannte; der Anzug schnitt in die Schultern und den Hintern, war aber an der Taille zu weit, als würde sie ihn nicht an den richtigen Stellen ausfüllen.
»Das ist toll hier«, fuhr sie fort. »Du hast vielleicht ein Glück!«
Sie sagte es ganz ohne Neid, als einfache Feststellung einer Tatsache, die Bridie mit einem Nicken erwiderte. Bridie selbst fand nicht, dass sie Glück hatte, zumindest nicht im Augenblick. Irgendwie war es nicht richtig, in einer solchen Villa zu wohnen und so isoliert zu sein, nur weil die Kinder der Umgebung in den Augen ihrer Eltern nicht die geeignete Gesellschaft abgaben. Ihre Einsamkeit gestand sie nicht einmal sich selbst ein, aber sie war einsam. Ihre Kindheit hatte sie mit imaginären Freunden angereichert, die mit ihr sprachen und spielten und ihr nachts im Bett die Hand hielten. Und bis zum heutigen Tag war ihr bester Freund ein imaginärer Mann, der auf sie aufpasste und sich um sie kümmerte und ihr ein größerer Trost war als jeder lebende Mensch.
»Glück?«, fragte sie Jean Jacques Versailles. »Würdest du sagen, dass ich Glück habe?«
»*Oui, ma petite*«, erwiderte der galante Franzose. »*Tu as de la chance.*

Du 'ast die Begnadigung vom König von Fronkreisch er'alten, du bist aus *la prison* entlassen worden. Das fronzösische Volk 'at disch aus *la cellule* ge'en lassen. *Oui.* Du 'ast Glück.« Jean Jacques Versailles' Akzent war über Nacht hörbar stärker geworden.

»Mary«, sagte sie zögerlich, »es tut mir schrecklich Leid, aber Daddy hat mitbekommen, in welchem Zustand du gestern Nacht warst. Er wird zur Schule gehen und es den Nonnen sagen.«

Mary wandte sich entsetzt zu Bridie um. »Nein! Bitte nicht! Ich habe keinen Alkohol getrunken, wirklich nicht! Das war doch nur Saft! Ich würde niemals auch nur einen Schluck ...«

Bridie flüsterte ihr zu: »Schwimm weiter. Sie beobachten uns aus dem Speisezimmerfenster.«

Sie schwammen nebeneinander durch den Pool.

»Was soll ich jetzt machen? Ich werde bestimmt von der Schule verwiesen«, jammerte Mary.

Bridie wandte sich an Jean Jacques Versailles.

»Sie muss sich ihrer Gnade anvertrauen«, lautete sein Rat.

»Wessen Gnade?«, fragte Bridie. »Der meiner Eltern oder der der Schwestern?«

»Zunächst der deiner Eltern. Fang mit ihnen an.« Er lächelte ihr zu. »Alles wird gut. Du musst ihr beistehen. Sie hat doch nichts Falsches getan, nicht wahr?«

»Was soll ich tun?«, fragte Mary noch einmal. »Ich habe keinen Alkohol getrunken, nur Saft. Ganz ehrlich!«

Als sie diese Worte kurz darauf Mr McBride gegenüber wiederholte, schüttelte der den Kopf. »Ich bin durchaus geneigt, dir zu glauben«, erklärte er, »aber die Tatsache, dass du unter dem Einfluss von Alkohol standst, bleibt davon unberührt, und die Schwestern haben das Recht zu erfahren, an welcher Art von Party ihre Schülerinnen teilgenommen haben.«

»Bitte!«, flehte sie ihn mit bleichem, angstverzerrten Gesicht an.

»Es tut mir Leid. Ich erfülle nur meine Pflicht gegenüber den guten

Schwestern. Wenn du meine Tochter wärst, würde ich es auch erfahren wollen. Und solltest du Alkohol getrunken haben, ohne es zu wissen, liegt die Verantwortung bei der Familie, der das Haus gehört. Dann muss die Angelegenheit mit diesen Leuten besprochen werden.«

Mary überlief ein Schauer.

»Ihr sollt heute Abend um sieben wieder im Kloster sein«, sagte er zu seiner Tochter und deren Freundin. »Ich bringe euch schon um fünf zurück, dann habe ich Zeit, mit Mutter Immaculata zu sprechen. Am Abend möchte ich sie nicht stören. Damit wäre alles gesagt. Wir brechen jetzt zur Kirche auf.«

»Das war Scheiße von Bridies Dad, dass er Mary verpfiffen hat«, sagte Kitty an diesem Frühsommertag drei Jahre später auf der Treppe und lehnte sich zurück.

Bernadette zuckte mit den Schultern. »Es gibt nun mal nichts Scheinheiligeres als einen christlichen Kirchgänger, der seine Pflicht erfüllt.«

»Ist schon komisch, wie die Menschen ihre Handlungen rechtfertigen«, meinte Treasa O'Donoghue. »Wahrscheinlich war er wirklich überzeugt, das Richtige zu tun.«

»Na ja, in gewisser Hinsicht hatte es ja auch eine befreiende Wirkung«, warf Kitty ein.

Nachdem Bridies Vater die Mädchen zurückgebracht hatte, saß er fast eine Stunde im Büro des Raben, während Bridie und Mary am anderen Ende des Korridors herumstanden. Beiden war hundeelend zu Mute. Als er gegangen war, wurden sie ins Büro gerufen.

»Also, ihr zwei, habt ihr getrunken?«, fragte Mutter Immaculata.

Einer gemeinsam erarbeiteten und wohl durchdachten Verabredung folgend, antwortete Bridie Nein, aber sie hätten im Nachhinein den Verdacht, dass die Getränke mit Alkohol versetzt gewesen sein könnten.

»Und du, Mary Oliver?«

»Mir war nicht bewusst, dass ich Alkohol zu mir nahm, Mutter«, sagte Mary Oliver kreidebleich und schrecklich zappelig. »Ich habe zwei Gläser Orangensaft getrunken.«
»Anna McBrides Vater hat aber gesagt, du seist betrunken gewesen, als er dich gestern Nacht abholte.«
Mary errötete und kaute auf ihrer Unterlippe herum. »Es war keine Absicht, Mutter«, sagte sie zerknirscht.
»Ich will den Namen und die Adresse der Leute, bei denen sie stattfand, diese … Party!« Sie spie das Wort förmlich aus.
»Ich dachte, Daddy hätte Ihnen die Adresse schon gegeben«, sagte Bridie hastig, bevor Mary antworten konnte.
»Die Adresse hat er mir gegeben, aber den Namen der Familie vergessen«, erwiderte der Rabe (schon das Messer wetzend) und fuchtelte mit einem Blatt Papier vor Bridies Nase herum.
»O'Driscoll«, sagte Bridie rasch und griff nach dem Papier. »Ja, das ist die richtige Hausnummer in der Lansdowne Road.«
Mary Oliver schwieg. Sie glaubte nicht, dass O'Driscoll stimmte, aber sie hielt den Mund.
»Mary Oliver«, sagte der Rabe mit gewetztem Messer, zum Abschlachten bereit, »du musst morgen Vormittag ohnehin zu mir ins Büro, weil du während der Besinnungswoche einen Brief geschrieben hast. Dann werde ich auch über diese Sache entscheiden. Anna McBride, sieh dich vor! Ihr könnt gehen.«
Die beiden Mädchen verließen das Zimmer mit gesenktem Blick.
»Warum hast du O'Driscoll gesagt?«, fragte Mary Oliver.
»Weil sie eine dumme Kuh ist und weil ich sie hasse. Es reicht schon, dass wir beide Schwierigkeiten kriegen, da müssen wir nicht auch noch Andrew MacDonald mit reinziehen«, erklärte Bridie, ausnahmsweise einmal ohne Jean Jacques Versailles nach seiner Meinung gefragt zu haben.
Am Abend schrieb Mutter Immaculata einen Brief an Mr und Mrs O'Driscoll, der am folgenden Tag eingeworfen wurde. Dem Tempo

der Dubliner Post in den siebziger Jahren entsprechend, kam das Schreiben erst am folgenden Freitag an. Bridie hatte mittlerweile Kitty O'Dowd verständigt, und Kitty hatte Andrew MacDonald angerufen. Der Brief traf am späten Freitagvormittag ein, und Andrew, der, um ihn abzufangen, weder am Donnerstag noch am Freitag zur Schule gegangen war, hielt sich, als der Brief durch den Schlitz fiel, in der Eingangshalle auf. Er sortierte die Post seiner Eltern auf einem kleinen Tisch, schob sich das von Mutter Immaculata an Mr und Mrs O'Driscoll adressierte Kuvert unter den Pullover und ging in sein Zimmer. Den Brief wollte er als ein Beispiel selbstgerechter Frömmelei aufbewahren.

Er spielte mit dem Gedanken, ihn zu beantworten. *Liebe Mutter Oberin, zu unserem größten Kummer erhielten meine Frau und ich heute Vormittag Ihr Schreiben. Wir versichern Ihnen, dass unser Sohn das ganze Wochenende über in der Kirche um Vergebung für seine Sünden beten wird.* Doch dann dachte er plötzlich, nein, noch viel besser ist es, die alte Schreckschraube in Rage zu versetzen.

Liebe Mutter Immaculata, meine Frau und ich haben Ihren Brief erhalten und sind sehr schockiert darüber, dass unser Sohn bei seiner Party nur Wodka ausgeschenkt hat. Wir hatten geglaubt, ihm bessere Manieren beigebracht zu haben. Eine richtige Bar wäre wirklich nicht zu viel verlangt gewesen – Whisky, Gin, Bourbon, Wein, ausnahmslos alles hätte er anbieten müssen! Bitte seien Sie versichert, dass seine Partygäste in Zukunft besser versorgt sein werden!

Er zerriss Mutter Immaculatas Brief und verbrannte ihn im leeren Kamin seines Zimmers. Kitty würde über seine geplante Antwort garantiert schallend lachen.

»Andrew wollte dem Raben zurückschreiben«, erzählte Kitty an diesem Sommertag auf der Treppe.

»Doch dann siegte die Vernunft«, sagte Andrew. Alle drehten sich um.

»Wie lange stehst du schon da?«, fragte Treasa.

»Bin gerade erst gekommen. Ich hätte dich fast nicht wieder erkannt, Kitty O'Dowd.« Er bückte sich zu ihr und umarmte sie.
»Ist lange her«, sagte sie.
Sie lächelten sich an.
»Auf meine Briefe und Anrufe hast du nie reagiert«, sagte er noch immer lächelnd.
Sie zuckte mit den Achseln. Dieses Achselzucken, das besagte: Weiß nicht, ist mir auch egal.
»Wir haben von den alten Zeiten gesprochen«, erklärte Treasa. »Deine Party, Andrew.«
»Und die Besinnungswoche«, fügte Bernadette hinzu.
»Ihr wart doch nur Kanonenfutter«, witzelte Andrew MacDonald. »Alle, ohne Ausnahme.«
»Wir konnten uns vorhin nicht einigen, ob wir überlebt haben oder nicht«, sagte Kitty.
»Überlebt?« Er lachte. »Es wird noch Jahre dauern, bis ihr auch nur anfangt, euch zu erholen.«
»Süffisant wie eh und je«, meinte Kitty.
Er lachte wieder. »Du hast immer gesagt, ich hätte alles, was man sich wünschen kann als Schotte, Presbyterianer und Ausländer. Aber die Schuldgefühle, mit denen ich aufgewachsen bin, werfe ich erst jetzt ganz allmählich ab. Du solltest mal unsere Familie hören. ›Das hast du gesagt!‹« Er imitierte den Akzent seines Vaters. »›Aber Dad, das war neunzehnhundertzweiundsechzig!‹«
»Willst du damit sagen, dass du genauso verkorkst bist wie wir?«, fragte Bernadette.
»Nein. Das ist unmöglich.«
Sie machten Witze, neckten sich. Erst fünfundzwanzig Jahre später wurde ihnen bewusst, wie viel Wahrheit in diesen Sätzen steckte.
»Wo ist Mary Oliver?«, fragte Kitty und ließ den Blick über den Front Square schweifen.

»Die ist bei irgendeinem Typen im Botany-Bay-Studentenwohnheim und holt Verpasstes nach«, antwortete Treasa.
Alle lachten.
»Sie kommt bald. Bridie auch«, sagte Treasa.
»Und was habt ihr vor?«, fragte Andrew MacDonald.
»Ein Klassentreffen mit Mittagessen, nur wir fünf«, erwiderte Bernadette.
»Dann bin ich also nicht eingeladen?« Er zog eine Schnute, aber seine Augen lachten.
»Da kommt Mary«, sagte Treasa, als Mary um die Ecke bog. Ihr dunkelbraunes Haar war zu einem Pferdeschwanz gebunden. Sie hatte nicht viel Wintersonne abbekommen, der blasse Teint wirkte noch fahler als sonst, aber auf ihren hohen Wangenknochen lag eine Röte wie nach ausgiebigem Sex.
»Bin ich zu spät?«, fragte sie, während sie alle begrüßte. Ihr weites Hemd verbarg die hervorstehenden Hüftknochen, doch ihr früher eingefallener Bauch war jetzt flach, und sie wirkte gesünder. Sie steckte nicht mehr den Finger in den Hals, außer wenn sie sich auf eine Prüfung vorbereitete und hin und wieder, wenn jemand gefragt hatte, welche Schule sie besucht habe. Dann kotzte sie mit der letzten Mahlzeit auch die Erinnerungen hinaus.
Bridie ratterte mit wehendem roten Haar auf dem Fahrrad übers Kopfsteinpflaster. Sie war vom University College Dublin hergefahren, wo sie Geschichte studierte.
»Warum musste ich bloß unbedingt ans UCD statt ans Trinity!«
»Wegen deines Vaters«, antwortete Treasa.
»Und wegen dem verdammten Raben«, fügte Kitty hinzu.
»Aber meinen Master mache ich hier, das schwöre ich euch! Ihr fehlt mir. Kitty auch«, sagte Bridie, als sie Kitty O'Dowd auf der Treppe sitzen sah. »Schön, euch zu sehen!«
Als sie losgingen, nahm Andrew Kitty beiseite. »Hast du danach Zeit, auf meine Bude zu kommen?«

»Nein, das geht schlecht, ich muss nach Hause.«
»Ich weiß gar nicht, was du so machst.«
Sie grinste.
»Nein, ich meine es ernst. Hast du am Freitag oder am Samstag Zeit?«
»Schon möglich«, sagte Kitty O'Dowd. »Ruf mich an.«
»Immer noch im Hotel?«
»Ja«, antwortete Kitty erstaunt. »Wo denn sonst?«
Einige Stunden später fragte Andrew MacDonald Treasa O'Donoghue, was Kitty O'Dowd damit gemeint habe.
»Ach, hast du das nicht mitbekommen?«, fragte Treasa. »Sie hatte doch zwei ältere Brüder, die beide nach Amerika gingen. Sie sind nie zurückgekommen. Letztes Jahr starb ihr Vater an einem Herzinfarkt, und Kitty ist zu ihrer Mum zurückgezogen und hat das Hotel übernommen. Mit großem Erfolg, wie man hört.«
»Das wusste ich nicht«, sagte er. »Ich hatte keine Ahnung.«
»Sie lebt in der Hoffnung, dass irgendwann mal der Rabe oder Schwester Rodriguez auf einen Drink vorbeischauen. Dann wird sie ihnen Rattengift in die Gläser streuen.«
»Das ginge zu schnell«, wandte Andrew ein.
»Genau das fand sie dann auch.«

Dreizehn

In der ersten Pause am Montag nach der Besinnungswoche saßen auf der Bank vor Mutter Immaculatas Büro dicht gedrängt mehrere kläglich dreinblickende Mädchen. Treasa O'Donoghue lag mit minütlich steigendem Fieber im Krankenrevier; noch hatte niemand erkannt, wie schwer sie erkrankt war. Kitty O'Dowd saß hinter den Schornsteinen auf dem Dach und rauchte hastig eine Zigarette. Die Sonne schien.

Man kann fast schon sonnenbaden, dachte sie zwischen zwei Zügen, und sofort kamen die Erinnerungen an den letzten Sommer, als Treasa und sie, manchmal auch Bernadette O'Higgins, hin und wieder zum Speicher hochgegangen und über einen gefährlich wackelnden Turm aus sechs, sieben Koffern durch die Luke aufs Dach hinaus gestiegen waren, so wie sie selbst es gerade getan hatte. Dann waren sie behände über die Dachziegel zu den Schornsteinen geklettert, wo die Schräge etwas flacher war, hatten sich bis auf BH und Slip ausgezogen und auf den heißen Schindeln gesonnt. Auf der Speicherfalltür hatten sie zuvor noch ein paar Extrakoffer gestapelt, damit der umstürzende Turm sie warnte, falls eine herumschnüffelnde Nonne auf die Idee kam, den Dachboden abzusuchen. Was sie in einem solchen Fall tun würden, wussten sie selbst nicht genau, aber bisher war es noch nie so weit gekommen.

Kitty grinste, als ihr Bernadettes Worte einfielen: »Und was machen

wir dann? Über die Dächer tanzen und ›Chimchiminiee‹ singen, als wären wir *Mary Poppins* entsprungen?«
Sie drückte die Zigarette aus, ließ sie jedoch nicht, wie sonst immer, in die Dachrinne rollen, sondern schnipste sie in Richtung Schornsteinköpfe.
»Mann, ich hätte Basketball spielen sollen!«, sagte sie erstaunt, als die Kippe nach einem zweifachen Salto in einem Schornstein verschwand.
Die Kippe flog den Kamin hinunter und landete punktgenau auf Mutter Immaculatas leer geräumtem Feuerrost. Bernadette O'Higgins, die zerknirscht vor dem Schreibtisch des Raben stand und sich bemühte, nicht nervös mit den Füßen zu scharren, sah sie unten aufkommen. Sie erkannte sofort, worum es sich handelte, und mutmaßte, dass Kitty O'Dowd auf dem Dach war. Sie grinste.
»Lass dieses unverschämtes Grinsen, Mädchen«, befahl der Rabe.
Bernadette folgte sofort. Das Grinsen war unklug gewesen, denn der Rabe hatte die Verhörphase, in der es um die Frage ging, weshalb Bernadette am Sonntagmorgen die Schule verlassen hatte und nicht in der Kirche erschienen war, schon fast beendet.
»Ich stimme Schwester Rodriguez völlig zu«, erklärte Mutter Immaculata. »Es ist absolut inakzeptabel, dass eine Schülerin einfach die Schule verlässt und zu ihren Eltern fährt.«
»Aber es ging mir nicht gut«, beteuerte Bernadette.
»Und dann auch noch so unverschämt darüber zu grinsen – absolut inakzeptabel.«
»Ich habe nicht unverschämt gegrinst, Mutter«, erwiderte Bernadette zerknirscht, weil das Verhör zu kippen drohte.
»Du wirst diese Woche jeden Nachmittag nachsitzen.«
»Ja, Mutter.« Bernadette seufzte.
Die Mutter Oberin notierte sich, dass sie Bernadettes Mutter anrufen und über die Angelegenheit informieren müsse. Schließlich

wollte sie später keine Klagen darüber hören, dass Bernadette einfach die Schule verlassen hatte und nach Hause aufgebrochen war.
Erst einige Zeit später – das Verhör war längst beendet, und Bernadette saß (zu Tode gelangweilt Zeile um Zeile füllend) zwei Stunden nach – wählte Mutter Immaculata die Nummer der O'Higgins'.
Bernadettes Mutter meldete sich. »Mrs O'Higgins? Hier spricht Mutter Immaculata von St. Martin's.« Sie tauschten ein paar Höflichkeitsfloskeln aus. Dann fragte die Mutter Oberin: »Sie waren übers Wochenende verreist, Mrs O'Higgins?«
Und Bernadettes Mutter, die nicht die leisteste Ahnung hatte, dass es ein Problem gab, antwortete: »Ja, das stimmt, und ich bin sehr froh, dass Bernadette nach Hause gefahren ist und ihre Uniform geholt hat. Ich hätte sie ihr sonst diese Woche gebracht. Die Reinigung hatte etwas länger gedauert …«, und zog unwissentlich mit jedem Wort die Schlinge enger um Bernadettes jungen Schwanenhals.
Der Rabe befingerte den Riemen auf dem Schreibtisch.
Bis zu diesem Zeitpunkt war es gar kein so schlechter Tag gewesen. Kitty O'Dowd hatte oben zwischen den Schornsteinen ihre Zigarette geraucht und zeigte sich belustigt, als Bernadette ihr von der Landung der Kippe auf Mutter Immaculatas Feuerrost erzählte. Sie beschloss, gleich in der ersten Unterrichtsstunde nach der Pause ein tolles Ding hinzulegen, auch um Bernadette aufzuheitern, die über die Langeweile jammerte, die sie nun eine Woche lang beim Nachsitzen würde ertragen müssen, und das unmittelbar nach der Besinnungswoche; vor allem aber zu ihrem eigenen Vergnügen.
Viele Räume in der Schule waren durch Falttüren miteinander verbunden, die auf beiden Seiten mit alten, völlig verstaubten braunen Vorhängen verhängt waren, damit möglichst wenig Lärm von einer Klasse in die andere drang. Als die Schülerinnen nach der ersten Pause ins Klassenzimmer zurückkehrten, trat Kitty O'Dowd nach vorn und verschwand mit einem Augenzwinkern, das Bernadette

O'Higgins galt, hinter dem verstaubten braunen Vorhang. Bernadette setzte sich lächelnd an ihren Platz, und die Downey-Zwillinge grinsten einander in gelassener Vorfreude an.

Nun betrat Miss Ní Ghrian den Raum (ohne irgendetwas Sonniges auszustrahlen an diesem sonnigen Tag), ging nach vorn und sprach das Gebet vor Unterrichtsbeginn. Dann setzte sie sich und rief die Namen der Schülerinnen auf. Sie war nicht bei der Sache, während sie die Liste durchging, und als Kitty O'Dowds Name fiel, antwortete Bernadette »Hier!«, und Kitty wurde abgehakt.

Der Unterricht begann. Sie lasen Peig Sayers.

Alles lief glatt, bis zehn Minuten vor Ende der vierzigminütigen Stunde Kitty O'Dowd hinter dem braunen Vorhang unglücklicherweise niesen musste.

Es wurde schlagartig still. Miss Ní Ghrian richtete den Blick auf die Stelle, von der das Geräusch gekommen zu sein schien. Sofort niesten mehrere Mädchen los, um sie abzulenken.

Sie ließ sich nicht ablenken. Sie erhob sich und ging, einen verdutzten Ausdruck auf dem schmalen Gesicht, zum Vorhang. Kitty O'Dowd, die nichts sehen konnte, weil der Vorhangstoff sehr dick war, hatte alle Mühe, ein zweites Niesen zu unterdrücken, und keine Ahnung, dass Grinny auf dem Weg zu ihr war.

Miss Ní Ghrians Hand fegte den Vorhang beiseite und brachte Kitty zum Vorschein, die mit verkniffenem Gesicht an der Falttür lehnte und im selben Augenblick noch einmal nieste.

Schwer zu sagen, wer mehr erschrak, Miss Ní Ghrian oder Kitty. Beide fuhren kreischend zusammen.

Mary Oliver begann angesichts dieser Farce laut zu kichern. (Der Rest der Klasse unterdrückte das Lachen, denn Miss Ní Ghrian war dunkelrot angelaufen und sah aus, als würde sie jeden Moment einen Anfall bekommen.) Für Mary Oliver war es zwar wieder einmal ein Tag, an dem sie nur bruchstückhaft mitbekam, was eigentlich lief, doch jetzt schienen sich alle diese Teile plötzlich zu einem

Ganzen zu runden. Die Party am Samstagabend war ein Wendepunkt gewesen, sie dachte voller Freude daran zurück, an das Tanzen, an die Arme, die sie umschlungen hatten, an das Küssen, das Begehrtsein. Der Junge selbst war gar nicht wichtig, das wusste sie. Herauszufinden, was wirklich wichtig war, beschäftigte sie sehr, denn bisher hatte ganz oben auf ihrer Liste das Vorhaben gestanden, eine gute Tochter, eine gute Schülerin zu sein und ihre Religiosität zu leben. Schule, Zuhause, Religion – das waren die Grundpfeiler ihres Lebens gewesen, aber diese Pfeiler waren im Lauf der letzten Woche zusammengebrochen und hatten jede Bedeutung verloren. Und Mary Oliver wusste nicht, was jetzt noch übrig war.

Sie saß in ihrem Klassenzimmer, sah zu, wie Grinny wegen Kitty O'Dowd in die Luft ging, und lachte und lachte, bis sie vom Stuhl fiel und auf den Boden knallte.

Am Morgen, noch vor Unterrichtsbeginn, hatte sie in Mutter Immaculatas Büro den geballten Zorn des Raben und von Schwester Rodriguez zu spüren bekommen. Man hatte ihr nicht nur vorgeworfen, am Samstagabend Alkohol getrunken zu haben, sondern auch, dass sie während der Besinnungswoche einen Brief verfasst hatte, und als sie sich nun prustend auf dem Boden hin und her rollte, fand sie die Art und Weise, wie die beiden Nonnen mit ihr geredet hatten, im Nachhinein geradezu erstaunlich. Erstens hatte es sie offenbar nicht im Mindesten interessiert, dass keinerlei Absicht im Spiel gewesen war; allein die Tatsache, dass sie überhaupt Alkohol getrunken hatte, machte sie in ihren Augen zur Säuferin. »Ausgerechnet du, die bei der Konfirmation geschworen hat, niemals einen Tropfen Alkohol anzurühren, Mary Oliver!«

Und zweitens hatten sie sich nicht geschämt, den Brief zu lesen, was Mary plötzlich als extreme Indiskretion empfand.

»Warum willst du nicht, dass deine Schwester nächstes Jahr hierher kommt?«, hatte der Rabe gefragt.

Was hätte sie antworten sollen, sie, die gut Erzogene, der man nie beigebracht hatte, für sich selbst einzutreten? Sie rutschte auf ihrem Stuhl hin und her und machte »Äh« und »Ähm«. Kleine Schwestern muss man beschützen, dachte sie. Aber äußern durfte sie diesen Gedanken nicht. Vor Leuten wie euch muss man sie beschützen, sagte ihr Gehirn, und sie erschrak über die Klarheit und die Kraft dieses Gedankens, aber ihre höfliche Beherrschtheit gewann die Oberhand.

»Ich weiß nicht genau, Mutter.«

»Du hast uns nie gesagt, dass du daran denkst, dem Orden beizutreten«, sagte Mutter Immaculata. »Dein Verhalten an diesem Wochenende würde man bei einer Novizin niemals dulden!«

Mary sparte sich den Hinweis, dass sie als Novizin wohl kaum an einer Party teilnehmen würde, bei der es zu einem solchen Verhalten kommen könnte. Sie verzichtete auch auf die Bemerkung, in den vergangenen sieben Tagen habe sich so viel ereignet, dass sie in gewisser Hinsicht nicht mehr der Mensch war, der am letzten Dienstag den Brief geschrieben hatte. Sie musste über so vieles nachdenken, aber Mutter Immaculata schwadronierte weiter über Verhaltensweisen und über Erwartungen, und plötzlich hatte Mary Oliver den starken Eindruck, dass hier ihre Zukunft verhandelt wurde.

Mathematik am University College Dublin. Mary verstand beim besten Willen nicht, wie sie darauf gekommen waren.

»Ich bin nicht gut in Mathe«, wandte sie mutig ein.

»Du kannst gut werden«, erwiderte die Oberin.

Sie versuchte es noch einmal. »Meine Mathenoten sind wirklich nicht gut, Mutter.«

»Das spielt keine Rolle«, gab der Rabe zurück. »Wenn du Mathematik studieren willst, wirst du Mathematik studieren.«

Mary Oliver sah sie an und fragte sich, ob sie vielleicht in dem tranceähnlichen Zustand, in dem sie sich fast ständig befand, ihre Absicht, Mathematik zu studieren, kundgetan hatte und sich nicht mehr daran erinnern konnte.

»Ich weiß gar nicht genau, ob ich überhaupt studieren will«, sagte sie zögerlich.
»Bei deiner Intelligenz und deinem Ehrgeiz ist ein Studium absolut unerlässlich. Ein gutes Examen in der Tasche schadet nie.«
»Wir könnten dein Antragsformular ändern«, sagte Schwester Rodriguez.
»Ich, äh … ich … ich habe mich noch gar nicht für einen Studienplatz beworben«, gestand Mary Oliver nervös und bekam das grauenhafte Gefühl, dass sie jeden Moment in einem Hörsaal aufwachen und einer Mathematikvorlesung lauschen würde – Mathe, ausgerechnet! Duldsam und zurückhaltend, wie sie war, saß sie, die Hände auf den Knien, vor den Nonnen und brachte es nicht über sich zu sagen: »Nein, das dürfen Sie mir nicht antun! Jedes Fach, aber nicht Mathe!«
»Ich hole ein Antragsformular«, verkündete Schwester Rodriguez. »Du kannst es selbst ausfüllen und abschicken. Komm heute Nachmittag nach dem Unterricht in mein Büro, dann gebe ich es dir.«
»Ja, Schwester«, erwiderte Mary demütig. Sie fühlte sich wie im Würgegriff der beiden Nonnen.
»In der Zwischenzeit wirst du erst einmal nachsitzen«, erklärte Mutter Immaculata. »Und du wirst eine Strafarbeit schreiben. Eine Strafarbeit, jawohl! Und du wirst dabei gründlich über die Schändung durch Alkohol nachdenken und darüber, dass Alkohol in deinem Leben nichts zu suchen hat. Aber so leicht kommst du mir nicht davon, mein Mädchen! Am Mittwochnachmittag ist Pater McMorrow hier und führt Gespräche über die Besinnungswoche. Ich werde einen eigenen Termin für dich vereinbaren, dann kannst du mit ihm über deine Berufung sprechen.«
Mary Oliver erstarrte.

Miss Nì Ghrian zerrte Kitty O'Dowd vor die Klasse. Kitty konnte nicht aufhören zu niesen. Mary Oliver konnte nicht aufhören zu

lachen. Grinny wandte sich zu Mary Oliver um und brüllte sie an, sie solle vom Boden aufstehen und den Raum verlassen. Die Wut in der Stimme der Lehrerin brachte Mary Oliver zur Vernunft; sie hörte auf zu lachen und entschuldigte sich.
»Es tut mir Leid«, murmelte sie, während sie sich vom Boden erhob. Was ihr noch eine Sekunde zuvor urkomisch erschienen war, hatte plötzlich keine Bedeutung mehr. Sie blieb kurz stehen und warf einen Blick auf die erboste Irischlehrerin; dann ging sie zur Tür. Alle waren zutiefst verwundert. Mary Oliver hatte bis vor einer Woche, als der Rabe sie mit dem Brief erwischte, nie Ärger in der Schule gehabt. Jetzt aber war sie sogar »vor die Tür gesetzt« worden, und zu allem Überfluss ging Miss Ní Ghrian Kitty O'Dowd richtig hart an.
Mary Oliver blieb draußen stehen, warf einen Blick den Korridor hinunter und überlegte, wo sie sich verstecken könnte. Sie hatte schon genug Ärger und musste unbedingt verhindern, dass sie jetzt auch noch vom Raben vor der Tür erwischt wurde.
Sie hatte Glück. Nicht der Rabe, sondern Miss Maple tauchte im Korridor auf.
»Bist du rausgeschickt worden?«, fragte sie Mary Oliver, die errötete und verlegen nickte.
»Weshalb?«
»Weil ich gelacht habe, Miss Maple.«
Die Maple sagte lachend: »Da kann ich mir schlimmere Verbrechen vorstellen«, und ging weiter.
Hinter der Tür im Klassenzimmer wurde Miss Ní Ghrian der Ablauf der Ereignisse nach und nach klar.
»Warst du seit Unterrichtsbeginn hinter dem Vorhang?«, fragte sie Kitty O'Dowd, die sie noch immer am Arm gepackt hielt. Kitty brummte etwas Unverständliches. Sie wusste genau, worauf das Ganze hinauslief.
»Und wer«, fragte die Detektivin, »hat sich bei der Anwesenheitskontrolle für dich gemeldet?«

»Ich selbst«, erklärte Kitty entschieden, und Bernadette seufzte erleichtert auf.
»Nun gut«, sagte Miss Ní Ghrian, verließ das Klassenzimmer und zerrte Kitty hinter sich her. »Dann kommst du jetzt mit in Mutter Immaculatas Büro!«
So kam es, dass an diesem Nachmittag nicht nur Mary Oliver und Bernadette O'Higgins, sondern auch Kitty O'Dowd nachsitzen musste. Mit wundgescheuerten, schmerzenden Händen schrieb sie fünfhundertmal »Ich darf nicht den Klassenkasper spielen«. Mary Oliver schrieb »Ich darf weder Alkohol trinken noch lachen«, und Bernadette O'Higgins schrieb, ohne zu wissen, dass ihre Mutter an ihrem Unheil mitgewirkt hatte: »Ich darf die Schule nicht ohne Erlaubnis verlassen.«
Das Schicksal nimmt seinen Lauf. Eines nach dem anderen werden die Mädchen umgestoßen wie Bowlingkegel.
Als Mary Oliver in Schwester Rodriguez' Büro kam, um das Antragsformular für ihr Mathematikstudium auszufüllen, war die Schwester in Eile und suchte in einem ganzen Stapel Formularen nach dem richtigen.
»Das da ist für das UCD.« Sie unterschrieb es, reichte es Mary zum Ausfüllen, sagte ihr noch, sie solle sich vom Beistelltisch einen Umschlag nehmen, und gab ihr eine Briefmarke.
»Wirf es noch heute Nachmittag in den Briefkasten«, befahl sie der trostlos nickenden Mary. Dann rauschte sie hinaus.
Mary setzte sich und betrachtete das unterschriebene Formular. Sie seufzte und verzog das Gesicht. Immer wieder sah sie abwechselnd auf das Papier und auf den Boden. Die Verzweiflung packte sie, und plötzlich beschloss sie, einen Blick auf die anderen Formulare auf dem Schreibtisch zu werfen.
Es waren Antragsformulare für das Trinity College dabei. Sie nahm eines. Während sie das Blatt durchlas, fühlte sie sich wie ein anderer Mensch. Sie füllte den Bogen sorgfältig aus und trug als gewünsch-

tes Studienfach Philosophie ein. Dann werde ich vieles besser verstehen, dachte sie bewusst. Unbewusst dachte die Mary der zurückliegenden Samstagnacht, die getanzt und gesungen und sich wie ein neuer Mensch gefühlt hatte: Sei du selbst. Du musst nicht am UCD studieren. Du musst nicht Mathe studieren. Du bist du. Sei du.

Erst nachdem sie die Unterschrift von Schwester Rodriguez auf der Rückseite des ersten Antrags immer und immer wieder geübt hatte, setzte sie sie unter den Antrag des Trinity College. Sie faltete ihn, steckte ihn in den Umschlag, schrieb die Adresse und klebte die Briefmarke darauf. Den anderen Antrag nahm sie mit und zerriss ihn auf dem Weg zum Briefkasten an der Ecke. Die Papierfetzchen warf sie in einen Abfallbehälter.

Ich habe es geschafft, dachte sie. Was immer jetzt passiert, ich komme von ihnen weg. Ich muss nur noch diese Woche überstehen und die nächste Woche und dann noch ein paar Wochen, dann bin ich frei.

Auf dem Rückweg zur Schule zitterte sie. Ihr war, als wäre ihr Kopf nach all dem Durcheinander eine Weile völlig klar gewesen, jetzt aber wieder ganz wirr. Die Korridorwände erschienen ihr höher als sonst. Sie glaubte sich von den Statuen beobachtet. Sie lief in ihren Schlafsaal, rannte durch die Bettreihen zu ihrem Bett und warf sich darauf.

»Was ist los?«, fragte Bernadette, als sie eine halbe Stunde später in den Schlafssal kam, um ein Buch zu holen.

Mary Oliver sah sie an. »Ich kann dir nicht sagen, was ich getan habe«, flüsterte sie. »Wenn sie es rausfinden, bringen sie mich um.«

Kitty kam und ließ sich auf Marys Nachbarbett fallen.

»Was gibt's?« Man sah ihr deutlich an, dass sie die Nase gestrichen voll hatte, aber Marys Zustand war eindeutig schlechter.

Mary Oliver erzählte den beiden, was die Nonnen getan hatten. Zu ihrem Erstaunen stand Kitty vom Bett auf, ging zu ihr und umarmte sie.

»Gut gemacht!«

Bernadette grinste. »Mary, das ist wahrscheinlich das Vernünftigste, was du jemals getan hast. Einfach perfekt – Philosophie ist genau das Richtige für dich. Es wird dir bestimmt gefallen, vor allem am Trinity. Am UCD wird Philosophie von Priestern gelehrt, da wärst du verrückt geworden.«

»Aber die kriegen das doch raus«, ächzte Mary Oliver.

»Na und?«, sagte Kitty. »In ein paar Wochen bist du hier weg. Abschlussprüfung, und das war's. Du siehst sie nie mehr wieder. Dann hast du diesen Schwachsinn hinter dir. Dann kannst du endlich du selbst sein.«

»Die kriegen dich nicht, Mary, versteh doch! Sobald du von hier weg bist, ist alles vorbei. Dann kannst du ganz neu anfangen. Du kannst dich selbst finden. Am Trinity wird man nicht unterdrückt. Deshalb will ich ja dort studieren und Treasa auch.«

»Aber sie wollten, dass ich Mathe studiere.«

»Mathe?«, riefen Bernadette und Kitty gleichzeitig.

»Warum denn Mathe?«, fragte Bernadette. »Das ist doch völlig absurd.«

»Sie glauben, ich will Nonne werden«, antwortete Mary. »Und offenbar meinen sie, dass ich als Nonne eine hervorragende Mathelehrerin abgeben würde.«

»Die sind ja verrückt«, sagte Kitty. »Du hast ja schon Mühe mit Mathe als Schwerpunktfach. Die haben irgendwas vor. Schade, dass Treasa krank ist, sie käme dahinter.«

Mary Oliver fand Trost in den Worten der beiden, aber Angst hatte sie trotzdem. Lang geübter Gehorsam stirbt schwer, stirbt nur langsam.

»Willst du wirklich Nonne werden?«, fragte Bernadette erstaunt, als ihr Marys Worte zu Bewusstsein kamen.

»Nein, nein, jetzt nicht mehr. Ich hatte es vor, ja, ich habe daran gedacht, aber es hat sich so viel verändert«, sagte Mary, ohne in

Einzelheiten zu gehen. »Aber ihr wisst ja, wie hartnäckig Mutter Immaculata ist. Sie hat gesagt, dass ich morgen mit einem der Priester sprechen muss. Über meine Berufung, glaube ich.«
»O nein!«, riefen Bernadette und Kitty wie aus einem Mund.

»Warum hat sie Philosophie eingetragen?«, fragte Treasa Kitty einige Zeit später. Die Downey-Zwillinge hatten die Krankenschwester abgelenkt, damit Kitty und Bernadette sich auf Strümpfen in Treasas Krankenzimmer schleichen konnten.
»Keine Ahnung«, sagte Kitty.
»Wahrscheinlich, weil sie wusste, dass die Nonnen gegen dieses Studienfach am allermeisten einzuwenden hätten, noch dazu am Trinity«, meinte Bernadette.
Alle drei lachten. Es war Abend geworden. Treasa hatte Antibiotika bekommen. Sie drehte sich auf die Seite und schob sich das Kissen unter den Nacken.
»Erzähl noch mal, was du heute Vormittag gemacht hast, Kitty«, sagte sie. »Alles – von der Kippe im Kamin bis zu dem Versteckspiel hinter dem Vorhang.«
Sechsunddreißig Stunden lang hatte sie sich grauenhaft gefühlt, doch jetzt ging es Treasa plötzlich sehr viel besser. Das lag nicht an den Antibiotika – deren Wirkung hatte noch gar nicht eingesetzt –, sondern einfach daran, dass sie mit den anderen lachen konnte.
Bernadette sagte: »Du hättest Grinnys Gesicht sehen müssen, Treasa. Die ist knallrot angelaufen.«
»Und sie hat mich geschüttelt«, fügte Kitty kichernd hinzu. »Die war vielleicht sauer!«
»Danke, dass du behauptet hast, du selbst hättest beim Namensaufruf geantwortet«, sagte Bernadette. »Ich hatte heute schon genug Schwierigkeiten. Und es wird wohl noch dicker kommen.«
Als Mary Oliver abends vor dem Schlafengehen neben Kitty im Waschraum stand, hatte sie eine Ahnung, dass etwas Schreckliches

passieren würde, konnte sich aber beim besten Willen nicht vorstellen, was. Als lauerte hinter der nächsten Ecke etwas Unheimliches. Sie nahm ein bisschen Zahnpasta von Kitty und deckte damit die Knutschflecken am Hals ab für den Fall, dass beim Zubettgehen der Blick einer Nonne darauf fiel.

»Sieht aus, als hätte er dich in den Hals gebissen«, sagte Kitty interessiert. »War es schön?« Sie betrachtete Mary im Spiegel. »Angeknabbert zu werden, meine ich.«

Mary lächelte. Sie konnte noch immer nicht fassen, was Samstagnacht passiert war. Ein ganz neues Gefühl war das gewesen – sich gehen zu lassen, zu tanzen, locker mit den Hüften zu kreisen.

»Ja«, antwortete sie. »Ja, ich habe mich toll gefühlt. Irgendwie befreit.«

»Weißt du, Mary«, sagte Kitty, »so wie jetzt hast du noch nie gelächelt. Du siehst super aus, wenn du lächelst.«

»Wirklich?« Mary lächelte in den Spiegel. »Danke. Der Junge hat damit nichts zu tun.« Sie war ganz entspannt, obwohl sie oft ein bisschen Angst vor Kitty hatte. »Er war nicht wichtig. Ich will ihn auch gar nicht unbedingt wieder sehen. Ich habe mich einfach gut gefühlt, das war es.« Sie schüttelte den Kopf. Wenn sie es selbst nicht verstand, wie sollte Kitty es verstehen?

Kitty nickte. »Ich weiß, was du meinst. Es gibt solche und solche Jungs. Mit manchen hat man einfach nur Spaß, kichert rum, und das war's, und bei manchen denkt man, hoppla, der ist ein bisschen netter als die anderen.« Kitty dachte an Andrew MacDonald.

»Warum hast du heute im Unterricht diesen Streich gespielt?«

Kitty zuckte mit den Achseln. Sie konnte es nicht erklären. Es gab so viel zu sagen. Es dauerte Jahre, bis sie es sich eingestand, und weitere Jahre, bis sie es den anderen erzählte.

»Das war saukomisch«, sagte Mary.

Treasa drehte sich in ihrem Krankenbett auf die andere Seite. Sie dachte an Kittys Streich und grinste. Für ihr Leben gern wäre sie dabei gewesen. Sie konnte sich gut vorstellen, wie Kitty hinter dem alten, stinkigen Vorhang stand und sich Mühe gab, die Staubwölkchen nicht einzuatmen. Und als sie sich Grinny vorstellte, wie sie den Vorhang zurückzog und Kitty nieste, jubilierte sie innerlich vor Freude.

Als sie einschlief, legte sich ein verschmitztes Lächeln über ihr Gesicht.

Mitten in der Nacht erwachte Mary Oliver. Sie saß kerzengerade im Bett. Sie fragte sich sofort, ob sie vielleicht wieder im Schlaf gewandelt war. Sie stand auf und besah sich im Mondlicht die Fußsohlen. Sie waren sauber und trocken. Sie ließ den Blick über die Bettenreihen wandern, betrachtete die schlafenden Mädchen, die über die Kissen gebreiteten Haare, so viele Farbnuancen, so unterschiedliche Beschaffenheit. Sie dachte an Lucia in London, die jetzt auch schlief.

Lucia ist eine Whittaker, dachte sie.

Dies war ein Augenblick wunderbarer Klarheit, das erkannte sie sofort.

In den letzten Ferien hatte Onkel Anthony sie zum Mittagessen eingeladen und über St. Martin's ausgefragt. Sie hatte den Eindruck gehabt, dass ihre Antworten ihm Unbehagen bereiteten. Sie hatte ziemlich lang über Religion gesprochen und von ihren Plänen erzählt, sich dann aber gezügelt, weil sie nicht wusste, ob nicht vielleicht ihre Mutter ihm zugesetzt hatte, er solle mit ihr essen gehen und sie aushorchen. Als sie jetzt daran zurückdachte, fiel ihr eine Bemerkung ein, die er über St. Martin's gemacht hatte – dass es ihm lieber gewesen wäre, wenn sie eine Schule in England besucht hätte, schon allein, um sie häufiger sehen zu können. Ihre Mutter habe auf St. Martin's bestanden, weil ihr wirklicher Vater es so gewollt hätte, und da sie keine Whittaker sei, habe er nichts dagegen machen können.

Damals hatte sie darauf nichts erwidert; das religiöse Umfeld war ihr wichtig, war genau das ihr Gemäße gewesen. Es hatte sie zu dem Menschen gemacht, für den sie sich gehalten hatte. Aber nach der letzten Woche …

Ihre Gedanken schweiften ab. Sie wusste nur eines: Sie wollte nicht, dass Lucia hierher kam. Hier würde es Lucia schlecht gehen.

Sie legte sich wieder hin und nahm den ersten Gedanken noch einmal auf. Lucia ist eine Whittaker. Vielleicht kann Onkel Anthony dafür sorgen, dass sie nicht hierher geschickt wird.

Sie erinnerte sich verschwommen an einen Traum, dessen Einzelheiten sich nicht fassen ließen. Nein, kein Traum, dachte sie, ein Albtraum. Etwas Schlimmes. Sie versuchte einzuschlafen, doch der Schlaf kam nicht, war zu weit weg. Ganz langsam spielte sie noch einmal durch, was sich in Schwester Rodriguez' Büro ereignet hatte. Sie war jetzt sicher, dass Kitty Recht hatte und sie schon längst nicht mehr in der Schule sein würde, wenn die Nonnen die Änderung ihres Studienfachs entdeckten. Dann würden sie nichts mehr dagegen unternehmen können.

Mary Oliver hatte sich vor langer Zeit das Vergessen beigebracht. Sie hatte die Erinnerungen an ihren Papa und an Paris zu bewahren versucht und an den Garten, in dem er mit ihr spielte, doch ihre Mutter hatte diese Zeit so verzerrt geschildert, dass Mary irgendwann nicht mehr wusste, was Wirklichkeit war und was nicht, und eines Tages hatte sie es einfach sein lassen. Die Erinnerungen steckten noch tief in ihr, doch sie hatte keinen Zugang zu ihnen. Später hatte sie dasselbe mit anderen Erinnerungen gemacht, die ihr nicht wirklich erschienen. Sie vergaß sie, schob sie tief in ihr Inneres. Was im Beichtstuhl passiert war beispielsweise. Oder den sonderbaren Traum, den sie letzte Woche geträumt hatte.

Bei dem Gedanken an den Traum lief es ihr eiskalt über den Rücken. Es war doch ein Traum gewesen, dachte sie. Oder?

Und da war noch etwas, aber sie kam nicht darauf.

Sie setzte sich mit angewinkelten Beinen aufs Bett und stützte das Kinn auf die hochgezogenen Knie. Ihre Gedanken kreisten immer wieder um dasselbe. Es war richtig gewesen, dass sie sich für ein Philosophiestudium angemeldet hatte, das wusste sie genau. Sie wusste, dass die Erleichterung, die sie jetzt empfand, daher rührte, dass sie etwas Wirkliches getan hatte, etwas für sich. Sie fragte sich, wie es möglich war, dass sie so lange hatte Nonne werden wollen und diese »Berufung« (denn dafür hatte sie diesen Wunsch gehalten) praktisch über Nacht verschwand. Wie kann das nur sein? So lange war dieser Wunsch so wirklich, so eindeutig, so im Einklang mit ihrem Denken und ihren Gebeten gewesen. Wohin ist er verschwunden?, dachte sie. Denn er war verschwunden, hatte sich im Verlauf der letzten sieben Tage in Nichts aufgelöst.

Dann wusste sie mit einem Schlag, was sie so quälte, und sie erschrak entsetzlich. Pater McMorrow wollte mit ihr über ihre Berufung sprechen. Es hatte etwas Unerträgliches, aber was daran so unerträglich war, konnte sie nicht sagen.

Sie legte sich hin und zog die Decke bis zum Hals hoch. Sie begann zu zittern.

Kitty O'Dowd hatte Mary Olivers nächtliche Unrast vom Bett aus beobachtet. Sie hatte gesehen, wie Mary aufstand, ans Fenster trat, wieder zu ihrem Bett zurückkehrte und, offenbar tief in Gedanken versunken, eine Ewigkeit mit den Armen um die Knie dasaß. Sie wollte sich nicht einmischen. In ihrem eigenen Kopf ging es turbulent genug zu. Ihre Gedanken galten Andrew MacDonald und seinen Händen, die sie liebkosten, empfindsame Stellen entdeckten, seinen neckenden Fingern. Sie dachte an früher, an Jeremiah Jackson und die Jungen nach ihm mit ihren rücksichtslosen Fummeleien. In Gedanken ging sie die Körperstellen ab, an denen sie schon berührt, betastet, erkundet worden war, und eine große Traurigkeit überkam sie, als sie an all die Jahre zurückdachte.

Das Leben stumpft uns ab, schoss es ihr durch den Kopf.

Kitty O'Dowd neigte nicht zu tiefen Gedanken, aber diese Traurigkeit zerriss ihr das Herz, so weh tat sie.
Da lernt man einen Jungen kennen … Ihre Gedanken schweiften ab.
Sie dachte an Andrew zurück, wie er aus dem Jaguar seines Vaters stieg, wie er aussah, als er die Kofferraumhaube öffnete und zu ihr aufblickte. Sie dachte daran, wie groß er war und wie er sich etwas bücken musste, als er die Schnapsflaschen rausholte, und in ihrer Erinnerung hatte er lustige Augen, als er den Blick zu ihr hob.
So ein verdammter Schwachsinn.
Sie dachte an die Mädchen, die schlafend in ihren Betten lagen, und ihre Traurigkeit wich der Wut.
Warum fühle ich mich so?, fragte sie sich. Als ob ich voller Schuld wäre, dabei habe ich überhaupt nichts getan. Ich hasse die Nonnen, ich hasse die Statuen, ich hasse das Schuldgefühl – das ewige, gnadenlose Schuldgefühl. Ich hasse das Gefühl, mit der Erbsünde auf die Welt gekommen zu sein …
Kitty O'Dowd hatte es satt.
Bernadette O'Higgins war endlich eingeschlafen.
Hinter ihr lag ein wahrlich grauenhafter Tag, und das Schlimmste stand ihr noch bevor. Morgen würden ihre Eltern kommen und sich mit Mutter Immaculata »unterhalten«. Sie wusste immer noch nicht genau, was der Rabe herausgefunden hatte, aber Schwester Rodriguez hatte nach dem Nachsitzen verkündet, Bernadettes »Jüngster Tag sei nahe«, ihre Eltern kämen. Sie dachte ständig an *Fantastischer Sex* – offenbar hatten ihre Eltern entdeckt, dass *Das Leben der Heiligen, vollständige und ungekürzte Ausgabe mit besonderer Berücksichtigung der jungfräulichen Märtyrerinnen* nicht mehr im Bücherregal stand und, noch schlimmer, seines Einbands beraubt war. Sie befürchtete, ihr Bruder könnte ihnen erzählt haben, dass *Fantastischer Sex* verschwunden war, obwohl ihr die Vernunft sagte, dass das unmöglich war, dass es nichts damit zu tun hatte, dass es mit

dem Wochenende zusammenhängen musste. Aber sicher war sie sich nicht.
Sie hatte Kitty und Treasa von ihren Befürchtungen berichtet, und Kitty hatte ihr geraten: »Streit alles ab. Sie müssen es beweisen. Bleib bei dem, was du gesagt hast.«
Und Treasa hatte empfohlen: »Hör erst mal einfach zu. Du musst rauskriegen, was sie wissen oder zu wissen glauben. Sag erst etwas, wenn sie es dir mitgeteilt haben, aber dann musst du schnell reagieren!«
Bernadette hatte das nicht völlig überzeugt. Sie wünschte sich nichts sehnlicher, als zu wissen, was auf sie zukam.
Kitty O'Dowd sank langsam wieder in den Schlaf. Etwas in ihr hatte »klick« gemacht, und nach und nach bekam alles einen Sinn. Die Melodie von »American Pie« ging ihr durch den Kopf.
Lächelnd dachte sie an den Text des Songs, an die Gefühle, die er in ihr hervorgerufen hatte. The good old boys ... Andrew und seine Freunde ... drinking vodka and orange ... the beat of the music ... Andrew MacDonalds liebkosende Hand ... ihre Jungfräulichkeit, diese schwere Last, die ihr endlich genommen war ... Sie schlief ein.

Vierzehn

Sollten, als Kitty O'Dowd an diesem Dienstagmorgen nach der Besinnungswoche aufstand, noch Gedankenreste vom vergangenen Tag in ihr gewesen sein, so wurden sie zum Verstummen gebracht. Wie jeden Tag machte sie nach dem Aufstehen ihr Bett, machte ein bisschen Ordnung und zog sich an. Wenn sie gewusst hätte, wie bedeutsam dieser Tag sein würde ... Doch dieses Wissen lag tief in ihrem Unbewussten begraben. Es sei hier nur gesagt, dass sie zu diesem Zeitpunkt kaum etwas anderes dachte, als dass sie sich waschen und zurechtmachen und rechtzeitig zum Frühstück unten sein musste.

Nach dem Frühstück zitierte Schwester Rodriguez sie zu sich.

»Komm mal her, Kitty O'Dowd! Dein Rocksaum ...«, fauchte sie.

Ach, lass mich doch in Ruhe!, dachte Kitty.

»Knie nieder!«

Kitty warf ihr einen bösen Blick zu, kniete sich aber wie befohlen auf den Holzboden des Korridors.

»Dein Rock ist kürzer als erlaubt«, sagte Schwester Rodriguez. »Heute Nachmittag hat er die korrekte Mindestlänge!«

»Um wie viel Uhr?«, fragte Kitty, weil ihr die Idee gekommen war, in einem günstigen Moment mit Treasa die Trägerröcke zu tauschen.

»Ich werde es nach dem Nachmittagsunterricht persönlich überprüfen«, drohte Schwester Rodriguez mit einem deutlichen Ausdruck der Abneigung, einer leichten Verschiebung der Oberlippe nach links oben.
»Aber ich muss doch nachsitzen, Schwester«, erwiderte Kitty, gespannt, wie weit sie gehen konnte.
»Nein, heute nicht«, gab Schwester Rodriguez genüsslich zurück. »Du wirst heute nach dem Nachmittagsunterricht in Mutter Immaculatas Büro gehen. Ich werde dort auf dich warten und deine Kittellänge überprüfen.«
»Im Büro von Mutter Immaculata?«, fragte Kitty, ohne ihre Neugier verhehlen zu können.
»Ja, im Büro von Mutter Immaculata. Mutter Immaculata hat entschieden, dass dir nach deinem empörenden Benehmen während Miss Ní Ghrians Unterricht eine Stunde mit dem Priester gut tun wird. Und Pater McMorrow kommt sowieso, weil er mit Mary über ihre Berufung reden will. Aber zuvor wird er mit dir sprechen.«
Kitty sah Schwester Rodriguez schweigend an.
»Hast du verstanden?«
»Ja, Schwester«, antwortete Kitty. Und wie ich es verstanden habe!
Einige Sekunden lang blieb es still.
»Also, worauf wartest du?«, fragte Schwester Rodriguez. »Los jetzt!«
Kitty holte ihre Bücher und ging ins Klassenzimmer.
In der ersten Pause um zehn vor elf strömten die Schülerinnen aus den Klassenzimmern, um ihre Milch zu holen. Auf dem Korridor begegnete Kitty Miss Ní Ghrian. In der nächsten Stunde hatten sie Irisch. Kitty hätte schwören können, dass Miss Ní Ghrian sie höhnisch angrinste. Anstatt mit den anderen Mädchen zu gehen, schlich sie sich durch den Korridor ins Nachbargebäude und stieg, immer zwei Stufen auf einmal nehmend, die Treppe zu ihrem Schlafsaal hoch. Sie nahm ein zweites Paar schwarze Schuhe aus ihrem Schrank und ging zum Klassenzimmer zurück.

Kurz darauf eilte sie in einen der Gärten hinter der Schule und trat vor Bernadette hin, die auf einer Bank saß.
»Bernadette?«
»Mmmm?« Bernadette hob das Gesicht in die Vormittagssonne.
»Bernadette, liebe, liebe Bernadette, tust du mir einen Gefallen?«, fragte sie schmeichelnd.
»Kommt darauf an«, erwiderte die brav bezopfte Bernadette mit zusammengekniffenen Augen.
»Normalerweise würde ich dich bestimmt nicht darum bitten, aber Treasa liegt im Krankenrevier, und ich brauche jemanden, der mir einen Gefallen tut.«
»Schon gut«, sagte Bernadette. »Schieß los.«
»Würdest du für mich antworten, wenn Miss Ní Ghrian in der nächsten Stunde meinen Namen aufruft?«
Bernadette riss den Mund und die tiefblauen Augen auf und starrte Kitty an. »Was hast du vor?«
»Ach, nichts Besonderes«, antwortete Kitty. »Nur dieses eine Mal, bitte!«
»Wir haben doch schon genug Ärger. *Ich* habe schon genug Ärger, besser gesagt.«
»Bitte, nur dieses eine Mal! Ich bitte dich auch nie wieder um einen Gefallen, solange du lebst, ich schwöre es dir!«
»Also gut«, sagte Bernadette. »Aber nur dieses eine Mal.«
Alles ist vorbereitet. Kittys Schuhe sind sorgfältig unter dem staubigen alten Vorhang platziert. Nur die Spitzen lugen hervor. Die Schulglocke läutet, die Mädchen marschieren ins Klassenzimmer zurück, auch Kitty. Ihr Pult steht in der dritten Reihe an der Wand; daneben sitzt einer der Downey-Zwillinge. Kitty kauert sich unter das Pult, so dass sie, als Miss Ní Ghrian durch den Mittelgang eilt, hinter den Reihen der stehenden Mädchen verborgen bleibt.
»Beten!«, bellt Grinny.

Während die Klasse das Ave Maria hersagt, schickt die auf dem Boden kauernde Kitty ihr eigenes Gebet gen Himmel.
Herr, wir sind Dir von Herzen dankbar für das, was Du uns nun bescheren wirst.
»Setzen!«, bellt Grinny. Gedämpftes Stühlerücken, die Mädchen setzen sich. Sie haben bemerkt, dass Grinnys Laune noch mieser ist als sonst.
Grinny schlägt das Klassenbuch auf und beginnt die Namen vorzulesen. Als sie zu Kitty O'Dowd kommt, bringt Bernadette kein Wort heraus. Kittys Name bleibt ihr im Hals stecken, denn tief im Herzen weiß sie, dass Kitty nicht so kurz nach dem letzten Mal schon wieder einen Streich spielen darf.
Miss Ní Ghrian hebt den Kopf und sieht, dass Kittys Platz leer ist. Ihr Blick wird zum Vorhang gezogen, der genauso locker fällt wie am Vortag, nur dass sie diesmal die Spitzen schwarzer, auf Hochglanz polierter Schuhe sieht, die exakt nebeneinander etwa zwei Zentimeter unter dem verstaubten Stoff hervorragen.
Ihr Blick wird starr. Sie blinzelt. Sieht noch einmal hin. Sie kann nicht fassen, dass Kitty O'Dowd so dumm ist, an zwei aufeinander folgenden Tagen einen solchen Streich zu spielen. Aus ihrer Gereiztheit wird Wut, brüllend stürzt sie sich, mit der rechten, zur Faust geballten Hand weit ausholend, auf den Vorhang, schlägt mit voller Wucht dorthin, wo sie Kitty vermutet, und trifft die dahinter befindliche Tür.
Sie schreit auf, krümmt sich und hält sich mit der linken die verletzte Hand.
Die Klasse hat das Ganze wie vom Donner gerührt verfolgt. Downey-eins knufft Kitty in den Arm, und Kitty setzt sich lässig an ihren Platz.
Miss Ní Ghrian, die inzwischen fast zu einer Kugel zusammengerollt auf dem Boden liegt, spuckt Gift und Galle. Wut und Schmerz erlauben ihr nur mehr das Ausstoßen völlig unverständlicher Laute.

Die Mädchen versuchen das Lachen zu unterdrücken, was ihnen aber nicht gelingt. Nach einer Weile erhebt sich Grinny.

»Kannst du dir vorstellen, wie sie Kitty verletzt hätte, wenn Kitty wirklich da gestanden wäre?« Bernadette saß auf der Kante von Treasas Krankenbett und erzählte, was passiert war. »Sie hat sich die Hand gebrochen! Jetzt stell dir vor, Kitty hätte da gestanden! Nierenverletzung, Leberriss ...«

»Und dann?«, fragte Treasa mit ihrer heiseren Stimme und ihrem schmerzenden Hals, und ihre Augen funkelten vor Freude über die Geschichte, die sie zu hören bekam.

»Dann fielen ihr wieder die Schuhe unter dem Vorhang ein, und sie zog den Vorhang mit der heilen Hand zurück. Die rechte Hand hatte sie die ganze Zeit so an die Brust gelegt. Sie nahm einen Schuh, und da stand natürlich Kittys Name drin – tja, und das war's dann.«

»Nein!«, quietschte Treasa. »Nicht: Das war's dann! Ich will ganz genau wissen, was danach passiert ist, immer wieder will ich es hören!«

»Aber ich hab's dir doch schon erzählt«, wandte Bernadette ein.

»Na und? Ach, wäre ich doch nur dabei gewesen! Also, erzähl weiter!«

»Sie entdeckte Kitty an ihrem Platz.«

»Weiter!«

»Sie war so wütend und hatte solche Schmerzen – sie sah aus, als würde sie jeden Moment explodieren oder implodieren, keine Ahnung. Irgend so was eben. Sie brüllte Kitty an: ›Was hast du da zu suchen?‹ Und Kitty antwortete: ›Das ist mein Platz.‹ Ganz die naive Unschuld, verstehst du? Einmalig, einfach einmalig!«

Miss Ní Ghrian schreit: »Du kleines Luder, du!«, und hält einen von Kittys Schuhen hoch. »Leugnest du, dass das deiner ist?«

Kitty betrachtet über die Pultreihen hinweg den Schuh. »Ich bin mir nicht sicher«, sagt sie ganz ruhig, ganz bedächtig. »Ich leugne es erst, wenn ich mir sicher bin.«

»Komm sofort hierher!«

Kitty hält das zwar offensichtlich für keine sehr gute Idee, aber sie nimmt schließlich allen Mut zusammen und gibt Downey-eins einen kleinen Schubser, damit sie ihr den Weg freimacht. Dann tritt sie der keifenden Miss Ní Ghrian gegenüber.

»Ist das deiner?«, fragt Grinny noch einmal.

Kitty nimmt den Schuh und besieht ihn sich eingehend.

»Sieht ziemlich genau so aus wie einer von meinen«, antwortet sie schließlich.

»Es ist deiner!«, kreischt Miss Ní Ghrian. »Dein Name steht drin!«

»Hätte Kitty nicht abstreiten können, dass sie die Schuhe unter den Vorhang gestellt hat?«, fragt Treasa.

»Wahrscheinlich schon, aber sie hat es nicht gemacht.«

»Warum wollte Kitty, dass du dich mit ihrem Namen meldest?«

»Ich glaube, sie hatte geplant, dass es erst später passiert, nicht gleich bei Unterrichtsbeginn. Aber das spielte dann letztlich keine Rolle mehr. Wenn es Kittys Absicht war, Grinnys wahres Gesicht zum Vorschein zu bringen, dann hat sie das weiß Gott geschafft.«

»Und dann?«, fragte Treasa.

»Plötzlich schmiss Grinny den Schuh auf Kitty und lief zur Tür. Wir saßen alle da. Sobald Kitty als Übeltäterin entlarvt war, hatten wir aufgehört zu lachen. Das Ganze war völlig außer Kontrolle geraten. Ein schreckliches Gefühl. Kitty nahm die beiden Schuhe und ging an ihren Platz zurück. Nach ungefähr fünf Minuten fuhr ein Krankenwagen vor – wir hörten ihn schon von weitem und liefen alle ans Fenster, und dann fuhr er mit Grinny weg.«

»Was hat Kitty gesagt?«

»Gar nichts. Sie saß einfach an ihrem Pult an der Wand. Ich sah zu ihr hinüber. Sie war die Einzige, die nicht mitmachte. Die anderen rannten sich fast über den Haufen, um aus dem Fenster schauen zu können.«

»Und dann?«

»Dann … Dann stand plötzlich Mutter Immaculata in der Tür, und

wir liefen zu unseren Plätzen. Du weißt ja, wie das immer ist. Sie glitt durch den Mittelgang und durchbohrte einige fast mit ihrem Blick, und dann entdeckte sie Kitty.
»Ich will mit dir sprechen, Kitty O'Dowd, und zwar *sofort*!«
Kitty schaut sie an – Bernadette sagte hinterher, sie hätte gesehen, wie Kitty noch einmal allen Mut zusammennahm, was ja durchaus angebracht war.
»Ja, Mutter«, sagt Kitty.
»Draußen«, sagt der Rabe.
Kitty steht wieder auf. Downey-eins lässt sie vorbei. Mutter Immaculata geht zur Tür. Kitty folgt ihr. Unmittelbar bevor sie den Raum verlassen, dreht sich Kitty um und wirft Bernadette einen Blick zu. Sie lächelt sie an, und dann winkt sie.
»Sie hat mich angeschaut und die Hand gehoben – als würde sie mir zum Abschied zuwinken«, sagte Bernadette.
»Und dann?«, drängte Treasa. »Was war dann?«
»Du hast Miss Ní Ghrian wahrscheinlich die Hand gebrochen«, sagt Mutter Immaculata zu Kitty O'Dowd.
Kitty zuckt mit den Achseln. »Ich habe sie nicht angefasst.«
»Seit deinem ersten Tag in dieser Schule hast du nichts als Ärger gemacht, Kitty O'Dowd. Dabei konntest du von Glück sagen, dass wir dich überhaupt aufgenommen haben bei deinem Leumund! In sechs Wochen hättest du dein Abschlusszeugnis in der Hand. Fällt dir auch nur ein einziger Grund ein, weshalb du nicht von der Schule verwiesen werden solltest?«
Kitty sieht sie an. Ein langer, träger Kitty-Blick. Sie würde gern sagen: »Ich gehe.« Das hat sie in einem Film gesehen, in dem ein Mann gefeuert werden sollte. Aber unter dem Blick des Raben bringt sie den Satz nicht heraus.
»Ich rufe deine Eltern an«, verkündet Mutter Immaculata. »Sie können dich heute Nachmittag abholen. Pack deine Sachen.«
Kitty erwidert nichts. Sie dreht sich um und geht in ihren Schlafsaal.

Sie zieht die Schuluniform aus und ihren Maxirock, ein T-Shirt und die Plateauschuhe an. Sie packt ihre Schminksachen ein. Mehr nimmt sie nicht mit. Alles andere lässt sie auf dem Bett liegen.
Sie geht hinunter, öffnet die Eingangstür und verlässt die Schule. Steigt die Treppe hinab ohne einen Blick zurück.
Zwei Stockwerke über ihr im Zimmer der sechsten Klasse sieht Downey-zwei beim Blick aus dem Fenster, wie Kitty O'Dowd sich eilig vom Schulgebäude entfernt.
»Und sie ist nicht zurückgekommen?«, fragte Treasa traurig.
Bernadette schüttelte den Kopf.
»Wie war die Stimmung in der Klasse, als sie mit dem Raben rausging?«
»Wir waren sehr still, saßen einfach da. Alle wussten, dass Kitty einen Riesenärger kriegen würde.«
»Mhm.«
»Als Downey-zwei sagte, dass Kitty auf der Straße sei, liefen wir ans Fenster, aber sie drehte sich nicht um. Sie ging mit erhobenem Kopf die Straße runter – Kittys Gang, du weißt schon. Wir standen da und sahen ihr nach. Wir standen noch da, als sie schon lange verschwunden war. Und als ich noch am Fenster stand, kam meine Mutter, und ich wurde rausgerufen. Ich dachte, es würde grausam werden, der Rabe würde sicher tödlich sauer sein. Aber in Wirklichkeit war sie ganz woanders mit den Gedanken. Sie hatte rausgefunden, dass ich am Sonntag doch zu Hause gewesen war. Ich hatte gelogen, weil ich das für die beste Lösung gehalten hatte. Na ja. Jedenfalls erschien mir das alles plötzlich völlig banal. Der Rabe druckste herum und sagte schließlich: ›*Eine* Verweisung ist genug.‹ Da war bereits klar, dass Kitty weg war. Ich hatte schon gedacht, ich wäre dran. Immer wieder hab ich beteuert, dass ich nicht auf Ärger aus gewesen war und dass ich, als mir im Bus einfiel, dass meine Eltern gar nicht da waren – ach, es war so langweilig! Ich dachte schon, es würde nie aufhören.«

»Wie hat deine Mutter reagiert?«
»Sie hat mir zu helfen versucht. Ihr war wohl klar, dass sie mich da reingeritten hatte. Dann waren das Verhör und die Strafpredigt plötzlich vorbei. Der Richtblock, den ich schon deutlich vor mir gesehen hatte, wurde weggeräumt, und ich wurde ins Klassenzimmer zurückgeschickt. Im selben Moment sind Mr und Mrs O'Dowd angekommen – wahrscheinlich um zu erfahren, dass Kitty abgehauen war.«
Treasa lehnte sich zurück und dachte über alles nach. »Warum hat Kitty diesen Streich heute gespielt? Warum ausgerechnet heute? Sie muss doch gewusst haben, dass Grinny ausrasten würde.«
»Stimmt«, sagte Bernadette. »Das habe ich mir auch schon überlegt. Ich glaube, sie wollte, dass Grinny ausrastet.«
»Apropos – was gibt es Neues von der Grinnyfront?«
»Nichts, außer dass wir mindestens vierzehn Tage lang eine Vertretung bekommen. Grinny hat es demzufolge tatsächlich so schwer erwischt, wie es aussah. Die Maple sagt, Grinny muss mehrere Wochen lang einen Gips tragen.«
»Ein schwacher Trost«, meinte Treasa. »Wo Kitty jetzt wohl ist?« Voller Traurigkeit legte sie den Kopf auf das Kissen. Ein schwarzer Dienstag, dachte sie. So nah am Ende der Schulzeit – und doch so weit davon entfernt. Arme Kitty. Warum hat sie das getan? Sie war schon fast am Ziel gewesen.
Bernadette war froh, dem Messer des Raben entronnen zu sein. In der Hausaufgabenstunde schrieb sie ihrer Mutter, dankte ihr dafür, dass sie zu ihr gehalten hatte, und entschuldigte sich für die von ihr verursachten Unannehmlichkeiten. Als sie an Kittys Verschwinden dachte, wurde ihr schwer ums Herz. So etwas Unnötiges! Da hat sie so viel durchgestanden, und kurz vor Schluss schmeißt sie alles hin. Sie überlegte, ob Kitty ihre Abschlussprüfung vielleicht an einer anderen Schule ablegen könnte, wusste aber, dass das unrealistisch war, und wandte sich aufseufzend ihren Büchern zu.

Anna McBride schlich sich nach dem Abendessen hinaus und rief Andrew MacDonald an.
Bridie, die, wenn es darauf ankam, trotz ihres ausschweifenden Fantasielebens mit beiden Beinen fest auf der Erde stand, rief Andrew an, weil ihr Kitty so am Herzen lag. Und Andrew nahm ab.
»Kein Anlass zur Sorge, Anna«, erklärte er. »Ich kann dir zwar nicht sagen, wo sie ist, weil sie nicht will, dass irgendjemand es erfährt, aber es geht ihr gut.«
»Schwörst du mir das?«, fragte Bridie.
»Ich schwöre es dir. Und ich sage ihr, dass du dich um sie sorgst. Aber behalt unser Gespräch für dich. Es geht ihr gut, wirklich.«
In dieser Nacht schlief Bridie besser, auch wenn sie den anderen nichts sagen durfte.
Und Mary Oliver kam nach dem einstündigen Gespräch mit dem Priester über ihre Berufung kreidebleich und völlig aufgewühlt aus dem Zimmer und ging nie wieder zur Kommunion.
»Im September kannst du als Novizin anfangen«, sagte der Rabe, der vor der Tür auf sie gewartet hatte, »und von hier aus zum UCD gehen. Es ist kein weiter Fußweg.«
Mary sah sie an und dachte, was soll ich tun? Denn sie hatte nicht den Mut zu sagen: »Ich gehe nicht nur nicht ans UCD, sondern werde auch nicht in euren oder in irgendeinen anderen Orden eintreten.«
Das restliche Trimester hindurch kaute Mary Oliver Nägel, und am Nachmittag des letzten Prüfungstages warf sie, als die Mädchen ihre Koffer vom Speicher holten, einen Blick durch die Dachluke. Hinter den winzigen Glasscheiben lockte der blaue Himmel. Da stieg sie auf den wackeligen, von Kitty O'Dowd jedes Trimester aufs Neue sorgsam errichteten Kofferstapel, öffnete mit einer Drehung des Handgelenks die Luke und stemmte sich auf das Dach, auf dem die anderen so oft gewesen waren, um zu rauchen oder sich zu sonnen.

Sie blickte über die Dächer, über den Wald aus Schornsteinen und hinunter auf die Stadt mit ihren schön angeordneten, wohl proportionierten Plätzen, und plötzlich glomm ihre Lebensfreude, die, zertrümmert und entwürdigt, tief in ihr versunken war, wieder auf.
»Auf Wiedersehen, auf Wiedersehen«, summte sie vor sich hin, während sie auf den heißen, trockenen Schindeln hochstieg.
Forsch ging sie auf den Schindeln dahin, zwischen den Schornsteinen durch und über die Dachschräge des mittleren Gebäudes zur Kante hinunter. Dort setzte sich sich, schob die Schenkel bis zur Dachrinne vor und ließ die Beine über der vier Stockwerke tiefer liegenden Straße baumeln.

And all the girls came to say goodbye
Because that's what they do when you die. *

Wenige Minuten später betrat Treasa den Speicher und dachte, als sie die offene Dachluke sah: eine letzte Zigarette – der alten Zeiten wegen und für Kitty.
Und so kletterte auch sie auf den Kofferturm und stemmte sich durch die Luke aufs Dach hinaus, wo sie zu ihrem Entsetzen Mary Oliver mit baumelnden Beinen an der Kante sitzen sah.
»Mary«, rief sie leise. Sie hatte schreckliche Angst, Mary zu erschrecken; ihr war sofort klar geworden, dass sie bei der kleinsten ruckartigen Bewegung hinunterfallen würde.
»Hey, Mary«, rief sie etwas lauter. »Was machst du da?«
Mary Oliver wandte sich um, sah sie an und sagte: »Geh weg!«
»Bernadette«, zischte Treasa durch die offene Luke in den Speicher hinunter, »hier draußen gibt's ein Problem – ich gehe mal aufs Dach und sehe nach.«
Sie huschte quer übers Dach zu Mary, während Bernadette den

* aus dem Song »American Pie«

Kopf durch die Luke steckte und bestürzt das Drama verfolgte, das sich vor ihren Augen abspielte.

»Komm zu mir rauf, Mary, dann rauchen wir eine zusammen«, lockte Treasa, während sie vorsichtig zwischen den Schornsteinen durch weiter nach oben stieg.

»Nein«, erwiderte Mary Oliver, »ich gehe nicht zurück. Nicht für alles in der Welt.«

»Nein, nein«, rief Treasa, so beiläufig sie konnte, »du sollst doch nur hier zu den Schornsteinen hochkommen, dann rauchen wir eine und denken an Kitty. Ich wüsste so gern, was sie jetzt macht. Wir haben schon seit Wochen nichts von ihr gehört. Seit sie abgehauen ist.«

»Sie ist verwiesen worden«, stellte Mary Oliver klar. »Sie haben sie der Schule verwiesen. Hätten sie doch mich verwiesen!«

»Jetzt komm schon rauf«, sagte Treasa. »An die Schornsteine gelehnt sitzt es sich viel bequemer.«

Mary schüttelte schweigend den Kopf.

Treasa versuchte alles Erdenkliche, um Mary von der Kante wegzulocken, und Bernadette, die patente Bernadette, stieg, nachdem ihr Marys merkwürdiger Tonfall und das nervöse Zittern und die Anspannung in Treasas Stimme aufgefallen waren, vom Speicher hinunter und verständigte die Feuerwehr.

Treasa sah zur Dachrinne hinunter und stellte sich vor, wie tief und steil es von dort hinabging. Sie zwang sich zur Ruhe, kletterte vorsichtig hinunter und setzte sich neben Mary auf die Kante.

»Was hast du vor, Mary?«

»Gar nichts. Aber ich gehe nicht wieder da rein.«

Das würden wir wahrscheinlich sowieso nicht schaffen, dachte Treasa mit einem Blick über die Schulter. Die Dachluke schien viel zu weit entfernt, und das Dach wirkte von der Kante aus unglaublich steil. Sie hatte keine Ahnung, was sie machen sollte.

»Was müsste jetzt passieren, wenn es nach dir ginge?«, fragte sie

Mary. Sie hörte, dass ihre Stimme bebte. Über große Höhen hatte sie sich noch nie Gedanken gemacht. Es war immer ein Riesenspaß gewesen, aufs Dach zu klettern, aber von der Kante aus betrachtet, standen die Schornsteine unerreichbar weit oben. Zur Dachluke zu gelangen schien ein Ding der Unmöglichkeit, und die Straßen waren unendlich tief unten.

»Weiß nicht«, sagte Mary. Ihre Stimme klang plötzlich wie die eines kleinen Kindes.

Hinter den Fenstern der gegenüberliegenden Gebäude hatten sich die Büroangestellten versammelt und beobachteten die beiden Mädchen auf der Dachkante.

Treasa zwang sich dazu, den Blick nicht mehr nach unten zu richten, sondern nur noch Mary anzusehen.

»Du musst doch irgendeinen Plan haben«, hakte sie nach.

»Ich will meinen Papa«, sagte Mary mit ihrer neuen Kleinkindstimme. »Meinen Papa will ich.« Ihre Unterlippe bebte, wie Treasas Stimme gebebt hatte.

»Was würdest du ihm sagen?«, fragte Treasa, während sie überlegte, wohin Bernadette gegangen war.

»Ich will, dass er mich findet. Ich will meinen Papa wiederhaben«, sagte Mary Oliver. Ihre Gedanken flogen zurück, sie war wieder zwei Jahre alt – ein kleines, strahlendes Mädchen, das in einem Garten in Paris spielte. »Papa! Papa!«

Sie hörte ihn antworten: »*Viens ici, ma petite.*«

Treasa hörte die Feuerwehrautos, noch ehe sie sie sah. Sie hatte Angst vor dem Blick nach unten, hatte Angst zu fallen, hatte Angst, Mary könnte sich aufregen. Sie spürte, dass vielleicht alles wieder gut würde, wenn es ihr nur gelang, Mary abzulenken.

Unten wurde für den Fall, dass eines der Mädchen abstürzte, ein riesiges Sprungtuch ausgebreitet. Im Schulgebäude stiegen zwei Feuerwehrmänner, immer zwei Stufen auf einmal nehmend, die Treppe zum Speicher und zu der offen stehenden Dachluke hoch.

»Hallo, Mädchen«, rief der eine, während er den Kopf durch die Luke steckte.
»Weg! Weg! Weg da!«, kreischte Mary Oliver und klammerte sich an Treasa, die bereits ihr Leben an sich vorbeiziehen sah.
»Was war der Auslöser?«, flüsterte der Feuerwehrmann der unter ihm stehenden Bernadette zu.
»Weiß ich nicht. Mary – sie heißt Mary Oliver – war draußen. Dann stieg Treasa aufs Dach und merkte, dass irgendwas nicht stimmte. Ich weiß es nicht.«
Jetzt begannen die Verhandlungen mit Mary.
Der Feuerwehrmann hatte Angst, sich ihr zu nähern. Er spürte die Anspannung draußen auf dem Dach und sagte zu dem kurz darauf zu Hilfe gerufenen Psychologen: »Ich glaube, das fällt eher in Ihr Gebiet.«
Die Situation eskalierte. Nach vierzig Minuten waren zwei Feuerwehrwagen, zwei Feuerwehrmannschaften, ein Polizeipsychologe, Fernsehkameras, sämtliche Nonnen, die sich gerade im Kloster aufgehalten hatten, die Büroangestellten der umliegenden Gebäude, Passanten und jeder an diesem Nachmittag in der Gegend Dienst habende Polizist versammelt.
»Nervliche Belastung durch die Abschlussprüfung?«, fragte der Psychologe Bernadette O'Higgins und Anna McBride.
Beide schüttelten den Kopf.
»Darf ich rausgehen?«, fragte Bridie. »Ich möchte rausgehen und sie fragen, was sie will.«
»Das ist zu gefährlich. Schlimm genug, dass noch ein zweites Mädchen draußen ist.«
»Wahrscheinlich ist Mary nur deshalb noch nicht gesprungen, weil Treasa bei ihr ist«, fuhr Bernadette ihn an.
»Ich möchte wenigstens Treasa etwas zurufen«, bat Bridie.
Sie rief Treasa eine Frage zu und erhielt die Antwort: »Mary Olivier will ihren Papa.«

Treasa war selbst erstaunt darüber, dass sie Mary bei ihrem richtigen Familiennamen genannt hatte und es überhaupt nicht falsch klang. Mary Olivier rief »Papa, Papa!« mit ihrer Babystimme. Es klang sehr französisch, und Mary Olivier wirkte so hilflos mit ihren braunen, zu einem akkuraten Bob geschnittenen Haaren und den Händen mit den schmalen Handgelenken, die sich um die Dachrinne spannten, auf der sie mehrere Stockwerke über dem Boden saß, mit ihren schlanken Beinen, den weißen Strümpfen, den spitzen, über die Kante ragenden Knien.

»Papa! Papa!«, rief sie mit glasigem Blick über die Straße hinweg.

Im Gebäude vis-à-vis waren inzwischen in einem Raum ganz oben mehrere Fernsehkameras aufgestellt worden. Die Büroleute hatten ihnen nur widerwillig Platz gemacht.

Mit den Achtzehn-Uhr-Nachrichten erschien das Drama live auf dem Bildschirm und wurde von der BBC gesendet. Gegen Ende einer Abendbesprechung in der französischen Botschaft in London erkundigte sich eine Sekretärin bei dem Diplomaten Jean Jacques Olivier: »Sie haben keine Tochter, die in Irland zur Schule geht, oder?«

»Nein, warum fragen Sie?«, sagte er und packte seine Papiere ein.

»Ich habe gerade in den Nachrichten gehört, dass ein Mädchen namens Mary Olivier auf einem Dach sitzt und nach ihrem Vater ruft.«

Für Monsieur Olivier blieb die Zeit stehen.

»Was? Wo? Zeigen Sie es mir!«

Er rannte ins Nebenzimmer, wo auf dem Bildschirm zwei Mädchen sehr hoch oben auf einem Dach zu sehen waren. Sie waren gleich gekleidet mit einem grünen Trägerrock, einer weißen Bluse und einer grünen Krawatte mit einem winzigen Wappen, das sich, in größerer Ausführung, an dem Trägerrock wieder fand. Die Kameras fingen die Wörter *Humanitas et Virtus* ein. Die Haut des zierlicheren der beiden Mädchen war olivenfarben; es trug einen akkurat geschnittenen Bob, der die zarten Nackenwirbel frei ließ. Sie starrte mit aufgerissenen Augen ungläubig staunend auf die Straße hinunter. Das andere, kräftigere Mädchen mit dem dunklen Wuschelkopf schrie irgendetwas davon, dass die religiösen Orden sich selbst abschaffen sollten.

»Ihr meint, etwas ist faul im Staate Dänemark?«, rief Treasa den Fernsehkameras im gegenüberliegenden Gebäude zu. »Träumt weiter! Durch und durch verrottet ist dieses System! Karl Marx zufolge ist es die Pflicht der Bourgeoisie, als Klasse Selbstmord zu begehen. Tja, da hat er sich getäuscht. Es ist die Pflicht der religiösen Orden, Massenselbstmord zu begehen, um sämtliche Spuren der Religion in Irland vollständig zu tilgen!«

»Die kann sich ausdrücken, was?«, bemerkte die Sekretärin in der französischen Botschaft in London voller Bewunderung.

»Geben Sie mir sofort die irische Botschaft!« M. Olivier wusste ohne jeden Zweifel, wer das zartere der beiden Mädchen war.

Mary Oliver starrte auf die Straße vier Stockwerke unter ihr und betrachtete fasziniert den Kreis der dunkel gekleideten Menschen. Es erinnerte sie an den Traum, den sie einige Wochen zuvor geträumt hatte, als sie, nachdem ihr Werk an dem Kruzifix getan war, in der Kapelle den Blick hob und sich von dunkel gewandeten Nonnen umringt glaubte. Jetzt sah sie einen Kreis nervöser Feuerwehrleute, die darauf warteten, dass sie fiel, aber das wurde ihr nicht bewusst. Ihr erschienen sie wie ein geschlossener Kreis. Entweder würde sie für immer darin gefangen bleiben, ohne sich jemals daraus lösen zu können, oder sie müsste die gleichermaßen unerträgliche Alternative auf sich nehmen.

Anna McBride kletterte, ein Seil um die Taille gebunden, vorsichtig über das Dach zu Treasa und Mary. Treasa wiederholte, wie um den Mut nicht zu verlieren, immer wieder ihre Schmährede auf die religösen Orden in Irland. Dann bemerkte sie plötzlich, dass sich Bridie mit Seilen für sie und Mary näherte.

»Hör mir zu, Mary«, sagte sie. »Wir steigen jetzt vom Dach runter und hauen ab. Und wenn irgendwer fragt, was wir hier gemacht haben, sagen wir, wir hätten nur eine geraucht. Hast du verstanden?«

Mary hob den Blick von der Straße und sah Treasa bleich und verwirrt an.

»Was?«

»Hör zu, Mary. Hörst du, was ich sage?«, fragte Treasa noch einmal. »Wir haben hier oben nur eine geraucht, und dann bist du ausgerutscht, und wir sind hier an der Kante gelandet.«

»Ich gehe da nicht wieder rein«, erklärte Mary.

»Wir gehen zusammen rein.«

»Ich gehe da nicht rein!«

»Wir sind zum Rauchen aufs Dach, und du bist ausgerutscht, das ist alles. Mehr war nicht. Hast du das verstanden? Hörst du mich?«

»Ja.« Marys Stimme klang wieder etwas fester. »Wir sind zum Rauchen raus, und ich bin ausgerutscht.«

»Genau. Bridie gibt uns jetzt Seile, die binden wir uns um, dann sind wir sicher.«

»Da drin sind wir nicht sicher«, erwiderte Mary.

»Nein, aber sobald wir drin sind, gehen wir runter und hauen ab.«

»Die lassen uns doch nicht. Ich gehe da nicht rein. Die lassen mich nie weg.«

»Doch, ich verspreche es dir«, sagte Treasa. »Ich bleibe bei dir, und wir gehen einfach. Wir sind fertig mit St. Martin's. Du musst diese Gebäude nie wieder im Leben betreten. Es ist vorbei.«

»Aber die wollen, dass ich Nonne werde! Die lassen mich bestimmt nicht weg!«

»Und ob sie dich weglassen werden!«

Bridie rief ihnen zu: »Ich lasse jetzt die Seile zu dir runter, Mary. Mary, ich soll dir etwas mitteilen: Dein Vater wird Kontakt zu dir aufnehmen. Er ist auf dem Weg hierher.«

Mary zuckte zusammen. Sie glaubte gehört zu haben: »Der Pater wird Kontakt zu dir aufnehmen.«
»Was? Was?«, rief sie panisch.
»Dein Vater – dein Vater, Jean Jacques Olivier, er wird …«
Mary hörte es, aber sie hatte in ihrem Schreck bereits eine ruckartige Bewegung ausgeführt und verlor, gerade als Treasa sich das erste Seil um die Taille band, die Balance. Sie klammerte sich mit aller Kraft an Treasa, die sie noch zu packen versuchte, doch dann entglitt Mary ihren Händen und verschwand hinter der Dachkante.

Fünfzehn

Nehmen wir eine Gruppe Mädchen, junge Frauen inzwischen, und schenken wir ihnen die Freiheit. Es ist der Sommer im Jahr des Herrn neunzehnhundertfünfundsiebzig. Sie haben ihren Bachelor geschafft, jetzt wird gefeiert. Die Mädchen sind nach Griechenland gefahren.

Es ist vier Uhr früh. In den vergangenen sechs Stunden sind mehrere Flaschen Retsina geleert worden. Schlafmangel – zu passenden wie unpassenden Tageszeiten – ist ein Bestandteil dieses Urlaubs.

Mary Olivier (einst Mary Oliver genannt), die Downey-Zwillinge, Bernadette O'Higgins (mit den tiefblauen Augen) und Anna McBride (für ihre Freundinnen immer noch Bridie) steigen von einem kleinen Boot auf die Fähre. Mit Rucksäcken und Schlafsäcken beladen, ziehen sie sich die winzige Leiter hoch. Als sie an den gähnenden Menschen vorbeidefilieren, die in das winzige Boot steigen wollen, sagt Mary Olivier plötzlich: »Hey, schaut mal, da ist Andrew MacDonald.«

Ja, er ist es.

An die Reling gelehnt steht in abgeschnittenen Jeans, T-Shirt, Sweatshirt und Sandalen Andrew MacDonald und wartet geduldig darauf, von Bord gehen und nach Santorin fahren zu können.

Die Mädchen werden wach. »Hey, Andrew!«

»Wohin fahrt ihr?«, fragt er. Er wirkt weit weniger überrascht als sie;

allerdings hat Kitty ihm erzählt, dass sie die griechischen Inseln »machen« wollen, deshalb ist es kein ganz so großer Zufall für ihn.

»Nach Paros.«

Für weitere Gespräche bleibt keine Zeit. Hinter ihm drängen die Passagiere, während die Mädchen über das Deck geschoben werden. Sie rufen ihm »Viel Spaß!« zu und dass er den Reißverschluss seines Schlafsacks nachts schön geschlossen halten soll.

»Ich werd euch schon finden!«, ruft er zurück.

Er verschwindet die Leiter hinunter. Vom Deck aus sehen sie zu, wie das winzige Boot Richtung Küste fährt.

»Hatte er jemanden dabei?«, fragt Bernadette, aber das war im Dunkeln schwer zu erkennen.

Sie kauern sich unter ein Rettungsboot, versuchen einander zu wärmen und warten auf den Sonnenaufgang. Sie singen »I am sailing ...«, und im Rhythmus der Fähre schunkelnd fahren sie übers Meer.

Mary Olivier führt sie vom Hafen zu einem Strand, an den die Wellen des Mittelmeers sanft plätschernd anbranden. Sie liegen im goldenen Sand, wundern sich darüber, dass Shampoo in Salzwasser nicht schäumt, sind völlig entspannt miteinander, tollen wie Delfine im Wasser, trinken abends in den Hafenbars.

»Wessen Brüste haben den größten Auftrieb im Wasser?«, fragt Mary Olivier ihre Freundinnen.

Sie schwimmen im Meer, sie und die Downey-Zwillinge oben ohne.

»Meine Güte, Mary, manchmal glaube ich, dass du dich noch mehr für Biologie interessierst als ich«, wirft Bernadette ein.

Sie lachen, und Bridie sagt: »Also, meine zählen nicht, die sind zu klein«, und schwimmt weg.

»Meine bleiben im Bikini«, erklärt Bernadette. »Auf mich müsst ihr bei eurem Wettbewerb verzichten.«

»Wie hast du das hier eigentlich gefunden? Wann warst du zum ersten Mal hier?«, fragt Bridie Mary am nächsten Morgen.

»Papa ist im Sommer nach unserer Abschlussprüfung mit mir hierher gefahren«, antwortet Mary. »Seitdem komme ich jeden Sommer her, jetzt schon zum vierten Mal.«
»Ihr habt aber doch nicht am Strand geschlafen, als du mit deinem Vater hier warst?«, fragt Bridie erstaunt.
Mary lächelt. »Doch. Er hat gesagt, das hätten wir auch gemacht, als er jünger war, und die verlorenen Jahre müssten nachgeholt werden.«
Bridie denkt darüber nach. »Wie schön«, sagt sie schließlich. Sie liegt im Bikini auf dem Sand, badet die Füße im Wasser, hat die Augen geschlossen.
Die Downey-Zwillinge sind verschwunden, in stillschweigendem Einverständnis vormittags losgezogen, haben aber vergessen, die anderen über ihre Pläne zu informieren.
Bernadette ist weiter oben am Strand und breitet die Schlafsäcke zum Auslüften übers Gebüsch. Ihren Zopf hat sie hochgesteckt. Sie trägt ausgebeulte Shorts, und ihr Hemd, von dem sie die Ärmel abgeschnitten und nur zwei Knöpfe zugeknöpft hat, ist unter dem Busen verknotet.
Neben Bridie liegt Mary Olivier. Sie liegt auf dem Bauch und trägt nur ihr Bikinihöschen. Sie stützt sich auf die Ellbogen und patscht mit den Füßen im Wasser.
»Der Name deines Vaters gefällt mir«, sagt Bridie.
»Was, Jean Jacques?«, fragt Mary.
»Mhm.« Noch Jahre nachdem sie Marys Vater kennen gelernt hat, staunt Bridie darüber, dass er nicht nur denselben Namen wie ihr Fantasiegeliebter trägt, sondern dass ihr Jean Jacques in den dazwischen liegenden Jahren obendrein eine bemerkenswerte Ähnlichkeit mit Jean Jacques Olivier entwickelt hat.
Mary Oliviers Brüste hängen herab, ihre Brustwarzen sind knapp über dem Sand und berühren ihn jedes Mal, wenn sie sich halb zu Bridie umdreht und danach wieder geradeaus schaut.

»In zehn Tagen treffe ich mich mit ihm in Athen«, sagt Mary. »Du kannst gern mitkommen. Das Hotel ist sehr schön. Jede Menge heißes Wasser, saubere Haare«, fügt sie grinsend hinzu.
»Ahhh – saubere Haare? Haare, in denen kein Salz mehr ist und die nicht mehr kleben?«
Sie kichern.
Sie haben so viel durchgemacht, bis sie ihre Freiheit bekamen.
Dieser Anblick bietet sich Andrew MacDonald, als er ein paar Tage später den Strand entlangmarschiert. Er trägt seinen Rucksack, das verschwitzte Hemd klebt ihm am Leib. Er lässt den Blick über den Strand wandern, sucht die Mädchen, die einst Schülerinnen in St. Martin's waren, hat aber keine große Hoffnung, sie zu finden. Etwas erhöht stehend, sieht er zwei Gestalten an der Wasserlinie, die Füße im Meer.
Anna McBride erkennt er sofort, ihr dunkelrotes Haar leuchtet in der Sonne wie eine Flamme. Dann fällt sein Blick auf das andere, bäuchlings daliegende Mädchen, das sich auf die Ellbogen stützt und dessen Brüste leicht schaukeln, während es sich mit Anna McBride unterhält.
Zuerst erkennt er sie nicht. Sie ist fülliger geworden und sieht gesund aus. Erst als er näher kommt, wird ihm klar, dass es Mary Olivier ist.
»Worüber habt ihr da gerade gelacht?«, fragt er Mary später.
»Keine Ahnung.«
Sie weiß es wirklich nicht mehr. Einer von so vielen Tagen am Strand. Einer von so vielen Tagen in einem von so vielen Jahren. Eine von so vielen Gelegenheiten, bei denen gelacht wurde.
Plötzlich dreht Bridie sich zur Seite, ruft: »Andrew, Andrew!«, steht auf, läuft über den Strand und wirft sich in seine Arme.
Mary, deren Leben auf ihrer Zerbrechlichkeit gründet (kein sehr gutes Fundament, wie noch zu sehen sein wird), hebt träge den Blick und lächelt Andrew an. Er lässt den Rucksack auf den Sand gleiten

und umarmt Bridie. Sein Blick ist auf Marys schwingende Brüste gerichtet.
»Mmmm«, sagt er in Bridies Haar hinein.
»Sag jetzt bloß nichts! Ich weiß, dass meine Haare nicht gerade nach Apfel und Pfirsich riechen.«
Er hört es gar nicht. Er betrachtet Mary, die sich aufgesetzt hat und ihm lässig zuwinkt.
An diesem Abend legen Mary und er ihre Schlafsäcke ein Stück von den anderen entfernt in den Sand.
»So, where do you go to my lovely, when you're alone in your sleeping bag?«
»Komm rein und finde es selbst raus«, sagt Mary Olivier. Sie befestigen ihre Schlafsäcke mit den Reißverschlüssen aneinander, und Mary lässt ihn die Brüste streicheln, die nachmittags vor ihm hin und her gewippt waren.
»Mmmm«, sagt er, diesmal in ihr Ohr hinein. »Wie fühlt sich das an?«
»Wunderschön«, lügt sie. Mary Olivier (früher Mary Oliver) fühlt nichts.
Bernadette O'Higgins, die wie jeden Morgen die Schlafsäcke übers Gebüsch breitet, hebt den Blick, sieht Andrew MacDonald von hinten und fühlt sich an jemanden erinnert. Erst fünf Jahre später erkennt sie, dass er sie an ihn selbst erinnert hat. In dem Augenblick, als er mit dem Rücken zu ihr steht und aufs Wasser hinaussieht, denkt sie an ihren Tutor im College. Er hält auch Vorlesungen, und plötzlich hat sie ein perfektes Bild vor Augen. Er steht an der Tafel im Hörsaal, wendet den Studenten den Rücken zu und deutet auf etwas, das er gerade hingeschrieben hat. In Gedanken betrachtet sie seine Körperhaltung, seine breiten Schultern, den breiten, sich zu schmalen Hüften verjüngenden Rücken und hat plötzlich brennendes Verlangen nach ihm.
Kurz darauf geht Andrew auf sie zu und begrüßt sie, aber sie ist ganz

woanders mit ihren Gedanken; sie überlegt, was Dr. Denyll wohl gerade macht. Später, während ihrer drei Jahre, vier Monate und zweiundzwanzig Tage währenden Ehe mit Mr Denyll, erinnert sie sich an diesen Augenblick am Strand von Paros, und ihr wird klar, dass er, aus den fast dreieinhalb Ehejahren mit ihm zu schließen, sich damals wahrscheinlich gerade irgendeine andere junge Studentin gegriffen, sie über die Armlehne des Sofas in seinem Institutszimmer gelegt und von hinten genommen hat. Wie hoffnungsvoll und optimistisch man mit Anfang zwanzig ist, denkt sie, während sie ihre Koffer packt und auszieht. »Ich brauche diese S****** nicht«, schreibt sie ihm. »Nur gut, dass ich mir selbst etwas wert bin, denn dir ist nichts etwas wert außer du selbst und dein Schwanz.«

Sie finden die Downey-Zwillinge: Sie sitzen vor einer der Bars in dem kleinen Fischerdorf und trinken Espresso. Als die anderen auf sie zukommen, klopft sich jeder Zwilling auf die Shortstasche. Lächelnd werfen sie sich einen Blick zu. Noch immer trägt jede einen Nagel von Mary Olivier bei sich. Mary, die die verstohlene Handbewegung bemerkt hat, aber nicht weiß, was sich in den Taschen befindet, überprüft sofort ihre eigene Tasche, um sicherzugehen, dass die beiden Nägel aus dem Werkzeugkasten der Glaser im Vorraum der Kapelle noch da sind.

Seit ihrem Sturz vom Dach war sie nie wieder in einer Kirche und denkt nie bewusst an die Bilder, die sie einst quälten. Sie bringt diese Nägel mit nichts mehr in Verbindung; sie sind nur mehr ein Talisman, der ihr zur Aufbewahrung überantwortet wurde.

In nicht allzu ferner Zukunft wird Andrew MacDonald sie fragen, welche Bedeutung diese Nägel haben. Sie wird ihn einen Moment lang sehr verwundert ansehen und dann sagen: »Sie sind einfach wahnsinnig praktisch. Wenn man mal ganz spontan ein Bild aufhängen will oder so … Schau« – sie nimmt in jede Hand einen Nagel, überkreuzt die Hände und hält sie vor sich hin – »man kann böse Geister damit abwehren.«

»Wie wär's mit einer Knoblauchknolle?« Sie lachen.
»Treasa ist da«, sagt Downey-eins.
»Schon? Sie sollte doch erst morgen oder übermorgen kommen«, sagt Mary.
»Sie war auf demselben Boot wie ich«, berichtet Andrew MacDonald und legt den linken Fuß lässig aufs rechte Knie. »Sie hat eine Freundin dabei, Vita.«
»Wer ist das?«, fragt Mary. »Kennen wir sie?«
»Du wirst sie bald kennen lernen«, erklärt Downey-eins. »Sie haben sich ein Hotelzimmer genommen.«
»Treasa schläft nicht im Schlafsack am Strand?«, fragt Bernadette. »Das sieht ihr aber gar nicht ähnlich.«
»Ich glaube, Vita hat es gern etwas bequemer«, erklärt Downey-zwei. Die Zwillinge sehen zu dem Hotel hinüber, wo sich Treasa O'Donoghue fröhlich winkend aus einem Fenster im ersten Stock lehnt.
»Jetzt fehlt nur noch Kitty, dann hätten wir hier ein Klassentreffen«, sagt Bernadette.
»Dazu müssten auch der Rabe und Rodriguez hier sein.«
»Ganz zu schweigen von Grinny.«
»Wo die jetzt wohl alle sind?«
»Zuletzt habe ich von ihnen gehört, als das Kloster verkauft wurde«, sagt Bernadette. »Wisst ihr noch? Die Fotos in der Zeitung …«
Lächelnd denken sie an das Foto der vier Gebäude zurück, an die Aufnahme von Treasa und Mary hoch oben an der Dachrinne, und natürlich an den herrlichen Schnappschuss von Mary mitten im Flug, unterwegs zu den bereitstehenden Feuerwehrmännern – man sieht zwar die Schulunterhose, aber die Strümpfe sind fein säuberlich zu den Knien hochgezogen. »Ein denkwürdiger Augenblick in der Geschichte von St. Martin's«, hieß es in der Bildunterschrift.
»Grinny hat geheiratet«, berichtet Downey-eins.
»Was? Woher weißt du das?« Sie warten gespannt auf die Antwort.

»Miss Maple hat es Kitty erzählt, Kitty hat es Treasa erzählt, und Treasa hat es uns erzählt«, teilt ihnen Downey-zwei in einem der längsten je von ihr geäußerten Sätze mit.

Sie haben Stühle zusammengestellt und sitzen um den kleinen Bartisch. In ihren Gesichtern spiegeln sich Empfindungen zwischen Erstaunen und Belustigung.

»Kitty sagte zu Treasa, dass sie ihn wahrscheinlich bestraft, wenn er zu spät nach Hause kommt, ihn nachsitzen lässt und ihn grün und blau prügelt. Ihren Riemen hat sie mitgenommen, da gehe ich jede Wette ein – *etwas Altes …*«

»*Nichts Neues, etwas Geliehenes …*«

»Bestimmt hat sie sich den vom Raben ausgeliehen!«

»*Etwas Blaues* … Genau: die Blutergüsse.«

Sie lachen.

»Ja, genau das hat Kitty gesagt.« Mit diesen Worten tritt Treasa in die Runde und stellt sofort die blonde, blauäugige, zierliche, adrette Vita vor, die glücklich in die Runde lächelt und ihrer Freude, sie endlich alle kennen zu lernen, Ausdruck verleiht.

Und als die beiden sich gesetzt haben, streift Vitas rechte Hand eine Sekunde zu lang über Treasas Arm; lang genug, um deutlich zu machen, dass es kein Zufall war, und während weiter über Grinny geredet und nach Kitty gefragt wird, sind alle Blicke auf diese Hand gerichtet. Die verlangsamte Berührung liegt noch lange, nachdem Vita ihre Hand zurückgezogen hat, in der Luft, und plötzlich sehen alle die Zärtlichkeit, mit der Vita Treasa betrachtet, und die besitzergreifende Art, in der Treasa Vita fragt, was sie trinken will.

»Also, ich muss wirklich sagen«, sagt Bernadette hinterher zu Bridie, »das hätte ich nicht mal im Traum gedacht.«

»Ich auch nicht. Aber sie passen total gut zusammen, findest du nicht? Wie Tag und Tag oder Nacht und Nacht. Irgendwie beneide ich die zwei«, fügt sie hinzu. »Ich wollte auch immer meinen Seelenfreund finden.«

»Wir haben doch noch Zeit«, sagt Bernadette und denkt an Dr. Denyll im Labor.
»Ja, wir haben noch Zeit«, erwidert Bridie und denkt an Jean Jacques Olivier, der bald in Athen eintreffen wird.
Ja, sie haben noch Zeit. Wenig später werden Mary Olivier und Anna McBride nach Athen fahren, um sich mit Jean Jacques zu treffen, und Mary wird sich nach dem Abendessen davonschleichen und sich mit Andrew treffen, der ihr in die Hauptstadt gefolgt ist.
Und Anna McBride wird Marys Vater über den Tisch hinweg einen scheuen Blick zuwerfen, und er wird sich bis über beide Ohren in diese mädchenhafte Frau verlieben, die sich seit ihrem zwölften Lebensjahr nach ihm verzehrt hat.
»Aber was meinen Sie damit?«, fragt er sie mit seinem französischen Akzent. »Bitte erklären Sie es mir, ich verstehe es nicht.«
Sie errötet, starrt in ihren Kaffee und erzählt ihm von ihrem heimlichen Leben. Er lächelt sie zärtlich an, entzückt von den Bildern, die sie ihm schildert.
Und sie, die ihm noch vor ein paar Minuten nur mit größter Überwindung als dem ersten Menschen überhaupt ihr Fantasieleben gestehen konnte, empfindet es plötzlich als große Erleichterung, ihre Geschichte zu erzählen, und erzählt und erzählt …

Downey-eins und Downey-zwei sitzen bei einem Drink zusammen. Sie unterziehen sich gerade einer Trennungsoperation wie siamesische Zwillinge, stecken mitten im Prozess ihrer Loslösung voneinander. Ihre Gedanken, Vorstellungen und Pläne flattern zwischen ihnen hin und her und durch sie hindurch.
»Ich glaube, ich mache Trinity nicht zu Ende.«
»Ich weiß. Ich finde aber, du solltest es doch tun. In einem Jahr hättest du deinen Abschluss.«
»Sollen wir Mary die Nägel zurückgeben?«

»Nein. Sie hat sie längst ersetzt.«
»Wir dürfen nicht mehr mit demselben Mann schlafen.«
»Zumindest nicht gleichzeitig.«
»Da hast du Recht.«
»Es bringt nichts.«
»Genau.«
»Woher weißt du, dass sie die Nägel ersetzt hat?«
»Sie hat sie schon vor Jahren ersetzt. Ich weiß nicht, woher ich es weiß, ich weiß es einfach.«
»Warum behältst du deinen?«
Sie entfernen sich voneinander, eine ganze Weile geht das schon so. Das gegenseitige Wissen über ihre Gedanken ist kein sicheres Wissen mehr.
»Er gibt mir Sicherheit. Sie bringen Glück.«
»Ja. Nachdem wir sie gefunden hatten, damals vor dem Beichtstuhl, waren wir sicherer als vorher. Oder?«
»Ja. Fast. Beinahe. Sie haben den Teufel abgewehrt.«
»Erlöse uns von dem Bösen …«
»Amen.«
»Mach das Jahr zu Ende. Unsere Wege trennen sich. Zieh es durch.«
»Du bleibst bei Jura?«
»Ja. Und du?«
»Ich will in den Journalismus.«
»Da hast du mit einem Juraabschluss bessere Chancen. Der nützt dir immer.«
»Ich weiß …«
»Also, behalten wir unsere Nägel?«
»Ja. Sie haben uns Glück gebracht.«
»Et in saecula saeculorum?«
»Amen.«

Kyrie Eleison, Christe Eleison …
Der Gesang kommt aus der Dorfkirche. Die Mädchen, braun gebrannt und fit in ihren Shorts und T-Shirts, bleiben auf dem kleinen Weg neben der Seitenmauer der Kirche abrupt stehen.
Kyrie-ie-ie-ie …
Ein lang gezogener Ton, von einer Männerstimme endlos gedehnte Vokale. Mary Olivier (einstmals Oliver) steckt die Hand in die Tasche ihrer Shorts und rollt die Nägel über den Handteller.
»Sollen wir in die Kirche gehen?«, fragt Bernadette. Es ist Sonntag. In den nächsten Tagen werden sie die Insel in Zweier- und Dreiergruppen verlassen.
»Du kannst ja gehen«, sagt Mary Olivier. »Ich setze mich in ein Café.«
»Ich glaube, das sollte ein Scherz sein«, erwidert Treasa.
»Also …« Bernadette stockt. »Eigentlich nicht. Nur so eine Idee. Damit man mal wieder sieht, wie es war. Die Musik hat mich daran erinnert …«, erklärt sie verlegen.
»Ohne mich«, sagen die Downey-Zwillinge wie aus einem Munde.
»Ohne mich«, sagt auch Mary Olivier.
»Ich gehe mit«, bietet Bridie ihr an.
Und so schleichen sich Bernadette und Bridie in die Kirche, und als sie in Gedanken versunken knien, flüstert Bernadette eine Männerstimme »Wir kennen uns« ins Ohr.
Lange Haare, Bart, abgeschnittene Jeans, Lederriemchen mit dem Peace-Zeichen und einem Kruzifix um den Hals, ein Lederband um die Stirn, blaue Augen, die sie, als sie sich umwendet, schläfrig anlächeln – Christopher Marlowe, zuletzt völlig zugedröhnt in Dublin 4 gesichtet, sitzt völlig zugedröhnt in einer Kirche auf Paros.
»Hi, Süße«, sagt er laut und deutlich, und die ganze Gemeinde wendet sich ihm zu, um zu sehen, wer den Gottesdienst gestört hat.

Unten am Hafenbecken sitzen in dem Café, das inzwischen ihr Stammlokal ist, Andrew MacDonald, Bernadette O'Higgins und Christopher Marlowe lachend beisammen.
»Das ist ja wirklich ein Treffen mit allen, die wir zweiundsiebzig kannten. Jeden Tag kommen neue Leute dazu«, sagt Bernadette. »Wie hast du uns gefunden, Christopher?«
»Ich habe euch nicht gefunden«, antwortet er träumerisch. »Ihr habt mich gefunden. Ich saß in der Kirche.«
»Hör auf mit dem Quatsch, Christopher«, weist Andrew MacDonald ihn lachend zurecht und sagt zu Bernadette: »Christopher kommt im Oktober zu uns aufs Trinity. Er macht ein Jahr Pause von Princeton.«
Christopher lächelt sein träges Lächeln, während seine Finger routiniert eine Zigarette drehen.
»Ergebnis einer kleinen Aussprache zwischen meinem Dad und mir«, erklärt er.
»Nenn es lieber Absprache, Christopher«, sagt Andrew.
»Weil's besser klingt?« Christopher lacht.
Andrew grinst, sagt aber nichts mehr. Er weiß von dem Kampf, der sich bei den Marlowes abgespielt hat. Bernadette lässt das Thema intuitiv fallen und nimmt es später, als sie mit Andrew allein ist, wieder auf.
»Also, was ist da los?«, fragt sie ihn. Sie sitzen am Strand, trinken Retsina und warten auf die anderen.
»Mit Christopher Marlowe?«
»Ja.«
»Daddy Marlowe kandidiert für den Kongress. Ich nehme an, dass sie eine Absprache darüber getroffen haben, dass sich seine Wahlchancen vergrößern, wenn Christopher sich anderswo aufhält.«
»Warum? Was hat Christopher getan?«
»Es geht darum, was er nicht getan hat.« Andrew lacht. »Keine Prüfungen abgelegt. Nicht studiert.«

»Ein Fleck auf der weißen Familienweste!«
»So was Ähnliches. Stehst du auf ihn?«
Bernadette schüttelt den Kopf auf ihrem Schwanenhals, denkt an Dr. Denyll und trinkt einen Schluck Wein. »Nö.«
Spätnachts erwacht Mary Olivier allein in ihrem mittlerweile doppelt großen Schlafsack und richtet sich kerzengerade auf. Tausende funkelnder Sterne stehen am Himmel, und in diesem Augenblick des Erwachens, noch schlaftrunken, noch halb in einem schrecklichen Albtraum gefangen, glaubt Mary, der Himmel wäre voller Kerzen, und meint über den sanft plätschernden Wellen schwebende Musik zu vernehmen. Hört mich einer?, fragt sie sich. Kann mich irgendwer hören?
»Alles in Ordnung?« Lautlos kommt Andrew über den Strand auf sie zu.
I am dying, for ever crying … Der Songtext geht ihr nicht aus dem Kopf.
»Wer bist du?«, flüstert sie.
Das Licht der Sterne reicht gerade aus, um ihm das Entsetzen in ihrem Gesicht und den kalten Schweiß auf ihrer Stirn zu zeigen. Er schlüpft in den Schlafsack und hält sie fest.
»Was ist das?«, flüstert sie und deutet zum Himmel, zu den Kerzen am Himmel.
Er hebt verwundert den Blick. »Meteoriten, die Milchstraße, die Unendlichkeit, was genau meinst du?«
»Die Lichter. Die Lichter am Himmel.«
»Das sind Sterne«, versichert er ihr und merkt erst jetzt, dass sie schläft.
»Sternschnuppen und Fixsterne. Sterne bis in alle Ewigkeit.« Er hält sie ganz fest. Ihre Augen schließen sich, und sie taumelt zurück in die Dunkelheit, wo sich an den Wänden ihrer Gedankenwelt Kruzifixe bewegen, wo Jungfrauen blutige Tränen weinen und Nonnen sich selbst und einander geißeln.

»Willst du mit Christopher Marlowe schlafen?«, fragt Downey-eins Downey-zwei.
»Du?«
Sie schweigen. Sie sind übereingekommen, nicht mehr mit demselben Mann ins Bett zu gehen.
»Wenn du's nicht machst, mache ich es«, sagt Downey-eins.
Sie hocken gerade oben am Strand hinter einem Strauch und pinkeln.
»Er wird wahrscheinlich ziemlich abgedriftet sein«, meint Downey-zwei, richtet sich auf und blickt zum Strand hinunter, wo die anderen sitzen.
»Na ja, wenn ich es nicht auf Anhieb schaffe ...«, sagt Downey-eins.
»Dann gib es auf, wie Andrew MacDonald sagen würde«, erwidert Downey-zwei sarkastisch grinsend. »Dann übernehme ich ihn.«
Der Strand ist flach, senkt sich erst zum Wasser hin. Gelächter mischt sich in das leise Rauschen des Meers. Sie gehen zu den anderen. Downey-eins setzt sich neben Christopher Marlowe, der ihr einen Joint reicht.
Bridie sieht neugierig zu. Sie ist die Vorsichtige. Sie trinkt und raucht nicht. Ihre Jungfräulichkeit ist intakt, obwohl sie in ihrer Fantasie schon oft geschändet wurde.
Bernadette stützt sich hinterrücks auf die Ellbogen und blickt in den Abendhimmel. Vita und Treasa hocken im Schneidersitz nebeneinander; Treasas linkes Knie berührt kaum merklich Vitas rechtes.
Andrew hat sich wieder dazugesellt. Mary schläft, nachdem er sie fürsorglich in den gemeinsamen Schlafsack gehüllt hat.
Etwas abseits der Runde schreckt Mary erneut auf und starrt die im Sand sitzenden Freunde an. Sie sieht nur Formen, die Umrisse von Menschen, die in einem Kreis sitzen, und ihre Gedanken jagen einander in dem Bemühen zu erkennen, was sie sieht.
»Nein!«, schreit sie. »Nein! Tut was, sonst kriegen sie mich!«
Alle kommen gleichzeitig angerannt.

»Irgendwas da drin verträgt sie nicht«, sagt Andrew zu Christopher und deutet auf den fast aufgerauchten Joint zwischen dessen Fingern.
»Den anderen hat es nichts ausgemacht. Hat sie schon mal gekifft?«
Keiner weiß es.
»Wir sind's«, sagt Treasa zu Mary, »deine Freunde. Das sind doch nur wir.« Sie hält die völlig verängstigte Mary im Arm.
Aber Mary Olivier (einstmals Oliver) geht durch den Garten Eden, und um jeden Baumstamm schlängelt sich eine Schlange mit glitzernden, roten Augen und beobachtet sie, und die abgestorbene Haut an ihrem Körper schiebt sich nach hinten wie eine Vorhaut. In ihrer Wahnwelt rennt sie los, schlägt panisch die Äste der Bäume mit dem dichten Laub und den riesigen Äpfeln aus dem Weg. Sie kommt an eine kleine Lichtung. Da steht in weißem Gewand und blauem Mantel mit ausgestreckten Armen die Jungfrau Maria.
»Rette mich!«, schreit Mary.
»Horrortrip«, sagt Christopher Marlowe.
Doch als die Jungfrau Maria sie auf sich zukommen sieht, verschwindet sie rückwärts im Gebüsch. Mary Olivier hat Erfahrung im Alleingelassenwerden. Die Äpfel fallen von den Bäumen, und die Schlange, die ihr am nächsten ist, grinst sie an.
Es gibt keine Rettung.
Bridie sieht zu, wie Andrew sein T-Shirt auszieht und sich wieder zu Mary in den Schlafsack legt. Sie fragt sich, wie es sein mag, in der Wirklichkeit von einem Menschen umarmt zu werden.
Wieder in der Runde, nimmt sie den Joint, als er zu ihr kommt, von Downey-zwei entgegen und zieht zum ersten Mal.

»Neulich habe ich geraucht«, erzählt Anna McBride Jean Jacques Olivier vor dem Parthenon. »Einen Joint. Na ja, eigentlich habe ich nur ein bisschen gepafft.«
»Und wie war es?«

»Ich weiß nicht. Ich fühlte mich einsam. Ich hatte gedacht, ich würde mich danach mehr wie die anderen fühlen.«

»Wie meinst du das?«, fragt er sanft.

»Sie sind alle älter als ich. Im Grunde habe ich nie dazugehört.«

»Aber sie beziehen dich doch mit ein, oder nicht?«

»Schon, aber nur wegen Kitty – Kitty O'Dowd. Sie beziehen mich mit ein, weil sie es getan hat. Ich habe immer das Gefühl, aufholen zu müssen.« Bei ihm hat sie keine Angst, Kind zu sein.

»Du musst noch sehr jung gewesen sein bei deinem Schulabschluss«, sagt er und denkt an jenen Juniabend zurück, als er die Mädchen von St. Martin's auf dem Klosterdach sah.

»Vierzehn«, sagt Bridie. »Ich war gerade vierzehn geworden.«

Er nickt. Er sieht sie noch vor sich, wie sie von der Dachluke hinunterstieg und die Seile hinter sich herzog. In einer Hand hielt er das Telefon, sein Blick war auf den Fernseher in der Botschaft geheftet. Er konnte kaum atmen.

»Was fehlte dir denn neulich abends, dass du dich so ausgeschlossen fühltest?« Er scheut sich nicht nachzufragen.

»Eigentlich albern«, antwortet Anna. »Ich wollte, dass mich jemand berührt.«

Jean Jacques umfängt ihre Schulter. »So?«

»Ja«, flüstert sie. »Genau so.«

»Ich bin zu alt für dich.« Er streicht ihr übers Haar.

»Aber das stimmt doch gar nicht. Bitte hör nicht auf.«

Er hört nicht auf. Er küsst ihre jungfräulichen Lippen, liebkost den jungfräulichen Hals, und Anna McBride schmilzt in seinen Armen dahin. Die Französische Revolution wird aufgegeben zu Gunsten von 1975 auf der Akropolis.

»Nein, nicht aufhören!«, stöhnt sie.

»Was möchtest du von mir? Was soll ich tun?«

»Alles, alles. Alles! Ich will nachholen, was ich verpasst habe.«

»Nur wenn du mir alles, was ich tun soll, einzeln benennst, tue

ich es«, neckt er sie liebevoll. »Das ist viel aufregender, viel schöner.«
Die Zeit läuft rückwärts und schnellt wieder in die Gegenwart, als Anna noch einmal die zärtlichen Finger von Jean Jacques Versailles betrachtet und dann leise, scheu, mit verschämt gesenktem Kopf Jean Jacques Olivier sagt, was er machen soll.

»Und, was war?«, fragt Downey-zwei Downey-eins, die aufs Meer hinaussieht.
Downey-zwei hockt neben ihrer Schwester im Sand. Von hinten sehen sie völlig gleich aus, bis hin zur Sitzhaltung – die Knie hochgezogen, der rechte Arm auf ein Knie gestützt. Ihr Haar haben sie der Hitze wegen zu Pferdeschwänzen gebunden. In den Gesichtern finden sich winzige Unterschiede. Die Nase von Downey-eins ist eine Spur kürzer, und wenn sie, was selten vorkommt, Verwunderung ausdrückt, zieht sie die Augenbrauen dabei ein klein wenig höher.
»Nichts. Gar nichts.« Sie blickt gelassen zum Horizont. »Er hatte kein Interesse.«
»Soll ich jetzt?«
»Ja. Du bist dran.«
Kurz darauf trifft sich Downey-zwei mit Treasa und Vita. Sie trinken Kaffee, essen Honigbrote.
»Habt ihr eine Schere dabei?«, fragt sie die beiden.
Sie haben eine dabei.
»Würdet ihr mir bitte die Haare schneiden? Richtig kurz.« Sie will anders aussehen als ihre Schwester, wenn sie sich an Christopher Marlowe ranmacht.
Der Zufall will es aber, dass Downey-eins etwa zur selben Zeit in Begleitung von Bernadette einen kleinen Friseursalon in einer Nebenstraße betritt und sich ebenfalls die Haare kurz schneiden lässt.
Wir entrinnen unserem Schicksal nicht, denkt Downey-eins. Sie lässt die vergangenen Jahre Revue passieren, sieht sich mit jeder

Handlung, jedem Gedanken in ihrer Schwester gespiegelt. Was ich tue, tut sie, und was ihr angetan wird, tut man mir an. Wir sind eins. Christopher Marlowe findet allerdings nicht, dass sie eins sind. An Downey-eins hatte er keinerlei sexuelles Interesse, auf Downey-zwei fährt er voll ab. Wir sind zwar aus demselben Holz geschnitzt und tragen dasselbe Brandzeichen, denkt Downey-zwei, aber verschieden sind wir trotzdem.

»Das habe ich nicht gewusst«, sagt Anna McBride zu ihrem Geliebten in dessen Hotelzimmer in Athen.
»Was hast du nicht gewusst?«
»Ich hatte keine Ahnung, dass es so sein könnte.«
»Besser als in der Fantasie?« Er lächelt. »Bin ich so gut wie Monsieur Versailles?«
Sie errötet und legt die Hände über die kleinen Brüste. »Besser. Besser.«
Sie küssen sich. Sie murmelt immer wieder: »Mehr! Mehr!«
Er packt ihre Handgelenke und zieht ihre Hände weg.
In einem anderen Zimmer im gleichen Hotel schläft Andrew MacDonald mit Mary Olivier im Arm. Wieder träumt sie den Traum der Verdammten. Sie ist Daniel in der Löwengrube, aber anders als für den biblischen Daniel gibt es für sie keine Rettung.
»Agnus Dei«, sagt sie im Schlaf. *»Danielus Dei.«*

Sechzehn

Im Oktober sind sie wieder im Trinity College; einige von ihnen haben nur mehr ein Jahr vor sich. Anna McBride hat ihren BA am University College Dublin gemacht und zieht sofort weiter in die Grafton Street, um am Trinity College mit dem Masterstudiengang zu beginnen.

Jean Jacques Olivier fliegt einmal im Monat übers Wochenende nach Dublin. Den Treffpunkt und den Tag oder die Tage, an denen sie sich sehen, darf Mary Olivier bestimmen. Wenn sie den Freitag nimmt, führt er Anna am Samstag aus und umgekehrt. Manchmal möchte Mary beide Abende mit ihm verbringen – und bekommt sie auch. Jean Jacques macht das nichts aus. Die verlorenen Jahre mit Mary wird er sein Leben lang nachholen, und Anna will er Zeit zum Erwachsenwerden lassen.

»Du bist noch sehr jung«, hat er auf der Heimreise von Griechenland in Rom zu ihr gesagt.

»Aber ich weiß, was ich will«, wendet Anna ein und wirft ihr dunkelrotes Haar hinter die Schultern. »Wirklich.«

»Hör mir zu«, sagt Jean Jacques. »Ich will dich auch. Aber wir haben Zeit. Wir dürfen es nicht übereilen.«

Genau wie die Gespräche mit Jean Jacques Versailles, denkt sie und bleibt hartnäckig. »Aber ich will bei dir sein!«

»Mach deinen Master, lass dir Zeit.« Er fährt sich mit der Hand durch das dunkle, glatte Haar. »Wir haben Zeit. Ich muss nirgendwohin. Ich kann warten, weißt du. Ich habe Geduld. Du bist das Warten wert.« Auch er kann beharrlich sein. »Du musst auch mal mit Jungs deines Alters ausgehen.«

»Ich will aber mit dir zusammen sein!«, insistiert sie.

Schließlich erklärt sie sich bereit, nach Dublin zurückzukehren, den Weg weiterzugehen, den sie für sich gewählt hat, und sich einmal im Monat mit Jean Jacques zu treffen.

»Würde es dir denn nichts ausmachen, wenn ich mich mit anderen Jungen träfe?«, fragt sie ihn.

»Doch, schrecklich viel sogar«, flüstert er an ihrem Hals.

Auch Mary Olivier ist wieder im Trinity College. Sie hat das Studienfach gewechselt, Kunstgeschichte statt Philosophie. Ihre Nägel in den Taschen, das Blut noch warm von der Sonne Griechenlands, sitzt sie mit Andrew MacDonald auf dem Sutherland Square. Für Andrew beginnt das letzte Jahr seines Politikstudiums.

»Was bedeutet dir dieser Platz?«, fragt er sie, weil sie oft vorschlägt, hierhin zu gehen und sich auf eine Bank zu setzen.

»Er steht für alles, was die Schule nicht war«, antwortet sie ausweichend. »Hierher ging Kitty immer, wenn sie rauswollte, während wir anderen eingesperrt blieben …« Ihre Stimme erstirbt.

»Wie war es denn eigentlich so?« Ihn fasziniert, wie unterschiedlich die Erinnerungen der einzelnen Mädchen sind.

»Ich weiß es nicht mehr«, sagt sie, und es stimmt.

Kitty O'Dowd hat viel zu tun in ihrem Hotel.

Brrrr. Brrrr. Es ist das Telefon an der Rezeption, wo Kitty gerade Schlüssel ordnet.

»Guten Tag«, sagt sie in die Sprechmuschel.

»Guten Tag.« Der Anrufer spricht mit schottischem Tonfall.

»Andrew.« Sie ist überrascht. Sie weiß von den anderen, dass er eine Beziehung mit Mary Olivier hat.

»Ich komme heute Abend in deine Gegend. Darf ich dich zum Essen einladen?«
»Ich habe ziemlich viel zu tun.«
»Dann eben nur auf einen Drink, und wenn du doch Zeit hast, essen wir auch, einverstanden?«
Nachdem sie aufgelegt hat und die Nachmittagspost durchgegangen ist, eilt Kitty O'Dowd in ihre Wohnung und beschließt, kurz unter die Dusche zu gehen. Das brauche ich jetzt einfach, sagt sie sich. Hat nichts damit zu tun, dass ich mit Andrew zum Essen gehe.
Bernadette O'Higgins kehrt ins College zurück und beginnt das letzte Jahr ihres naturwissenschaftlichen Studiums.
»Dr. Denyll«, ruft sie ihm zu, als sie auf dem Cricketfeld die breiten Schultern und schmalen Hüften ihres Tutors entdeckt.
Er dreht sich um und sieht sie – das blonde Haar, von der Sommersonne noch heller gebleicht, den glücklich lächelnden Mund, die tiefblauen Augen, die ihn offen anblicken.
»Na, wenn das nicht meine beste Studentin ist!«, sagt er. »So, wie Sie aussehen, muss es ja ein toller Sommer gewesen sein.«
»Mhm.« Sie nickt und denkt an den tollen Winter, den sie geplant hat.
»Na, wo waren wir denn?«, fragt er. »Bisschen arg sauber gelebt, was?«
Sie lacht. »Bisschen arg gammelig gelebt. Wir sind quer durch Europa getrampt, und dann war Inselhopping in Griechenland angesagt. Wir haben immer am Strand geschlafen«, fügt sie hinzu. Vielleicht regt das ja seine Fantasie an.
Es klappt.
»Ach, wirklich? Zu wievielt waren Sie denn?«
»Ach, unterschiedlich«, antwortet sie ausweichend. »Ein ganzer Haufen von hier. Wir haben uns getroffen, ein paar Tage zusammen verbracht und sind dann weitergezogen … Sie wissen schon.«

»Gar nichts weiß ich!«, sagt er. »Kommen Sie, ich lade Sie zu einem Kaffee ein, und Sie erzählen mir ein bisschen.«
Und sie erzählt ihm ein bisschen.

Christopher Marlowe fragt Andrew MacDonald: »Stimmt es, dass dein Mitbewohner weg ist?«
Andrew zögert. »Ja, das stimmt. Er hat spontan beschlossen, ein Jahr zu pausieren, weil er hinter einer Schwedin her ist, die er im Grand Canyon kennen gelernt hat.«
»Mensch!«, sagt Christopher Marlowe ganz lieb. »Dann ist ja bei dir ein Bett frei, oder?«
»Möglich. Aber die Verwaltung weiß, dass John ein Jahr pausiert. Das Zimmer ist wahrscheinlich schon längst vergeben.«
»Was dagegen, dass ich mal nachfrage?«
»Nein«, sagt Andrew, und er hat wirklich nichts dagegen. Er findet es zwar schade, dass John und er nicht mehr zusammen wohnen, aber Christopher ist wahrscheinlich immer noch besser als jemand, den er nicht kennt.
»Ich will ein gutes Examen machen!«, warnt er Christopher vor.
»Nur keine Panik«, erwidert Christopher. »Meine Lernerei wird dich nicht im Geringsten stören!« (Was stimmt, denn Lernen findet bei ihm nicht statt.)
Christopher Marlowe bekommt das Bett im anderen Zimmer. Er ist völlig unproblematisch; sein Interesse gilt mehr dem Kiffen und Herumgammeln als heißen Partys, aber hin und wieder ist er auch ganz schön auf Zack.

»Hast mir gefehlt, Kitty O'Dowd«, sagt Andrew MacDonald. Vor ihm steht ein Glas Guinness.
Sie lächelt. Kitty O'Dowd ist nicht dumm.
»In deinem Schlafsack vielleicht?«
Er grinst. »In einem Schlafsack haben wir nie miteinander geschla-

fen – bisher jedenfalls nicht –, aber ansonsten haben wir es so ziemlich überall gemacht, stimmt's?«, fragt er anzüglich.

Sie nippt an ihrem Drink und mustert ihn über den Glasrand hinweg. »Ist das ein Flirtversuch?« Wieder fällt ihr auf, wie braun er ist, und sie denkt daran, wie es sich anfühlt, wenn man ihm mit den Fingern durch die Locken fährt.

»Nein, kein Versuch – ich flirte bereits mit dir.«

»Andrew, du bist doch mit Mary zusammen, oder nicht?« Kitty will Klarheit, damit sie weiß, woran sie ist.

»Könnte man so sagen, ja.«

Kitty nimmt die Speisekarte und betrachtet sie.

»Wir schlafen nicht miteinander, wenn du das meinst«, sagt er beiläufig.

»Da habe ich etwas anderes gehört«, sagt Kitty zur Speisekarte.

»Nicht im sexuellen Sinn.«

»Auf Einzelheiten kann ich verzichten«, erklärt Kitty betont gleichgültig.

»Ich bestelle uns was, ja?« Er sieht sie eindringlich an.

Er schafft es fast, sie zum Nicken zu bringen. Es hat ihr immer so gefallen, wie er das machte, aber diesmal nicht.

Samstagabend. Bernadette O'Higgins, Anna McBride, Treasa O'Donoghue, Vita Grennit und die Downey-Zwillinge sitzen in der College-Cafeteria. Mary Olivier ist mit ihrem Papa essen gegangen, und Andrew MacDonald ist verschwunden – genauer gesagt ist er in Dalkey, führt Kitty O'Dowd aus (und versucht sie für sich zu gewinnen).

Alle haben ein Zimmer im Trinity, außer Vita. Sie wird bei Treasa übernachten.

»Nicht viel los, was?«, beklagt sich Bernadette.

»Christopher wollte später nachkommen«, sagt Downey-eins. »Er hat eine Überraschung auf Lager.«

Bernadette sieht sich um in der vagen Hoffnung, Dr. Denyll zu entdecken, aber das Lokal ist aus unerfindlichen Gründen fast leer. Kein Dr. Denyll und auch sonst kaum jemand.

Im Saddle Room des Shelbourne Hotels erkundigt sich Jean Jacques Olivier bei seiner Tochter nach den Zimmern.
»Ach«, sagt sie in ihrem Essen stochernd, »mir gefällt mein Zimmer. Du wirst es ja noch sehen. Das Fenster geht auf den New Square. Der Front Square wäre mir lieber gewesen, aber ich hatte Glück, überhaupt eine Bude zu ergattern.«
»Du isst nicht gerade viel.«
»Ich habe keinen großen Hunger.« Sie schüttelt den Kopf. »Entschuldige. Ich weiß, ich wollte hierher. Tut mir Leid.« Sie hebt die Schultern.
»Also, was machen wir an Weihnachten?«
Sie lächelt. Wie sie sich über diese Frage freut! Er hat sie ihr, seit er sie gefunden hat, jedes Jahr gestellt, und obwohl sie viel zu spät kam, hat sie ihr doch immer das Gefühl gegeben, ein Zuhause zu haben.

Kitty O'Dowd ist stinksauer und hat keine Lust zuzuhören. Kitty O'Dowds größtes Problem ist, dass sie nicht genug nachdenkt.
»Unsere Beziehung war doch immer etwas ganz Besonderes«, sagt Andrew.
»Na ja, ging so.«
»Nun sei doch nicht so!«
»*Wie* soll ich nicht sein?«, fragt sie gereizt. »Soll ich nicht wütend sein, obwohl ich dachte, wir beide würden weiter miteinander ausgehen, und dann kommt raus, dass du mit Mary Oliver am Strand in Griechenland gevögelt hast? Und als du zurück warst, hast du nicht mal angerufen!« Sie hört sich selbst, und dieser Ton gefällt ihr gar nicht, aber sie kann sich nicht zügeln.
»Okay«, sagt er und fährt sich durchs Haar. »Vielleicht hätte ich

wirklich nicht mit Mary in einem Schlafsack schlafen sollen, aber wir hatten keinen Sex miteinander. Sie war völlig weggetreten, fast ständig entweder angetrunken oder bekifft. Es war ein bisschen Spaß, ein bisschen Zärtlichkeit, mehr nicht. Und der Ordnung halber weise ich darauf hin, dass ich erst seit wenigen Tagen wieder hier bin. Ich musste zuvor noch zu meinen Eltern nach Schottland.«

Aber Kitty kann sich nicht beherrschen. Ihre aufgestaute Wut entlädt sich ebenso wie der Neid, den sie empfindet, weil die anderen alle weg waren, während sie in Bray bleiben musste, und ihre übliche Lässigkeit geht flöten.

»Hör mir bloß auf mit dem Scheiß!«

Auf dem Weg in die Innenstadt überlegt Andrew MacDonald, dass sie nur deshalb so verärgert gewesen sein kann, weil sie wirklich etwas für ihn empfindet, dass aber eine eingeschnappte Kitty O'Dowd mehr ist, als er erträgt. Auf der O'Connell Bridge streicht ihm eine leichte Brise durchs Haar, die vom Meer her die Liffey aufwärts weht, und schlagartig hebt sich seine Stimmung. Als er das Haupttor durchschritten hat und auf dem Kopfsteinpflaster dahinschlendert, ist seine finstere Miene verschwunden.

Er nimmt immer zwei Stufen auf einmal. Im dritten Stock ist alles ruhig. Er schiebt die Hände in die Taschen, sieht durchs Fenster auf die Tennisplätze und fragt sich, wo Christopher ist.

Hinter der Tür herrscht fast völlige Stille. Die Mädchen sitzen in unterschiedlichen Haltungen auf dem Boden und dem Sofa. Vor ihnen steht eine große Leinwand, hinten surrt ein Projektor. Das Bild ist starr, auf Standbild gestellt. Die Mädchen bleiben reglos sitzen.

Als Andrew MacDonald die Tür öffnet, nimmt er als Erstes den Projektor und die Leinwand wahr – und bleibt fassungslos stehen. Er fragt sich, wo der Projektor und die Leinwand herkommen. Dann glaubt er eine Sekunde lang, im falschen Zimmer zu sein. Die Stille, die Reglosigkeit, das Geräusch des Projektors, die von der Leinwand erhellte Dunkelheit. Dann sieht er die Mädchen, die es

sich auf dem Boden und den Sitzmöbeln bequem gemacht haben. Kopfschüttelnd betrachtet er die Szene. Verwundert richtet er den Blick noch einmal auf die schweigenden Mädchen, dann auf die Leinwand. Er legt den Kopf schief, um das Bild zu betrachten – das zitternde Bild eines Mannes und einer Frau. Es lässt an Deutlichkeit nichts zu wünschen übrig. Er sieht noch einmal zu den Mädchen hin und bemerkt den kreisenden Joint. Er schnüffelt und grinst.
Sie lächeln ihn träge an.
»Hallo, Andrew«, sagen alle auf einmal.
»Was läuft hier?«, fragt er. »Wo ist Christopher?«
»Kommt gleich. Ist pinkeln gegangen.«
Andrew setzt sich auf den Boden. Christopher kommt zurück und betätigt den Schalter am Projektor. Der Mann auf der Leinwand steigt zu Andrews Erstaunen von der Frau herunter, und die beiden beginnen, sich die Kleider an den Leib zu reißen. Anders lässt es sich nicht beschreiben.
»Wir lassen ihn rückwärts laufen«, erklärt Christopher. »Das hier ist die beste Stelle.«
Die Mädchen wälzen sich auf dem Boden. Anna McBride muss fast kotzen vor Lachen. Bernadette O'Higgins rollt über den Teppich und hält sich den Bauch. Treasa, Vita und die Downey-Zwillinge sind völlig hysterisch.
»Darf ich fragen, warum ihr das rückwärts laufen lasst?«
»Wir haben den Film schon normal laufen lassen«, sagt Bernadette, immer wieder von kleinen Lachanfällen unterbrochen. »Zweimal sogar. Wir hatten ja noch nie einen Pornofilm gesehen. Aber irgendwann wird es ziemlich langweilig, und da hat Christopher gesagt, wir sollten ihn mal rückwärts laufen lassen.«
»Das ist dermaßen witzig«, sagt Downey-eins. »An den Sexszenen selbst ändert sich nicht viel, aber die anderen Stellen sind einfach zum Schreien.«
Das Paar auf der Leinwand geht, mittlerweile vollständig angezo-

gen, rückwärts aus der Tür, und die Tür schließt sich. Die beiden laufen rückwärts die Treppe hinunter, steigen rückwärts in zwei Autos und verschwinden rückwärts fahrend in verschiedene Richtungen.

»Das war Spitze«, heißt es einhellig.

»Wenn man sich mit seinem Partner langweilt, kann man es ja beim Sex mal so versuchen – am Ende anfangen, alles rückwärts machen und zum Schluss angezogen sein«, schlägt Bernadette vor.

»Einen Orgasmus kriegen, bevor man überhaupt angefangen hat?«, fragt Andrew. »Ihr gebt mir besser mal den Joint, damit ich mit euch gleichziehen kann!«

Auf dem Weg zu ihrem Zimmer muss Bernadette O'Higgins immer noch grinsen. Plötzlich ruft jemand ihren Namen.

»Miss O'Higgins!«

»Hallo, Dr. Denyll«, sagt sie kichernd.

»Ich habe Sie in der Cafeteria gesucht. Ich dachte, Sie wären vielleicht dort. Haben Sie eine Bude?«

»Ja.« Sie lacht. »Ich habe eine Bude.«

»Und kriegt man da spät nachts noch einen Kaffee?«

Plötzlich sieht Bernadette ihr Zimmer vor sich, Haus 7, dritter Stock, das schmale Bett, die beiden Sessel, die Gasflammen im Kamin, den Schreibtisch vor dem Fenster, ihr eigenes kleines Paradies. Das Problem ist nur, dass sie die Studentin im Nachbarzimmer schon öfter stöhnen hören hat, auch die Sprungfedern waren zu hören gewesen, und obwohl sie Dr. Denyll will oder vielleicht gerade weil sie ihn will, ist ihr der Gedanke, jemand könnte sie und ihn in ihrem knarrenden Bett hören, unerträglich.

Sie zögert.

»Wir können auch bei mir Kaffee trinken«, schlägt er hastig vor, als er ihre Zurückhaltung spürt.

Sie gehen in sein Arbeitszimmer, in dem ein durchgesessenes Sofa steht, und nach dem Kaffee führt er sie zur Armlehne des Sofas in

der Annahme, sie würde sich bereitwillig vorbeugen, damit er sie von hinten nehmen kann, so wie er schon Dutzende vor ihr genommen hat und im Lauf der Zeit Dutzende nach ihr nehmen wird.
Aber da täuscht sich Dr. Denyll.
Bernadette O'Higgins bleibt neben der Armlehne seines Sofas stehen, richtet ihre tiefblauen Augen auf ihn und lächelt.
»Trinken wir noch eine Tasse Kaffee?«

Zielstrebig geht Kitty O'Dowd von der Bushaltestelle zum Hotel zurück. Sie nickt dem Mädchen an der Rezeption zu und betritt die kleine Hotelhalle, an deren Bar fünf, sechs Gäste bei einem spätabendlichen Drink sitzen. Sie räumt einen Tisch ab und trägt die leeren Gläser zur Bar. Sie unterhält sich kurz mit dem Barmann. Er wollte gerade drei Drinks zum Tisch am Fenster bringen. Sie macht es für ihn.
»Ach, Sie sind doch das Mädchen, das heute Morgen beim Einchecken an der Rezeption war, oder?«, fragt einer der Gäste, ein gut aussehender junger Mann mit nordirischem Akzent.
Lächelnd stellt sie die Gläser auf den Tisch.
Als sie zur Bar zurückgeht, folgt er ihr.
»Darf ich Sie zu einem Drink einladen? Oder ist das während der Arbeit nicht erlaubt?«
Kitty O'Dowd ist einen Moment lang versucht einzuwilligen. Er sieht nett aus, und vielleicht ist das ja genau das, was sie braucht – ein Unbekannter, der ihr in ihre Wohnung und in ihr Bett folgt.
Aber Kitty O'Dowd ist zu clever und weiß, dass man Geschäft und Vergnügen klar trennen muss.
Sie schüttelt den Kopf. »Tut mir Leid, das ist nicht erlaubt«, sagt sie und verschweigt, dass dies ihr Hotel und, wenn sie es will, alles erlaubt ist.
Sie holt sich einen großen Gin an der Bar und verschwindet durch die Personaltür. Sie geht in ihre Wohnung, lässt sich ein Bad ein,

versucht sowohl das enttäuschte Gesicht des Mannes zu vergessen als auch die Erinnerung an Andrew MacDonald, wie er sie flüchtig auf die Wange küsst und »Tschüss, Kitty, pass auf dich auf« sagt.

Die Badewanne ist voll, das Glas leer. Sie geht nackt in ihre winzige Küche, holt eine Flasche Gin und nimmt sie mit ins Bad.

Sie gleitet unter den Schaum, und wieder kommen die Gedanken und Erinnerungen.

Wir sind gefesselt, denkt sie, an die Vergangenheit gefesselt. An die vielen Dinge, die aus uns gemacht haben, was wir heute sind.

Ein wahrlich tiefer Gedanke für eine Kitty O'Dowd, aber sie ist nun mal nicht bereit, Andrew loszulassen. Auch sie durchlebt stürmische Zeiten, aber der Wind treibt sie immer weiter von Andrew weg. Aufrecht sitzt sie in der Badewanne, zieht die Knie hoch und stützt das Kinn darauf. Sie sehnt sich nach ihm. Wenn er jetzt da wäre, würden seine Finger langsam aber sicher ihre lange, elegante Wirbelsäule auf und ab streichen, dann würde er ihr Haar im Nacken heben und sie dort, ganz dicht am Ansatz, küssen.

Sie reißt den Mund auf und kippt den Gin gleich aus der Flasche.

Treasa O'Donoghue und Vita Grennit liegen auf Treasas Bett in Zimmer 32 direkt über Mary Oliviers Zimmer. An Treasas Fenster hängt eine Schnur mit einem sorgfältig daran befestigten kleinen Kieselstein bis zu Marys Fenster hinab. Wenn Treasa Mary etwas mitteilen will, aber keine Lust hat, die Treppe runterzugehen, zieht sie die Schnur hoch und bindet einen Zettel daran. Wenn sie die Schnur aus dem Fenster fallen lässt, klopft der Kieselstein an Marys Fenster, und Mary holt sich die Nachricht.

Wenn Mary Treasa etwas mitteilen will, bindet sie einen Zettel ans untere Schnurende und zieht vorsichtig daran. Dann klopft ein zweiter, geschickt am oberen Ende angebrachter Kieselstein an Treasas Scheibe.

Ganz schön einfallsreich, diese Mädchen.
»Treasa?«
»Mmmm?«
»Du wirst mir fehlen«, sagt Vita mit den blauen Augen, blonden Haaren, herrlich braunen, langen Beinen.
»Mmmm.«
»Ich dir auch?«
»Mmmm.«
»Weihnachten?«
»Mmmm.« Der Schlaf ruft Treasa. Und die Unschlüssigkeit. Kein Gesetz der Welt besagt, dass sie sich jetzt sofort wegen Weihnachten entscheiden muss.
Die Lider werden ihr schwer.
Treasa ist eingeschlafen.

Poch, poch, poch.
»Ich geh schon«, sagt Andrew MacDonald, steht auf und öffnet die Tür.
Christopher Marlowe liegt mit Downey-zwei im Arm auf dem Sofa. Bridie und Downey-eins saßen, bis das Klopfen ertönte, rechts und links von Andrews Beinen auf dem Boden.
Als er Mary Olivier die Tür öffnet, sieht sie ihn mit verhangenem Blick an und lächelt. Er breitet die Arme aus, macht einen Schritt auf sie zu, und sie hebt ihr Gesicht seinen Lippen entgegen.
»Bist du's, Mary?«, ruft Anna McBride durch die halb geöffnete Tür.
»Äh, mmmmm«, antwortet Mary Olivier.
»Ich muss jetzt ins Bett«, sagt Anna McBride in den abgedunkelten Raum hinein, steht auf und geht.
»Ich weiß, wohin sie gegangen ist«, sagt Downey-eins an niemanden direkt gerichtet.
Downey-zwei kichert.

»Wohin denn?«, fragt Christopher Marlowe, während seine Finger lässig durch das Haar seines Zwillingsmädchens fahren.
»Zu Marys Papa«, antwortet Downey-zwei.
»Was?«, sagt Andrew MacDonald.
»Das soll wohl ein Witz sein«, sagt Mary Olivier.
»Jede Wette drauf!«, erwidert Downey-zwei.
»Wen interessiert das schon?«, fragt Christopher Marlowe.
Keiner der Downey-Zwillinge erwidert etwas.
»Ist das denn wichtig?«, fragt Christopher mit einem seltenen Anflug von Neugier.
Für Anna McBride ist es wichtig.
Sie dreht sich auf den Rücken und starrt an die Decke. Sie wünscht sich, dass Jean Jacques Olivier über Nacht bleibt, aber das wird er nicht tun. Er will nicht, dass Mary, die das Zimmer über dem von Anna hat, erfährt, was er direkt unter ihr macht.
Mary Olivier hat beim Eintreten in Andrews und Christophers Bude sofort den Projektor und die Leinwand entdeckt und besteht darauf, sich den Pornofilm anzusehen.
Als er zu Ende ist, bleibt sie an Andrews Beine gelehnt auf dem Boden sitzen. Sie weiß, dass ihre Wangen knallrot sind. Sie schluckt. Sie hat keine Ahnung, was sie sagen soll.
»Ziemlich öde, was?«, sagt Downey-zwei.
»Mhm.« Mary versucht herauszufinden, welche Meinung darüber allgemein herrschte, bevor sie dazukam.
»Lass ihn doch mal für Mary rückwärts laufen, Christopher«, schlägt Downey-zwei vor. »Das ist so witzig, Mary, das gefällt dir bestimmt.«
Das sind gute Verhaltensrichtlinien, und also lacht Mary mit den anderen, während der Film rückwärts läuft. Aber innerlich weiß sie nicht ein noch aus vor Peinlichkeit. Den anderen gegenüber hat sie sich erfolgreich als die emanzipierte Studentin dargestellt, die es auf ihrer Bude krachen lässt, wenn sie eigentlich in der Vorlesung sitzen sollte, und eine Stunde später mit rosigen Wangen und Schlaf-

zimmerblick wieder auftaucht – aber in Wahrheit ist Mary Virgo intacta.
»God bless America«, schmettert Christopher Marlowe vor sich hin.
»Also, ich weiß nicht recht«, meint Andrew, »und zwar sowohl hinsichtlich der Frage, ob Gott überhaupt Lust dazu hat, als auch in Bezug darauf, ob das angebracht ist.«
»Wäre es nicht toll, wenn man mal ins Kino gehen könnte, ohne dass es Bombenalarm gibt?«, fragt Downey-eins. »Ich bin in den letzten Jahren aus so vielen Filmen mittendrin rausgeworfen worden, und es ist immer so langweilig, wenn man sich dann hinterher noch mal die erste Hälfte ansehen muss.«
»Vielleicht sollte man die Kinoleute einfach bitten, den ganzen Film rückwärts laufen zu lassen. Dann kannst du gehen, wenn der Teil kommt, den du schon kennst. Erzähl ihnen doch, wie gut es anderen Filmen tut, wenn sie rückwärts gezeigt werden!«
Der Vorschlag erntet schallendes Gelächter.
»Im Academy gibt's noch einen Spätfilm. Habt ihr Lust?«, fragt Christopher Marlowe.
Nur Downey-zwei will mit. Downey-eins zieht sich in ihr Zimmer zurück, Andrew und Mary bleiben, wo sie sind.

In dem Hotel in Bray geht der Mann mit dem nordirischen Akzent zum Barmann und fragt nach Kitty O'Dowd. Er weiß inzwischen, dass sie die Besitzerin und Geschäftsführerin ist. Er wartet, bis der Barmann sich umdreht, dann schlüpft er durch die Tür, durch die Kitty O'Dowd zwanzig Minuten zuvor verschwunden ist.
Kitty O'Dowd liegt in ihrer Wanne und träumt vor sich hin. Das Telefon klingelt. Sie schlägt die Augen auf.
Das ist garantiert Andrew, denkt sie. Sie stemmt sich hoch, lässt sich aber gleich wieder ins Wasser fallen. Soll er ruhig schmoren.
Doch da hat nur, wie es der Zufall wollte, jemand eine falsche Nummer gewählt und legt gleich wieder auf.

Wenige Sekunden später steht der Mann mit dem nordirischen Akzent vor Kittys Wohnungstür und klopft.
Überzeugt, dass es sich um Andrew handelt und dass er vom Hotel aus angerufen hat, greift sie nach dem Badetuch und steigt aus der Wanne. Plötzlich gibt es für sie nichts anderes mehr, als mit ihm ins Bett zu gehen. Tropfnass, schaumbedeckt und von dem Badetuch nur notdürftig verhüllt läuft sie zur Tür und öffnet.
Später sagte sie zu Treasa: »Es war ein bisschen so wie damals, als ich mich hinter dem Vorhang versteckt habe und niesen musste. Ich weiß, du warst damals nicht dabei, aber es war derselbe Überraschungseffekt. Schwer zu sagen, wer von uns beiden mehr erschrak.«
»Und dann?«, fragte Treasa.
»Dann habe ich angefangen zu kichern.«
»Und er, der Mann, was hat er gemacht?«
»Schallend gelacht.«
»Mein Gott. Was hast du denn dann gemacht?«
»Na, was glaubst du?«, sagte Kitty grinsend. »Ihn reingebeten natürlich. Ich hatte getrunken, war ziemlich angesäuselt und total albern drauf.«
»Erzähl weiter! Spann mich nicht so auf die Folter!«, drängte Treasa.
»Also, er kam rein. Ich hatte mir das Badetuch vorgehalten, und als ich mich umdrehte, um vorauszugehen, da – na, du weißt schon.«
»Überhaupt nichts weiß ich«, widersprach Treasa. »Du bist ja plötzlich so verschämt!«
»Das hat er sich garantiert auch gedacht. Er kam nämlich in den Genuss einer vollen Rückenansicht von mir. War aber nicht beabsichtigt, wirklich nicht.«
Der Mann schnappt überrascht und anerkennend nach Luft, denn Kitty O'Dowds Körper ist ohne Zweifel sehr schön. Schlank, aber mit leichten Rundungen, lang und geschmeidig, und als sie einen Blick über die Schulter wirft, weil sie wissen will, warum er nach Luft schnappt, wird ihr bewusst, dass er ihre nackte Rückseite sieht.

Völlig sinnlos, jetzt den Hintern zu bedecken, dabei würde sie nur noch mehr von sich enthüllen. Sie belässt es bei einem kittytypischen Achselzucken und geht ihm voran in die Wohnung.

»Ich ziehe mir nur schnell was über«, sagt sie. »Bin gleich wieder da.«

»Tun Sie das nicht«, erwidert er. Seine Stimme klingt plötzlich tiefer, sonorer. »Bleiben Sie so. Ich bitte Sie darum.«

Vielleicht ist es etwas in seiner Stimme oder eine Trotzreaktion Kittys, weil sie sich nicht oben ohne an griechischen Stränden räkeln durfte, auf jeden Fall lächelt sie und setzt sich.

Sie sitzen einander auf Stühlen gegenüber. Schweigend mustern sie sich.

Kitty, leicht betrunken vom Gin, fühlt sich begehrlich und begehrt. Und er, der Namenlose mit dem nordirischen Akzent und dem hübschen Gesicht, betrachtet sie, fährt mit dem Blick noch einmal die hohen Wangenknochen ab, die ihm schon vorhin aufgefallen waren, den schlanken Hals, die Schlüsselbeinknochen, die sich deutlich abzeichnen, die Rundung der Schultern.

Ein Augenblick wie aus der Zeit herausgeschnitten und zu einem Bildteppich verwoben.

Er hebt ein wenig den Kopf und bringt damit irgendwie zum Ausdruck, dass er es gern sähe, wenn sie das Badetuch fallen ließe.

Kitty O'Dowd lässt es fallen.

»Das hast du nicht gemacht!«, sagte Treasa O'Donoghue.

»Doch. Und warum auch nicht?«, verteidigte sich Kitty. »Warum hätte ich es nicht tun sollen? Ich arbeite weiß Gott hart. Ich bin sparsam und vernünftig und alles, was ich nie sein wollte. Warum hätte ich es nicht tun sollen?«

»Entschuldige«, sagte Treasa, die mit einem Mal verstand, wie Kittys Leben jetzt aussah. Jeden Tag früh aufstehen und spät ins Bett kommen, für nicht erschienene Mitarbeiter einspringen, ein von Genügsamkeit und Sparsamkeit geprägtes Leben. »Du hast ja völlig Recht. Warum sollst du nicht deinen Spaß haben? Aber hattest du denn keine Angst? Immerhin wusstest du nicht mal, wie der Mann heißt.«

»Ich weiß nicht«, antwortete Kitty. »Er hatte einfach was. Er sah nett aus … Nein, ich hatte keine Angst. Außerdem war ich schon ziemlich abgefüllt.«

Sie lächelten sich an.

»Und, war es gut?«

»Was denn?« Kitty hatte sich vorgenommen, Treasa für ihr Erstaunen und ihre angedeuteten Einwände büßen zu lassen.

»Der Sex mit ihm. Du weißt schon – *Eins, zwei, drei, vier, wer klopft da an meine Tür. Fünf, sechs, sieben, acht, komm rein, sie ist nicht zugemacht.* Die Missionarsstellung oder was immer ihr getrieben habt.«

Kitty lachte. »Sag ich dir nicht.«

Alle haben sie ihre Affären. Manche finden heimlich, manche offen statt. Sie kuscheln mit ihren Liebhabern und flüstern ihnen ihre Gedanken zu. Sie lachen miteinander und erzählen sich Anekdoten und schnüffeln, manchmal diskret, manchmal schonungslos im Leben der anderen herum.

Der Herbst geht in den Winter über. Die Sonne steigt nicht mehr so hoch, die Schatten, die sie wirft, werden länger und dunkler, und die Mädchen lassen ihre Vergangenheit hinter sich.

»Aber wir sind an die Vergangenheit gefesselt«, hat Kitty in der Badewanne laut vor sich hin gesagt. »Wir entrinnen ihr nicht. Sie ist die Verbindung zwischen unserer Geburt und der Gegenwart.«

Gingetränkte Gedanken, die in den Abfluss wirbelten, als sie den Stöpsel zog.

Siebzehn

Wir sind im Frühsommer nach der Jahrhundertwende, im Jahr des Herrn zweitausend. Kitty O'Dowd – blonde Strähnchen im perfekt geschnittenen Haar – sitzt im Wintergarten neben ihrem Büro im hinteren Teil des Hotels und trinkt Kaffee. Sie überprüft Bestellungen, hakt Seite um Seite Posten für Posten ab. Das Telefon summt, es ist die Empfangsdame: »Miss Maple ist jetzt da.«

»Schicken Sie sie rein«, sagt Kitty. »Und bitte noch ein bisschen Kaffee. Danke.«

Zwei Posten hakt sie noch ab, dann legt sie den Stift hin; unmittelbar darauf klopft es an der Innentür.

»Herein«, ruft sie und steht auf, um ihre ehemalige Lehrerin zu begrüßen.

»Kitty, meine Liebe!«

»Wie schön, Sie zu sehen, Miss Maple!«

»Maeve. Ich habe dir doch schon so oft gesagt, dass du mich Maeve nennen sollst.«

Sie sehen sich ziemlich regelmäßig, denn Maeve Maple wohnt noch immer ganz in der Nähe des Hotels.

»Die Macht der Gewohnheit, Maeve«, sagt Kitty. »Kommen Sie, setzen Sie sich. Der Kaffee ist unterwegs.«

»Hast du heute schon Zeitung gelesen?«, fragt Maeve Maple.

Kitty schüttelt den Kopf. »Nein, noch nicht. Dazu komme ich meist erst am Abend. Warum?«
Maeve zieht eine zusammengefaltete Zeitung unter dem Arm hervor und reicht sie Kitty. »Es kam heute Morgen in den Nachrichten. Aber die hast du wahrscheinlich auch nicht gehört.«
Kitty nimmt die Zeitung, entfaltet sie und liest die Schlagzeile.
»O mein Gott.« Sie legt die Zeitung auf den Tisch vor dem Fenster, setzt sich und liest den Artikel aufmerksam durch.
»O mein Gott.« Sie hebt den Blick zu Maeve Maple. Die beiden Frauen sehen sich an.

Am selben Vormittag hat sich Andrew MacDonald in Edinburgh gerade geduscht und angezogen. Bernadette O'Higgins dreht sich auf den Rücken und sagt: »Ich stehe wohl besser auch mal auf.«
»Bleib, wo du bist. Ich hole nur schnell die Zeitung und ein paar Croissants und bin sofort zurück. Bis zwölf habe ich keine Termine.«
»Dann dusche ich, während du weg bist.« Bernadette setzt sich inmitten des zerwühlten Bettzeugs auf. »Und ich mache Kaffee. Bringst du mir die *Irish Times* mit?«
»Die Macht der Gewohnheit«, bemerkt er etwa zur selben Zeit, als auch Kitty diesen Ausdruck gebraucht.
»Vielleicht steht eine Rezension meines Buchs drin – sehr wahrscheinlich ist das allerdings nicht. Wohl eher erst am Samstag. Nein, das ist nur eine Ausrede. Du hast Recht, die Macht der Gewohnheit …«
»Nach der Buchvorstellung gestern Abend ist es doch ziemlich wahrscheinlich, dass in einer der hiesigen Zeitungen eine Besprechung steht«, sagt Andrew. »Ich sehe einfach mal nach und kaufe alles, was mir unterkommt.«
»Spar dir die Mühe.« Sie schwingt die Beine aus dem Bett und steht

mit über den Kopf gereckten Armen und durchgedrücktem Rücken nackt vor Andrew. »Meine Agentin sammelt das alles.«
»Ah, was sind wir wieder cool!« Er greift nach ihrer rechten Brustwarze und reibt sie zwischen Daumen und Zeigefinger, während er Bernadette in die Augen sieht.
Sie fährt sich langsam mit der Zunge über die Oberlippe. Keiner sagt etwas. Sie sehen sich unverwandt an. Er zieht seine Hand zurück, lässt Bernadette sanft nach hinten aufs Bett gleiten und öffnet den Reißverschluss an seiner Hose.

Anna Olivier (geborene McBride) bewegt sich in Jean Jacques' Armen. Sie sind in ihrer gemeinsamen Wohnung in Washington. Jean Jacques Olivier schläft noch, aber er spürt, dass ein Schauder sie überfällt, weiß, dass ihr alter Albtraum sie wieder quält. Sie erwacht in seiner Umarmung und zwingt sich, die Augen zu öffnen und den Traum abzuschütteln, dem Schmerz zu entfliehen, der hin und wieder ihren Schlaf durchdringt. Sie steigt aus dem Bett, geht in die Küche und setzt den Kessel auf. Sie will eine halbe Stunde Tee trinken und lesen und dann wieder zurück ins Bett. Dann wird sie den Traum hinter sich gelassen haben und eng an Jean Jacques' Rücken geschmiegt weiterschlafen, bis um halb sieben der Wecker klingelt – jedenfalls nimmt sie das an. Doch da irrt sie sich, denn dies ist keine gewöhnliche Nacht.

Andrew MacDonald kehrt in Bernadettes Mietwohnung zurück. Er hat die *Financial Times*, die *Irish Times* und *The Scotsman* mitgebracht. »Im *Scotsman* ist ein Foto von dir«, sagt er und legt die Zeitungen auf den Tisch. »Und aus Dublin wird eine versuchte Kreuzigung gemeldet.«
»Klingt ja schaurig«, sagt Bernadette und greift zu *The Scotsman*. Während sie das Blatt unter der *Irish Times* hervorzieht, fällt ihr Blick auf das Foto eines Priesters auf der Titelseite ihrer Heimat-

zeitung. Sie starrt in das Gesicht von Pater Michael McMorrow. Kopfschüttelnd liest sie den Artikel.
»Hast du das gelesen?«
Andrew sieht sie an. »Kennst du den?«
Sie nickt. Sie ist bleich geworden.
»Was ist denn?«
Sie schüttelt den Kopf. »Ach, er war Priester bei uns an der Schule. Irgendwer … irgendwer hat ihn offenbar nicht besonders gut leiden können. Das ist wirklich merkwürdig. Schau mal.« Sie gibt ihm die Zeitung.

»Hätte keinem größeren Arschloch passieren können«, sagt Kitty O'Dowd knochentrocken zu Maeve Maple. Auf dem Tisch steht eine silberne Kaffeekanne; sie trinken aus Porzellantassen. »Ich konnte ihn nicht ausstehen«, setzt sie für den Fall, dass Maeve das nicht mitbekommen hat, hinzu.
»Das hatte ich bereits vermutet«, sagt Maeve Maple. »Nur das Ausmaß war mir nicht bewusst gewesen. Als ich es heute Morgen in den Nachrichten hörte und das Foto sah, war mir sofort klar, dass er das ist. Es hat mich sehr bestürzt. Warum mochtest du ihn eigentlich nicht? Ach, du meine Güte, jetzt fällt es mir wieder ein – du hattest doch einmal diesen Streit mit ihm, nicht wahr? In der Besinnungswoche war das.«
Kitty O'Dowd zuckt mit den Achseln. »Das ist Vergangenheit. Das hat nichts mit der Gegenwart zu tun, und ich will auch nicht daran erinnert werden. Ich finde, Gekreuzigtwerden oder wie immer man das nennen will, ist noch viel zu gut für ihn. Ich bin froh, dass er nicht gestorben ist.«
Maeve Maple erschrickt. Noch nie hat sie Kitty so zornig und verbittert erlebt. »Ich wollte dich nicht aufregen«, sagt sie. »Ich wollte dich nur mal wieder besuchen und fragen, ob du am Freitag oder Samstag mit mir essen gehen willst.«

»Sehr gern«, sagt Kitty, den Blick von den Zeitungen wendend. »Das wäre wirklich schön.«

Andrew MacDonald hört seine Handy-Mailbox ab, während Bernadette Kaffee einschenkt.
»Ups, ich muss dringend im Büro anrufen. Fang schon mal an.«
Bernadette legt die Croissants in ein winziges Brotkörbchen und stellt Butter und Marmelade auf den Tisch. Sie hört, was er ins Telefon sagt, und entnimmt schon den ersten Sätzen, dass etwas passiert ist.
»Hallo, Ian«, sagt Andrew. »Was?«
Er setzt sich.
»Sag das noch mal! Das darf nicht wahr sein!« Er greift nach der *Irish Times* und betrachtet das Foto. »Besorg mir ein Ticket für den nächsten Flug nach Dublin. Ruf mich auf dem Handy zurück, ich lasse es eingeschaltet.«
Er beendet das Gespräch.
»Was ist los?«, fragt Bernadette. »Nun sag schon!«
»Mary ist verhaftet worden. In Dublin. Wegen dieser ...« Er macht eine Kopfbewegung zur Zeitung hin. »Mary, meine Frau«, fügt er hinzu, falls Bernadette im Zweifel darüber ist, welche Mary er meint.
Bernadette sitzt da, starrt ihn an und versucht aus seinen Worten schlau zu werden.
»Das muss eine Verwechslung sein«, sagt er. »Sie kann doch unmöglich ...«
Bernadette hat die Augen geschlossen. Sie denkt, nein, das ist nicht wahr, aber ihr Verstand, ihr klarer, logisch arbeitender Verstand, setzt sich über ihre Gefühlsreaktion hinweg und sagt, doch, es ist so. Es ist wirklich passiert.
»Ich fliege mit«, sagt sie. »Ich lasse mein Ticket umbuchen, sobald du weißt, welchen Flug Ian dir besorgt hat. Ich rufe dich an. Ich will

bei dir sein.« Ihre Gedanken springen weit in die Vergangenheit zurück und wieder in die Gegenwart mit ihren praktischen Problemen. Fürs Erinnern und Verstehen ist später Zeit genug, denkt sie.
»Was ist mit Olivia?« Die Frage gilt seiner siebzehnjährigen Tochter.
»Was soll mit ihr sein?«
»Wo ist sie?«
»In der Schule. Sie geht aufs Internat.«
»Sag bloß in Irland!«
»Nein. Hier in Schottland.«
»Du musst sie abschirmen. Entweder setzt du dich mit dem Internat in Verbindung und redest mit ihr, oder du schickst Ian oder einen Verwandten hin. Sie muss es von ihrer Familie erfahren und nicht aus den Zeitungen. Sie bringen es garantiert in den Abendnachrichten, wenn nicht sogar schon mittags.«
»Ja, ja. Kann ich von deinem Telefon aus anrufen? Ich möchte mein Handy freihalten.«
»Natürlich.«
Eine halbe Stunde später haben Andrew und Bernadette Tickets für einen Nachmittagsflug nach Dublin. Andrews Schwester ist auf dem Weg zum Internat, um mit Olivia zu reden. Ian hat einen Anwalt in Dublin besorgt.
In Washington ist es sechs Uhr morgens. Das Telefon klingelt. Jean Jacques Olivier greift danach.
»Hallo, hier ist Andrew.«
Anna Olivier (geborene McBride, vor langer Zeit von ihren Freundinnen Bridie genannt) öffnet ein Auge, wirft einen Blick auf ihren Mann und fragt sich, wer ihn zu dieser Zeit anruft.
Jean Jacques schnappt, während er zuhört, immer wieder nach Luft. »Mary? Mary, meine Tochter? Unsere Mary?« Seine Fassungslosigkeit ist fast mit Händen zu greifen.
Anna richtet sich neben ihm auf und umfasst seine nackte Schulter. Sie spürt sein Entsetzen.

»Wir nehmen das erste Flugzeug«, sagt er.
Sie nehmen das erste Flugzeug.
Treasa O'Donoghue hört auf der Farm in Wexford in den Mittagsnachrichten, dass Mary MacDonald (geborene Olivier) wegen versuchten Mordes an Pater Michael McMorrow verhaftet worden ist. Nachdem sie es gehört hat, setzt sie sich. Sie stützt die Ellbogen auf den Tisch und schlägt die Hände vors Gesicht.
»O Gott«, sagt sie. »O mein Gott.« Immer wieder.
Vita Grennit, ihre Lebensgefährtin, kommt herein, geht zu ihr, nimmt sie in den Arm.
»Es kam gerade in den Nachrichten«, sagt Treasa, »ich habe in den Nachrichten gehört, dass mein Onkel, du weißt schon, Onkel Mick ... Jemand hat ...« Sie bringt den Satz nicht zu Ende. Sie sitzt da und versucht zu verstehen, was sie gerade gehört hat.
Vita nimmt neben ihr Platz und wartet.
»Du erinnerst dich doch ...« Treasa setzt noch einmal an. »Du erinnerst dich doch an Mary Olivier, die Andrew MacDonald geheiratet hat ...«
»Klar. Und einen Monat später hat Anna McBride Marys Vater geheiratet. Ich war doch dabei. Eine wahnsinnig lustige Hochzeit. Ich weiß genau, wen du meinst. Du stehst unter Schock, Treasa. Was ist denn passiert?«
»Mary ist verhaftet worden, weil sie versucht hat, Onkel Mick zu kreuzigen. Zumindest haben sie das in den Nachrichten gesagt.«
Als Treasa sich einigermaßen gefasst hat, geht sie zum Telefon und ruft Kitty O'Dowd an.
»Kitty, bist du's? Hast du es schon gehört?«
Kitty weiß nur, was sie in der *Irish Times* gelesen hat. Das mit Mary MacDonald, geborene Olivier, ist ihr neu. Sie stand an ihrem Schreibtisch, als das Telefon klingelte; als Treasa ihr von Mary erzählt, setzt sie sich ruckartig hin.
»Meinst du, Andrew weiß es schon?«, fragt Treasa.

»Nehme ich doch an«, antwortet Kitty. »Ich weiß zwar nicht, wo er sich momentan aufhält, aber er wird sich bestimmt sofort nach seiner Ankunft melden. Wir treffen uns immer noch hin und wieder auf einen Drink, wenn er hier ist. Bridie und Jean Jacques kommen sicher auch, aber sie wollen wahrscheinlich in der Stadt bleiben. Wäre auch vernünftiger.«
»Kann ich zu dir fahren und bei dir wohnen?«, fragt Treasa. »Ich fühle mich hier unten in Wexford so abgeschnitten von allem.«
»Bleib noch, bis wir mehr wissen. Vielleicht ist es eine Verwechslung«, sagt Kitty, aber in ihrer Stimme schwingt der Zweifel mit. Sie glaubt nicht, dass es eine Verwechslung ist.
Andrew und Bernadette treffen am Spätnachmittag ein und werden von Marys Anwalt und seinen Mitarbeitern in Empfang genommen.
»Warum wurde sie verhaftet?«, lautet Andrews erste Frage.
»Sie ist in die Polizeiwache in der Pearse Street gegangen und hat sich gestellt.«
»Aber was hatte sie denn getan? Oder besser, was hat sie behauptet getan zu haben?«
»Sie sagte, sie habe ihn in einem Einkaufszentrum auf einem Überwachungsmonitor gesehen und, Zitat, ›Ich beschloss, ihn zu kreuzigen‹, Zitat Ende. Sie ist ihm nachgegangen. Er betrat schließlich die Kapelle einer kleinen Kirche und war dort ganz allein. Daraufhin ist sie erst mal weggegangen.« Der Anwalt wirft einen Blick auf seine Notizen. »Sie kaufte einen Hammer und einen Blumenkranz, weil es im Blumenladen keine Dornenkronen gab. Das sind übrigens ihre eigenen Worte. Dann ging sie in ein Geschäft für Outdoor-Sportartikel und kaufte einen Gegenstand, den man nur als Speer bezeichnen kann. Dann zur Kirche zurück. Da McMorrow nicht zu sehen war, setzte sie sich hin und wartete.«
»Und passt das alles zu dem, was dann geschah?«, fragt Bernadette.

Der Anwalt und seine drei Mitarbeiter nicken.
»Warum denn einen Hammer?«, will Bernadette wissen.
»Sie hatte offenbar Nägel in der Tasche.«
»Das stimmt«, sagt Andrew. »Sie hatte immer Nägel bei sich.«
»Wie bitte?«
»Ach, das ist eine lange Geschichte.«
»Nein, das könnte wichtig sein. Warum hatte sie ständig Nägel bei sich?«, hakt der Anwalt nach.
»Ich habe immer geglaubt, es wäre – ach, ich weiß auch nicht, eine Art Satire auf Leute, die mit Rosenkränzen herumlaufen. Sie war ja nicht katholisch, sie ist schon vor langem ausgetreten. Man brachte sie ja kaum in eine Kirche hinein. Nur noch ein einziges Mal hat sie eine betreten, anlässlich einer Konfirmation, glaube ich. Sie mochte Kirchen nicht. Sie hatte etwas gegen die Bilder in Kirchen. Sie sagte immer, so etwas gehöre ins finsterste Mittelalter, es sei reiner Hokuspokus.«
»Dürfen wir zu ihr?«, fragt Bernadette.
»Heute Abend nicht mehr. Sie muss morgen vor Gericht erscheinen. Der nächste Schritt wird wohl eine psychiatrische Untersuchung sein.«
»Was soll das denn?«, sagt Bernadette. »Sie *ist* doch verrückt. Wenn sie das wirklich getan hat, muss sie verrückt sein. Man kann sie doch nicht ins Gefängnis stecken, wenn sie es getan hat.«
»Was genau hat sie eigentlich getan?« Endlich bringt Andrew die Frage über die Lippen.

»Was genau hat sie eigentlich getan?«, fragt Kitty. Sie sitzt an der Bar des Hotels, in dem Anna und Jean Jacques abgestiegen sind. Jean Jacques und Andrew sind bei Mary und warten auf den Beginn der psychiatrischen Untersuchung.
Kitty, Treasa, Anna und Bernadette sitzen zusammen und trinken Kaffee. Sie stehen alle mehr oder weniger unter Schock.

»Von dem, was in der Zeitung steht, darf man doch höchstens die Hälfte glauben!«
»In diesem Fall musst du wohl alles glauben«, erwidert Bernadette.
»Leider.«
»Aber was hat das denn zu bedeuten?«, fragt Treasa. »Warum hat sie ihm einen Speer in die Seite gestoßen?«
»Ich denke, sie wollte ihn umbringen«, sagt Anna. »Zuerst hat sie ihn mit dem Hammer geschlagen, wahrscheinlich um ihn wehrlos zu machen. Dann hat sie ihn mit dem Speer durchbohrt. Sie hat ihm den Blumenkranz aufgesetzt – eine Dornenkrone habe sie nirgendwo kaufen können, hat sie gesagt – und ihm in jede Hand einen Nagel gelegt.«
»Aber sie hat ihm die Nägel nicht durch die Hände geschlagen, oder?«, fragt Treasa.
»Nein. Nein, das nicht.«
»Dann war es ja gar keine richtige Kreuzigung, oder?«, fragt Treasa hartnäckig nach.
»Nein«, antwortet Bernadette. »Eher eine Parodie auf eine Kreuzigung – als wollte sie auf etwas aufmerksam machen. Aber diesen Gedankengang sollten wir besser nicht weiter verfolgen, er klingt sehr nach völliger geistiger Gesundheit.«
»Und geistige Gesundheit können wir im Augenblick wirklich nicht brauchen«, setzt Kitty sarkastisch hinzu. »Also, ich für meinen Teil freue mich, dass es McMorrow erwischt hat, ohne dass er ganz hinüber ist.«
»Warum?«, fragt Bernadette.
»Warum was?«
»Warum freust du dich darüber?«
Kitty antwortet nicht. »Wir brauchen frischen Kaffee.« Sie hebt die Hand, um den Kellner an den Tisch zu holen.

Anna Olivier und Jean Jacques sitzen in ihrer Suite. Er ist blass und erschöpft.

»Ich verstehe einfach nicht, warum sie das getan hat.«

Anna schweigt. Sie wendet alle Kraft auf, um ihr Gedächtnis verschlossen zu halten. Diesen Lebensabschnitt will sie nicht offen legen.

»Alles wird gut«, tröstet sie ihn. »Ganz bestimmt. Alles wird sich zum Guten wenden, ich bin sicher.«

»Warum hat sie das nur gemacht?«, fragt Andrew MacDonald Bernadette. »Wenn du etwas weißt, würdest du es mir bitte sagen!«

Bernadette beißt sich auf die Lippe.

»Was hat er ihr getan, dass sie so etwas macht?«

»Kitty freut sich darüber, dass McMorrow fast dran glauben musste«, bemerkt Bernadette. »Aber es tut ihr natürlich Leid, dass es gerade Mary war«, fügt sie rasch hinzu.

»Und was denkst du?«, fragt Andrew.

»Worüber?«

»Über Pater McMorrow.«

Bernadette steht auf und geht zum Fenster. Sie sind in ihrer Wohnung.

»Ich bin froh, dass er nicht gestorben ist.«

»Was ist das für eine Antwort? Was soll das heißen – du bist froh, dass er nicht gestorben ist?«

»Weil ich will, dass er leidet, und weil ich nicht an ein Leben nach dem Tod glaube und Mary auch nicht – nur deswegen hat sie ihn nicht getötet.« Bernadettes Stimme klingt ganz ruhig und sehr müde.

Andrew denkt mehrere Minuten schweigend nach. »Erzählst du mir, was es mit alldem auf sich hat?«

Bernadette schüttelt den Kopf. »Nein.«

»Erzähl es mir bitte – um Marys willen, nicht meinetwegen.«

»Ich kenne Marys Geschichte nicht«, erwidert Bernadette. »Ich kenne nur meine eigene. Und meiner eigenen Geschichte wegen bin ich froh, dass sie diese Scheinkreuzigung begangen hat.«
»Erzählst du mir deine Geschichte?«
Wieder schüttelt Bernadette den Kopf. »Die ist unwichtig. Zumindest im Augenblick. Wenn sie wichtig wird, erzähle ich sie dir. Weißt du, dass die Sache noch eine zweite Ironie hat? Als ich nach St. Martin's kam, gab einer meiner Brüder Mutter Immaculata den Spitznamen ›der Rabe‹. Er zog mich damit auf – sie würde kommen und an meine Tür pochen. Er hat mir wirklich Angst eingejagt.« Erst nach einer kleinen Pause spricht sie weiter. »Sehr viel später wurde mir klar, dass der Name weit besser zu Pater McMorrow gepasst hätte.«

Bernadette O'Higgins ist vierzehn Jahre alt. Sie ist mit Treasa O'Donoghue im Irish College, in einem großen Schulgebäude an der Küste, hundert Kilometer nördlich von Dublin. Sie hat ihre Periode und geht nicht ins Wasser. Treasa und ein Dutzend andere Mädchen hüpfen über die Wellen. Treasa sieht immer mal wieder zu den Felsen hinüber und winkt Bernadette.
Bernadette trägt gelbe Shorts und ein blassgelbes T-Shirt. Ihre Füße stecken in Turnschuhen, ihre nackten Beine sind gebräunt. Das blonde Haar hat ihr Treasa sorgfältig zu einem Zopf geflochten. Sie frisieren sich oft gegenseitig. Treasas dickes, langes Lockenhaar ist schwieriger zu bändigen. Bernadette hat leichte Bauchschmerzen.
Es ist ein bisschen kühler als sonst, ein ziemlich starker Wind weht; daher auch die Wellen. Als Treasa ihr wieder zuwinkt, gibt Bernadette mit Gesten zu verstehen, dass sie jetzt in die Schule zurückgeht, dass ihr kalt ist.
Sie klettert über die Felsen nach oben und geht auf dem schmalen, gewundenen Weg weiter, der zu den grasbewachsenen Sportplätzen neben der Schule führt. Behände bewegt sie sich über den engen Pfad.

»He, du da!« Es ist der Priester, der für diesen Sommer der Schule zugeteilt ist. »Wo willst du hin? Warum bist du nicht mit den anderen am Strand?«
»Mir war kalt, Pater«, antwortet die vierzehnjährige Bernadette höflich. »Ich wollte mir einen Pullover holen.«
»Na, dann begleite ich dich«, sagt er. »Wie heißt du denn?«

Bernadette schüttelt es. Sie öffnet die Augen. Sie ist in ihrem Wohnzimmer, und Andrew MacDonald sitzt immer noch auf dem Sofa gegenüber. Er sagt nichts. Betrachtet sie nur.
»Kann ich heute Nacht hier schlafen?«, fragt er.
Sie nickt. »Ich dachte mir schon, dass du hier übernachten willst. Du bist immer willkommen. Ich glaube, ich nehme jetzt ein Bad.«
»Du siehst aus, als könntest du eher einen Drink als ein Bad gebrauchen.«
»Machst du mir einen und bringst ihn mir?«
Er nickt.
Er sitzt bei ihr im Bad und hält ihr, immer wenn sie trinken will, das Glas mit dem Brandy an den Mund. Sie liegt in der Wanne. Die Haare hat sie sich hochgesteckt. Ihre Brustwarzen spitzen aus dem Wasser. Andrew nimmt einen Schwamm und liebkost sie damit.

»Nimm ihn in die Hand«, sagt er.
Sie senkt fassungslos den Blick. Sie hat schon mal einen gesehen, mehr als einmal, schließlich hat sie Brüder, aber so einen nicht, nicht so einen steifen, keinen, der so aus einer Männerhose ragt. Nicht so einen. Nicht so etwas.
Sie ist völlig erstarrt.
»Halt ihn so«, sagt er.

»Du weinst ja«, sagt Andrew.
»Das ist nur der Dampf.« Aber an ihren Wangen rollen langsam Tränen hinab.
»Ist ja gut«, sagt er, nimmt den Waschlappen und wischt ihr das Gesicht ab. Er zieht den Stöpsel, hilft ihr beim Aufstehen und hüllt sie in ein Badetuch.
»Ist ja gut«, sagt er, während er ihr hochgestecktes Haar löst und es bürstet. Er trocknet sie sorgfältig ab, und sie kriecht ins Bett.
»Lass mich nicht allein«, sagt sie.
»Ich muss jemanden anrufen. Dann bin ich sofort wieder da.«

»Das war Andrew«, sagt Kitty zu Treasa. »Wir treffen uns morgen Vormittag.«
Auch die beiden trinken Brandy.
So vieles ist ungesagt geblieben. So vieles haben sie einander nie gefragt, und wenn doch, wurde jede beiläufig hingeworfene Antwort akzeptiert.
Aber Treasa weiß es.
Und Kitty auch.

Treasa O'Donoghue ist fast elf. Gerade ist ihre Mutter auf dem Dorffriedhof begraben worden. Ihr Onkel Mick hat das Begräbnis vorgenommen. In der einen Hand hält Treasa ein schmuddeliges, zerknülltes Taschentuch, mit der anderen umklammert sie die Hand ihrer Schwester oder ihres Bruders – so viele Jahre später weiß sie es nicht mehr. Das Gesicht des Menschen neben ihr ist bleich, genau wie ihr eigenes. Ihre Augen haben rote Ränder. Ihr Vater bückt sich und nimmt eine kleine Hand voll Erde vom Boden. Sorgsam entfernt er einen Stein und lässt ihn fallen. Er betrachtet die Erde in seiner Hand und lässt sie durch die Finger in die Grube rieseln. Leise prasselnd trifft sie auf dem Sarg auf. Treasa hat das Gefühl, keine Luft mehr zu bekommen.
Sie gehen zum Haus zurück. Onkel Mick schenkt allen Whiskey ein,

und Treasa geht nach draußen zu der großen Eiche. Da ist Vita. Sie war nicht beim Begräbnis, weil die Grennits Protestanten sind und sich in der kleinen Dorfkirche nicht erwünscht gefühlt hätten. Treasa und Vita wollen gerade den Baum hochklettern, da taucht Onkel Mick auf.
»Ich muss mit meiner Nichte reden«, sagt er zu Vita.
»Ich komme später wieder, wenn ich darf«, erklärt Vita. »Wenn nicht, dann morgen.«
Treasa wäre es lieber, wenn Vita nicht wegmüsste.
»Wiedersehen, Vita«, sagt sie.
Vita geht zu ihrem Pony und reitet über die Felder nach Hause.
Treasa steht am Fuß der kleinen Holzleiter, und Onkel Mick sagt: »Halt mir das mal.«

Treasa sieht Kitty über den Rand ihres Glases hinweg an.
»Wie alt warst du?«
Kitty faltet ärgerlich die Stirn. »Wie alt war ich wann?«
»Nicht, Kitty. Nicht jetzt, bitte nicht. Wie alt warst du? Ich war elf. Es war an dem Tag, als meine Mutter begraben wurde.«
Kitty steht auf, nimmt ihre Zigaretten und geht durch den Wintergarten in den Garten hinaus. Sie zündet sich eine an und blickt in den Sternenhimmel. Sie riecht das Salz im Wind, der vom Meer her weht.
Treasa kommt und stellt sich neben sie.
»Wir leben in einer wunderbaren Welt«, sagt Kitty. »Die Kindheit ist vorbei, wir können wir sein. Ich werde diesen Weg *nicht* zurückgehen, nicht um alles in der Welt.«
»Nicht mal Mary zuliebe?«
Kitty antwortet nicht.

»Halt ihn. Ja, genau. Nein, fester. Jetzt lass wieder ein bisschen los. Jetzt wieder fester. Knie nieder, mein Kind, und nimm ihn in den Mund.«

»Ich kann nicht«, sagt Kitty. »Ich mach's nicht. Ich mach's nicht. Jetzt wäre es mir lieber, wenn Mary ihn mit dem Hammer erschlagen hätte. Wenn er doch nur …«
Treasa schweigt. Sie steht im Garten, betrachtet die vom Wind bewegten Bäume, spürt die Wärme dieser Sommernacht, schmeckt die salzige Brise. Sie verschränkt die Arme vor der Brust und hält sich selbst ganz fest.
»Wir haben mal im Trinity auf der Treppe gesessen, weißt du noch?«, sagt sie. »Wir waren zum Mittagessen verabredet und sprachen über die Schule, und irgendwer sagte: ›Klar haben wir's alle überlebt.‹ Warst du das? Hast du das gesagt? Und ich dachte: Ja, sie hat Recht, wir haben es alle überlebt. Aber jetzt glaube ich das nicht mehr.« Über ihr Gesicht strömen Tränen.
»Ach, Kitty, es tut mir so Leid für uns alle. Für dich und mich und Mary und für all die anderen – es gab bestimmt noch andere. Ich will überleben, Kitty, am liebsten würde ich von hier weggehen und nie mehr zurückschauen. Aber so ist das Leben nicht. Ich will nicht, dass Mary für das, was sie getan hat, ins Gefängnis muss. Falls sie es überhaupt getan hat. Ich sehe nicht ein, warum sie deswegen ins Gefängnis soll. Und ich werde alles in meiner Macht Stehende tun, um ihr zu helfen, alles.«
Kitty sieht sie an und drückt ihre Zigarette aus. »Ich kann nicht.«
»Je mehr wir sind, umso mehr können wir bewirken.«
»Ich will es keinem erzählen. Ich will nicht, dass …« Kitty verstummt. »Ich kann nicht. Ich will mich nicht erinnern.«

Der nächste Morgen. Wieder ist Kitty im Garten, diesmal mit Andrew. Sie trinken Kaffee. Kitty raucht eine Zigarette nach der anderen. Sie hat sich nach Mary erkundigt.
»Heute Nachmittag muss sie vor Gericht. Ich kann nicht lang bleiben. Ich muss wieder in die Four Courts.«
»Also, was willst du, Andrew?«

»Sag mir, warum Mary versucht hat, Pater McMorrow zu töten.«
Kitty drückt die Zigarette aus. »Ich kann nicht. Mir war klar, dass du deshalb gekommen bist. Aber ich schaffe das nicht. Ich kann dir nur raten, mit Treasa zu sprechen.«
»Du bist genauso schlimm wie Bernadette.«
»Bernadette?« Es klingt ehrlich überrascht. »Bernadette ...« Kitty ringt um Fassung. »Nicht auch noch Bernadette. O Gott, nicht auch noch Bernadette!«
»Gib mir die Nummer von Treasa«, sagt Andrew energisch und zückt sein Notizbuch.
»Sie ist da. Sie wohnt hier.«
»Dann hol sie bitte, bitte geh und hol sie! Ich muss es wissen. Nur so kann ich Mary helfen.«
Kitty seufzt, steht auf und geht hinein.
An der Tür zu ihrem Büro denkt sie plötzlich an Anna McBride in jenem Sommer, in dem sie sich kennen lernten. Sie erinnert sich daran, dass sie Anna betrachtete und dabei dachte, warum haben die bloß so eine Kleine zu uns ins Chalet gesteckt? Und dass, als sie sich dann besser kennen lernten, irgendetwas an Anna ihren Beschützerinstinkt wach rief.
Reglos liegt ihre Hand auf der Klinke der Bürotür. Es durchläuft sie eiskalt. Plötzlich weiß sie, warum sie sich so gut in sie einfühlen konnte. Plötzlich weiß sie ...
Mein Gott, Anna, denkt sie. Kleine Bridie ... Aber Anna konnte doch McMorrow unmöglich gekannt haben. Er hielt sich damals im Westen Irlands auf, und sie war zu diesem Zeitpunkt noch gar nicht an der Klosterschule. Oder doch? Vielleicht hatte sie gerade dort angefangen ... Aber sie war doch vorher noch nie in einer Schule gewesen. Sie kam erst auf die Schule mit... ja, wann? Vielleicht irre ich mich. Vielleicht war es bei ihr ein anderer. McMorrow kann es nicht gewesen sein. McMorrow kam erst in unserem letzten Schuljahr nach St. Martin's.

Sie zögert. Sie will schon zu Andrew zurückgehen und es ihm erzählen, doch dann überlegt sie es sich anders. Mit welchem Recht dürfte ich über Anna reden, wenn ich nicht mal über mich selbst reden will?
Sie holt Treasa.
»Du hast gesagt, du würdest Mary helfen, Treasa. Andrew sitzt im Garten und möchte mit dir sprechen. Es tut mir Leid, ich habe ihm nicht erzählt, was mit mir passiert ist, es geht einfach nicht. Aber wenn du ihm etwas über dich erzählen kannst, hilft ihm das vielleicht weiter.«
Treasa nickt.
Sie trägt eine dunkelblaue Hose und ein hellblaues Hemd.
»Du siehst hervorragend aus«, sagt er zu ihr. »So wie immer. Das hat etwas Beruhigendes.«
Es stimmt. Sie sieht gesund aus, ihr dunkles, lockiges Haar ist immer noch wuschelig, sie hat immer noch einen großen Hintern, aber jetzt fällt das Hemd glatt darüber. Sie küssen sich flüchtig.
»Gestern habe ich dich verpasst«, sagt sie, »obwohl ich da war.«
»Ich habe nicht viel Zeit. Würdest du mich bitte aufklären? Das Ganze ist wie ein Buch, in dem nicht nur ein paar Seiten, sondern ganze Kapitel fehlen.«
»Ich habe mir geschworen, Mary zu helfen«, erwidert sie. »Wenn das, was ich dir erzähle, unwichtig ist, versprichst du mir, dass du es dann einfach vergisst?«
Er nickt.
»Es ist schon lange her …« Treasa findet die Worte nur mit Mühe. Sie hat Angst, durch das Aussprechen etwas zu öffnen, das sich nie wieder schließen lässt.
»Es ist lange her«, sagt sie noch einmal, »da hat Pater McMorrow … Er ist übrigens mein Onkel … Er hat mich missbraucht. Es gibt bestimmt einen juristischen Ausdruck dafür, aber den kenne ich nicht. Er hat mich oral vergewaltigt.«

Andrew starrt sie an.
»Ich war elf«, fügt sie hinzu.
Er schweigt lange. Der Schock kommt in Wellen. Es geht ihm wie Kitty kurz zuvor, als ihre Hand auf der Türklinke lag und sie das Gefühl hatte, als würden die Zahlen eines Schlosses plötzlich in der richtigen Reihenfolge einrasten.
»Das tut mir entsetzlich Leid«, sagt er. »Ich weiß nicht, was ich sagen soll. Es tut mir so Leid.«
Sie sitzt mit übereinander geschlagenen Beinen auf ihrem Stuhl. Ihr hübsches Gesicht ist nach oben gerichtet, so dass er die klaren Züge, die wunderschönen dunklen Augen sehen kann, und er sieht durch sie hindurch und sieht ein kleines Mädchen.
Er legt die Hand an den Kopf. »O Gott, das tut mir so Leid.«
»Du hast nicht viel Zeit«, erinnert Treasa ihn. »Frag mich, was du wissen musst, und fahr dann in die Stadt zurück. Der Verkehr ...«
»Danke«, sagt er. »Hat Mary ... Wurde Mary ... Hat sie ...?«
»Ich weiß es nicht. Ich glaube schon. In den letzten beiden Monaten unserer Schulzeit gab es mehrere Vorfälle. Und in dieser Zeit war Pater McMorrow da. Mary fiel in Ohnmacht, ich weiß nicht, warum. Und danach benahm sie sich sehr merkwürdig. Sie war damals ständig irgendwie durcheinander, aber seit der Sache mit dem Dach wirkte sie wieder ganz ausgeglichen. In der Nacht nach ihrem Sturz tauchte ihr Vater auf. Es war ein wunderschönes Wiedersehen. Mary war wie neu geboren. Und dann ging sie aufs Trinity – sie brachte richtig Schwung ins Collegeleben, weißt du noch?«
»Es würde zusammenpassen«, sagt er nachdenklich. Er geht in Gedanken die Jahre ab und versucht sich alles zusammenzureimen.
»Die Nägel. Was haben die Nägel zu bedeuten?«
»Ich weiß nicht. Welche Nägel?«
»Sie hatte immer Nägel bei sich. Die sollen sie an etwas erinnern, hat sie gesagt.«
Treasa schüttelt den Kopf. »Das weiß ich nicht. Mir sagt das nichts.«

Sie schweigen.
»Ich bin dir sehr dankbar, Treasa.«
»Vielleicht hat das, was mir passiert ist, gar nichts damit zu tun«, gibt sie hoffnungsvoll zu bedenken. »Wenn aber doch, dann halte ich zu ihr.«
»Warum hast du es mir erzählt, Kitty und Bernadette aber nicht?«
»Bernadette?« Treasa ist schockiert. »Nicht auch noch Bernadette … Nein, nein, nicht auch noch Bernadette …«
»Du bist nicht die Einzige, das ist der springende Punkt«, sagt Andrew. »Die Sache hat wahrscheinlich weit größere Ausmaße, als du denkst. Wenn ihr jetzt schon vier seid, wird man auf wesentlich mehr Fälle stoßen. Und wenn es mit Marys Tat in Zusammenhang steht – und davon bin ich überzeugt –, dann müssen wir möglichst viele von euch finden, die auch bereit sind auszusagen.«
»Ich frage mich, was der Auslöser für Mary war«, sagt Treasa. »Warum hat sie es gerade jetzt getan?«
»Sie hat ihn angeblich auf einem Videomonitor gesehen. Er stand hinter ihr vor einem Laden. Ich weiß nicht, ob das als Erklärung ausreicht. Vielleicht kam noch etwas dazu. Ich weiß es einfach nicht. Ich muss jetzt los, Treasa. Ich halte dich auf dem Laufenden.«
Er steht auf. Sie umarmen sich.
»Kitty und ich kommen auch«, sagt Treasa. »Wir wollen dabei sein.«
»Wenn du Kitty oder Bernadette zum Reden bringen könntest … das wäre eine große Hilfe.«
»Ich werd's versuchen.«

Achtzehn

Mary MacDonald (geborene Olivier) wird des versuchten Mordes angeklagt und auf Bitten ihres Vaters gegen eine Kaution in seine Obhut entlassen.
»Was ist mit Andrew?«, fragt Kitty O'Dowd Anna Olivier.
»Wie meinst du das? Warum Mary nicht in Andrews Obhut kommt?«
»Ja, genau das habe ich damit wohl gemeint«, erwidert Kitty.
»Die Ehe ist schon lange im Eimer«, erklärt Bernadette, die Eingeweihte. »Sie gehen seit Jahren getrennte Wege und sind nur wegen Olivia zusammengeblieben.«
»Wie geht es Olivia?«, fragt Treasa.
»Gut«, antwortet Bernadette. »Andrew versteht sich toll mit ihr. Mary auch – na ja, im Augenblick natürlich nicht.«
Sie verlassen das Gerichtsgebäude. Mary ist von Verwandten und Freunden umringt. Sie trägt ihren olivgrünen Hosenanzug und ein helles Top; normalerweise bringen diese Sachen ihre fremdländische Schönheit und die olivenfarbene Haut zur Geltung, jetzt aber sieht sie darin bleich und krank aus.
Jean Jacques Olivier hat den Arm um sie gelegt und stützt sie, während Andrew mit der Polizei vorangeht und ihnen durch die Menge einen Weg zu den Autos bahnt. Mary und die vier anderen Frauen steigen in Kittys BMW und fahren zu Bernadettes Wohnung; Jean

Jacques und Andrew fahren zu einem Makler. Sie brauchen eine Wohnung, weil sie vorläufig in Dublin bleiben müssen.
Kitty macht Kaffee. Bernadette versorgt Mary mit frischen Handtüchern und Kleidern zum Wechseln.
Anna Olivier holt Tassen und Untertassen. Treasa gießt Milch in ein Kännchen. Gleich darauf kommen auch Bernadette, Kitty und der Kaffee.
Sie sprechen nur wenig, wenn überhaupt. Jede übernimmt bestimmte Pflichten und konzentriert sich ganz auf deren Erfüllung.
Inzwischen hat Mary geduscht und kommt frisch, wenn auch etwas bleich, aus dem Bad.
»Jetzt rieche ich wieder normal«, sagt sie. »Es war grauenhaft, einfach grauenhaft. Ich will nie wieder eine Nacht in Untersuchungshaft oder im Gefängnis oder sonstwo eingesperrt sein!«
»Wirst du auch nicht«, versichert ihr Treasa grimmig. »Ganz bestimmt nicht!«
»Vielleicht genießt sie ja diplomatische Immunität«, sagt Kitty hoffnungsvoll. »Immerhin ist ihr Vater in Washington, und Andrew sitzt im schottischen Parlament.«
Anna schüttelt den Kopf. »Das kannst du vergessen.«
»War wohl nur Wunschdenken von mir«, sagt Kitty.
»Danke, dass ihr alle da seid«, sagt Mary. »Danke, dass ihr … dass ihr euch meiner annehmt.«
»Wisst ihr, woran mich das erinnert?«, sagt Bernadette plötzlich. »Ich denke die ganze Zeit an die drei Grazien – wir sind genau wie sie, nur eben fünf. Wir kommen zusammen, um uns gegenseitig zu unterstützen, um einander zu helfen, wenn Hilfe gebraucht wird.«
»Ich weiß allerdings nicht, ob ihr mir viel helfen könnt«, sagt Mary, bindet den Gürtel von Bernadettes Bademantel und setzt sich.
»Wer sind die drei Grazien?«, fragt Treasa.
»Eine Statue, eine Marmorstatue, drei Frauen aus einem Stück Stein gehauen …«

»Das ist die in Edinburgh«, wirft Mary ein. »Es gibt auch eine von Picasso, die ist auf ganz andere Art fantastisch. Die drei heißen Euphrosyne, Aglaia und Thalia.«
»Ich meinte die in Edinburgh«, sagt Bernadette. »Ich hatte ganz vergessen, dass du Kunstgeschichte studiert hast, Mary, sonst hätte ich nie mit meinem mickrigen Wissen angegeben. Ich hatte ganz vergessen, dass du das Studienfach gewechselt hast.«
Sie lachen.
»Bei den drei Grazien geht es allerdings nicht darum, dass sie sich helfen«, erklärt Mary. »Die helfen eher den Männern. Komisch, dass man sich an manche Dinge erinnert und andere einfach vergisst, findet ihr nicht auch?«
»Wie meinst du das?«, fragt Anna.
»Ich hatte so vieles vergessen. Aber wenn es um Kunst oder schöne Dinge geht, merke ich mir alles.« Sie betrachtet die Kaffeetasse in ihren Händen. »Ich hatte Dinge vergessen, die ich nicht hätte vergessen sollen«, sagt sie traurig.
»Wir müssen vergessen, um weiterleben zu können«, erklärt Anna. »Wir können nicht ständig alle schlechten oder schmerzlichen Erfahrungen mit uns herumtragen. Das würde zu sehr weh tun. Deshalb begraben wir sie. Hast du das gemeint?«
Mary nickt.
»Ich habe es so gemacht«, sagt Anna. »Jedenfalls so gut es ging.«
Eine Zeit lang herrscht Stille.
»Ich nicht«, sagt Treasa. »Ich konnte nicht vergessen, nur verdrängen.«
Kitty steht auf und beginnt Kaffee nachzuschenken.
»Setz dich bitte hin, Kitty«, sagt Treasa. »Bernadette hat schon Recht. Wir sind die drei Grazien zu fünft. Aber in unserem Fall ist gegenseitige Hilfe möglich. Und ich glaube, ja ich bin fast sicher, dass wir alle im selben Boot sitzen. Fünf erreichen mehr als nur Mary und ich.«

Wieder schweigen alle.
»Seit zwei Tagen denke ich an nichts anderes mehr«, sagt Anna. »Ich will nicht zu dieser schlimmen Stelle in meinem Gedächtnis zurückgehen. Ich will mich nicht erinnern, aber wenn es Mary und Jean Jacques hilft … Für sie tue ich es. Treasa hat Recht, fünf erreichen mehr.«
»Damit wären wir drei«, sagt Treasa.
Keine sieht Kitty und Bernadette an.
Bernadette schluckt. »Ich will es wirklich nicht. Ich will nicht der ganzen Welt meinen Schmerz zeigen. Es wird in den Zeitungen stehen. Die Form von öffentlicher Aufmerksamkeit, die das nach sich zieht, ertrage ich nicht, obwohl ja gerade ich ironischerweise von Publicity abhängig bin. Aber seien wir realistisch – wir werden in jedem Fall in der Zeitung stehen und im Fernsehen zu sehen sein. Die werden alles ans Licht zerren. Heute Abend zeigen sie in den Nachrichten, wie wir mit Mary aus dem Gericht kommen und uns durch die Schaulustigen drängen. Deshalb werde ich hier bei Mary bleiben, bis es zu Ende ist. Und ich will weiterhin in den Spiegel schauen können. Wenn es Mary hilft, dass ich meine Geschichte erzähle, dann erzähle ich sie. Ich bin dabei.«
»Da waren es schon vier«, sagt Treasa.
»Ich muss noch nachdenken«, erklärt Kitty. »Ich brauche mehr Zeit.«
»Das ist völlig in Ordnung«, erwidert Anna.
»Ich war elf«, sagt Treasa an niemand Bestimmten gerichtet.
»Ich war vierzehn«, sagt Bernadette.
»Ich war acht«, sagt Anna.
»Ich war sechzehn«, sagt Mary. »Aber ich wusste es nicht mehr. Bis letzte Woche hatte ich mich nie daran erinnert. Ich hatte mich hypnotisieren lassen wegen meiner Platzangst, und unter der Hypnose kam es raus. Ich war erst seit etwas mehr als einer Woche dabei, diese Erinnerungen zu verarbeiten. Sie waren bruchstückhaft, einzelne

Bruchstücke, grauenhafte Bruchstücke, Dinge, die er während der Beichte gesagt hat, schmutzige Dinge ... Und es hatte etwas mit der Sakristei zu tun, ich weiß nicht, wie ich dort hinkam ... Ich glaube, er hat mich hineingeführt, und dann hat er mich da drin zu bestimmten Dingen gezwungen ... Und jedes Mal, wenn er mich allein sah, kam er zu mir und sagte so etwas, machte solche Andeutungen ... Ich weiß nicht, wie oft er mich in dieser einen Woche erwischt hat, ihr wisst schon, was ich meine ... Wie oft er mich erwischt hat, mich gezwungen hat ... Ich weiß es nicht. Und dann sah ich ihn. Er stand da, und alles kam wieder hoch, alles. Wie er immer wieder in der Schule auftauchte. Und dann dieser schreckliche Tag im Büro von Mutter Immaculata – der Tag, an dem du von der Schule verwiesen wurdest, Kitty. Wie ich dich beneidet habe, o Gott, wie ich dich beneidet habe! Ich war wie gelähmt wegen ihm ...«

Anna steht auf, setzt sich neben Mary und legt ihr den Arm um die Schulter. »Alles wird gut, ganz bestimmt. Ich weiß es.«

»O Gott«, sagt Mary, »du bist doch meine Stiefmutter. Schon das hat mich immer wieder erstaunt. Du bist jünger als ich, und jetzt erfahre ich, dass du dasselbe durchgemacht hast wie ich. Und du warst erst acht, erst acht! Es ist unerträglich. Wie kannst du damit leben? Wie kannst du mit diesen Erinnerungen leben? Wie kannst du mit den Bruchstücken leben, die immer wieder hochkommen und nie verschwinden?«

»Man gewöhnt sich dran«, wirft Kitty ein. »Man gewöhnt sich dran.« Es klingt wütend und verbittert.

Mary beginnt zu weinen. Sie sieht Kitty an und schüttelt den Kopf. »Ich weiß nicht, wie das geht.«

»Wir helfen dir«, sagt Bernadette. »Alle helfen wir dir. Wir sprechen darüber. Wir stehen dir bei. Wir ziehen das gemeinsam durch.«

»Hätte doch nur ich ihn mit dem Speer durchbohrt! Wäre doch nur ich auf die Idee gekommen, ihm einen Hammer über den Schädel

zu ziehen«, sagt Kitty. »Und der Blumenkranz auf seinem Kopf – einfach toll, Mary.«
»Aus Dornenzweigen hatten sie keinen«, erklärt Mary traurig.
Plötzlich lachen sie alle los.
»Wolltest du wirklich eine Dornenkrone kaufen?«
»Ja, aber die Verkäuferin in dem Blumenladen sagte, es sei die falsche Jahreszeit dafür. Stechpalmenkränze gibt es nur an Weihnachten.«
Sie platzen vor Lachen. Marys Freundinnen, alle über vierzig, in der luxuriösen Wohnung hoch über der Stadt prusten los, dass ihnen die Tränen über die Wangen laufen.
»Eine Dornenkrone!«, sagt Kitty. »Mensch, Mary, wie bist du denn darauf gekommen?«
»Und bevor ich ihn mit dem Hammer geschlagen habe, musste er niederknien«, setzt Mary hinzu.
»Das ist jetzt nicht wahr, Mary!«
»Doch. Genau so, wie ich immer vor ihm niederknien musste.«
»Hervorragend«, sagt Kitty.
»Und der Speer? Was war mit dem Speer?«
»Ach, wisst ihr, das war mehr so eine Harpune zum Tiefseefischen«, antwortet Mary.
Wieder lachen die vier los, und diesmal lacht Mary mit.
»So können wir damit leben«, sagt Bernadette. »So werden wir alle damit leben können. Wir lachen über das Ganze – ist das nicht unglaublich? Irgendwie lachen wir darüber. Und wenn es vorbei ist, wenn das hier irgendwann vorbei ist, wenn wir fünf und wer sonst noch betroffen ist, auf der anderen Seite wieder herauskommen, dann lachen wir wieder.«
»Ich hab dauernd dieses wunderbare Bild im Kopf – dieser widerliche Dreckskerl vor dir auf den Knien, während du ihm eins mit dem Hammer verpasst«, sagt Kitty. *»Oh, Mary had a hammer«*, singt sie leise, *»and she hammered in the morning …«*

»Wenn er nicht überlebt, ist es Mord«, sagt Mary. »Dabei wollte ich ihn gar nicht töten. Wenn ich es gewollt hätte, wäre er jetzt tot, das könnt ihr mir glauben.«
»Wie es ihm geht, will ich gar nicht wissen«, sagt Kitty, »aber wird er überleben?«
»Ja, wahrscheinlich schon. Das Schwein ist zwar in einem kritischen Zustand, aber sein Orden sagt, es besteht Hoffnung.«
»Ha!«, ruft Kitty. »Viel Hoffnung wird ihnen nicht bleiben, wenn wir der Welt unsere Geschichten erzählen!«
»Vielleicht wird er ein Krüppel«, meint Mary.
»Gut! Krüppel ist gut!«, sagt Kitty. »Schließlich hat er uns auch zu Krüppeln gemacht. Er hat einen Teil unseres Lebens zerstört – soll er ruhig selbst ein Krüppel werden!«
»Wo bleibt die christliche Vergebung, Kitty?«, fragt Bernadette boshaft.
»Wo bleibt das Christliche?«, gibt Kitty zurück. »Was ist mit *Lasset die Kindlein* …? Was ist aus dem Mythos von Mitleid und Liebe geworden …« Ihre Stimme wird dünn, sie schluckt. Es klingt wie lautloses Schluchzen. Einige Sekunden lang stützt sie den Kopf in die Hände. Dann sieht sie auf; es ist, als hätte sie alle ihre Kräfte zusammengenommen. Bernadette erinnert es an Kittys Gesichtsausdruck an ihrem letzten Tag in der Schule. Da ist eine Entscheidung gefallen, denkt sie.
»Kitty«, sagt sie, »damals an deinem letzten Vormittag in der Schule, als du deine Schuhe hinter den Vorhang gestellt hast, da wolltest du verwiesen werden, oder?«
»Ja. Der Rabe hatte noch ein Treffen mit McMorrow vereinbart, und für mich war es völlig undenkbar, da hinzugehen.«
Alle sehen sie an. Allmählich fügen sich die Teile des Puzzles zusammen.
»Wo wart ihr eigentlich, als es euch passierte?«, fragt Kitty die anderen plötzlich wie befreit. »Ich war in einer Klosterschule in Mayo.«

Sie starren sie an, und ihnen wird klar, dass sie mitmacht. Bernadette lächelt ihr zu. Es ist, als wären Mannschaften zusammengestellt oder Spielfeldlinien gezogen worden, und sie sind alle auf derselben Seite.
»Bei mir war es in St. Martin's, wie ihr wahrscheinlich wisst«, sagt Mary.
»Bei mir im Irish College in der Grafschaft Louth«, sagt Bernadette.
»In Wexford. Ich war gerade vom Begräbnis meiner Mutter nach Hause gekommen«, sagt Treasa.
»Ich war daheim. Er kam zu uns, um mich auf meine erste Kommunion vorzubereiten«, sagt Anna. »Er sagte: ›Jetzt bist du eine wahre Braut Christi.‹«
»Braut Christi! Dieser Dreckskerl!«, sagt Kitty O'Dowd.
»Er ist ziemlich viel herumgekommen, was?«, meint Bernadette nachdenklich. »Bridie war acht, als …« Sie verstummt. »Und als er es Mary antat, war Bridie vierzehn … Er war also, soweit wir wissen, innerhalb von sechs Jahren an fünf verschiedenen Orten. Ist das nicht merkwürdig? Das ist doch wirklich komisch. Bleiben Priester nicht mehrere Jahre an dem Ort, an den man sie geschickt hat?«
»Soll das heißen … Willst du damit sagen, dass man ihn absichtlich immer wieder versetzt hat?«, fragt Treasa.
»Ich habe jedenfalls noch nie von einem Priester gehört, der an so vielen verschiedenen Orten war«, antwortet Bernadette.
»Das würde ja bedeuten, dass es entweder jemand gewusst und ihn immer wieder versetzt hat, oder … Ja, oder was? Was kann es sonst bedeuten?«, fragt Anna.
»Die haben es gewusst, da könnt ihr sicher sein!«, sagt Kitty.
»Was soll das heißen?«, fragen Bernadette und Anna gleichzeitig.
»Ich habe es ihnen gesagt«, antwortet Kitty. »Ich hab's ihnen erzählt.«
Schweigend starren die anderen vier sie an.

»Du hast es ihnen erzählt?«, fragt Bernadette fassungslos. »Du hast es ihnen *erzählt?* Wem hast du es erzählt?«
Kitty ballt die Hände. Ich schaffe es, denkt sie, während sie die Fenster ihrer Erinnerung aufreißt. Ich schaffe es. Ich kann in mein Gedächtnis hineingehen, alles herausholen, alles erzählen und es dann für immer wegsperren.
Es ist ganz still. Die Blicke der anderen sind auf sie gerichtet, gespannt, nervös, voller Hoffnung.
»Es war an Ostern«, berichtet Kitty. »Mein Vater war krank, und ich musste über die Ferien im Kloster bleiben.«
Zuerst klingt ihre Stimme leise und verhalten; sie sucht nach Wörtern, die ihre Geschichte erzählen – die Geschichte, die sie seit jenen zwei Wochen für sich behalten hat.

Als Pater Mulrooney die Gemeinde und das Kloster im finstersten Winkel Europas verlässt und nach Dublin zurückkehrt, nachdem er im Unterricht seinen Hintern in Brand gesetzt hat, kommt als Ersatz direkt aus einem reichen Vorort südlich von Dublin ein junger Kurat mit rosigen Wangen, kleinen, gierigen Augen und blonden Locken (Hauptinteresse: Mädchen – vorpubertäre, pubertierende, nachpubertäre, da ist er nicht wählerisch).
Er trifft während der Osterferien ein; in der Schule hält sich nur ein einziges Mädchen auf.
»Guten Morgen, Pater«, sagt Kitty O'Dowd, als sie am Ostersonntag vor dem Kloster auf ihn trifft. Sie ist unterwegs zum Strand, um eine Zigarette zu rauchen, die sie sich von dem Geld gekauft hat, das ihre Mutter ihr als Entschädigung für das Dableibenmüssen während der Ferien geschickt hat.
»Guten Morgen«, sagt er und mustert interessiert die pubertierende Kitty, deren Beine von Tag zu Tag länger werden und deren kleine Brüste sich unter dem Trägerrock abzeichnen.
Zwei Wochen später geht Kitty O'Dowd zu der Wiese hinter dem Nord-

flügel der Schule und zieht sich nackt aus, beißt die Zähne zusammen, lässt sich in die hohen Brennnesseln fallen (Ostern liegt spät in diesem Jahr, es gibt schon viele Brennnesseln) und zwingt sich dazu, mehrmals darauf hin und her zu rollen.

Dann robbt sie zu ihren Kleidern, zieht sich mit zitternden, schreienden Fingern an und kriecht zum Kloster zurück. Schwester Christopher und Schwester John mit ihren roten, runden, schleierumrahmten Gesichtern entdecken sie, als sie sich auf allen vieren den Kiesweg hochschleppt.

»Allmächtiger!«, sagt Schwester John, der der Anblick einen gewaltigen Schock versetzt. Sie tragen die inzwischen fast bis zur Unkenntlichkeit angeschwollene Kitty ins Krankenrevier. Ihr Gesicht ist fleckig und wund, sie hält die Augen geschlossen. Die freundliche Schwester Jude, der Kitty bisher noch nie begegnet ist, zieht sie behutsam aus und ruft sofort den Arzt.

»So etwas habe ich noch nie gesehen«, sagt der Arzt. »Wie eine Million Brennnesselstiche. Sehr ungewöhnlich.« Er gibt der Schwester eine Kamillelotion, mit der sie Kitty einreiben soll, spritzt Kitty ein Schmerzmittel und verspricht, am nächsten Morgen anzurufen. Nach der Spritze hört Kitty auf zu zittern, liegt reglos da, hält die Hand von Schwester Jude umklammert und lässt sie auch dann nicht los, als Schwester Jude ihr zuflüstert: »Aber ich muss dich doch einreiben, du liebes, armes Kind.«

Kittys Hals ist so geschwollen, dass sie nicht einmal den Kopf schütteln kann, aber aus ihren Augen spricht solche Angst und Verzweiflung, dass Schwester Jude das Einreiben verschiebt, sitzen bleibt, ihre Hand hält und ihr beruhigend zuflüstert.

»Ich weiß nicht recht«, sagt der Arzt am nächsten Morgen zu der freundlichen Schwester Jude. »Es erscheint mir wie eine Art Superallergie. Ich denke zwar, dass es sich allmählich etwas bessert, aber ihr Zustand ist ernst. Rufen Sie mich sofort an, wenn sich etwas verändert.«

Schwester Jude sitzt an Kittys Bett, bis der Schulkaplan eintrifft.

»Lassen Sie mich mit ihr allein, Schwester«, sagt er zu Schwester Jude. Kitty beginnt entsetzlich zu stöhnen und greift nach der Hand der freundlichen Nonne.
»Ich glaube, es ist besser, wenn ich hier bleibe, Pater«, sagt Schwester Jude in ihrer frischen, weißen Schwesterntracht mit dem kurzen, adretten Schleier.
»Ich möchte ihr die Beichte abnehmen«, erwidert der Priester, während die verzweifelte Kitty sich an die Nonne klammert.
»Ich warte vor der Tür, Kitty«, sagt Schwester Jude. »Wenn der Pater mit dir fertig ist, komme ich sofort wieder.«
Kitty ist panisch, totenbleich, am ganzen Leib geschunden … Kitty reißt den Mund auf und brüllt.
Später, nachdem sie eine weitere Spritze bekommen hat und wieder in der Obhut von Schwester Jude ist, flüstert Kitty: »Lassen Sie mich nicht mit Pater McMorrow allein, Schwester Jude, ich bitte Sie!«
Und plötzlich erstarrt Schwester Jude, als würde ihr eine eisige Hand über die Haut fahren, und sie fragt das aufgewühlte, fiebernde Kind im Bett: »Warum denn nicht, Kitty?« Sie schluckt, denn sie fürchtet sich vor der Antwort. »Warum nicht?«
Aber Kitty kennt, wie die meisten Mädchen ihres Alters, nicht die Wörter, die ausdrücken würden, warum sie es nicht will. Sie kann es nicht richtig erklären und flüstert: »Böser Mann«, deutet fuchtelnd auf ihren wunden Mund und macht eine andeutende Geste, als würde sie ein Eis schlecken.
Schwester Jude sagt: »Ganz ruhig. Jetzt ist alles gut. Schlaf ein bisschen. Ich passe auf dich auf.«
Da schläft Kitty endlich ein und beginnt sich zu erholen.
»Mutter Oberin.« Schwester Jude steht im Zimmer der Mutter Oberin, einem weißen Raum mit großen Fenstern und einem Kruzifix an der Wand. Hilfesuchend sieht sie zu dem Kruzifix hinüber. Ihr Herz pocht.
»Ich habe ein Problem, Mutter, und brauche Ihren Beistand.«
Der Regen trommelt ans Fenster, hinter den Mauern donnert das Meer,

selbst die Möwen haben sich verkrochen. Es könnte das Ende der Welt sein, aber es ist nicht das Ende der Welt.
»Das Mädchen lügt«, sagt die Mutter Oberin. »Was untersteht sie sich!« Sie denkt eine Weile nach. »Aber vielleicht hat sie ja im Fieber halluziniert ... Wie geht es ihr heute?«
»Sie hat die Nacht durchgeschlafen. Heute Morgen ging es ihr eindeutig besser. Ihre Temperatur ist fast normal, und die Allergie ist leicht abgeklungen«, antwortet die nervöse, aber freundliche Schwester Jude.
»Kein Wort darüber, Schwester, zu niemandem! Ich kümmere mich um die Angelegenheit, sobald es dem Kind besser geht. In ein, zwei Tagen etwa?«
Schwester Jude nickt.
Am nächsten Tag rauscht die Mutter Oberin ins Krankenrevier und sieht sich die Patientin an. Dann rauscht sie wieder hinaus. Schwester Jude hält Kittys Hand und hat Angst um die Dreizehnjährige, deren Haut sich rasch erholt.
Kitty wird gesund und kehrt zwei Tage später in ihren Schlafsaal zurück. Am nächsten Morgen wird sie ins Zimmer der Mutter Oberin gerufen und wegen Lügens mit dem Riemen geschlagen.
»Aber ich habe nicht gelogen, Mutter Oberin«, beteuert Kitty standhaft. »Ich habe Schwester Jude die Wahrheit gesagt, wirklich!«
Kitty ist ein pragmatischer Mensch, aber sie ist auch hartnäckig. Sie gibt nicht nach.
»Ich habe nicht gelogen«, schluchzt sie. »Er hat ... Er hat das alles wirklich gemacht.«
»Ich schlage vor, dass du diese schmutzigen Dinge deshalb für wirklich geschehen hältst, weil du sie dir zusammenfantasiert hast, während du krank warst«, sagt die Mutter Oberin (ihrerseits eine Pragmatikerin).
Kitty erwidert nichts. Tränenüberströmt starrt sie die Mutter Oberin an, und in ihrem Herzen entsteht eine kalte, entsetzliche Wut. Sie

schweigt. Die Mutter Oberin beschließt, dieses Schweigen als Zustimmung aufzufassen.
»Du bist ein ganz schlechtes Mädchen, Kitty O'Dowd«, sagt die Mutter Oberin. »Ich werde harte Maßnahmen gegen dich ergreifen müssen. Aber zuerst gehst du beichten. Danach kommst du hierher zurück. Der Pater wartet unten in der Kapelle auf dich.«
Kitty O'Dowd geht rückwärts aus dem Zimmer. Sie zittert. Sie ist verzweifelt. Wie eine Welle schlagen ihr die unterschiedlichsten Gefühle entgegen, während sie überlegt, was sie tun soll. Sie kann nicht … Sie will nicht … Er darf nicht … Sie ist allein. Sie ist völlig isoliert. Sie hat panische Angst. Sie spürt, dass sie verloren ist. Keiner hilft ihr. Sie hat Schwester Jude vertraut und fühlt sich betrogen. Und außer ihr gibt es niemanden. Nichts. Sie denkt an den Klippenrand – wäre sie doch nur gesprungen damals im September am ersten Tag! Sie spielt mit dem Gedanken hinzulaufen, aber die Mutter Oberin ist neben ihr, denn er hat schon begonnen, der lange Weg zur Kapelle, in der ihr Peiniger auf sie wartet.
Kitty O'Dowd denkt lang und gründlich nach. Er wird sie nicht mehr anfassen, lieber wäre sie tot! Aber wie soll sie es verhindern?
»Mutter Oberin«, sagt sie leise.
»Ja«, erwidert die Mutter Oberin barsch, während sie durch den Korridor gehen.
»Würden Sie bitte auf mich warten, während ich beichte, Mutter Oberin?«, fragt Kitty, verzweifelt nach einem Ausweg suchend.
»Und wie ich auf dich warte! Ich habe noch nicht entschieden, was ich mit dir machen werde. Ich warte direkt vor dem Beichtstuhl, Mädchen.«
Wenn er mich anfasst, schreie ich, denkt Kitty.
Aber im Beichtstuhl kann er sie natürlich nicht anfassen. Die Gitterstäbe zwischen ihm und ihr trennen sie voneinander. Er schiebt das Türchen zurück, so dass sie sein Profil sieht. Dann richtet er den Blick auf sie, und sie schauen sich an.

Sie senkt die Lider. Sie hat Angst. Sie ist schutzlos. Sie erkennt, dass ihr als einzige Waffe bleibt, nie mit ihm allein zu sein. Aber wie kann sie das hinkriegen, wenn er das Sagen hat?
Vor dem Beichtstuhl lauscht die Mutter Oberin in die Stille hinein und betet um Erleuchtung.
In dieser Nacht läuft Kitty O'Dowd weg. Bei Tagesanbruch hat sie es ins nächste Dorf geschafft, wo sie von der Polizei aufgegriffen wird. Sie bringen sie ins Kloster zurück.
Die Mutter Oberin, die von der Polizei telefonisch benachrichtigt worden ist, wartet schon und knöpft sich, kaum sind die Polizisten weg, Kitty vor. Sämtliche Vergehen, die sie jemals begangen hat, werden aufgezählt und wie Beweisstücke vor ihr ausgebreitet.
»Vom ersten Tag an hast du nur Probleme gemacht. Du stiehlst und lügst – vor allem das Lügen! Unter diesen Umständen und in Anbetracht deiner Krankheit neulich, die von schlimmsten Halluzinationen begleitet war – eindeutig ein Werk des Teufels –, können wir dich nicht länger hier behalten. In unserer Mitte ist kein Platz für Lügner. Du wirst morgen früh abreisen. Du hast deine Lektion gelernt und wirst einen Schlussstrich ziehen.«
»Bin ich von der Schule verwiesen?«, fragt Kitty.
»Ja, aber nicht ganz. Wir können dich zwar nicht behalten, aber unser Schwesterkloster in der Grafschaft Leitrim ist der geeignete Ort für deine weitere Erziehung. Ich habe bereits Mutter Magdalena in Leitrim angerufen, sie erwartet dich zum Mittagessen. Fang an zu packen!«
»Weiß meine Mutter davon?«, wagt Kitty zu fragen. Eine Zugkarte für die Fahrt nach Hause wäre ihr lieber, aber alles ist besser, als hier in diesem Kloster auf dieser windumtosten Klippe mit diesem Kaplan zu bleiben, der durch die Korridore und über das Gelände des Klosters streift, wie es ihm beliebt.
Die O'Dowds erhalten einen Brief, in dem die Lügen und der Eigensinn ihrer Tochter beklagt werden. Sie reagieren darauf mit Wut und Hass gegenüber ihrer Tochter sowie mit großer Dankbarkeit gegenüber den

guten Schwestern, die sich solche Mühe mit Kitty gemacht und ihr den Wechsel in die Grafschaft Leitrim ermöglicht haben.
Und so packt Kitty ihre Koffer, während ihre Mitschülerinnen beim Frühstück sitzen, und ehe irgendjemand etwas merkt, hat sie das Kloster verlassen. Dass sie erst nach Beginn des Sommertrimesters eintrifft, wirft bei ihren neuen Mitschülerinnen Fragen auf. Als sie sich danach erkundigen, sagt Kitty, sie sei von ihrer früheren Schule abgehauen und verwiesen worden. Sie weiß, dass ihr die wahre Geschichte niemand glauben würde.
Sie tauscht einen Kuss gegen eine Zigarette, weiter geht sie nicht in diesem Sommer. Sie weiß, was hinter dem Reißverschluss ist. Ihre Unschuld ist zerstört, ihre natürliche Neugier abgetötet, und knutschen wird sie mit keinem, nicht mal mit Jeremiah Jackson, bevor sie sich wirklich dazu bereit fühlt. Und so macht sie zwar den Eindruck, als hätte sie schon einiges ausprobiert, doch in Wirklichkeit hat man einiges an ihr ausprobiert. Sie ist zynisch geworden. Für die Gemeindepfarrer, die manchmal ins Hotel kommen, um Tee zu trinken und Scones zu essen, hat sie nur ein spöttisches Grinsen übrig. Sie betrachtet sie mit leicht nach oben gezogenen Brauen und hält den Kopf dabei eine Nuance zu hoch.
»Dieses Mädchen macht Ärger«, sagen die Priester zueinander …

»Golgatha«, sagt Kitty O'Dowd, als ihre Erzählung ans Ende kommt. »Dieses Kloster in der Grafschaft Mayo habe ich Golgatha genannt. Am ersten Tag stand ich am Rand der Klippe und überlegte, ob ich springen soll. Jahre meines Lebens habe ich vergeudet, weil ich dachte, es wäre besser gewesen zu springen.«
Bridie lehnt sich in ihrem Sessel zurück. Ihre Augen sind geschlossen, über ihr Gesicht strömen die Tränen.
»Arme Kitty«, sagt sie immer wieder. »Arme, arme Kitty.«
»Arme Kitty?«, fragt Kitty, hebt den Blick und sieht sich in der Runde um.

»Ja, arme Kitty«, sagt Bernadette. »Wir alle sind arm.«
Kitty steht auf und geht zu Anna. »Du brauchst kein Mitleid mit mir zu haben, kleine Bridie. Du warst doch erst acht. Lieber Gott im Himmel – erst acht Jahre alt ...«
Treasa wischt sich mit dem Handrücken die Tränen ab. Sie kann nicht sprechen. Auch sie steht auf, geht zu Kitty und Anna und umarmt beide.
Sie greifen hinter sich und breiten die Arme für Mary und Bernadette aus.
»Vor einiger Zeit«, sagt Anna, und ein kleines Lächeln dringt durch ihre Tränen, »habe ich etwas geträumt.«
Sie halten sie in ihrem Kreis und hören zu.
»Ich träumte, dass ich mit meinem Bären im Garten war – ich hatte früher einen Bären, er hieß Grizzle. Meine Freunde – Fantasiefreunde, mit denen ich als Kind immer spielte – waren auch da. Und zwei von ihnen, Tom und Mary hießen sie, glaube ich, schwangen ein Sprungseil und sangen ein Lied dazu. Das Lied ging so:

Erst ist er weich, dann ist er steif,
ich denke nicht ans Himmelreich.
Gott täte mir so was nicht an,
der liebe Gott ist doch ein guter Mann?

Ich kann hüpfen, ich kann springen,
Der Priester lässt sich nicht abbringen.
Weiß auf Schwarz und Schwarz auf Weiß,
folgt mir mit nimmermüdem Fleiß.

Braut Christi bin ich und sehr gut,
Wenn ich's nicht tu, kriegt er die Wut.
Ich knie mich hin als wie vorm Himmelreich,
erst ist er weich, dann ist er steif.

»Das ist alles. An mehr kann ich mich nicht erinnern.«
»Ein hübsches Liedchen für den Spielplatz«, sagt Kitty mit ironietriefender Stimme.
»Das war unser Spielplatz«, erwidert Mary MacDonald.

Neunzehn

Bernadette O'Higgins besucht ihre Mutter. Mrs O'Higgins sitzt in einem bequemen Sessel in ihrem Altersheimzimmer. Sie trägt ein blaues Kleid und hat sich eine dünne, weiße Wolljacke um die Schultern gelegt. Zerbrechlich und elegant wirkt sie, dort am Fenster. Ihr Haar ist zart getönt, was das silbrige Weiß noch besser zur Geltung bringt. Sie hat eine leichte Dauerwelle.

»Hallo, Mummy.« Lächelnd geht Bernadette auf ihre alte Mutter zu und küsst sie. Sie nimmt einen Anflug von Blumenduft und Parfüm wahr. Ganz fein. Sehr passend.

»Bernadette!«, sagt Mrs O'Higgins und hebt ihrer einzigen Tochter das Gesicht entgegen. »Ich habe dich gestern Abend im Fernsehen gesehen!«

»Wirklich?«, fragt Bernadette vorsichtig.

»Das war wohl eine sehr erfolgreiche Buchvorstellung.«

»Mhm«, macht Bernadette.

»Alle wollten sie ein Autogramm von dir.«

Interessante Perspektive, denkt Bernadette, während ihr dämmert, dass ihre Mutter in den Nachrichten gesehen hat, wie sie und die anderen sich durch die Menschenmenge vor den Four Courts drängten.

»Du bist eine richtige Überfliegerin – so nennt man das doch heutzutage. Ich bin sehr stolz auf dich.«

»Ach was«, sagt Bernadette. »Ich tue mein Bestes, aber das tun wir doch alle, oder?«
»Aber du hast wirklich etwas erreicht!«
Bernadette weiß nicht, was sie erwartet hat, aber das nun bestimmt nicht. Sie nimmt einen Stuhl und setzt sich ebenfalls ans Fenster. So hat sie ihre Mutter im Blick und kann in den Garten hinausschauen.
»Welches Buch war es denn?«, fragt ihre Mutter.
»Du hast doch mein neuestes«, antwortet Bernadette ausweichend. »Möchtest du dich in den Garten setzen?«
»Nein danke, ich bleibe lieber hier. Es ist so schön warm, wenn die Sonne durchs Fenster scheint, und für draußen müsste ich eine wärmere Jacke anziehen.«
Sie reden über alles Mögliche, über das Essen, das Wetter, über persönliche Gegenstände, die Bernadette ihrer Mutter bringen soll. Ein ungezwungenes Gespräch zwischen Mutter und Tochter, aber Bernadette weiß, dass ihre Mutter langsam geistig abbaut, dass sie, wenn sie sagt, sie brauche neuen Talkumpuder oder einen neuen Unterrock, beides in Wirklichkeit gar nicht will oder nicht benötigt.
Die Zeit, da sie ihr noch wichtige Fragen stellen kann, verrinnt allmählich.
»Mummy?«, sagt Bernadette. »Darf ich dich etwas fragen? Ich zerbreche mir nämlich manchmal den Kopf über eine ganz bestimmte Sache.«
»Frag nur, mein Schatz.«
»Warum hast du mich ins St. Martin's geschickt?«
Ihre Mutter seufzt. »Also, ich fand ja, dass die Klosterschule bei uns … na ja, günstiger gewesen wäre, aber dein Vater wollte das Beste für dich, schließlich hatten die Jungs auch das Beste bekommen. Und St. Martin's war das Beste. Es bot einfach alles. Mit dem Sport war es dort nicht so toll, ich weiß, aber alles andere war da. Guter

Unterricht. Und du warst gut aufgehoben dort. Das hat mir immer besonders gefallen an dieser Schule.«
Bernadette überlegt. Glaubst du wirklich, was du da sagst?, denkt sie. Ja, wahrscheinlich schon. Dabei bist auch du das Produkt des Klosterschulsystems. Sie wundert sich. »Aber Mummy, dass der Unterricht gut war, konntest du doch erst im Nachhinein wissen, und nicht alle sind beruflich so erfolgreich geworden wie ich.«
»Du hast dein Potenzial dort ausgeschöpft, nur das zählt. Die Nonnen haben schon immer für eine gute Ausbildung gesorgt. Und dein Vater sagte, dort würde das auch der Fall sein.«
»Und was ist mit den anderen Dingen? Mit der Sicherheit zum Beispiel. Warum glaubst du, dass ich dort gut aufgehoben war?«
»Die Nonnen, mein Schatz – die Nonnen boten euch doch große Geborgenheit.«
Bernadette beobachtet schon eine geraume Weile zwei alte Männer, die im Garten spazieren gehen. Jetzt sieht sie ihre Mutter an. Du glaubst das wirklich, oder?, denkt sie. »Aber man liest doch manchmal bestimmte Dinge in der Zeitung«, sagt sie. »Davon hast du sicherlich schon mal gehört, von Missbrauch zum Beispiel.«
»Natürlich habe ich darüber schon gelesen. Aber Menschen wie uns passiert so etwas doch nicht. Dublin Vier – das ist die sicherste Gegend überhaupt! Solche Leute kommen nicht mal in unsere Nähe, die würden doch sofort auffallen. Und deine Klosterschule war die beste, die allerbeste!«
Bernadette nickt. Es ist sinnlos nachzuhaken, sinnlos, eine alte Dame zu beunruhigen, die glaubt, am Vorabend sei das neueste Buch ihrer Tochter im Fernsehen vorgestellt worden. »War Daddy da?«, fragt sie.
»Ich habe nicht vor, ihn jemals wieder zu sehen«, erklärt ihre Mutter nach einer kurzen Pause.
»Warum denn nicht?«

Plötzlich sieht Bernadette zu ihrer großen Bestürzung Tränen in den welken Augen ihrer Mutter. Sie starrt sie an.
»Schließlich hat er damals darauf bestanden, dass du diese Schule besuchst«, wiederholt ihre Mutter. »Er sagte immer, es sei die beste.«
Die zwei alten Männer haben das Ende des Gartens erreicht; sie drehen um und gehen langsam zurück. Bernadette sieht ihnen zu. Der eine deutet mit seinem Spazierstock auf die Blumen, die beiden unterhalten sich miteinander. Worauf will sie hinaus?, denkt sie. Worauf will sie hinaus? Meine Mutter weiß es. Sie weiß es nur zu gut. Was will sie mir sagen?
Sie richtet den Blick wieder auf die alte Dame, die nach einem Taschentuch tastet. Bernadette steht auf und holt ihr ein frisch gebügeltes aus dem Schrank.
»Bisschen wässrige Augen«, murmelt ihre Mutter.
Bernadette beugt sich zu ihr hinüber und umarmt sie. Sie weiß, dass das Tränen sind und nicht ein bisschen wässrige Augen.
»Ist schon in Ordnung, Mummy. Du warst eine gute Mutter, das weißt du selbst, oder?«
»Ich habe mein Bestes getan. Es war nicht immer das Richtige, aber immer mein Bestes.«
»Ich weiß. Ich weiß das sehr gut.«
Die Tränen fließen jetzt schneller, und plötzlich wird Bernadette klar, dass ihre Mutter ganz genau weiß, was sie am Abend zuvor im Fernsehen gesehen hat.
Sie empfinden große Fürsorglichkeit füreinander in diesem Augenblick.
Bernadette würde gern sagen: »Du solltest Daddy wieder sehen. Er konnte doch auch nichts dafür. Keiner konnte etwas dafür. Es waren andere Zeiten damals. Die Kirche war nicht verantwortungsbewusst. Es war die Männermacht über die Frauen. So wie wir von den Nonnen manipuliert wurden und Kitty von ihnen ausmanövriert wurde, so hingen sie ihrerseits an den Fäden der männlichen

Hierarchie.« Aber sie weiß, dass jetzt nicht der geeignete Moment dafür ist. Sie lächelt ihre Mutter an, ergreift das Buch, das sie gerade liest, und fragt danach.

»Es ist gut so, Mummy«, sagt sie sanft. »Du brauchst dich weder zu sorgen noch musst du wütend sein.« Später, denkt sie. Später werde ich ihr sagen, dass wirklich alles in Ordnung ist und dass sie Daddy wieder sehen soll. Sie haben ihr Bestes gegeben. Ich weiß es. Viele Leute haben irgendwie ihr Bestes gegeben. Nur schade, dass ihr Bestes nicht gut genug war.

Sie denkt an Schwester Jude in dem Kloster in Mayo, und tief im Herzen weiß sie, dass Schwester Jude Kitty nicht verraten hat, egal was Kitty sagt. Dass Schwester Jude für die vielen guten, anständigen Nonnen steht, die sie im Lauf der Jahre kennen gelernt haben. Dass Pater Michael McMorrow, obwohl er einer von vielen ist, nicht das Ganze repräsentiert.

»Etwas wüsste ich gern noch«, sagt Treasa zu Kitty O'Dowd. Sie sitzen in Bernadettes Wohnung. »Ich habe mich immer gefragt, was du an dem Tag gemacht hast, als sie dich rausgeworfen hatten. Ständig habe ich daran denken müssen. Ich lag im Krankenrevier, und es ging mir allmählich besser, aber dann bist du abgehauen. Ich weiß noch, dass ich auf mein Kissen zurücksank, als Bernadette hinausgegangen war, und nur noch einen Gedanken hatte: Wo bist du, Kitty? Was machst du jetzt? Ich hatte solche Angst um dich. Ich sah dich durch die Straßen streunen und hatte solche Angst.«

Kitty O'Dowd zuckt mit den Achseln.

»Nein, Kitty, sag es mir bitte! Wir sind doch gerade dabei, uns alles zu erzählen und mit der Vergangenheit ins Reine zu kommen.«

»Also gut«, sagt Kitty. »Ich bin rausgegangen. Ich erinnere mich, wie ich die Treppe runterlief und froh war, dass es warm war, weil ich keinen Pulli und keine Jacke dabeihatte. Ich hatte gar nichts dabei, kein Geld, nichts. Aber ich wollte auf keinen Fall in der Schule bleiben und auf meinen Vater warten. Von wegen Regen und Traufe – du weißt schon.« Sie macht eine Pause. Sie erinnert sich genau, dass sie, als sie entschlossen losmarschierte, das Gefühl hatte, entkommen zu sein. Sie wusste nicht, wohin gehen und was tun, aber ihr war klar, dass sie sich weit von St. Martin's entfernen musste.

»Ich bin zum Sutherland Square gegangen, weil ich dachte, dass Andrew vielleicht dort wäre. Ich habe mich hingesetzt und eine geraucht, und dann fiel mir ein, dass es erst später Vormittag war und Andrew auf keinen Fall auftauchen würde. Warum hätte er kommen sollen? Ich hatte ihm gesagt, ich würde im Lauf der Woche anrufen, wir hatten nichts vereinbart.« Sie lächelt. »Schon komisch – da denkt man, man wäre frei, und ist es überhaupt nicht. Man braucht eben immer auch Freunde, so wie jetzt.«

»Was hast du dann gemacht?«

»Ich bin zu seinem Haus in der Lansdowne Road gegangen und habe vor dem Gartentor eine Münze gefunden. Ich habe sie eingesteckt und an die Tür geklopft. Ein Dienstmädchen oder so was öffnete und sagte, wörtlich: ›Der junge Herr ist nicht zu Hause.‹ Da habe ich mir nicht weit weg in einem Kiosk einen Schokoriegel gekauft, mich dort hingesetzt und gegessen. Und gewartet und gewartet. Mann, das müssen mehrere Stunden gewesen sein.«

Sie erinnert sich, dass es immer heißer wurde und dass sie sich nach einem Glas Wasser sehnte, und plötzlich sah sie ihn, als er aus einem Bus ausstieg. Sie war unfassbar erleichtert.

»Als ich über die Straße lief, wurde ich um ein Haar überfahren. Ich glaube, ich hatte Angst, er könnte eine Fata Morgana sein. Ich hörte lautes Hupen und brach fast in Tränen aus, kannst du dir das vorstellen?«

»Du und in Tränen ausbrechen? Nein«, sagt Treasa. »Die Vorstellung fällt mir wirklich schwer.«

»Ich fühlte mich plötzlich so verwundbar. Jedenfalls nahm Andrew

mich mit zu sich, gab mir was zu trinken und ein Sandwich, glaube ich. Irgend so was. Dann rief er Christopher Marlowe an. Erinnerst du dich an den? Also, den rief er an, und dann gingen wir zu ihm. Bei den Marlowes war am Tag zuvor einiges los gewesen. Andrew erzählte mir unterwegs alles. Christophers Mutter hatte offenbar eine Art Zusammenbruch erlitten – irgendwas mit Alkohol, glaube ich – und war Knall auf Fall nach Amerika geflogen, um dort in eine Entziehungsklinik oder so was zu gehen. Wegen ihrer Launen hatten sie nie genug Hauspersonal, da hat Christopher mich im Dienstbotentrakt versteckt.« Kitty muss lachen. »Ich war das Dienstmädchen, und als Mr Marlowe am Abend von woher auch immer heimkam, freute er sich, weil sich endlich ein Dienstmädchen gefunden hatte, das bereit war, im Haus zu wohnen.«
»Oje! Ich hätte überhaupt nicht gewusst, was ich tun soll.«
»Ach, das war kinderleicht. Ich bin schließlich in einem Hotel aufgewachsen. Bodenwischen und Kloputzen war kein Problem. Außerdem hatten sie eine Köchin, die jeden Tag kam. Alles hat perfekt geklappt. Es war zwar zugegebenermaßen nicht das, was ich eigentlich vorgehabt hatte, aber es funktionierte prima. Während ihr mit eurer Abschlussprüfung beschäftigt wart, habe ich den Haustürknauf poliert und die Bücherregale abgestaubt. Na ja, das ist leicht übertrieben. Ich habe ungefähr zwei Stunden am Tag gearbeitet, der Rest war Freizeit. Es wohnten ja nur Christopher und sein Vater im Haus, und der war so gut wie nie da. Das habe ich den ganzen Sommer über gemacht, und im September bekam ich dann meinen Traumjob.«
»Was denn?«, fragt Treasa.
»Ich wollte so gern Modell an der Kunstakademie sein – das war mein größter Wunsch. Die Bezahlung war mies, aber das störte mich nicht, und bei dem Gehalt, das die Marlowes mir zahlten, kam es darauf sowieso nicht an. Mir ging es darum, dass ich, wenn ich den Raben jemals wieder sehen sollte, sagen konnte: Ich habe meine

Träume verwirklicht! Stell dir vor, wie sie das gewurmt hätte! Na, jedenfalls blieb ich bei den Marlowes, machte die Hausarbeit und arbeitete zusätzlich einige Stunden in der Kunstakademie.«

»Ich bin schwer beeindruckt«, sagt Treasa. »Du hast wahrlich Überlebensinstinkt bewiesen, Kitty. Kam Mrs Marlowe irgendwann aus Amerika zurück?«

»Ja. Und weißt du, was wirklich merkwürdig war? Sie mochte mich. Ich glaube, sie war sehr verletzlich, als sie heimkam. Ich weiß nicht, was sich vor ihrer Abreise abgespielt hatte, aber es muss ziemlich dramatisch gewesen sein. Als ich nämlich damals am Dienstag dorthin kam, wurden gerade die Wände neu verputzt von ein paar Typen. Da waren ein paar ziemlich seltsame Löcher drin, in den Wänden meine ich. Also, wie gesagt, Mrs Marlowe mochte mich. Sie kam immer in die Küche und trank Kaffee mit mir.«

»Und Christopher? Was hat der die ganze Zeit gemacht?«

»Zuerst war er mit den Abschlussprüfungen beschäftigt. Und dann war er viel unterwegs. Ich traf mich immer noch mit Andrew. Im Oktober begann Christopher zu studieren, überm großen Teich. Und Andrew war mit euch Mädels ans Trinity gegangen, und ich verlor ihn aus den Augen.«

»Und deine Eltern?«

»Mit meiner Mutter war ich in Kontakt. Ich hatte ihr eine Postkarte geschrieben, dass ich lebe und dass es mir gut geht und ich wie die Made im Speck lebe, was ja auch irgendwie stimmte. Nach und nach habe ich den Kontakt verstärkt, und wir trafen uns. Darüber bin ich heute noch unheimlich froh. Ein Jahr später hatte dann nämlich mein Vater den schweren Herzinfarkt, erinnerst du dich?«

Treasa nickt. »Ja. Damals kamen wir wieder in Kontakt miteinander.«

»Der Rest ist Geschichte. Ich bin ins Hotel zurück und habe meiner Mutter geholfen. Sie ist im Jahr darauf gestorben, und plötzlich gehörte es mir. Das war wunderbar. Wie eine zweite Chance.« Sie betrachtet ihre Hände. »Ich hatte immer eine zweite Chance. Ich hatte wirklich Glück und weiß das auch. Deswegen will ich jetzt nichts vermasseln.«

Die Anklage gegen Mary MacDonald wird auf Körperverletzung herabgesetzt.

»Ist das gut oder schlecht«?, fragt Anna Olivier ihren Mann, der in den letzten Wochen sichtbar gealtert ist.

»Gut. Komm her, Anna.«

Sie schmiegt sich in seine Arme. Sie sitzen auf dem Sofa in der gemieteten Wohnung in Dublin.

»Ich quäle mich mit Schuldgefühlen, weil ich nicht da war, als Mary klein war. Weil ich nicht für dich da war, als du klein warst. Weil wir der Sache nicht nachgegangen sind, als Mary vom Dach von St. Martin's fiel. Weil wir nicht gefragt haben, warum sie überhaupt dort oben war. Ich gab mich mit der Auskunft zufrieden, dass sie eine Zigarette rauchen wollte. Ich wollte einfach nicht denken, was jetzt so offensichtlich ist.«

»Aber was hättest du denn tun können?«, fragt Anna ihn sanft. »Es war nicht deine Schuld, dass du in den ersten Jahren nicht da warst. Du hast Mary gesucht. Und selbst wenn du sie gefunden hättest – vielleicht wäre sie trotzdem in St. Martin's gelandet. Sie hätte vielleicht trotzdem neunzehnhundertzweiundsiebzig diese Besinnungswoche absolviert, und Pater McMorrow wäre trotzdem dort Priester gewesen. Sie wäre vielleicht trotzdem zur Dachkante geklettert. Alles, was passiert ist, wäre vielleicht auch dann passiert. Du hättest es nicht ändern können. Und wir haben es vertuscht. Wir Mädchen haben es sorgfältig vertuscht – ein Überlebensmechanismus. Du darfst dir deswegen keine Vorwürfe machen. Und ich glaube wirklich, dass Mary vergessen hatte, was geschehen war. Nach dem Sturz vom Dach war das ihre Rettung, hat zumindest der Psychiater gesagt. Sie hat es einfach ausgeblendet. Und damals bist du wieder in

ihr Leben getreten, mehr brauchte sie nicht. Das hat sie stabilisiert. Schon im Oktober war sie doch wieder topfit und begann zu studieren und hat das Trinity College im Sturm erobert.«
»Was täte ich nur ohne dich.«
»Kompliment zurück. Was täte ich ohne dich? Damals, neunzehnhundertzweiundsiebzig, in der Nacht, als wir uns im Krankenhaus begegneten, als Mary eingeliefert wurde und du kamst … weißt du noch? Treasa und ich saßen im Gang, und plötzlich warst du da …« Sie verstummt. »Ich habe es dir schon einmal gesagt. Ich weiß, du hast von dieser Nacht keine Erinnerung an mich, aber ich habe die Erinnerung an dich. Ich habe dir das mit deinem Namen erzählt und dass ich immer von dir geträumt habe. Das alles weißt du. Du weißt, was du mir bedeutest.« Sie lächelt ihn an. »Und als wir uns dann einige Jahre später in Griechenland wieder sahen … Nicht jedes Mädchen darf ihre Fantasien leben. Aber jetzt genug davon. Erzähl mir, welche Konsequenzen die Herabsetzung der Anklage auf Körperverletzung hat.«
»Das lässt sich noch nicht sagen«, erwidert er, ebenfalls lächelnd. Er kennt jedes intime Detail ihrer Fantasien und weiß, dass er diese Fantasien zum Leben erweckt hat. Schockiert ist er nur über das, was sie ihm nicht erzählt hat. Er streicht ihr übers Haar. »Offenbar steckt entweder Pater McMorrow selbst oder sein Orden dahinter. Es ist eine sehr viel weniger schwerwiegende Anschuldigung, aber die Verteidigungstaktik ändert sich nicht. Alles steht und fällt mit den Zeugenaussagen von euch Mädchen.«
Anna schmunzelt. Es gefällt ihr, dass er sie und die anderen immer »Mädchen« nennt.
»Wenn es vorbei ist, nehmen wir Mary mit zu uns nach Washington. Sie muss sich ausgiebig erholen und braucht viel Zuwendung. Ich glaube nicht, dass es gut wäre, wenn sie nach Schottland zurückginge.«
»Weiß sie das schon?«

»Ja, sie ist einverstanden und Andrew auch. Sie braucht Hilfe. Sie wird sich von ihm trennen und mit uns gehen, und wir sorgen dafür, dass sie diese Hilfe in Amerika bekommt.«
»Aber sie ist doch nicht verrückt oder so?«
»Verrückt?« Er denkt über das Wort nach. »Nein, verrückt ist sie nicht. Aber dass sie etwas völlig Normales getan hat, kann man wohl auch nicht behaupten.«
»Finde ich schon. Die anderen auch. In meinen Augen war es so ziemlich das Normalste, was Mary je getan hat. Und sie ist anders seitdem, beherrschter, konzentrierter. Sie hat erkannt, was sie seit Jahren gequält hat, und weiß, dass sie nicht allein ist.«
Er nickt. »Ich weiß, *ma petite*, aber ich bestehe darauf, dass sie Hilfe bekommt. Und diesmal sorge ich dafür, dass sie sich helfen lässt. Sie ist nicht ausgerutscht, damals auf dem Dach von St. Martin's, nicht wahr?«
Anna denkt nach. »Ich weiß es nicht. Wirklich nicht.« Sie denkt an das von der Wand genommene Kruzifix in der Schwesternkapelle und erinnert sich daran, dass Treasa damals meinte, Mary habe das getan. Sie überlegt, ob sie es Jean Jacques erzählen soll. Normalerweise sagt sie ihm alles, so wie sie ihm einst vom fiktiven Jean Jacques ihrer Schuljahre berichtete. Das hat Zeit, denkt sie. Wenn wir mit Mary in die Staaten zurückfliegen und sie eine Therapie macht, kann ich es ihm immer noch erzählen. Wenn sie es wirklich getan hat, muss sie auch mit dieser Sache abschließen.
»Was ist mit Olivia?«, fragt sie.
»Sie bleibt in Schottland. Andrew kümmert sich um sie. Mary muss sich erst einmal von allem erholen – von den Belastungen, den Sorgen, von ihrer Tochter, einfach von allem.«
»Es ist schon komisch. Wenn sie sich nicht wegen ihrer Platzangst dieser Hypnotherapie unterzogen hätte, wäre das alles nicht passiert.«

»Was sie mit McMorrow gemacht hat, meinst du? Dann hätte sie etwas anderes getan. Der Psychiater sagte, dann wäre es eben etwas anderes gewesen. Die Erinnerung brauchte nur einen Auslöser.«

»Irgendetwas quält dich, ich spüre es. Sag's mir.«

Er seufzt. »Das Problem ist, dass die Anklagevertretung garantiert einen Psychologen beibringen wird, der behauptet, es handle sich um eine Erinnerungstäuschung. Er wird sagen, dass der Hypnotiseur Mary diese ›Erinnerung‹ suggeriert habe und sie in Wirklichkeit nie von McMorrow missbraucht worden sei.«

»Sie ist aber von ihm missbraucht worden, daran besteht nicht der geringste Zweifel. Das ist allen von uns geschehen, und sie erinnert sich jetzt eben daran.«

»Ja, aber eine Erinnerungstäuschung ist nicht völlig von der Hand zu weisen. Es gibt erwiesenermaßen Fälle, in denen die angebliche Erinnerung, die im Verlauf einer Hypnotherapie auftauchte, in Wirklichkeit keine war. Die Anklagevertretung braucht nur einige entsprechende Berichte vorzulegen, und wenn Mary dann ins Kreuzverhör genommen wird … Sie ist doch so zerbrechlich … Ich habe das Gefühl, unsere Anwälte bezweifeln, dass sie das überhaupt durchsteht. Wenn man ihre Aussage als falsch hinstellt, kommt ihr gar nicht erst in den Zeugenstand, das ist das Problem. Und dann gibt es keine mildernden Umstände mehr, die ihre Tat erklären.«

Anna sieht ihn entgeistert an. »Das ist nicht dein Ernst!«

»Doch. Unser Anwalt hat das bereits angedeutet. Selbst wenn ihr eure Aussagen macht, könnte es sein, dass sie nicht anerkannt werden.«

»Das ist ja entsetzlich«, sagt Anna. »Das gibt es doch nicht. Das ist eine Beleidigung für uns alle. Es ist mit uns passiert, das darf doch nicht geleugnet oder angezweifelt werden! Es ist mit uns passiert! Und Marys Erinnerung stimmt mit dem, was uns zugestoßen ist, überein. Das darf es doch nicht geben! Nein, das darf einfach nicht

sein!« Ihre Stimme bebt vor Verzweiflung. »Wer sollte so etwas behaupten? Niemand kann leugnen, was mit uns geschehen ist. Es ist geschehen. Und jetzt?«
»Ist ja gut«, sagt er. »Du darfst dich nicht so aufregen.«
»Aber wir gehen doch an die Öffentlichkeit damit! Das tun wir nur, um Mary zu helfen. Das können die doch nicht machen! Die können uns doch nicht anhören und das Ganze dann für ungültig erklären. Das geht doch nicht!«
»Ganz ruhig«, sagt er, »ganz ruhig jetzt. Es muss nicht unbedingt so kommen. Mach dir keine Sorgen, alles wird gut.«
Aber er macht sich Sorgen, das sieht sie.

Die vier Frauen sitzen frühmorgens in einem Lokal in Temple Bar. Sie haben nur wenig miteinander gesprochen, seit sie sich begrüßt und Kaffee, Saft und Toast bestellt haben. Sie sind schick angezogen, dezent geschminkt, gut frisiert. Alle sind blasser als sonst, und ihre Anspannung ist deutlich zu spüren.
Als Bernadette nach der Kaffeekanne greift, zittert ihre Hand.
»Ich mach das schon«, sagt Treasa, ergreift die Kanne und schenkt Bernadette ein.
»Alle für eine«, sagt Anna, die Kleinste und Jüngste mit ihrem hübschen, ovalen Gesicht, dem roten Haar und den grünen Augen. Ihre Stimme klingt brüchig. Sie hat zwar niemand Bestimmten angesprochen, aber einen Seitenblick auf Kitty geworfen, die ihr jetzt zunickt.
Kittys Haut sieht plötzlich aus, als wäre sie vor Kampfeslust besonders straff über die schönen, hohen Wangenknochen gespannt. In ihrem kurz geschnittenen Haar leuchten die Strähnchen. Sie sieht Anna an. Ihre Augen werden mit einem Mal klarer, die Entschlossenheit, die ihr in den vergangenen Tagen gefehlt hat, kommt zum Vorschein.
»Und eine für alle«, sagt sie lächelnd.

»Da ist Andrew.« Bernadettes Blick folgt dem großen dunkelhaarigen Mann, der soeben das Lokal betritt.
Er sieht ernst drein, doch als er an den Tisch tritt, lächelt er. Er trägt einen dunklen Anzug, ein weißes Hemd und Krawatte.
»Na, alle wohlauf?«, fragt er, zieht sich einen Stuhl heran und bittet den Kellner mit einer Geste um eine Tasse.
»Alles bestens«, sagt Anna. »Wo ist Mary?«
»Ihr Vater fährt sie hin. Sie wollte lieber direkt ins Gericht. Wir treffen uns dort.« Andrew hat wie immer alles im Griff. »Gehen wir es noch mal durch. Bei unserer Ankunft ignorieren wir die Medien. Versucht den Augenkontakt zu vermeiden, dann ist es leichter. Man wird euch in einen Raum bringen, in dem ihr wartet, bis ihr gerufen werdet. Anna ist die Erste, dann kommt Bernadette dran, dann Treasa. Als letzte Kitty.«
»Wird es lang dauern? Müssen wir lang warten?«, will Kitty wissen.
»Ich glaube nicht. Die Anklage ruft nur zwei Zeugen auf, die Floristin und den Verkäufer aus dem Sportartikelgeschäft.«
»Warum sind die denn Zeugen?«, fragt Treasa.
»Sie werden Mary als die Kundin identifizieren, die den Kranz und die Harpune gekauft hat. Länger als fünf Minuten wird die Aussage der beiden nicht dauern. Man hat uns gesagt, dass das Kreuzverhör, falls es überhaupt eines gibt, eine reine Formalität ist, sofern nichts Überraschendes dazwischenkommt.«
»Und dann bin ich dran«, sagt Anna.
Er nickt.
Sie ist sehr blass. »Mein Mund wird ganz trocken sein, das weiß ich jetzt schon.«
»Es steht ein Glas Wasser da. Wenn du irgendetwas benötigst, bittest du einfach darum. Es wird schon schief gehen. Du brauchst keine Angst zu haben.«
»Ich habe aber Angst. Ist nun mal so.«
Treasa greift nach ihrer Hand und hält sie. »Wir machen das ge-

meinsam.« Sie fährt sich durch die dunklen, zerzausten Locken. Plötzlich ist sie wieder die Treasa, die sie vor über zwanzig Jahren war, die Treasa mit dem freundlichen, durchdringenden Blick und den ausgeprägten Führungseigenschaften. »Wir machen das alle zusammen.«

Anna schluckt nervös. »Ich weiß. Aber ich habe nun mal Angst vor dem Kreuzverhör. Ich habe Angst, dass sie mich als Dummkopf hinstellen, und ich mache mir Gedanken, was die Zeitungen über meinen Auftritt schreiben werden. Was die Leute sagen …«

»Wir haben das doch alles schon durchgesprochen«, sagt Kitty. »Bitte nimm mir jetzt nicht den Mut! Ich habe mich von uns allen am längsten geweigert, weil ich genau davor Angst habe.«

»Schluss jetzt«, ruft Treasa. »Wir machen das gemeinsam. Daran müssen wir immer denken, wenn plötzlich Zweifel auftauchen.«

»Die fünf Grazien«, sagt Bernadette.

Sie lächeln.

»Es wird schon schief gehen«, sagt Andrew noch einmal. »Draußen steht der Wagen. Wir müssen los.«

Zwanzig

Das Verfahren ist eingestellt.«

Andrew und Jean Jacques gehen auf die wartenden Frauen zu. Jean Jacques hat den Arm um Marys Schultern gelegt. Mary blickt wütend drein.

»Was soll das heißen?«, fragt Bernadette perplex und sieht Andrew an. »Um Gottes willen, was soll das heißen?«

»Das, was es besagt. Die Klage wurde zurückgezogen. Das Verfahren ist eingestellt.«

»Geht das einfach so? Was hat das zu bedeuten? Was wird denn nun aus der Sache?«, fragen sie wild durcheinander.

»Das geht durchaus, und sie haben es gemacht. *Nolle prosequi.* Die Drahtzieher an den entsprechenden Stellen haben den Prozess verhindert«, antwortet Andrew.

»Das ist gar nicht mal schlecht«, wirft Jean Jacques ein. »Eigentlich ist es das Beste, was passieren konnte.«

»Ich wollte aber vor Gericht!«, entgegnet Mary gekränkt.

»Wir haben das doch besprochen«, sagt Jean Jacques zu ihr. »Es ist wesentlich besser so. Du bist frei, und die anderen müssen nicht aussagen.«

»Aber ich wollte es erzählen«, sagt Mary. »Ich wollte, dass sie mir zuhören. Ich wollte ihnen verdammt noch mal erzählen, woran ich mich erinnern kann.«

»Aber, Schatz, du weißt doch, was sie dazu gesagt hätten«, wirft Andrew ein.
»Nenn mich nicht Schatz!« Mary entfernt sich einen Schritt von ihm. »Nenn mich bloß nicht Schatz! Nur weil die irgendeinen miesen Psychologen hinzugezogen hätten, der dann gesagt hätte, alles wäre von mir frei erfunden oder irgend so einen Mist! Ich habe es nicht erfunden. *Ich habe es nicht erfunden!* Hör dir doch nur mal die anderen an. Jede – jede Einzelne! Nimm Bridie – sie war erst acht, Himmel noch mal! Und Bernadette, und Kitty ... Herrgott, schau dir doch nur mal Kitty an! Und Treasa – er hat es an dem Tag getan, an dem ihre Mutter begraben wurde! Hör mir bloß auf mit Erinnerungstäuschung! Hört bloß alle auf mit diesem Scheiß!«
»Ganz ruhig, Mary«, sagt Andrew. »Niemand bezweifelt, dass ...«
»Fass mich nicht an!«, sagt seine Frau zu ihm. »Komm mir nicht zu nahe! Ich will nichts mit dir zu tun haben. Ich will ... Ich will ... Ich weiß nicht, was ich will.« Sie beginnt zu schluchzen. »Aber das will ich jedenfalls nicht. Ich habe etwas Besseres verdient. Es ist eine Schande, wenn irgendwer behauptet, ich hätte das alles erfunden! Ich habe das Recht, es rauszuschreien! Ich habe das Recht zu erzählen, was passiert ist, damit dieses Dreckschwein von Priester vor Scham den Kopf senkt. Wenn ich gewusst hätte, dass es so ausgeht, hätte ich ihn erledigt! Ich habe einen Anspruch auf meinen Auftritt vor Gericht! Und die anderen, meine Freundinnen – sie haben das Schweigen gebrochen, um mir zu helfen. Ich will vor Gericht und alles erzählen! Ich will es! Ich will ... Ich will ...« Ihre Stimme wird brüchig. »Ich will meine Nägel wiederhaben. Ich brauche meine Nägel.«
Alle sehen sie schweigend an.
»Ich habe meine Nägel in seinen Händen gelassen. Ich will meine Nägel wiederhaben.«
»Ist ja gut«, sagt Jean Jacques zu seiner Tochter und schließt sie in die Arme. »Ist ja gut. Ich bin da. Ich bringe alles wieder in Ordnung.« Er sieht Andrew an. »Wir müssen hier weg.«

Andrew nickt. »Draußen wartet eine Polizeieskorte. Keiner sagt zu irgendwem ein Wort! Geht mit erhobenem Kopf auf schnellstem Weg zu den Autos. Es ist vorbei. Wir fahren zu Bernadette. Ist das okay?«

Bernadette nickt.

Selbst unmittelbar vor den Autos werden ihnen von drängelnden Journalisten noch Mikrofone entgegengestreckt. Mary hebt den Blick und erkennt ein Gesicht in der Menge. Jemand drückt ihr eine Visitenkarte in die Hand. Durch die Karte ist ein Nagel gebohrt. Mary hält sie ganz fest. Sie schaut sich nach dem Menschen um, den sie erkannt hat, sieht aber nur ein Meer von Gesichtern und schubsenden Leuten.

Sie weigert sich, zu Andrew ins Auto zu steigen. Sie will mit Treasa und Anna fahren.

Jean Jacques, Andrew, Kitty und Bernadette sitzen im anderen Wagen.

»Etwas Besseres konnte nicht passieren«, sagt Andrew. »Ihr werdet geschont und Mary auch, aber das versteht sie nicht.«

»Mary will nicht geschont werden«, entgegnet Bernadette. »Sie ist zu sehr getroffen, zu sehr verletzt. Sie will nicht gerettet werden, sie will reden. Sie muss reden.«

»Wir fliegen morgen mit der ersten Maschine«, verkündet Jean Jacques. »Anna, Mary und ich, nach Washington.«

Kitty sieht Andrew an. »Bist du damit einverstanden?«

»Ja«, antwortet Andrew. »Ja, Mary und ich ... Unsere Ehe ist schon lange kaputt. Ich will nur, dass es Mary wieder gut geht.«

»Du leugnest also nicht, was passiert ist?«, fragt Kitty auffahrend.

»Nein«, sagt Andrew sanft. »Ich will sie nur schützen, das ist alles. Die Kirche hat sie schon genug verletzt. Und leider besitzen diese Menschen immer noch Macht. Dass sie den Prozess verhindern konnten, sagt alles. Die schützen ihre eigenen Leute. Aber für Mary ist es gut, dass die Klage fallen gelassen wurde. Sie hätten sie fertig gemacht, wenn sie vor Gericht gekommen wäre. Die haben jede Menge Psychologen an der Hand. Und neben den guten – dem, der Mary in den letzten Wochen geholfen hat, beispielsweise – gibt es eben auch diejenigen, die gesagt hätten, das Ganze sei durch die Hypnose entstanden und in Wirklichkeit nie geschehen. Die hätten sie vor Gericht gnadenlos auseinander genommen, und ihr Gedächtnis ist nicht gerade gut. Bruchstücke der Ereignisse sind aufgetaucht, vielleicht sogar alles, aber vielleicht eben auch nicht. Sie ist zu angreifbar. Man kann sich ausmalen, wie es gewesen wäre. Es ist so vorhersehbar wie ein fertiges Drehbuch.«

»Und das kann Mary jetzt wirklich nicht gebrauchen«, wirft ihr Vater ein. »Sie muss an einen sicheren Ort, wo Anna und ich uns um sie kümmern, wo sie außerhalb ihrer gewohnten Umgebung ist und kompetente Hilfe erhält. Ich habe bereits alles arrangiert – dass ihr drüben geholfen wird, meine ich. Wir fliegen morgen mit der ersten Maschine, und schon am Abend wird sie auf dem Weg der Besserung sein.«

»Und wir?«, fragt Kitty an Bernadette gewandt. »Was wird aus uns?«

Bernadette verzieht das Gesicht. »Keine Ahnung.«

»Und alles, was in den letzten Wochen aufgewirbelt worden ist? Die ganzen miesen, schmutzigen Erinnerungen, die ich ausgraben musste, um Mary zu helfen – was passiert damit? Soll ich in mein Hotel zurückgehen, die Leute anlächeln, ihnen Frühstück servieren, alle paar Wochen mit Miss Maple zu Mittag essen und mir sagen: Vergiss es einfach?« Sie klingt zutiefst verbittert.

»Mir hat die Erfahrung Kraft gegeben, dass wir fünf dort hingegangen sind, dass wir an diesem grauenhaften Ort waren, den du als Golgatha bezeichnet hast, Kitty. Ich bin jetzt stärker, weil ich weiß, dass ich nicht allein bin«, sagt Bernadette. »Auch wenn ich wieder allein bin, sobald ich aus dieser Tür gehe – ich bin *nicht* allein. Das habe ich diesen Wochen zu verdanken. Das und das Wissen, dass ich immer für euch da sein werde, wenn ihr mich braucht. Und ihr werdet immer für mich da sein. Wisst ihr, jahrelang habe ich die Verbrechensmeldungen in der Zeitung gelesen und mich gefragt, ob ich irgendwann mal auf das stoßen würde, was ich am eigenen Leib erfahren habe – ob ich jemals in Erfahrung bringen würde, dass dort draußen eine Frau ist, die von demselben Mann missbraucht wurde. Und ich habe immer davon geträumt, dieser Frau die Hilfe zu geben, die sie bräuchte. Ich habe davon geträumt, im Gerichtssaal aufzustehen und zu sagen, dass ich jedes dieser grässlichen Details, die da ans Licht kamen, bestätigen kann. Heute war es fast so weit. Aber es kam nicht dazu. Es sollte nicht sein, noch nicht, diesmal nicht. Das Wichtigste ist jetzt, dass Mary in Sicherheit ist und wir einander haben.« Bernadette stockt. »So eine lange Rede habe ich schon seit einer Ewigkeit nicht mehr gehalten.« Sie lacht.

»Ich habe mich bereit erklärt, Mary vor Gericht zu helfen, mich zu outen und alles zu erzählen«, sagt Kitty. »Ich fühle mich verarscht.«

Niemand erwidert etwas.

In der von Jean Jacques gemieteten Wohnung sind Mary, Anna und Jean Jacques, erschöpft von dem Tag, der jetzt hinter ihnen liegt, früh zu Bett gegangen.

Mary nimmt die Visitenkarte mit dem Nagel aus der Tasche. Sie zieht den Nagel heraus und lässt ihn über den Handteller rollen. Sie empfindet das vertraute Gefühl und fragt sich, wo der andere ist. Ohne jeden Zweifel handelt es sich um einen der beiden Nägel, die sie damals während der Besinnungswoche im Beichtstuhl umklammert hielt. Meine letzte Beichte, denkt sie. Aber ich will noch einmal beichten. Laut und deutlich und nicht hinter einem winzigen Vorhang in einer Holzkiste will ich sagen: »Gott verfluche dich, Pater, denn du hast gesündigt ...«

Sie betrachtet die Karte und liest, was darauf steht. Sie geht zum

Fenster, hebt den Vorhang und blickt auf den Sutherland Square hinaus.
Einen Augenblick lang riecht sie den Weihrauch, hört die Stimmen der Mädchen auf der Empore: »*Tantum ergo, Sacramentum …*« Sie sieht die Monstranz hoch oben in den Händen des Priesters am Altar. Von der Hostie in der Mitte gehen goldene Strahlen aus.
Ich war das Lamm Gottes. Die Nonnen führten mich zur Schlachtbank. Sie opferten mich diesem bösen Mann. Betet für mich, betet für uns, irgendwer, irgendwo, betet, denn ich kann es nicht mehr.
Noch einmal senkt sie den Blick auf die Karte in ihrer Hand, dann lässt sie den Vorhang fallen. Leise hebt sie den Hörer des Telefons in ihrem Zimmer ab und wählt die Nummer auf der Visitenkarte der Journalistin.
»Hallo, hier spricht Mary MacDonald. Ja, ja, *die* Mary MacDonald. Ja, genau … Mary Oliver … Ja, natürlich habe ich dich erkannt. Ich wollte dir nur sagen, dass ich morgen früh hier in Dublin am Flughafen bin. Ich fliege mit einer frühen Maschine. Ja, ich bin gern bereit, dir das Interview zu geben, um das du mich gebeten hast … Ja … Acht Uhr fünfzehn passt … Was? Eine Pressekonferenz? Also gut, wir treffen uns am Flughafen … Ja, dann erzähle ich alles ganz genau. Ich schlage vor, dass du schon mal eine Liste aller Versetzungen von Pater Michael McMorrow erstellst. In Bezug auf einige seiner Aktivitäten zwischen neunzehnhundertsechsundsechzig und zweiundsiebzig kann ich manch Erhellendes beitragen …«
Downey-zwei legt auf und starrt das Telefon an. Dann wählt sie die Nummer ihrer Zwillingsschwester.
»Ich bin's.«
»Ich weiß.«
»Mary Oliver hat gerade angerufen. Weißt du, dass die Klage gegen sie heute Morgen fallen gelassen wurde?«
»Ja, ich habe es in den Nachrichten gesehen.«

»Sie will sich morgen früh am Flugplatz mit mir treffen. Sie will auspacken.«

»Und?«

»Das weißt du ganz genau. Was soll das – ›und‹? Du weißt es doch. Alles kommt raus, alles. Sie fliegt weg, ins Ausland. Ich rufe noch vier andere Zeitungen an, damit die Berichterstattung möglichst umfassend ist. Er hat Mary Oliver zur selben Zeit wie uns missbraucht, während der Besinnungswoche. Sie sagt, sie kann Einzelheiten über andere liefern, bei denen es neunzehnhundertsechsundsechzig anfing.«

»Und?«

»Die Klage wurde fallen gelassen. Mary kommt nicht zu Wort, sie kann keine Erklärung abliefern.«

Es ist still am anderen Ende der Leitung.

»Sie will ihre Geschichte erzählen«, sagt Downey-zwei.

»Worauf willst du hinaus?«

»Wenn das, was sie zu sagen hat, in den Zeitungen erscheint und auch wir anderen mit unseren Geschichten an die Öffentlichkeit gehen, muss die Staatsanwaltschaft ermitteln. Die Frage ist nur, wie viele von uns stark genug sind, um sich zu ihrer Geschichte zu bekennen.«

»Mit mir kannst du jedenfalls nicht rechnen«, erklärt Downey-eins.

»Die Zukunft unserer Kinder, deiner Kinder, ihre Sicherheit, ihre Unschuld – das alles liegt in unserer Hand.«

»Ich will nichts davon hören.« Downey-eins legt auf. Sie zittert.

Sie geht ins Zimmer ihrer Töchter und betrachtet die schlafenden Zwillinge. Fast zwanzig Minuten steht sie so da, an den Türstock gelehnt. Die Mädchen schlafen in nebeneinander stehenden Betten, die Gesichtchen sind einander zugewandt. Das Zimmer riecht frisch und sauber, feine Atemzüge strömen durchs Halbdunkel.

Sie betastet ihre Tasche und spürt den Nagel am Oberschenkel. Sie nimmt ihn heraus, betrachtet ihn, lässt ihn über die Innenfläche ihrer Hand rollen.

»Vielleicht ist es an der Zeit, dass ich Mary ihren Nagel zurückgebe. Vielleicht ist es an der Zeit, die Tür aufzustoßen und den Schmutz rauszuschaufeln. Vielleicht ist es an der Zeit …«
Sie geht zum Telefon und ruft ihre Schwester an.
»Ich bin dabei.«

Kathy Hepinstall
Ein Hauch von Bittermandel

Die Geschwister Alice und Boone leben in der ständigen Angst, von ihrem Stiefvater vergiftet zu werden. Beim Essen verständigen sich die beiden mit geheimen Zeichen: Der Reis ist okay, zweimal zwinkern. Vorsicht aber mit dem Huhn! Danach liegen sie im Kinderzimmer und warten auf den Tod – sämtliche Symptome einer Vergiftung haben sie aus einschlägigen medizinischen Werken auswendig gelernt.
Skurrile Ideen zweier phantasiebegabter Kinder? Als eines Abends die Mutter ins Zimmer stürmt und die Kinder zur Flucht drängt, sieht die Sache plötzlich ganz anders aus …

Aus der Sicht der scharfsinnigen Alice entsteht Mosaiksteinchen für Mosaiksteinchen das Bild eines Familiendramas, in dem das schleichende Gift des Hasses noch eine der harmlosesten Substanzen ist.

»Seltsam und reizvoll, verstörend und stimmig.«
Publishers Weekly

Wolfram Fleischhauer
Drei Minuten mit der Wirklichkeit

»Sie hatte ihre erste große Liebe erlebt.
Und das Wesen einer jeden ersten großen Liebe war,
dass sie nicht überdauerte ...«

Erregende Rhythmen, verstörender Klang - welches Geheimnis verbirgt sich in den skandalösen Choreografien des jungen Tangostars Damián Alsina? Giulietta, angehende Ballett-Tänzerin aus Berlin, folgt dem rätselhaften Geliebten Hals über Kopf nach Buenos Aires. Schritt für Schritt kommt sie auf die Spur einer Tragödie, die mit der Vergangenheit jener Stadt aufs Engste verbunden ist. Und die Suche nach der verlorenen Leidenschaft mündet in einen Strudel hoch gefährlicher Ereignisse.

»Eine ungewöhnliche Mischung aus brisantem
Polit-Thriller und dramatischer Liebesgeschichte.
Und ganz nebenbei der Beweis, dass deutsche Autoren
hoch spannend erzählen können!«
Brigitte

ANNIKA

Sie ist wie du und ich.

33 Erzählungen von deutschen Autoren

Herausgegeben von Nadine Barth

Sie ist jung, sexy, melancholisch, dazu wild, entschlossen, ein bisschen verrückt ... Annika ist eine Frau wie alle anderen. Und manchmal ganz anders ...

33 der besten deutschsprachigen Autoren der Gegenwart bekamen einen Brief. Darin fanden sich Fotos einer jungen Frau und die Aufforderung: »Das ist Annika. Erzählen Sie Ihre Geschichte.« 33 Texte über eine faszinierende Figur sind so entstanden.

Das ungewöhnlichste Literaturprojekt der letzten Jahre, bisher exklusiv in der Zeitschrift AMICA – nun erstmals gesammelt in diesem Band.

Schneekluth.